KB177542

DONGSUH MYSTERY BOOKS 44

THE TRAGEDY OF Z
Z의 비극

엘러리 퀸/이가형 옮김

동서문화사

옮긴이 이가형 (李佳炯)

도쿄대학 문학부 수학. 중앙대 교수, 국민대 대학원장 역임. 말로《희망》을 번역하여 한국펜클럽 번역문학상 수상. 지은책《미국문학사》《미스터리 문학의 세계》옮긴책 말로《왕도》오스카 와일드《살로메》루소《사회계약론》런던《야성이 부르는 소리》해미트《피의 수확》등이 있다.

DONGSUH MYSTERY BOOKS 44

Z의 비극

엘러리 퀸 지음/이가형 옮김

1판 1쇄 발행/1977년 12월 1일

2판 1쇄 발행/2003년 1월 1일

2판 4쇄 발행/2011년 4월 1일

발행인 고정일/발행처 동서문화사

창업 1956. 12. 12. 등록 16-345(윤)

서울강남구신사동540-22 ☎546-0331~6 (FAX) 545-0331

www.epascal.co.kr

*

편찬·필름·제작 일체「동판」자본으로 이루어짐에 따라
출판권 소유권자「동판」에서 제조출판판매 세무일체를 전담합니다.

사업자등록번호 211-90-02201

ISBN 978-89-497-0125-7 04840

ISBN 978-89-497-0081-6 (세트)

Z의 비극

차례

등장인물

페이센스 샘   나

샘   페이센스의 아버지. 퇴역 경감

브르노   뉴욕 주지사

도르리 레인   은퇴한 연극 배우. 탐정

퀘이시   레인의 조수

엘러이휴 클레이   대리석상(大理石商)

젤레미   엘러이휴의 아들

조엘 포어세트   뉴욕 주 상원의원

아일라 포어세트   조엘의 형. 의사

카마이클   조엘의 비서. 연방 형사

화니 카이저   비밀 매춘 조직을 경영하는 여자

존 흄   지방검사

케니욘   지방경찰서장

에얼론 도우   알곤킨 형무소의 죄수

마그너스   형무소장

뮤어 신부   교회사(敎誨師)

블르 박사   검시의

마크 캘리어   도우의 변호사

도르리 레인 씨

이 이야기의 사건 속에서 내가 어떤 역할을 했느냐 하는 것은 도르리 레인 씨의 운명의 발자취를 더듬어 보려는 독자들에게는 그리 흥미 있는 일이 아닌 듯싶어 나 자신에 대한 이야기는 되도록 간단히 소개하기로 한다. 하지만 허영심이 강한 것이 여자인 만큼 그리 쉬운 일은 아닐지도 모르겠다.

나는 젊다. 이것만큼은 굉장히 혹독한 비평가도 인정하고 있다. 어쨌든 크고 새파란 맑은 눈동자는 시인으로 자처하고 있는 사람들이 말하기를, 별처럼 반짝이고 거룩한 하늘같은 빛깔이라고 한다. 하이델베르크 고등학교 학생이었던 어느 괜찮은 남자는 나의 머리털을 꿀에 비유했고, 캡 드 앙티브(남 프랑스 리비에라의 환락가)에서 나와 말다툼한 일이 있는 어느 신랄한 미국여자는 나의 머리털이 꺾어지기 쉬운 밀짚 같다고 했다. 그리고 얼마 전 파리의 클래리스 양장점에서 제일 근사한 마네킹과 나란히 서 본 일이 있는데, 나의 체격은 그 시건방진 얼굴의 수학적으로 균형이 잡힌 마네킹의 체격과 거의 비슷함을 알았다. 나는 손도 발도 모두 갖춘 완전한 육체의 소유자이다. 그리고 다른 사람 아닌 권위자 도르리 레인 씨가 인정해 주는 바이지만 나는 또한 매우 명석한 두뇌의 소유자이기도 하다. 그리고 나의 크나큰 매력의 하나는 '왈가닥에다 거리낌없는 태도'를 지닌 점이라고 한다. 물론 이것은 새빨간 거짓말이며, 이 이야기를 읽어 가노라면 차차 그런 생각은 없어져 버리고 말 것이다. 두드러진 사항은 대체로 이 정도이고 그 밖에는 아마도 나를 '방황하는 북구인(北歐人)'이라고 하면 꼭 들어맞을 것이다. 갈래머리의 세일러복 시절부터 나의 생활은 말하자면 '달리기'의 연속이었다. 나는 여행 도중 이따금 어느 한곳에서 상당히 오래 머물러 사는 수도 있었다. 예를 들어 런던의 신부 수업 학교에서 2년 가량 보내면서 학교측이 나에게 완전히 질리도록 만든 일도 있었고, 화려한 파리의 세느 강가에서 14개월 동안 그림 배우는 학생으로 자처하며 지낸 일도 있었다. 그때 나는 페이센스 샘이라는 나의 이름이 고갱이며 마티스와 함께 사람들의 화제에 오를 가능성은 절대로 없으리라는 것을 깨닫고 작별을 고했다. 마르코 폴로처럼 동양을 찾아가 본 적도 있고 한니발처럼 로마의 성문으로 쳐들어간 일도 있었다. 게다가 나는 과학적 정신도 갖추고 있어 튜니스에서 압상트(쑥으로 향을 낸 혼성주)를, 리용에서 클로 브제 (프랑스 부르고뉴 지방에서 나는 포도주)를, 리스본에서는 아갈디엔 테(스페인 산의 싸구려 브랜디)를 맛보기도 했다. 또한 아테네에서는 가파른 벼랑을 기어서 아크로폴리스 신전까지 올라간 적도 있었고, 사포 섬의 달콤한 공기를 가슴 가득 들이마시며 황홀경에 젖은 적도 있었다. 말할 필요도 없지만, 이러한 여행을 하는 동안 충분한 용돈이 지급되었고 나이 지긋한 부인이 늘 나의 뒤를 돌보아 주었다. 더구나 이 부인은 대부분의 일을 보고도 못 본 척 해주는, 상당히 유머 감각이 있는 좀처럼 구하기 힘든 훌륭한 사람이었다.

여행이란 거품 일게 한 크림처럼 끝없이 퍼지는 것이다. 그러나 여행도 여러 번 되풀이하노라면 마침내 싫증이 나게 된다. 미식가가 마침내는 건실한 가정 요리를 더 좋아하게 되듯이. 그래서 나는 제법 처녀다운 순수한 결심을 하고 좀처럼 구하기 힘든 그 훌륭한 부인과 알제리에서 헤어져 고향으로 향하는 배에 올랐다. 그리운 아버지의 얼굴을 보는 순간 방랑 생활에 지쳐 있던 나는 대뜸 기운을 회복했다. 그런데 아버지는 내가 너덜너덜해질 때까지 읽고 또 읽은 아름다운 프랑스 말로 된《채털리 부인의 사랑》을 몰래 가지고 뉴욕으로 상륙하려는 것을 알고 완전히 질린 모양이었다. 나는 신부 수업 학교의 내 방에서 그 책을 읽으며 여러 날 밤 예술적 감흥에 젖곤 했었다. 그러나 이 사소한 문제도 나의 주장으로 통과되어 무난히 세관 수속을 끝마치자 서로 아직 낯선 두 마리의 비둘기가 보금자리로 돌아가듯 우리 두 사람은 입을 굳게 다문 채 뉴욕의 아버지 아파트를 향해 갔다.《X의 비극》과《Y의 비극》을 읽어보면 나의 아버지, 즉 이 몸집 크고 위대한 추남인 샘 경감은 그 피 끓고 가슴 두근거리게 하는 책 속에서 여행 중인 딸에 대해 한 번도 언급한 적이 없음을 알 수 있다. 그러나 그것은 나에 대한 애정이 부족한 때문은 아니었다. 그것이 사실임은 부두에서 서로 부둥켜안았을 때 아버지의 눈에 조금 놀란 듯하면서도 그리움이 담긴 표정으로 보아 알 수 있었다. 다만 나는 아버지와 완전히 떨어져 자랐던 것이다. 어머니는 내가 아직 항의도 할 수 없을 만큼 어릴 때 돌보아 주는 부인과 함께 나를 유럽으로 보냈던 것이다. 아마도 어머니는 감상적인 성향이 있어, 내가 보내는 편지를 통해 유럽 생활의 우아함을 멋대로 상상하며 도취하고 있었던 것 같다. 따라서 가엾은 아버지는 자기 딸을 알 기회가 없었던 것이다. 그러나 나와 아버지가 떨어져 살게 된 것이 어머니 탓이라고만 할 수는 없다. 어렴풋이 생각나지만 나는 어릴 때 아버지를 따라다니며 아버지가 수사하고 있는 피비린내 나는 범죄에 대해 자세히 이야기해 달라고 졸라대어 아버지를 난처하게 만들기도 하고, 신문의 범죄 기사를 하나도 빠짐없이 재미있어하며 읽기도 하고, 뉴욕 중앙에 있는 아버지가 근무하는 경찰국으로 터무니없는 조언을 하러 가겠다고 떼를 쓰기도 했었다. 그러므로 내가 유럽으로 보내어지자 아버지는 아니라고 부정할지도 모르겠지만 마음속으로 안도의 숨을 쉬었을 것이 틀림없다. 어쨌든 나는 귀국하여 정상적인 아버지와 딸의 관계를 이룩하는 데 몇 주일이 걸렸다. 유럽을 두루 돌아다니던 시절에도 이따금 미국에 돌아와 잠깐씩 아버지와 함께 지낸 적이 있으나 그것만으로는 젊은 딸과 식사를 같이하기도 하고 잘 자라는 키스를 하기도 하는 등 아버지다운 여러 동작을 모두 익힐 수 없었던 것이다. 그래서 내가 귀국한 뒤 얼마 동안 아버지는 여위고 말았다. 범죄 수사에 바친 일생 동안 쫓아다닌, 죽음을 두려워하지 않는 수많은 난폭한 사람들보다 아버지는 나를 더 두려워했던 것이다.

지금까지 설명한 것은 내가 이제부터 이야기하려는 도르리 레인 씨며 알곤킨 형무소의 죄수 에얼론 도우의 놀라운 사건에서 빼놓을 수 없는 서곡이다. 왜냐하면 페이센스 샘 같은 변덕스러운 소녀가 어째서 살인 사건에 말려들게 되었는가 하는 이유를 설명하는 것이기 때문이다.

유럽을 두루 여행하는 동안 나에게 보낸 아버지의 편지에는 특히 어머니가 돌아가신 다음부터는 더욱 그러했지만 도르리 레인 씨라는 미지의 나이 많은 천재에 대한 이야기가 경애의 정이 듬뿍 담겨서 자주 나와 나의 호기심을 크게 불러일으키곤 했다. 그 노신사는 아버지의 일 속으로 눈부시게 그리고 극적으로 파고 들어갔던 것이다. 물론 그 노신사의 이름은 그때까지 많은 풍문을 통해 들었으므로 나에게 있어 낯선 것은 아니었다. 그 까닭은 첫째로 나는 범죄에 대한 것이라면 실제로 있었던 사건 기사이건 공상적인 소설이건 열심히 읽었기 때문이며, 둘째로 지금은 무대에서 은퇴한 이 연극계의 원로가 아직도 유럽이며 미국의 신문지상에 일종의 초인으로서 늘 다루어지고 있었기 때문이었다. 불행히도 귀머거리가 되어 할 수 없이 무대에서 은퇴한 다음부터 범죄 수사에 공헌한 그의 업적은 세상에 널리 알려져 그 소문이 유럽에 있는 나의 귀에도 이따금 들려왔던 것이다. 고국으로 돌아오면서 나는 불현듯 허드슨 강을 굽어보는 환상적이고 매혹적인 성에서 호화스러운 생활을 하고 있다는 이 색다른 인물을 무슨 일이 있어도 만나 봐야겠다고 생각했다. 그러나 귀국하고 보니 아버지는 일에 온 정신을 쏟고 있었다. 뉴욕 경찰국에서 퇴직하고 나자 당연한 결과이겠지만 아버지는 할 일이 없는 생활에 참을 수 없는 권태를 느끼기 시작했다. 아버지에게는 범죄란 하루 세 번의 식사와도 같은 것이었기 때문이다. 자연히 아버지는 사립 탐정의 일을 시작했고 지금까지의 실적 덕분에 장사는 크게 번창하고 있었다. 나는 그다지 할 일도 없었고 또한 해외에서의 생활이며 수련이 몸에 배어 착실한 가정생활은 아무래도 어울릴 것 같지 않아 결국 몇 년 전엔가 그만두었던 일을 다시 시작하는 수밖에 없었다. 그리하여 어릴 때처럼 아버지가 못마땅하게 생각하는 것도 아랑곳하지 않고 사무실에 나가 아버지를 난처하게 만드는 시간이 차츰 많아지게 되었다. 아버지는 딸을 단춧 구멍에 꽂는 꽃처럼 장식품으로만 생각하고 있었던 것 같다. 그러나 나는 아버지의 고집 센 성품을 이어받고 있어, 마침내 아버지는 꺾이고 말았다. 뿐만 아니라 이따금 간단한 조사 정도는 나 혼자 하도록 허락해 주기도 했다. 이리하여 나는 현대의 범죄 용어며 심리에 대하여 조금씩 익혀 나갔다. 그리고 그와 같은 예비적 훈련이 이제부터 이야기하려는 도우 사건을 이해하는 데 매우 크게 도움이 되었다. 그런데 그보다도 더욱 도움되는 일이 생겼다. 그래서 아버지뿐만 아니라 나 자신도 깜짝 놀라고 말았는데 그것은 나에게 관찰과 추리에 대한 여간 아닌 재능이 있음을 알게 된 것이었다. 아마도 어릴 때의 환경과 범죄에 대한 끊임없는 관심이 이런 재능을 키워준 모양이다. 아무튼 나는 어떤 특수한 재능을 지니고 있음을 문득 깨달았던 것이다. 아버지는 나에게 말했다.

"패티, 네가 옆에 있으면 곤란해, 나를 완전히 앞지르고 마니까. 전에 도르리 레인 씨와 일을 같이하던 때와 똑같단 말이야."

나는 아버지에게 말했다.

"어마, 지나친 칭찬을 하시는군요, 경감님. 그런데 그분은 언제 소개해 주시겠어요?"

그 기회는 내가 외국에서 돌아온 지 3개월쯤 지난 어느 날 뜻밖에도 찾아왔다. 이러한 사건은 흔히 그런 경로를 밟게 되는 것이지만, 처음에는 그저 아무렇지도 않게 시작되었던 어떤 사건이 날이 감에 따라 마침내는 나와 같이 모험을 좋아하는 아이조차 꿈에도 생각지 못했던 놀랄 만한 큰 사건으로 발전해 갔던 것이다.

어느 날, 키 크고 머리가 희끗희끗하며 고상한 옷차림을 한 신사가 아버지의 사무실을 찾아왔다. 그는 아버지의 도움을 빌러 오는 사람들에게 공통된 몹시 걱정스러운 듯한 표정을 짓고 있었다. 명함을 보니 엘러이휴 클레이라는 이름이었다. 그는 나를 날카롭게 한번 쳐다보고는 의자에 앉아 지팡이 꼭대기를 두 손으로 꼭 쥔 채 프랑스의 은행가처럼 무미건조하고 꼼꼼한 태도로 자기 소개를 했다. 그는 클레이 대리석 채굴 회사의 소유자였다. 그 회사의 주요한 채석장은 뉴욕주 북부의 틸덴 구역에 있고 사무실과 저택은 뉴욕 주의 리즈 시에 있으며, 그가 아버지에게 의뢰하는 조사는 매우 민감하고 기밀을 요하는 성질의 것이라고 덧붙였다. 일부러 이토록 먼 곳까지 탐정을 부탁하러 온 이유도 이 때문이니 되도록 신중하게 다루어 주기 바란다고 그는 특히 강조하여 부탁했다.

아버지는 미소지으며 말했다.

"알았습니다. 자아, 여송연이라도 피우시지요. 그래, 누가 금고에서 현금이라도 훔쳐내려 하고 있다는 말씀인가요?"

"농담 마십시오! 실은 나에게 익명의 공동 경영자가 있습니다."

"그렇습니까. 자아, 자세히 말씀해 보십시오" 하고 아버지는 말했다. 이 익명의 공동 경영자는——즉익명이라는 점이 몹시 수상쩍게 느껴졌다——포어세트 씨, 즉 아일라 포어세트 박사라는 인물이었다. 그리고 이 포어세트 박사는 틸덴 군(郡)에서 선출된 상원의원 조엘 포어세트의 형이었다. 아버지가 눈살을 찌푸리는 것을 보니 이 상원의원은 그다지 좋지 않은 인물임에 틀림없었다. 아무 거리낌없이 '옛날 식의 정직한 실업가'라고 자처하고 있는 클레이 씨는 포어세트 박사를 공동경영자로 삼은 것을 이제 와서 후회하고 있었다. 나는 포어세트 박사라는 인물이 수상쩍게 생각되었다. 그는 회사에 많은 매매 계약을 맺게 해주었지만 클레이 씨로서는 그 계약의 정체가 아무래도 이상하다는 것이었다. 장사가 지나치게 잘되며 아무리 보아도 예삿일이 아니었다. 군이며 주에서 너무나도 많이 클레이 대리석 채굴 회사와 계약을 맺기 때문이었다. 그러므로 어떤 이면이 있는지 엄중하고 세심한 주의를 기울여 조사해 보아야겠다는 것이었다.

"증거는 아무 것도 없습니까?" 하고 아버지가 물었다.

"전혀 찾을 수 없습니다. 그는 그런 결점을 드러낼 만큼 어리석지 않습니다. 나는 그저 의심스러워할 뿐이지요. 이 일을 맡아 주시겠습니까?" 하고 말하며 엘러이휴 클레이 씨는 책상 위에 거액의 은행 수표 석 장을 내놓았다.

"맡아도 괜찮을까, 패티?" 아버지는 나를 흘긋 보며 말했다.

나는 고개를 갸우뚱거렸다.

"지금 바쁘시잖아요. 맡게 되시면 다른 일을 모두 포기하고 시작해야 할 텐데……."

엘러이휴 클레이 씨는 한순간 나를 뚫어지게 바라보았다.

"좋은 생각이 있습니다" 하고 그는 느닷없이 말했다. "당신의 정체를 포어세트가 알면 좋지 않습니다. 경감님. 하지만 역시 당신은 나와 함께 조사하러 나서야만 할 테니 어떻습니까, 당신이 아가씨와 함께 우리 집 손님으로 리즈에 오실 수 없겠습니까? 아가씨가 함께 오시면 어색하지 않아서 좋을 것 같은데요."

나는 그 말을 듣고 포어세트 박사가 여성의 매력에 대해 무감각한 인물이 아니라고 추측했다. 그 순간 나의 호기심이 고개를 쳐들기 시작한 것은 말할 나위도 없다.

그 뒤 이틀 동안 우리는 지금까지 하던 일을 정리하고, 일요일 저녁 무렵에는 리즈로 떠날 차비를 끝냈다. 엘러이휴 클레이 씨는 뉴욕에 있는 우리를 방문한 그날 북부의 리즈로 돌아갔었다.

그렇다, 지금도 기억나지만 내가 난로 앞에서 두 다리를 뻗고 세관의 미남 관리의 눈을 속여 몰래 가지고 상륙한 피치 브랜디를 홀짝홀짝 마시고 있을 때 그 전보가 도착했던 것이다. 그것은 브르노 지사(知事), 즉 아버지가 경찰국의 현역 경감으로 일하던 시절 뉴욕 주 지방검사로 있었고 지금은 뉴욕 주지사로서 그 전투적인 성격으로 인해 널리 사람들의 신망을 얻고 있는 월터 저비어 브르노가 보낸 전보였다.

아버지는 무릎을 치며 껄껄 웃었다.

"브르노는 여전해. 패티, 네가 몹시 원하던 기회가 왔다. 갈 수 있겠지?"

아버지는 나에게 전보를 던져 주었다. 다음과 같이 씌어 있었다.

안녕하시오, 나의 늙은 용사. 내일 레인 선생의 70회 생일을 맞이하여 놀라게 할 겸 가 봅시다. 레인 씨는 병이 난 듯하니 위문할 필요가 있소. 바쁜 지사도 가는데 당신이 못 갈 리 없겠지. 거기서 만납시다.

브르노

"아이, 멋져! 아버지, 내가 그분의 마음에 들까요?" 나는 소중히 여기는 잠옷 위에 브랜디를 엎지르며 외쳤다.

"도르리 레인 씨는 말이다" 아버지는 화난 듯한 어조로 말했다. "그 뭐라고 할까, 말하자면 여자를 싫어하는 사람이란다. 하지만 역시 너를 데려가지 않을 수 없겠지. 자아, 어서 자거라." 아버지는 싱긋이 웃으며 말했다. "애야, 내일은 한껏 치장을 해야겠다. 그 늙은이를 깜짝 놀라게 해주어야겠어. 그리고 패티, 너 술을 마시지 않을 수 없겠니? 똑똑히 말해 두지만" 아버지는 조금 다급하게 덧붙여 말했다. "나는 구식의 완고한 늙은이는 아니야, 하지만 말이다……,"

나는 아버지의 못생기고 찌그러진 콧잔등에 입을 맞추었다. 가엾은 아버지, 아버지로서는 한껏 참고 있는 것이겠지.

허드슨 강을 굽어보는 언덕에 있는 도르리 레인 씨의 저택 '햄릿 장'으로 올라가는 길은 전부터 아버지의 설명을 들어서 상상하고 있던 대로였다. 아니, 실제로는 그 이상이었다. 내가 이제까지 본 가운데 가장 멋있는 곳이었다. 울창하고 따뜻하게 우거진 숲. 먼지 하나 없는 길, 그 위에 떠 있는 조각구름, 그리고 저 멀리 눈 아래에 흐르고 있는 조용하고 푸른 강. 이토록 멋지고 평화스럽고 아름다운 곳은 여태껏 유럽에서도, 라인 강변에서도 본 일이 없었다. 그리고 저성! 오래 된 영국의 언덕에서 마술 융단에 실어 날라왔다고 밖에 생각할 수 없는 저 성! 그것은 터무니없이 크고 당당하고 아름다웠으며 중세기적이었다.

우리는 고풍스러운 나무다리를 건너서 셔우드 숲(영국 중부에 있는 숲으로, 로빈 홋 일당의 거처)같은 사유림을 지나면서 나는 터크 사제(로빈 홋의 일당으로 유쾌한 사나이)가 나무 그늘에서 튀어나올 것만 같은 생각이 들기도 했다. 성의 정문으로 저택의 정원에 들어섰다. 우리는 곳곳에서 미소짓는 사람들을 만났는데, 그들은 대부분 도르리 레인 씨의 도움을 받으며 살고 있는 노인들이었다. 도르리 레인 씨는 이 가까이 가기 힘든 성채를 늙어서 일할 수 없게 된 예술가들을 위한 피난처로 개방하고 있었던 것이다.

브르노 지사는 정원에서 우리를 맞아 주었다. 그는 우리가 도착하기를 기다리며 아직 주인에게 인사를 하지 않고 있었다. 나는 브르노 지사에게 매우 호감을 느꼈다. 훤칠한 이마, 지적으로 반짝이는 눈, 매우 전투적인 턱에 네모난 얼굴과 당당한 체격을 가지고 있었다. 그러나 나는 더 이상 지사에 대한 생각을 할 수 없을 만큼 가슴이 두근거리고 있었다. 왜냐하면 수랍목(水蠟木 : 물푸레나뭇과의 낙엽활엽관목)아래를 지나 주목(朱木 : 주목과의 상록교목) 사이를 누비며 깜짝 놀랄 만큼 나이 든 한 노인이 조용히 우리들 쪽으로 걸어오고 있었기 때문이었다. 아버지의 설명에서 받은 인상으로 나는 레인 씨를 인생의 전성기에 있는 키 크고 젊음이 넘쳐흐르는 사람으로 알고 있었다. 나는 지난 10년이라는 세월이 그에게 얼마나 가혹한 것이었는지를 뚜렷이 본 듯했다. 지난 10년 동안에 떡 벌어졌던 어깨는 둥글게 굽어 버리고, 숱이 많았던 흰 머리털도 지금은 적어졌으며, 손이며 얼굴에는 주름이 잡히고, 걸음걸이에도 유연한 맛이 사라지고 없었다. 그러나 그 눈은 아직도 싱싱했고 보는 사람으로 하여금 저도 모르게 정신이 번쩍 들게 할만큼 맑았으며 지혜와 해학을 듬뿍 담은 채 빛나고 있었다. 그는 두 뺨을 붉게 물들였다. 처음에는 나를 보았고, 그 다음에 아버지와 브르노 지사의 손을 잡으며 매달리듯 말했다.

"어서 오십시오! 정말 잘 오셨습니다!"

여느 때 나는 나에게 감상적인 면이 조금도 없다고 늘 생각하고 있었으나 지금은 어리석게도 가슴이 메고 눈에 눈물이 괴어옴을 느꼈다.

아버지는 코를 풀고 나서 일부러 무뚝뚝한 어조로 말했다.

"레인 씨, 이 애가 제 딸입니다. 보잘것없는 아이입니다만……."

레인 씨는 주름잡힌 두 손으로 나의 손을 쥐고 내 눈을 들여다보았다.

"아가씨, 햄릿 장에 정말 잘 오셨습니다."

그런데 나는 그때를 돌이켜볼 때마다 부끄러워서 얼굴이 붉어지는 말을 레인 씨에게 했던 것이다. 숨기지 않고 털어놓는다면, 나는 그때 나를 돋보이게 하고 싶었기 때문이었다. 나의 두드러지게 뛰어난 두뇌를 자랑하고 싶었던 것이다. 오랜 동안 이 만남을 애타게 기다리고 있던 나는 레인 씨 앞에서 일종의 시험을 치르는 듯한 생각이 들어 저도 모르게 마음을 긴장시키고 있었던 듯 싶다. 아무튼 나는 빠른 어조로 레인 씨에게 말했다.

"저는 정말 기뻐요, 얼마나 뵙고 싶었는지 참으로." 그리고 그 말이 입에서 튀어나왔던 것이다. 나는 레인 씨에게 추파를 던지며——그것은 틀림없이 추파였다——느닷없이 말했다. "당신은 회상록을 쓰실 생각을 하고 계시지요!"

물론 이 말이 입에서 튀어나오자마자 나는 후회했다. 아버지는 깜짝 놀라서 숨을 크게 쉬었고 브르노 지사는 어이가 없어 멍청히 서 있었다. 레인 씨도 깜짝 놀라 그 하얀 눈썹을 치켜올렸으며 눈이 대뜸 날카로워졌다. 그는 대답하기 전에 한참 동안 내 얼굴을 뚫어지게 바라보고 있었다. 이윽고 그는 두 손을 비비며 껄껄 웃고 나서 말했다.

"아가씨, 이거 정말 놀랐는데요. 아니, 경감님, 여태껏 이런 따님이 계시다는 것을 숨기고 계셨다니, 용서하지 못하겠습니다. 이름이 무엇이지요?"

"페이션스라고 합니다." 나는 입 속으로 중얼거리듯 말했다.

"오오, 과연 청교도다운 이름이군요. 경감님. 그 이름은 부인이 지으신 것이 아니라 당신이 지으신 것 같군요." 레인 씨는 다시 껄껄 웃으며 놀라울 만큼 힘차게 나의 팔을 잡았다. "자아, 이리로 오십시오. 서로의 이야기는 나중에……아니, 정말 놀랐습니다!"

여전히 웃으며 레인 씨는 우리를 예쁜 정자로 데리고 가서 몇 명의 혈색 좋고 몸집이 작은 노인들을 심부름 보내기도 하고 손수 다과를 나누어주기도 하며 바쁘게 움직였다. 그러는 동안에도 그는 내내 흘긋흘긋 나의 얼굴을 보았다. 그때까지도 나는 심한 혼란 속에 빠져 있었다. 그리고 그 말을 하게 된 원인인 나의 우쭐함에 대해 쓰디쓴 기분을 느끼며 나 자신을 비난하고 있었다.

"그럼, 페이션스 양, 당신이 아까 한 그 놀랄 만한 말을 어디 한번 검토해 보기로 할까요" 하고 노인은 우리가 차를 마시며 한숨 돌리자 말했다. 레인 씨의 목소리는 상쾌한 울림을 지니고 있었다. 오래 된 모젤(Moselle) 술처럼 깊고 둥글고 풍성하며 독특한 목소리였다.

"내가 회상록을 쓸 생각을 하고 있다고요? 이거 참, 놀랍군요. 그 밖에 또 어떤 것이 당신의 그 아름다운 눈에 비쳤습니까?"

"사실은 그런 말씀을 드린 것을 후회하고 있어요……그것은 별로

……." 나는 꺼질 듯한 목소리로 말했다.

"후회스러워 하실 필요는 없습니다. 자아, 달리 또 당신의 눈에 비친 것은?"

"글쎄요, 지금 타이프라이터를 배우고 계시지요, 레인 씨?" 나는 숨을 크게 쉬며 말했다.

"오오!"

레인 씨는 깜짝 놀란 표정을 지었다. 아버지는 지금까지 나를 본 일조차 없었던 것처럼 눈을 뜨고 바라보고 있었다.

"그리고" 나는 조용히 말을 이었다. "그 타이프라이터를 혼자서 배우고 계십니다, 레인 씨. 그것도 낙숫물 식으로 곧바로 치는 것이 아니라 네 손가락을 쓰는 터치 시스템(키를 안 보고 치는 올바른 타이프 법)이지요."

"정말 놀랍군요! 이건 너무 심한데요, 경감님. 굉장히 지혜로운 따님을 두셨습니다. 당신은 아마도 틀림없이 나에 대해 페이션스 양에게 말씀을 많이 하셨겠지요?" 하고 레인 씨는 미소지으며 아버지를 돌아보았다.

"천만에요! 나 역시 당신과 마찬가지로 놀라고 있습니다. 그런 것을 내가 어떻게 가르쳐 줄 수 있겠습니까. 나도 전혀 모르는 일인데요. 그럼, 그것이 정말입니까?"

브르노 지사는 턱을 어루만졌다.

"샘 양, 당신 같은 사람을 주의 경찰국에서 꼭 쓰고 싶군요."

"아아, 관계없는 이야기는 그만둡시다." 도르리 레인 씨가 중얼거렸다. 그의 눈이 반짝반짝 빛나고 있었다. "이것은 하나의 지혜 겨루기로군요. 추리에 의하여 그것을 알았습니까? 실제로 페이션스 양이 해 보였으니, 분명히 그런 추리가 가능하다는 이야기가 되는군요. 우리가 만난 다음 어떻게 했지요? 처음에 나는 나무 밑을 지나 다가갔습니다. 그리고 경감님, 당신과 브르노 씨가 인사를 나누었습니다. 그 다음 페이션스 양을 소개받아 서로 인사를 나누고……악수를 했지요. 옳아! 멋진 추리를 하셨군요. 물론 손으로 말입니다!" 레인 씨는 자기의 손을 재빨리 주의 깊게 살펴보더니 미소지으며 고개를 끄덕였다. "아가씨, 정말 굉장하군요. 틀림없으니까요, 내가 타이프 라이터를 배운다는 것 말이오. 경감님 내 손을 살펴보시고 무엇을 알 수 있으시겠습니까?"

레인 씨는 정맥이 비쳐 보이는 그 하얀 손을 아버지의 코끝에 갖다 댔다. 아버지는 눈을 깜박거렸다.

"무엇을 알다니요? 이런 손을 보고 무엇을 알겠습니까? 고운 손 이라고 생각할 뿐이지요."

모두 소리내어 웃었다.

"경감님, 지금까지 내가 몇 번 되풀이해 온 말이지만 온갖 자질구 레한 부분을 빠짐없이 조사하는 일이 범죄 수사상 매우 중요하다고 한 뜻을 이제 아셨겠지요. 보시다시피 내 두 손의 손톱 네개가 모 두 갈라져 있습니다. 이것 보십시오, 이렇게 갈라져 있지요. 그런 데 엄지손가락의 손톱만은 갈라져 있지 않고 곱게 다듬어 진 채 있 습니다. 엄지손가락 이외의 손톱이 갈라지는 손끝으로 하는 일이라 면 틀림없이 타이프라이터입니다. 그것도 지금 배우고 있는 상태라 고 할 수 있지요. 왜냐하면 손톱은 타이프라이터의 글자판을 두드 릴 때의 충격에 아직 익숙하지 않아서 갈라져 있는 것이니까요… …훌륭하십니다, 페이션스 양."

"그렇긴 해도……." 아버지는 무뚝뚝하게 말하기 시작했다.

"경감님, 당신은 언제나 회의파이십니다. 아니, 정말 훌륭하오, 페 이션스 양. 이번에는 터치 시스템에 대해서 말인데, 참으로 날카로운 추리력을 가지고 계십니다. 왜냐하면 이른바 낚싯물 식에서는 초보자는 두 개의 손가락밖에 쓰지 않지요. 그러므로 두 개의 손톱만이 갈라지게 되겠지만 터치 시스템에서는 엄지손가락을 빼놓고는 모든 손가락을 쓰거든요" 하고 레인 씨는 싱글거리며 말했다. "그 다음 내가 회상록을 쓰려고 한다는 말씀입니다만, 이것은 눈에 비친 현상에서 매우 비약하고 있습니다. 하지만 이것으로 당신이 관찰이며 추리의 재능뿐만 아니라 직관력도 풍부하다는 것을 알 수 있습니다. 브르노 씨, 이 귀여운 탐정 아가씨가 어떻게 그와 같은 결론을 얻게 됐는지 당신은 아시겠습니까?" 하며 레인 씨는 눈을 감았다.

"전혀 짐작도 할 수 없군요." 지사는 솔직히 말했다.

"정말로 소란을 피우는 녀석이로군." 아버지가 화를 내며 말했다.

아버지의 손에 쥐어진 여송연의 불은 오랜 전에 꺼져 있었고 손가락이 부들부들 떨리고 있었다. 레인 씨는 또다시 껄껄 웃었다.

"지극히 간단합니다. 아시겠습니까, 70이나 된 노인이 어째서 갑자기 타이프라이터를 배우기 시작했느냐 하고 페이센스 양은 의문을 품었던 것이지요. 지난 50년 동안 타이프라이터를 배울 생각이 한 번도 없었으니 도저히 이해할 수 없는 행위라고 말입니다. 그렇지요, 페이센스 양?"

"그렇습니다, 레인 씨. 금새 아셨군요."

"그래서 당신은 이렇게 생각했지요. 즉 노년에 이르러 그런 변덕을 일으켰다면 이미 자기 일생의 전성기가 지났다는 것을 깨닫고 무언가 이 세상에 남기기 위해 자기의 개인적인 일을 쓰려고 생각했음에 틀림이 없다. 더구나 타이프라이터를 배우고 있느니만큼 상당히 긴 것, 다시 말해서 그것은 회상록임에 틀림이 없다고 말입니다. 정말 훌륭하십니다." 갑자기 레인 씨의 눈이 흐려졌다. "하지만 페이센스 양, 내가 알 수 없는 것은 대체 어떻게 내가 혼자서 배우고 있다는 것을 알았습니까? 과연 말씀대로 혼자 배우고 있지만, 어떻게 그것을……."

"그것은 조금 전문적으로 파고 들어가게 됩니다." 나는 힘없는 목소리로 말했다. "그 추리는 다음과 같은 가정에 의해 이루어졌어요, 즉 만일 당신이 어느 누구에게서 타이프라이터를 배우고 계시다면 초심자가 모두 그러하듯이 터치 시스템으로 배우고 계실 것입니다. 이 가정은 우선 틀림이 없다고 생각합니다. 하지만 그렇다면 배우는 사람이 글자의 위치를 외지 않아 글자판을 훔쳐보는지도 모른다는 생각에서 교사는 글자판에다 글자를 감추기 위해 흔히 조그마한 고무 덮개를 씌웁니다. 그래서 만일 글자판에 고무 덮개를 씌웠다면 레인씨, 당신의 손톱은 갈라지지 않았을 겁니다. 그러므로 당신은 틀림없이 혼자서 배우고 계시다고 생각했습니다.

"정말 기가 막히는군!"

아버지는 마치 여류 비행가나, 남아프리카의 즈우르 족의 딸이나, 또는 그와 비슷한 기괴한 것을 이 세상에 낳아 놓은 듯한 표정으로 나를 찬찬히 바라보며 말했다. 그러나 이 하찮긴 해도 조그마한 지혜의 불꽃을 보임으로써 나는 레인 씨를 몹시 즐겁게 했다. 그래서 그 순간부터 레인 씨는 나를 특별한 동료로서 대우해 주었다. 아버지는 그 점을 다소 억울해 하는 듯했다. 아버지는 오래 전부터 범죄 수사의 방법론에 대하여 이 노신사와 서로 논쟁을 벌여 왔던 것이다.

그날 밤 그 중세기적인 드넓은 홀에서 호화로운 향연이 벌어져 햄릿 장의 모든 사람이 하나도 빠짐없이 참석했고, 레인 씨의 생일을 축하하여 떠들썩하게 이야기를 주고받으면서 기가 막히게 맛있는 음식을 먹었다. 연회가 끝나자 우리 네 사람은 레인 씨의 방으로 물러나와 편안한 기분으로 터키 커피와 술을 마셨다. 그 땅 속의 보물을 지킨다는 흙의 정령 과도 비슷한 등이 툭 튀어나온 아주 작은 노인이 끊임없이 방안을 들락거렸다. 그 사람은 믿을 수 없을만큼 나이가 많은 듯싶었다. 레인 씨는 그가 백살은 충분히 넘었을 것이라고 말했다. 그 사람은 레인 씨의 친구 퀘이시 노인이었다. 캐리번(셰익스피어 폭풍우에 나오는 半獸人)이라는 별명을 가지고 있는 그 사람에 대하여 나는 오래 전부터 여러 가지 재미있는 이야기를 듣기도 하고 읽기도 했었다. 레인 씨는 매우 기분이 좋았다. 그는 지사와 아버지에게 여러 가지 질문을 했다.

"경감님, 당신은 아까 페이션스 양과 함께 북부로 갈 예정이라고 하셨지요?"

"사건 의뢰를 받았습니다. 그래서 패티와 함께 북부로 떠날 예정입니다."

"그렇습니까. 사건 때문이라는 말씀이지요? 나도 함께 갈 수 있다면 정말 좋겠군요. 어떤 사건입니까?" 하며 레인 씨는 콧구멍을 쭝긋거렸다. 아버지는 어깨를 움찔했다.

"자세히는 모릅니다. 어쨌든 당신의 전문 분야는 아닙니다. 하지만 브르노 씨, 당신에게는 흥미가 있을 듯합니다. 내가 알기로는, 당신의 옛 친구였던 틸덴 군의 조엘 포어세트가 관계하고 있는 듯하오."

"농담 마시오. 조엘 포어세트가 어째서 내 친구란 말이요. 그 녀석이 나와 같은 정당에 소속해 있는 것만도 화가 나오. 그 녀석은 악당이오. 그는 틸덴 군에 폭력단을 조직해 놓고 있지요." 지사는 강한 어조로 대답했다.

"그 말을 들으니 신이 나는군요. 오랜만에 솜씨를 떨칠 수 있을 것 같아서 말입니다. 당신은 그의 형인 아일라 포어세트 박사에 대해 무언가 알고 있습니까?" 아버지는 히죽히죽 웃으며 말했다. 브르노 지사는 섬뜩한 눈치였다. 그는 눈을 깜박이며 물끄러미 난롯불을 바라보았다.

"포어세트 상원의원은 더할 나위 없이 악질적인 정치 깡패이며, 그의 형인 아일라야말로 실제로 그 일당의 두목이지요. 녀석은 공직을 맡고 있지는 않지만, 포어세트 위원 뒤에서 모든 조종을 하고 있는 검은 그림자라고 해도 과언이 아니오."

"그렇군요. 실은 이 포어세트 박사라는 인물은 리즈 시의 어느 큰 대리석 채굴 회사의 익명의 공동 경영자이지요. 그리고 그 대리석 채굴회사 사장인 클레이 씨는 자기의 공동 경영자인 포어세트 박사가 부정한 방법으로 계약을 맺고 있다는 의심을 품고 있습니다. 그래서 나더러 조사해 달라는 것인데, 아마 부정한 계약임에는 틀림이 없을 겁니다. 하지만 그 증거를 들춰내는 일이 그리 간단할 것 같지는 않습니다." 아버지는 얼굴을 찌푸리며 말했다.

"별로 부러워할 만한 일은 못되는군. 포어세트 박사란 간사하고 교활한 녀석이오. 클레이 씨라고? 알고 있소. 그 사람은 아마 믿을 수 있을거요……내가 이 문제에 특히 관심을 쏟는 것은 포어세트 형제가 이번 가을 선거전에 나서기 때문이오."

레인 씨는 눈을 감고 조용한 미소를 띠고 앉아 있었다. 나는 레인 씨가 지금 아무 것도 듣고 있지 않음을 문득 깨달았다. 이 노신사는 귀머거리이며 독순술(讀脣術 : 상대편의 말하는 입술 움직임과 그 모양 등을 보고 말의 뜻을 이해하는 기술)로 남이 하는 말을 듣는다고 전에 아버지로부터 들은 적이 있었다. 바야흐로 레인 씨는 눈을 감은 채 바깥 세계와 완전히 벽을 막고 있는 것이었다.

나는 머릿속에 흐르고 있는 두서없는 생각을 초조하게 털어 버리며 다시 이야기에 귀를 기울였다. 지사는 정력적인 어조로 리즈 시 및 틸덴 군의 정세에 대한 대체적인 상황을 설명하는 중이었다. 그의 말에 의하면 이제부터 가을까지 몇 달 동안 치열한 선거 운동이 펼쳐지리라는 것이었다. 틸덴 군의 신진 지방검사 존 흄이 포어세트와 대립되는 정당에서 상원의원 선거 후보자로 출마하여 이미 등록을 마쳤다고 한다. 그는 지방 선거인의 존경과 호평을 한 몸에 지니고 있고 검찰관으로서도 청렴결백하다는 평판을 얻고 있어 포어세트 일가의 정치 세력으로서는 얕잡아 볼 수 없는 도전자였다. 존 흄은 주의 정치를 쇄신하겠다는 강령을 내걸고 있었다. 브르노 지사의 말을 빈다면, 포어세트 상원의원은 '뉴욕주 북부 지방의 개발자금을 먹어치우는 정치 깡패'이며 부정으로 유명한 인물이었고, 리즈 시에는 주형무소 가운데 하나인 알곤킨 형무소가 있다는 점을 생각해 볼 때 존 흄의 강령은 매우 적절하고 타당한 것이라고 한다.

레인 씨는 이제 눈을 뜨고 잠시 지사의 입술 움직임을 열심히 바라보고 있었는데, 어째서 그같이 열심히 바라보고 있는지 나로서는 추측할 수가 없었다. 레인 씨의 늙긴 했어도 여전히 날카로운 눈이 형무소 이야기가 나오자 반짝반짝 빛나는 것 같았다.

"알곤킨 말이지요?" 레인 씨는 외쳤다. "무척 재미있는 곳이지요, 몇 년 전에, 그때는 아직 브르노 씨가 지사로 선출되기 전이었습니다만, 모튼 부지사가 마그너스 소장에게 부탁하여 내가 형무소 안을 시찰하도록 해주었지요. 참으로 흥미깊은 곳이었습니다. 그곳에서 옛날 친구를 만났는데 그 형무소 담당인 뮤어 신부였지요. 나는 당신들이 아직 이 세상에 태어나기도 전인 옛날에 뮤어 신부와 알게 되었습니다. 그 사람은 바월리 거리(뉴욕 시의 한 거리로 예전에는 악의 소굴이었다)가 몹시 어지럽던 시절에 바월리의 수호 성자라는 말을 듣기도 했지요. 경감님, 뮤어 신부를 만나시거든 부디 안부 전해 주십시오."

"글쎄요, 언제 만날 수 있을지는 모르겠습니다. 내가 형무소를 시찰한 것은 오래 전이었습니다……아니, 벌써 돌아가시려는 겁니까, 브르노 씨?"

브르노 지사는 작별이 아쉬운 듯 일어섰다.

"이젠 가봐야겠습니다. 주의회에 출석해야 합니다. 대단히 중대한 일이 있었는데 살짝 빠져 나왔거든요."

레인 씨의 미소가 사라지고 피곤한 얼굴에 주름이 잡혔다.

"너무하십니다, 브르노 씨. 그런 식으로 우리를 두고 가시는 법이 어디있습니까."

"죄송합니다. 어쩔 수가 없습니다. 셈, 당신은 천천히 더 놀다 갈 수 있겠지요?"

아버지는 턱 언저리를 벅벅 긁었다. 레인 씨는 강압적인 어조로 말했다.

"물론 경감님과 아가씨는 주무시고 가셔야 합니다. 그다지 바쁜 일도 없으실 테니까요."

"아아, 네 글쎄요. 포어세트 건은 조금 시간이 있겠지요." 아버지는 크게 숨을 쉬고 두 다리를 쭉 뻗으며 말했다. 나도 고개를 끄덕였다. 그러나 만일 우리들이 그날 밤 리즈 시를 향하여 떠났다면 사건은 매우 달라져 버렸으리라. 첫째로 우리는 포어세트 박사가 비밀리에 여행을 떠나기 전에 그를 만날 수 있었을 것이다. 그랬다면 실제로는 그토록 풀기 어려웠던 일도 별로 힘들지 않게 해명할 수 있었을는지 모른다……하지만 이것은 쓸데없는 넋두리이다. 우리는 그날 밤 햄릿 장의 매력에 기꺼이 굴복하여 머무르고 말았던 것이다. 브르노 지사는 작별을 아쉬워하며 돌아갔다. 그리고 지사가 돌아가고 얼마 뒤 나는 멋진 튜더 왕조 풍의 침대에 기어 들어가 지친 몸을 폭신한 시트 속에 눕히고 앞으로 어떤 사건이 우리를 기다리고 있는지도 모르는 채 기분 좋게 잠 속으로 빠져 들어갔다.

죽은 자와의 만남

리즈는 절구를 엎어놓은 듯한 언덕 기슭에 퍼져 있는 매력 있고 활기에 넘치는 조그만 거리였다. 전원 지대의 중심으로, 완만한 언덕을 이루고 있는 밭이며 푸른 고원이 안개에 싸여 있었다. 언덕 위에 솟아 있는 그 위엄 있는 형무소만 없다면 참으로 평화로운 낙원처럼 보였으리라. 그러나 실제로는 꼭대기에 감시소가 있는 침울한 잿빛 바람벽이며, 형무소 부속 공장의 보기 싫은 굴뚝이며, 거대한 형무소의 억압하는 듯한 견고한 건물들이 아름다운 전원 도시를 마치 수의(壽衣)처럼 뒤덮고 있었다. 언덕의 푸른 나무들도 이러한 풍경을 부드럽게 해주지는 못했다. 이 위엄 있고 견고한 벽 속에서 얼마나 많은 죄수들이 형무소 바로 옆의 서늘한 나무 그늘을 그리워하면서, 마치 화성에라도 있는 숲인 양 도저히 다다를 수 없는 곳으로 생각하고 절망에 짓눌리어 있을까 생각하니 나는 불현듯 큰 소리로 고함이라도 치고 싶어졌다.

"차츰 익숙해지면 아무렇지도 않단다, 패티." 역에서 택시로 갈아타며 아버지가 말했다. "저 안에 들어가 있는 녀석들은 모두 쓸모 없는 나쁜 놈들 뿐이야. 그토록 동정할 만한 값어치도 없는 녀석들이지."

우리는 역에서 멀지 않은 클레이 씨의 저택에 도착할 때까지 아무 말도 하지 않았다.

클레이 저택은 하얀 둥근 기둥이 세워진 식민지 풍의 호화스러운 큰 저택으로 이 거리의 교외 언덕 중턱에 있었다. 엘러이휴 클레이 씨는 몸소 현관까지 마중나왔다. 그는 우리를 정중히 맞이했고 세심하게 돌보아 주었다. 우리는 어떻게 보면 그의 고용인이기도 했는데 그의 태도에는 조금도 그러한 기색이 없었다. 그는 가정부에게 우리를 상쾌한 침실로 안내하도록 하여 편히 쉬게 해주었다. 그리고 그날 오후는 마치 우리들과 오래 전부터 아는 사이인 듯 다정하게 리즈 시에 대한 것이며 자기 자신에 대한 이야기를 여러 가지로 들려주었다. 그는 홀아비였다. 그는 세상을 떠난 아내에 대하여 듬뿍 애정을 담아 이야기했고 아내를 대신할 만한 딸이 없는 것이 두고두고 유감스럽다고 털어놓았다. 그런 다음 아버지와 클레이 씨는 여러 시간 동안 서재에 들어가 나오지 않았다. 그리고 그들은 리즈 시에서 23마일 떨어진 체터할리 강변에 있는 채석장으로 가서 하루 종일 있다가 오는 수도 있었다. 아버지는 적의 상황을 살피고 있었는데, 이 고장에 온 다음 며칠 동안 언제나 얼굴을 찌푸리고 있는 것으로 미루어 보아 아버지는 앞으로 시일도 오래 걸리고 또 성공할 가망도 적은 싸움을 예상하고 있음을 짐작할 수 있었다.

"증거가 될 만한 서류가 하나도 없는 데다 이 포어세트라는 사나이는 악마를 뺨칠 만한 녀석임에 틀림없어, 패티. 클레이가 도움을 청하고 비명을 지르는 것도 무리가 아니야. 생각했던 것보다 훨씬 어려운 일인 것 같아" 하고 아버지는 나에게 말했다.

나는 아버지를 동정하긴 했으나 도움을 줄 만한 조사는 하나도 할 수가 없었다. 포어세트 박사는 이 고장에 없었다. 그는 하필이면 바로 우리가 리즈 시에 도착한 날 아침, 즉 우리가 리즈 시를 향해 오고 있을 때 갑자기 행선지도 말하지 않고 어디론가 출발했다는 것이었다. 그러나 그로서는 별로 특별한 행동은 아닌 듯싶었다. 그의 행동은 언제나 이해하기 어렵고 예측할 수 없는 것이었던 모양이다. 만일 그가 있었다면 하늘이 나에게 준 여성으로서의 온갖 매력을 한껏 발휘할 수 있었으리라. 하긴 아버지는 그러한 작전을 별로 좋아하지 않겠지만.

이러한 상황 속에서 다른 어떤 일이 조금은 나를 즐겁게 해주었다. 이 집에는 또 한 사람의 클레이 씨가 있었다. 즉 클레이 씨의 아들로 멋진 체격과 이 부근의 처녀들이 보면 해로울 만큼 아름다운 미소를 갖춘 젊은이였다. 이 클레이 2세의 이름은 젤레미라고 했는데 그 이름에 꼭 맞는 갈색 고수머리와 스스럼없이 무슨 말이든 하는 버릇이 있었다. 다아트머드 대학을 갓 나왔는데, 모든 점에서 그 전형적인 인물이라고 할 수 있었다. 우리가 리즈에 도착한 첫날밤에 짐짓 점잖은 얼굴로 그가 우리에게 말한 바에 의하면, 미국에 대리석 유행시대가 오고 있다는 것이었다. 그러므로 자기는 대학 출신이라는 신분 따위는 대리석 분쇄기 속에 던져 버리고 지금은 리즈에 있는 아버지의 채석장에서 땀투성이의 이탈리아인 석공들과 함께 머리에 돌가루를 뒤집어쓰고 발파장치를 하고 있다고 덧붙였다. 나는 젤레미를 매우 매력 있는 청년이라고 생각했다. 얼마 뒤 알게 된 일이지만 내가 해외에서 배운 교육도 어느 한 가지 점에서는 전혀 쓸모가 없었다. 즉 나는 젊은 미국 대학생의 연애술에 저항하는 기술면에서는 도무지 수련이 쌓여 있지 않음을 깨달았던 것이다.

어느 날 둘이서 말을 타고 먼 곳까지 나갔다가 그가 골짜기에서 허락도 받지 않고 나의 손을 잡았을 때 나는 엄격한 어조로 말했다.

"마치 강아지 같군요."

"둘이 모두 강아지가 됩시다."

그는 웃으며 안장 위에서 내 쪽으로 몸을 내밀었다. 나의 채찍이 그의 코 끝을 스침으로써 겨우 이 위태로운 판국을 겨우 막아 낼 수가 있었다.

"아얏!" 그는 뒤로 물러서며 소리질렀다. "이봐요, 패티. 자기도 숨을 헐떡거리고 있으면서 뭘 그래."

"아니에요."

"아니기는. 당신도 나를 좋아하고 있소."

"농담 말아요."

"어쨌든 좋소. 그리 서두를 필요는 없으니까."

그는 낭패한 듯한 얼굴을 지어 보였다. 그리고 집으로 돌아가는 동안 그는 줄곧 소리 없는 웃음을 짓고 있었다.

그 큰 사건이 느닷없이 일어난 것은 이러한 평화로운 전원 풍경의 한가운데에서였다. 늘 그러하듯이 그 사건도 마치 여름의 폭풍우처럼 불쑥 들이닥쳤던 것이다. 전혀 예상하지 못했던 일이었다. 그 소식은 조용하고 졸음이 오는 나른한 저녁 무렵 우리들에게 전해졌다. 젤레미는 아침부터 기분이 좋지 않았다. 그리고 나는 두 시간쯤 그가 지나치리만큼 손질을 잘해 놓은 머리털을 엉망으로 흩뜨려 그를 못 살게 굴며 즐기고 있었다. 아버지는 개인적인 용건으로 외출했고 엘러이휴 클레이 씨는 하루 종일 사무실에 나가 있었다. 두 사람 모두 그날 저녁 식사 때 돌아오지 않았다.

어두워진 뒤 아버지는 시무룩한 얼굴로 땀을 흘리며 말없이 돌아왔다. 곧바로 침실로 들어가 목욕을 하고 한 시간쯤 지난 다음 우리들이 있는 베란다로 여송연을 피우러 내려 왔다. 베란다에서 젤레미는 기타를 치고, 나는 마르세유의 술집에서 익힌 야릇한 유행가를 시치미를 떼고 부르고 있었다. 내가 세 번째의, 그것도 가장 야릇한 노래를 부르기 시작하는데 엘러이휴 클레이 씨가 자동차를 타고 돌아왔다. 그리고 조금 피곤한 모습으로 늦게 돌아온 이유를 중얼거리는 듯한 목소리로 나직하게 말했다. 무언가 손을 뗄 수 없는 중요한 일이 있어 사무실에 늦게까지 있었던 모양이다. 그가 우리 옆의 의자에 앉아 아버지가 권하는 여송연을 한 대 받아든 바로 그 순간, 서재에서 전화벨이 울렸다. 서재는 이 집의 정면에 있었고 창문으로 베란다를 내다볼 수 있었다. 그때 그 창문이 열려 있었다. 그러므로 그가 전화 받는 소리가 어쩔 수 없이 우리들의 귀에 들려 왔다. 전화의 상대방 말소리는 알아들을 수 없었으나 무언가 굉장히 절박한 용건인 듯 싶었다. 맨 먼저 그의 입에서 튀어나온 말은 "뭐라고요!" 하고 깜짝 놀라서 외치는 소리였다. 아버지는 벌떡 의자에서 일어났고 젤레미도 기타를 치던 손을 멈추었다.

"끔찍한 일이로군, 정말 끔찍한 일이오……상상도 할 수 없습니다 ……아니오, 그가 어디 있는지 전혀 모릅니다. 2, 3일 뒤에 돌아온다고 했습니다만……큰일이군요, 도무지 믿을 수 없습니다!"

젤레미는 집안으로 뛰어들어갔다.

"아버지, 무슨 일입니까?"

클레이 씨는 와들와들 떨리는 손으로 그를 가로막았다.

"그것은 또 어째서……? 네, 물론, 당신이 지시하는 대로 하겠습니다……아아, 네, 이것은 비밀입니다만, 마침 당신을 도와 드릴 만한 분이 와 계십니다. 뉴욕의 샘 경감님입니다……맞습니다. 몇 년 전에 퇴직하신 그분의 명성은 당신도 듣고 계시겠지요……그렇습니다. 참으로 안됐습니다."

수화기를 내려놓자 그는 이마의 땀을 닦으며 천천히 베란다로 나왔다.

"경감님, 당신이 와 주셔서 정말 다행입니다. 나의 사소한 사건보다 더욱 중대한 사건이 일어났습니다. 지금 전화는 지방검사 존 흄에게서 온 것입니다. 나의 동업자인 포어세프 박사의 거처를 가르쳐 달라는 겁니다. 지금 포어세트 상원의원이 자택의 서재에서 어떤 자에게 사살 당한 채 발견되었다고 합니다."

클레이 씨는 희미하게 미소지으며 쓰러지듯 의자에 앉았다.

지방검사 존 흄도 일생을 살인 사건 수사에 바쳐 온 아버지의 도움을 기꺼이 받아들이려 하고 있는 듯했다. 현장은 조금도 손대지 않은 채 아버지의 검증을 기다리도록 해 놓았다고 클레이 씨는 몹시 지친 목소리로 말했다. 지방검사는 아버지가 되도록 빨리 와 주기 바란다고 말했다는 것이었다.

"제가 자동차로 모셔다드리겠습니다. 잠깐만 기다려 주십시오."

젤레미는 재빠르게 말하고 자동차를 현관 앞에 돌려놓기 위해 어둠속으로 사라졌다.

"나도 같이 가겠어요. 레인 씨가 나에 대해서 뭐라고 말씀하셨는지 기억하고 계시지요?" 하고 나는 말했다.

"성가신 녀석이로군. 흄이 너를 쫓아내도 나는 모른다. 살인사건에 젊은 처녀가 나서는 게 아니야. 난 모르겠어." 아버지는 화난 듯이 말했다.

"자아, 준비가 다 되었습니다." 젤레미가 외쳤다. 자동차는 미끄러지듯 현관 옆에 대어졌다. 내가 아버지와 함께 뛰어오르는 것을 보고 그는 깜짝 놀란 듯했으나 아무 말도 하지 않았다. 클레이 씨는 손을 흔들며 우리를 배웅했다. 자기는 피를 보는 것이 싫다고 그는 짤막하게 중얼거렸다.

사실은 눈 깜짝할 사이에 도착했겠지만 나에게는 그 시간이 끝없이 긴 듯했다. 우리의 자동차가 두 개의 철문을 지나 전등이 눈부시게 반짝이고 있는 화려한 큰 저택 앞에 끼익 소리를 내며 급정거했을 때에는 벌써 몇 시간이나 지나간 듯한 느낌이 들었다. 집 둘레에 자동차가 많이 서 있었고, 어두운 정원에는 형사며 순경들이 모여 있었다. 현관문이 열어 젖혀져 있었다. 문기둥에 한 남자가 주머니에 손을 넣고 꼼짝하지 않은 채 기대어 서 있었다. 너 나할 것 없이 모두 그 사나이와 마찬가지로 조용했다. 말소리 하나 들리지 않았고 사람이 내는 그 어떤 소리도 들리지 않았다. 다만 귀뚜라미가 집 둘레에서 즐거운 듯 울고 있을 뿐이었다.

　그날 밤의 일은 아무리 사소한 일일지라도 아직 뚜렷이 기억하고 있다. 아버지에게는 오래 전부터 늘 보아 온 살인사건의 하나에 지나지 않겠지만, 나에게는 생생한 두려움과 그리고 솔직히 말한다면 일종의 병적인 흥미를 불러일으키게 하는 사건이었다. 죽은 사람의 얼굴은 어떠할까? 나는 그때까지 죽은 사람의 얼굴을 본 일이 없었다.

　어느덧 나는 많은 등불이 눈부시게 비치고 있는 드넓은 서재 안에서 있었다. 카메라를 든 남자들, 낙타 털로 만든 작은 솔을 든 남자들, 서류를 뒤적이며 조사하고 있는 남자들, 아무 것도 하지 않고 있는 남자들. 그런 것들이 어렴풋이 나의 눈에 비쳤다. 그러나 이곳에서 두드러지게 뛰어난 존재는 오직 한 사람뿐이었다. 그곳에 있는 그 어느 누구보다도 조용하고 대범했다. 보기 흉하게 살찐 소처럼 큰 사나이. 웃옷을 입지 않은 셔츠 바람으로, 그 소매를 팔꿈치 위까지 걷어올려 힘세 보이는 털북숭이 팔을 드러내고 있는 사나이. 그는 헝겊으로 만든 낡고 커다란 슬리퍼를 신고 있었으며, 골격이 큰 미운 얼굴에는 조금 성난 듯한 그러나 그다지 불쾌하지 않은 표정이 떠올라 있었다. 누군가가 굵은 목소리로 무뚝뚝하게 말했다.

"경감님, 일단 시체를 보시지요."

나도 보았다. 시체를 보면서, 모두들 온 방 안을 뛰어다니며 개인의 사생활 속에 발을 들이밀고 장서를 뒤적거리고 책상 사진을 찍고 가구에 분말 알루미늄을 뿌려 더럽히고 서류를 거칠게 뒤엎고 있는 속에서 이토록 무관심하게 앉아 있다니, 죽은 사람이 오히려, 아니 죽음을 당한 사람이 오히려 예절바르다는 생각이 들었다⋯⋯이 죽음을 당한 사나이가 바로 조엘 포어세트, 고(故) 포어세트 상원의원이었다.

나의 눈은 시체의 가슴에 못 박혔다. 포어세트 상원의원은 어질러진 책상 앞에 앉아 있었다. 두툼한 가슴을 책상 모서리에 기대고 머리는 마치 무언가 묻고 있는 것처럼 한쪽 옆으로 기울어져 있었다. 그리고 그가 기대고 있는 책상 모서리 바로 위, 단추가 달린 셔츠 한가운데서 오른쪽으로 피가 배어 나와 얼룩져 있었다. 그것은 지금도 종이 자르는 날카로운 칼이 박혀 있는 심장에서 뿜어져 나오는 피가 퍼진 자국이었다. 피로구나, 하고 나는 어렴풋이 생각하였다. 말라서 굳어버린 붉은 잉크와도 같았다⋯⋯그 때 성급해 보이는 키 작은 사나이——나중에 틸덴 군의 검시의(檢屍醫) 블르 박사임을 알았다——가 비집고 들어가서 내가 서 있는 곳에서는 시체를 볼 수 없게 되었다. 나는 크게 숨을 들이마시며 갑자기 덮친 현기증을 털어 버리려고 머리를 저었다. 아버지가 씩씩한 팔로 나의 팔꿈치를 부축해주는 것을 느꼈다. 나는 마음을 가다듬어 냉정을 유지하려고 애썼다.

많은 사람들이 여러 가지 말을 지껄이고 있었다. 나는 어떤 젊은 남자의 눈을 쳐다보았다. 아버지는 그 굵고 큰 목소리로 뭐라고 말하고 있었다. '흄'이라는 이름이 귀에 남았다. 아버지는 지방검사에게 나를 소개하고 있었던 것이다. 어머나, 그렇다면 이 사나이가 이번 선거에서 죽은 포어세트의 정적이 될 뻔했던 사람이로군 하고 나는 생각했다……존 흄은 키가 커서 거의 젤레미와 비슷했다. 그리고 보니 젤레미는 어디 갔을까, 하고 나는 생각했다. 흄은 아주 아름답고 지적인 검은 눈을 하고 있었다. 나도 모르게 언뜻 끓어오른 그에 대한 감정이 나를 섬뜩하게 만들었고 부끄러움을 느끼게 했다. 설마 이런 남자에게! 이 바싹 마르고 굶주린 듯한 얼굴을 보라. 무엇에 굶주려 있는 것일까……권력일까, 아니면 이 사건의 진상일까?

"여어, 샘 아가씨, 아버지 말씀으로는 당신도 탐정 일을 상당히 잘하신다면서요, 이대로 여기 계시겠습니까?" 그는 시원스러운 어조로 말했다.

"물론이지요," 나는 용기를 불러일으켜 되도록 아무렇지도 않은 투로 대답했다.

"그러시다면 좋습니다. 경감님, 시체를 살펴보시겠습니까?" 그는 어깨를 움츠리며 말했다.

"아니오, 그것은 검시의에게 맡기는 편이 좋겠지요, 옷은 조사해 보았습니까?"

"몸에 걸치고 있는 것에는 별로 색다른 점이 없습니다."

"여자를 기다리고 있었던 것은 아닌 듯싶군요," 아버지는 혼잣말처럼 말했다. "그 점만은 틀림없습니다. 이런 입술을 하고 이렇게 여자같이 손톱을 손질한 사나이가 웃옷도 입지 않은 채 셔츠바람으로 여자를 기다리고 있었을 리는 없으니까요……그에게 부인이 있습니까, 흄 씨?"

"아니오,"

"그럼, 여자친구는?"

"그야 한두 사람이 아니지요, 경감님. 이 사람에게는 칼을 들이대고 싶은 여자도 여러 명 있을 겁니다."

"특별히 깊이는 여자라도 있습니까?"

아버지와 검사의 눈이 마주쳤다.

"아니오" 하고 말하며 존 흄은 눈길을 돌렸다. 그는 누군가에게 손짓하여 오라고 했다. 뚱뚱하고 힘깨나 쓸 것 같은 귀가 커다란 사나이가 몸을 앞으로 구부리고 방을 가로질러 왔다. 지방검사는 그를 지방경찰서장 케니욘이라고 소개했다. 그는 물고기같은 아교질의 눈을 하고 있었다. 첫눈에 나는 불쾌감을 느꼈다. 아버지의 떡 벌어진 등에 쏠려 있는 그의 눈길에는 적의가 담겨 있는 듯했다. 그때까지 커다란 만년필로 공식 용지에 소견을 쓰고 있던 성급해 보이는 몸집 작은 블르 박사가 일어서며 만년필을 주머니에 넣었다.

"박사님, 어떤 판정이 나왔습니까?" 케니욘이 물었다.

"타살입니다. 의문의 여지가 없소. 다른 점은 모두 제쳐놓고라도 사인(死因)이 된 이 상처만큼은 철저하게 규명할 수 있습니다." 블르 박사는 쾌활하게 말했다.

"그렇다면 상처는 하나뿐이 아니라는 말씀입니까?" 아버지가 물었다.

"그렇습니다. 포어세트는 가슴을 두 번 찔렀습니다. 보시다시피 양쪽 모두 출혈이 많습니다. 처음의 일격도 물론 깊은 상처를 주었습니다만 완전히 숨통을 끊지는 못했으므로 다시 한번 찌른 거지요."

블르 박사는 죽은 남자의 가슴에 꽂혀 있던 종이 자르는 칼을 가리켰다. 가느다란 날에 피가 말라붙어 녹빛이 된 그 칼은 그때 책상 위에 얹혀 있었다. 한 형사가 주의 깊게 그것을 집어들어 잿빛 가루를 뿌렸다.

"자살이 아니라는 것만은 틀림없겠지요?" 존 흄이 말참견을 했다.

"절대로 틀림없습니다. 하지만 여러분에게 꼭 보여 드릴 것이 있습니다. 대단히 흥미 있는 일이지요."

블르 박사는 책상 옆으로 달려가서, 미술품 강의를 하는 교사처럼 시체를 내려다보며 섰다. 그리고 완전히 사무적인 태도로 이미 사후 경직이 일어나 굳어진 죽은 사람의 오른손을 들어 올렸다. 피부가 창백했고 팔뚝에 나 있는 긴 털이 더부룩하니 반짝이고 있어서 보기만 해도 소름이 끼쳤다. 그러나 어느덧 나는 그것이 시체임을 잊고 있었다……

팔뚝에는 두 개의 기묘한 상처가 있었다. 하나는 손목 바로 위에 나 있는 날카롭고 가느다랗게 베인 상처로, 피가 배어나온 흔적이 있었다. 또 하나는 4인치쯤 위에 있었는데, 어째서 생겼는지 알 수 없으나 기묘하고 까실까실하게 긁힌 상처 자국이었다.

"이 손목 위의 베인 상처입니다만, 이것은 종이 자르는 칼로 베었음에 틀림없습니다. 또는 적어도 종이 자르는 칼만큼 예리한 것으로 베었음이 분명합니다." 검시의는 쾌활한 어조로 말했다.

"그럼, 또 하나는?" 아버지는 얼굴을 찌푸리며 물었다.

"글쎄요, 그것은 추측하기가 힘듭니다. 다만 한 가지 분명히 말할 수 있는 것은, 이 까실까실한 긁힌 상처 자국은 살인의 흉기에 의한 게 아니라는 점입니다."

나는 입술을 축였다. 어떤 생각이 떠올랐던 것이다.

"선생님, 팔뚝의 두 상처를 언제 입었는지 알아 낼 방법이 있나요?"

모두들 일제히 나를 돌아보았다. 흄은 하던 말을 멈추었고 아버지는 생각에 잠겼다. 검시의가 빙그레 웃으며 말했다.

"아가씨, 참으로 좋은 질문을 하셨습니다. 네 알아낼 수 있습니다. 이 상처자국은 둘 다 조금 전에 입은 것입니다. 살인이 이루어진 시간과 매우 가깝게, 아니, 살인이 이루어진 시간과 거의 동시에 입었다고 할 수 있겠지요."

피투성이 흉기를 조사하고 있던 형사가 화난 듯한 표정으로 몸을 일으키며 보고했다.

"칼에는 지문이 없습니다. 일이 까다롭게 되겠는데요."

블르 박사는 즐거운 듯한 목소리로 말했다.

"이것으로 나의 일은 모두 끝났습니다. 물론 시체 해부를 해보아야 겠지요. 하지만 지금 말씀드린 것에 의문을 품을 만한 점은 아무 것도 없으리라 생각합니다. 어느 분이든 공중 위생국 사람을 이리로 와 달라고 하여 시체를 운반하도록 해주지 않겠습니까?"

블르 박사는 가방을 닫았다. 제복을 입은 두 사나이가 책상으로 다가와 손잡이가 네 개 달린 커다란 바구니 같은 것을 마루에 내려놓고 시체의 겨드랑이 밑으로 손을 넣더니 모두 함께 입을 모아 소리를 지르며 의자에서 시체를 들어올려 덥석 바구니 속으로 집어넣고는 뚜껑을 덮은 다음 허리를 굽혀 손잡이를 쥐고서 들고 나갔다. 잠시 뒤 나는 겨우 용기를 내어 책상과 지금은 비어 있는 의자 옆으로 다가갔다. 가방을 들고 출입문을 향해 빠른 걸음으로 걸어가고 있는 검시의에게 아버지가 말했다.

"선생님, 이 사람이 죽음을 당한 것은 언제입니까?"

"이거, 깜박 잊고 있었군요. 사망 시각은 거의 정확하게 알 수 있습니다. 오늘 밤 10시 20분. 네, 10시 20분입니다. 아마 1분도 틀리지 않을 겁니다. 10시 20분……." 그리고 나서 블르 박사는 혀를 차며 머리를 꾸벅 숙여 보이고 문 밖으로 사라졌다. 아버지는 한숨을 쉬며 팔목 시계를 보았다. 자정에서 5분 지나고 있었다.

"매우 자신만만하시군." 아버지는 혼잣말처럼 중얼거렸다.

존 흄은 초조한 듯 머리를 저으며 문 쪽으로 갔다.

"그 카마이클이라는 사람을 이리로 들여보내게."

"카마이클이 누굽니까?

"포어세트 상원의원이 비서입니다. 케니온의 말에 의하면 귀중한 증거를 많이 가지고 있다고 합니다. 어쨌든 이제 곧 알게 되겠지요."

"무언가 지문 같은 것을 찾아냈습니까, 케니온 씨?" 아버지는 경멸이 담긴 위엄있는 눈길로 경찰서장을 흘긋 보며 화난 듯한 목소리로 말했다. 케니온은 입에서 이쑤시개를 빼고 씁쓰레한 얼굴을 지으며 부하 한 사람에게 말했다.

"무슨 지문이라도 찾아냈나?"

부하 한 사람이 고개를 저었다.

"다른 사람의 지문은 없습니다만 상원의원의 지문은 많습니다. 그리고 카마이클의 지문도 있습니다. 어쨌든 이 짓을 해치운 녀석은 탐정소설을 읽었음에 틀림이 없습니다. 장갑을 끼고 했으니까요."

"범인은 장갑을 끼고 있었습니다." 케니온은 이쑤시개를 입으로 다시 가져가며 말했다.

"어서 빨리 그 사나이를 데리고 와!" 존 홈이 문 옆에 서서 고함질렀다. 나는 아버지의 얼굴을 슬쩍 쳐다보았다. 아버지는 여송연을 입에서 2인치쯤 떨어진 곳으로 가져간 채 꼼짝도 않고 문 쪽으로 시선을 쏟고 있었다.

검은 상자

한 사나이가 문 앞에 서서 책상 쪽을 보고 있었다. 조금 아까까지도 죽은 사나이가 앉아 있던 의자가 지금은 비어있는 것을 보고 그 야윈 얼굴에 놀라움의 표정이 나타났다. 그리고 그는 눈길을 옮겨 지방검사가 자기를 뚫어지게 바라보고 있는 것을 알았다. 사나이는 슬픈 듯이 미소짓고 고개를 끄덕이며 방안으로 들어와 당황하는 빛도 없이 방 한가운데에 꼼짝 않고 조용히 섰다. 키는 나 정도밖에 되지 않았으나 떡 벌어진 체격이었다. 40살쯤 된 듯했으나 왠지 기묘한 젊음이 풍겨, 보는 사람으로 하여금 당황케 만들었다. 나는 다시 한번 아버지를 보았다. 여송연은 아까부터 1인치도 입 가까이로 다가가지 않고 있었다. 아버지는 마음속에 일어난 크나큰 놀라움을 감추려고 하지도 않은 채 새로 들어온 사나이를 뚫어지게 바라보고 있었다. 그리고 이 죽은 사나이의 비서도 아버지를 보았다. 어쩌면 아버지를 알고 있을지도 모른다는 생각이 들어서 나는 주의 깊게 사나이의 얼굴을 지켜보았으나 겁내는 기색이 없는 그의 눈에는 조그마한 놀라움의 표정도 나타나 있지 않았다. 사나이는 눈길을 옮겨 나를 보았다. 조금 놀란 듯 했으나 이처럼 침울한 살인 현장에 여자가 와 있는 걸 보고 놀라는 표정 이상의 것은 아니었다. 나의 눈길은 다시 아버지에게로 돌아갔다. 여송연은 이제 입에 물려 있었고 아버지는 그것을 조용히 피우며 다시금 무표정한 얼굴로 돌아가 있었다. 아버지의 순간적인 놀라움의 표정을 알아차린 사람은 아무도 없는 듯 싶었다. 하지만 나는 아버지가 이 카마이클이라는 사나이를 전부터 알고 있었다는 것을 눈치챘다. 그리고 카마이클 역시 겉으로는 나타나지 않았으나 한 순간 틀림없이 놀랐다고 생각했다. 이렇듯 자제심이 강한 사람은 조심해야 한다고 나는 마음속으로 다짐했다.

"카마이클 씨, 케니온 서장의 말에 의하면 당신은 무언가 중요한 것을 증언할 수 있다고요?" 존 흄이 불쑥 말했다.

비서는 눈썹을 조금 치켜올렸다.

"그 '중요'하다는 뜻이 어떤 것인가에 달려 있습니다, 흄 씨. 물론 시체를 처음 발견한 것은 나입니다만……."

"그렇다더군요. 오늘 밤 여기서 일어난 일을 설명해 주십시오."

지방검사의 말투는 우스꽝스러우리만큼 서먹서먹했다. 포어세트 상원의원의 비서……나는 그 존재의 미묘함을 알 수 있을 것 같았다.

"오늘 밤 저녁 식사 뒤에 상원의원님은 세 사람의 고용인, 다시 말해서 요리사와 집사와 하인을 이 서재에 불러들여서 오늘밤에는 외출해도 좋다고 말씀하셨습니다. 그분은……."

"그런 것을 당신은 어떻게 알았습니까?" 흄이 날카롭게 따져 물었다. 카마이클은 조금 웃었다.

"그야 그 자리에 내가 있었으니까요."

케니온은 앞으로 허리를 조금 구부린 자세로 몸을 내밀었다.

"이 사람의 말이 맞습니다, 흄 씨. 지금 고용인들을 조사해 보았는데, 모두 3분전에 돌아왔습니다. 영화 구경을 하고 왔다더군요."

"카마이클 씨. 계속 말해 보시오."

"고용인들을 내보내신 다음 상원의원님은 나에게도 오늘 밤 외출해도 좋다고 말씀하셨습니다. 그래서 분부하신 편지를 두세 통 쓰고는 나도 외출 했었지요."

"그런 일은 좀처럼 없는 일이었겠지요?"

비서는 어깨를 움츠렸다.

"그렇지 않습니다." 한순간 그는 흰 이를 들어내며 웃었다. "그분은 이따금 비밀로 하는 일이 있었습니다. 그래서 우리들에게 외출해도 좋다는 분부를 내리시는 것이 그다지 신기한 일은 아니었지요. 어쨌든 나는 예정보다 조금 빨리 돌아왔습니다. 와서 보니 현관문이 활짝 열려 있고"

"잠깐만!" 하고 아버지가 그 걸걸한 목소리로 말을 가로막았다.

비서의 미소가 순간적으로 사라졌다가 다시 돌아왔다. 그는 정중한 태도로 아버지의 질문을 기다렸다.

"당신은 저택에서 나갈 때 현관문을 닫았습니까?"

"틀림없이 닫았습니다. 그리고 여러분들도 살펴보셔서 아시겠지만 저 문에는 자동 자물쇠가 달려 있으며 주인과 나 이외에 열쇠를 가지고 있는 것은 고용인들뿐입니다. 그러므로 상원의원님께서는 이곳에 온 어떤 사람을 위해 몸소 문을 열어 주어 안으로 들어오게 했다고 나는 생각합니다."

"억측은 그만두시오. 본을 떠서 여벌쇠를 만들 수도 있지요. 어쨌든 당신이 돌아와 보니 현관문이 열려 있었단 말이지요?" 흄이 대뜸 말참견을 했다.

"어쩐지 이상하다는 생각이 들었습니다. 어떤 불길한 일이 일어난 듯한 예감이 들어서 나는 안으로 달려 들어왔습니다. 그리고 상원의원님이 숨이 끊어진 채 책상 앞에 앉아 계시는 것을 발견했습니다. 케니온 서장이 오셨을 때에도 같은 자세였습니다. 말할 나위도 없이 나는 시체를 보자마자 경찰에 전화로 알렸지요."

"당신은 시체에 손을 대지 않았겠지요?"

"물론 대지 않았습니다."

"그것이 몇 시쯤이었습니까, 카마이클 씨?"

"정각 10시 반이었습니다. 포어세트 의원이 죽음을 당한 것을 발견하자마자 나는 곧 시계를 보았습니다. 틀림없이 그런 하찮은 일이라도 도움이 되리라고 생각했기 때문이지요."

홈이 아버지의 얼굴을 보았다.

"일이 재미있어 지는군요. 범행이 있는 지 10분 뒤에 시체를 발견했다는 이야기가 됩니다……그럼, 카마이클 씨, 누군가가 이 집에서 나가는 것을 보지 못했습니까?"

"네, 보지 못했습니다. 집으로 돌아올 때 어떤 생각에 깊이 잠겨 있었기 때문에 그런 것을 볼 마음의 여유가 없었는지도 모르지요. 더구나 주위가 캄캄했으니까요. 범인이 내가 오는 것을 알아차리고 나무 위에 숨었다가 내가 집안으로 들어간 다음 달아날 수도 있었을 겁니다."

"그랬는지도 모르겠군요, 홈 씨. 그럼, 카마이클 씨, 경찰에 전화로 알린 뒤 어떻게 했습니까?" 뜻밖에도 아버지가 말참견을 했다.

"저 문 앞에 서서 기다리고 있었습니다. 전화를 걸고 10분도 채 안되어 케니온 서장이 오시더군요."

아버지는 육중한 걸음걸이로 입구로 가서 복도를 내다보더니 이윽고 고개를 끄떡이며 돌아왔다.

"그렇다면 당신은 그 동안 줄곧 현관문을 지켜보고 있었던 셈이로군요. 누군가가 밖으로 나가는 것을 보거나 듣지 못했습니까?"

카마이클은 세게 고개를 저었다.

"아무도 나간 사람이 없고 나가려 한 사람도 없었습니다. 내가 들어왔을 때 서재의 문이 열려 있었고 나는 그것을 닫지 않았습니다. 전화를 걸고 있을 때 문 쪽을 향해 있었으므로 만일 누군가가 복도를 지나갔다면 눈에 띄었을 겁니다. 온 집안에는 틀림없이 나 이외에 다른 사람이 없었다고 생각합니다."

"참으로 이상하군요." 홈은 초조한 듯 말했다.

케니온이 귀에 거슬리는 낮은 목소리로 말했다.

"누구든 카마이클 씨가 돌아오기 전에 그런 짓을 했겠지요. 우리가 온 다음 도망간 녀석은 없습니다. 게다가 우리는 온 집안을 샅샅이 뒤졌거든요."

"다른 출입구는 어땠습니까?" 아버지가 물었다.

대답하기 전에 케니온은 책상 뒤의 벽난로에 침을 뱉었다. 그는 냉소를 띠며 말했다.

"현관문 말고는 모두 안에서 잠겨 있었습니다. 물론 창문도 그랬지요."

"이제 그만 합시다. 그런 이야기는 시간 낭비일 뿐입니다" 하고 홈이 말했다. 그는 책상 쪽으로 걸어가 피가 말라붙어 있는 칼을 집어들었다. "이 칼을 본 일이 있습니까, 카마이클 씨?"

"네, 있습니다. 그것은 상원의원님의 칼입니다. 늘 책상 위에 놓여 있지요, 홈 씨." 카마이클은 잠시 그 칼을 보고 있다가 눈길을 조금 돌렸다. "또 하실 말씀이 있습니까? 너무 놀라서 마음이 조금 산란하기 때문에……."

산란하다고! 천만에. 이 사나이는 세균과 마찬가지로 신경 따위는 지니고 있지 않는 것처럼 느껴졌다.

지방검사는 칼을 책상 위에 다시 놓았다.

"이 범죄에 대하여 무언가 짚이는 것이 없습니까? 어떤 단서 같은 것 말입니다."

비서는 진심으로 슬픈 듯한 얼굴을 지었다.

"전혀 짐작할 수가 없습니다, 홈 씨. 아시다시피 상원의원님에게는 정치상의 적이 많이 있었습니다만……."

홈이 느릿하게 말했다.

"그게 무슨 뜻입니까?"

카마이클은 괴로운 듯한 얼굴을 지었다.

"무슨 뜻이라니요? 말 그대로지요. 아시다시피 상원의원님을 싫어 하는 사람이 많습니다. 죽이고 싶다고 생각하는 남자, 아니 남자뿐 만이 아니라 그런 기분을 가진 여자만 해도 수십 명쯤 될 겁니다…….

"알았소. 그럼, 지금은 이 정도로 하고 나가서 기다리시오." 홈이 나직이 말했다.

카마이클은 미소지으며 방에서 나갔다.

아버지는 지방검사를 옆으로 끌고 갔다. 그리고 낮은 목소리로 포 어세트 상원의원에 대하여, 그의 교우 관계에 대하여, 또한 그의 정 치상의 나쁜 업적에 대하여 존 홈의 귀에 잇달아 질문을 퍼부었다. 그리고 카마이클에 대해서도 마치 아무 것도 모르는 듯이 여러 가지 묻고 있었다. 케니온 서장은 바보 같은 표정으로 천장이며 바람벽을 바라보면서 여전히 방안을 왔다 갔다 하고 있었다.

방 한구석에 놓여 있는 책상이 나의 주의를 끌었다. 실은 카마이클 이 심문 당하고 있을 때부터 나는 자리에서 일어나 책상 옆으로 가 보고 싶다고 계속 생각하고 있었다. 책상 위에 있는 물건들이 나에게 는 빨리 조사해 달라고 울며 호소하고 있는 듯이 여겨졌던 것이다. 어째서 아버지도 지방검사도 케니온 서장도 그 책상 위에 얹혀 있는 여러 가지 물건을 온갖 주의를 기울여 면밀히 조사하지 않는지 이해할 수가 없었다. 나는 주위를 둘러보았다. 아무도 보고 있지 않았다. 나는 책상 위로 몸을 굽혔다. 포어세트 상원의원의 시체가 앉아 있었던 의자 바로 앞, 책상 위에 한 장의 녹색 압지(押紙)가 놓여 있었다. 그 압지는 책상 절반 정도의 넓이였고, 그 위에 두꺼운 크림 빛 편지지가 놓여 있었다. 맨 위의 종이에는 아무 것도 씌어 있지 않았다. 나는 세심하게 편지지를 집어들어 살펴보다가 기묘한 것을 발견했다. 상원의원은 책상과 거의 닿을 만큼 앉아서 책상에 기대어 죽어 있었다. 그런데 지금 생각해 보니 그의 가슴에서 뿜어 나온 피가 그의 바지에는 묻어 있지 않았고, 지금 살펴보고 알았지만 의자 위에도 흘러있지 않았다. 피는 압지 위로 뿜어 나왔던 것이다. 그러므로 지금 편지지를 집어 올리고 보니 많은 피가 튀어 녹색 압지에 스며 있는 것을 알 수 있었다. 그러나 그 스며 있는 모양이 매우 기묘했다. 편지지 아래쪽의 한 모퉁이 같은 직각 모양을 하고 있는 것이었다. 즉 압지에서 편지지를 집어들었더니 아주 새것인 녹색 압지 위에 불규칙적인 원형을 이룬 거무스름한 핏자국이 배어 있었다. 그러나 편지지의 한쪽 면이 얹혀 있었던 곳에는 큰 직각을 이룬 부분이 더럽혀지지 않은 채 그대로 남아 있었던 것이다. 이것은 어떤 사실을 말하고 있는 것이다! 나는 주위를 둘러보았다. 아버지와 홈은 아직도 낮은 목소리로 서로 이야기를 주고받고 있었다. 케니온은 여전히 기계 인형처럼 왔다 갔다 하고 있었다. 그러나 젤레미와 여러 정복 경관들이 무서운 눈으로 나를 바라보고 있었으므로 나는 질리고 말았다. 아마도 그만두는 편이 현명하리라……. 하지만 내 머리에 떠오른 하나의 이론은 꼭 시도해 보라고 외치고 있었다. 나는 결심했다. 그리고 책상 위에 허리를 굽혀 편지지를 세어 보기 시작했다. 한 장도 쓰지 않은 것인지 어떤지 알아보기 위해서. 겉으로 보기에는 한 장도 쓰지 않은 것 같았다. 그러나……세어보니 편지지는 98장이었다. 나의 추리가 틀리지 않는다면 몇 장 묶음인지 표지에 씌어 있을 것이다. 맞아! 내 생각이 맞았어. 표지에는 백 장 묶음이라고 뚜렷이 씌어 있었다.

나는 어깨에 아버지의 손을 느꼈다.

"냄새를 맡고 있니, 패티?"

아버지의 목소리는 무뚝뚝했으나 그 눈은 내가 지금 막 제자리로 돌려놓은 편지지에 날카롭게 쏠려 있었다.

"케니온 씨, 아까의 그 어이없는 물건을 다시 한번 보여 주겠소? 샘 경감님의 견해를 듣고 싶으니까." 흄이 여전히 힘있게 말했다.

케니온은 코를 한 번 울리고 나서 주머니에 손을 집어넣었다. 그는 참으로 기묘한 물건을 주머니에서 꺼냈다. 그것은 장난감의 일부분처럼 보였다. 장난감 상자 같은 것이었다. 아마도 소나무인 듯, 값싸고 부드러운 나무로 만들어져 있었다. 낡아서 바랜 듯한 검은 색이 칠해져 있고 네 귀퉁이에 작고 값싼 멈춤쇠가 장식으로 달려 있었다. 마치 트렁크의 복제품 같았고 멈춤쇠는 귀퉁이를 보호하는 놋쇠붙이 같았다. 그러나 나로서는 아무래도 그것이 트렁크를 모방하여 만들어진 것으로 여겨지지는 않았다. 연장을 넣어 두는 상자를 축소한 것처럼 보였다. 높이는 3인치쯤밖에 되지 않았다. 또한 그 두드러진 특징은 그것이 소형 상자의 한 부분처럼 보이는 점이었다. 왜냐하면 그 오른쪽에 톱으로 가지런히 자른 자국이 나 있었고, 케니온의 검은 손톱이 자라있는 끈적끈적한 손에 쥐어진 그 물건은 겨우 2인치 정도의 폭에 지나지 않았기 때문이다. 나는 재빠르게 계산해 보았다. 대체적으로 말해서 상자 전체의 폭은 높이와의 균형 면으로 생각해 볼 때 약 6인치쯤 될 것이다. 이것은 2인치 정도의 폭이므로 전체의 3분의 1이라는 이야기가 된다.

"파이프에 채워서 피우시지요." 케니온은 아버지에게 심술궂게 말했다. "큰 도시의 명탐정께서는 이것을 어떻게 생각하십니까?"

"어디서 찾아냈소?"

"그 책상 위에 있더군요. 버젓이 말입니다. 우리는 달려오자마자 곧 이것을 발견했지요. 그 편지지 위의 시체와 마주 보이는 곳에 있었습니다."

"아무튼 기묘한 물건이로군요." 아버지는 중얼거리듯 말하며 케니온의 손에서 그것을 받아들고 찬찬히 들여다보았다.

그 뚜껑——이라기보다는 나머지 부분이 톱으로 잘리어 나간 상자 조각 위에 얹혀 있는 뚜껑의 일부라고 해야 옳을 것이다——은 단 하나의 경첩으로 연결되어 상자의 몸체에 붙어 있었다. 상자 안은 비어 있었고 칠이 되어 있지 않았으며 아직 새것인 나무 결에 얼룩하나 묻어 있지 않았다. 그리고 아버지가 손에 들고 있는 그 물건의 앞면에 HE라는 두 개의 금 글씨가 벗겨진 검은 색 위에 정성껏 씌어 있었다.

"이것은 대체 무슨 뜻일까? HE(그)란 누구일까?"

아버지는 망연히 나를 보았다.

"이상하지 않습니까." 수수께끼를 내걸고 즐기는 사람처럼 홈이 미소지으며 말했다.

"이것은 '그'라는 뜻과는 동떨어진 것일는지도 몰라요." 나는 생각에 잠기며 말했다.

"이것은 대수로운 뜻이 있는 것이 아닐지도 모르지요. 케니온 씨도 같은 의견입니다. 그러나 역시 단서가 될지도 모르는 것이니 만큼 소홀히 해서는 안되겠지요. 경감님, 당신의 의견은 어떻습니까?" 홈이 말했다.

"딸아이의 말대로라면 새로운 견해도 나올 수 있을 것 같군요. 이것은 단어의 일부, 즉 그 첫 두 글자에 지나지 않는다고도 생각할 수 있습니다. 그렇다면 물론 '그'라는 뜻은 아니지요. 어쩌면 짧은 문장의 첫 단어일는지도 모릅니다" 하고 아버지가 말했다.

"지문이 있는지 살펴보았습니까?" 케니온이 경멸 담긴 어조로 크게 말했다.

홈은 고개를 끄덕였으나 표정은 어두웠다.

"포어세트의 지문은 있었으나 다른 지문은 없소."

"책상 위에 있었겠지요? 카마이클이 오늘 밤 저택을 나갈 때 이미 책상 위에 있었던 것이겠지요?" 아버지가 중얼거리듯 말했다.

홈이 눈썹을 치켜올렸다.

"구태여 카마이클에게 물어 볼 필요는 없다고 생각했습니다. 지금 당장 카마이클을 여기로 불러와 물어 봅시다."

그는 비서를 불러오게 했다. 비서는 여전히 부드러운 얼굴에 정중하고 의아스러운 듯한 표정을 지으며 곧 들어왔다. 그는 아버지가 들고 있는 작은 나뭇조각에 눈길을 던졌다.

"찾아 내셨군요, 이상한 것이지요?" 카마이클이 낮은 목소리로 말했다.

홈은 긴장했다.

"당신도 그렇게 생각하시오? 그럼, 당신은 무언가 알고 있군요?"

"홈 씨, 조금 이상한 이야기가 있습니다. 지금까지 당신이나 케니온 씨에게 이야기 할 기회가 없었으므로……."

"잠깐만." 아버지의 목소리는 나른한 듯했다. "당신이 오늘밤에 이 방에서 나갈 때 상원의원 책상 위에 이것이 놓여 있었습니까?"

카마이클은 희미하게 침착한 미소를 지었다.

"아니오, 없었습니다."

"그렇다면 이렇게 되겠군요" 아버지는 계속 말했다. "즉 이 물건은 포어세트나 범인, 그 두 사람 가운데 어느 한 사람이 일부러 책상 위에 꺼내 놓아야 할만큼 중요한 것이었다고. 그렇다면 매우 중요한 뜻이 담겨 있다고 생각되지 않으십니까, 홈 씨?"

"그 말씀이 맞을 것 같군요. 나는 그런 관점에서 보지 않았지만요."

"물론 다르게도 생각할 수 있지요. 즉 상원의원이 아무도 없을 때 불쑥 이걸 보고 싶어서 꺼냈다고 말이오. 그 경우에는 아마도 살인과는 관계가 없을 것입니다. 그러나 지금까지의 내 경험으로 미루어 보아 오늘 밤 같은 상황에서, 즉 집안의 고용인을 모두 쫓아 낸 뒤 피해자가 무슨 일을 했다면 대부분의 경우 무엇이건 살인과 관계가 있다고 볼 수 있습니다. 당신이 어떻게 생각하시든 자유입니다만, 나로서는 이것을 자세히 조사해 볼 필요가 있다고 생각합니다."

"어떤 결론을 내리시든 먼저 나의 이야기를 듣고 난 뒤에 하시는 것이 좋을 것입니다. 이것은 지난 몇 주일 동안 상원의원의 책상 속에 있었습니다. 서랍 속에 말입니다."

카마이클은 조용히 책상 둘레를 돌아가서 맨 윗 서랍을 열었다. 책상 속이 몹시 어질러져 있었다.

"아니, 누가 책상을 뒤졌군요!"

"그게 무슨 말입니까?" 지방검사가 재빠르게 물었다.

"포어세트 의원님은 지나치게 깔끔한 분이었습니다. 무엇이든지 가지런히 놓아두지 않으면 견디지 못하는 성미였지요. 바로 어제도 이 서랍이 조금도 흐트러지지 않고 정돈되어 있는 것을 나는 우연히 보아 알고 있습니다. 그런데 보시다시피 서류가 엉망으로 되어 있습니다. 그분이 이렇게 하셨을 리는 없습니다. 틀림없이 누군가가 이 서랍 속을 뒤졌습니다. 틀림없어요!"

"자네들 가운데 이 책상 속을 뒤진 사람이 있나?" 케니온이 부하에게 고함질렀다. 모두들 일제히 그런 짓은 하지 않았다고 대답했다.

"이상하군! 나도 부하들에게 책상 속은 건드리지 말라고 일렀습니다. 대체 누가……?" 하고 케니온은 중얼거렸다.

"케니온 씨, 그만 하시오." 아버지는 화난 듯이 말했다. "차츰 알게 될 테니까요. 이것은 그저 육감에 지나지 않습니다만 아무래도 가해자의 소행인 듯하오, 카마이클 씨. 이 하찮은 상자의 배후에 어떤 일이 숨겨져 있을까요? 대체 어떤 뜻이 있을까요?"

"경감님, 그것을 알면 얼마나 좋겠습니까." 비서는 매우 유감스러운 듯 말했다. 아버지와 비서의 눈은 무표정하게 서로 뚫어지게 바라보고 있었다.

"하지만 그 일에 대해서는 당신과 마찬가지로 나도 아무 것도 모릅니다. 어째서 여기에 있는지조차 모르고 있습니다. 몇 주일 전에, 아마 약 3주일 전이라고 생각합니다만, 짐이 와서……아니, 처음부터 말씀드리는 편이 좋겠군요."

"간단히 말하시오."

카마이클은 크게 숨을 내쉬었다.

"흄 씨, 상원의원님은 이번 선거에서 아주 심한 싸움이 벌어지리라고 각오하고 계셨습니다……."

흄은 심각하게 고개를 끄덕이며 말했다.

"그랬나요? 그 일과 이것이 어떤 관계가 있단 말이오?"

"그래서 포어세트 의원님은 지방의 가난한 사람들 편인 척하면——나는 감히 '척했다'고 말합니다만——후보자로서의 인기가 높아지리라고 생각했던 것입니다. 그래서 그분은 형무소——물론 알곤킨 형무소입니다——죄수들의 생산품 바자를 열어서 그 수익금을 틸덴 군의 실업자 구제 자금으로 내놓아야겠다고 생각했습니다."

"그 기사는 리즈 엑저미너 지에 상당히 자세히 실려 있었지요." 홈은 무표정하게 말참견했다. "그런 중요하지 않은 이야기는 그만두시오. 이 상자가 바자와 어떤 관계가 있단 말입니까?"

"그래서 상원의원님은 주의 형무국과 마그너스 소장의 승낙을 얻어 알곤킨 형무소를 두루 참관하셨지요. 이것은 약 한 달 전의 일입니다. 그리고 그분은 상품 견본으로 전시하기 위해 미리 몇몇 제품을 보내 달라고 소장에게 말했습니다. 그래서 형무소의 목공 부에서 만든 완구가 보내져 왔는데 그 속에 이 작은 물건이 함께 들어 있었던 겁니다."

카마이클은 입을 다물었다. 그 눈이 번쩍 빛났다.

"당신은 어떻게 그것을 알았습니까?" 아버지가 중얼거리듯 말했다.

"내가 포장을 뜯었거든요."

"그렇다면 이 괴상한 물건이 다른 싸구려 완구와 함께 들어 있었단 말입니까?"

"정확하게 말하면 그렇지 않았습니다. 연필로 상원의원님의 이름이 적혀 있는 좀 더러운 종이에 싸여 있었습니다. 그리고 봉투에 넣은 편지도 함께 들어 있었는데 이것 역시 상원의원님에게 보낸 것이었습니다."

"편지라고?" 하고 홈이 외쳤다. "그것은 중대한 일인데 어째서 이쪽에서 묻기 전에 먼저 자초지종을 이야기하지 않았소? 그 편지는 지금 어디 있소? 당신은 그것을 읽었소? 뭐라고 씌어 있었습니까?"

카마이클의 얼굴은 슬픈 듯했다.

"홈 씨, 죄송합니다. 이 상자도 편지도 상원의원님에게 보내어진 것이었으므로 나는 읽을 수 없었지요……나는 그것을 받자 곧 상원의원님에게 갖다 드렸습니다. 그분은 책상 앞에 앉아서 내가 포장을 뜯고 있는 동안 무언가 다른 일을 하고 계셨습니다. 나는 그 종이 꾸러미를 그분에게 드렸는데, 그분이 열어 보실 때까지 그 종이 꾸러미 속에 무엇이 들어 있는지 몰랐습니다. 나는 그저 상원의원님의 이름이 적혀 있는 것을 언뜻 보았을 뿐입니다. 상원의원님은 이 상자를 보시자 죽은 사람처럼 새파랗게 질리시더니 부들부들 떨리는 손으로 편지의 겉봉을 뜯었습니다. 이것은 틀림없습니다. 그와 동시에 그분은 나더러 나가라고 하셨습니다. 나머지 짐은 직접 뜯겠다고 말씀하시면서."

"그거 참, 유감이로군. 그럼, 그 편지가 지금 어디 있는지, 아니면 포어세트가 찢어버렸는지 당신은 전혀 모릅니까?" 홈이 대들 듯 말했다.

"완구며 다른 물건들을 거리에 있는 바자 사무실로 보낸 다음에야 나는 그 물건이 짐 속에 없다는 것을 알았습니다. 그리고 일주일 가량 지난 어느 날 나는 우연히 그것이 책상 맨 윗 서랍에 들어 있는 것을 보았습니다. 편지는 두 번 다시 보지 못했습니다."

"카마이클 씨, 잠깐만 기다려 주시오."

그리고 나서 홈은 케니온에게 뭐라고 속삭였다. 케니온은 귀찮은 듯한 얼굴로 세 경관에게 무언가 무뚝뚝하게 명령했다. 그러자 그 가운데 한 사람이 책상으로 달려가 허리를 굽히고 서랍을 모두 뒤지기 시작했다. 다른 두 사람은 방에서 나갔다.

아버지는 눈을 가늘게 뜨고 여송연 끝을 뚫어지게 보며 생각에 잠겨 있었다.

"그런데 카마이클 씨, 그 꾸러미를 누가 여기에 보냈습니까? 그 점에 대하여 설명했던가요?"

"글쎄요, 어쨌든 그것은 각 부문에서 뽑힌 모범수들이 날라 왔습니다. 물론 나는 그 사람들의 얼굴을 기억하지 못합니다."

"그럼, 이 점은 기억하시겠습니까? 즉 당신이 그 죄수들에게서 짐을 받아들었을 때 봉인되어 있었습니까?"

카마이클은 눈을 크게 떴다.

"네, 알겠습니다. 당신 생각은 심부름 온 사람들이 오는 도중 완구의 포장을 뜯고 그걸 슬쩍 집어넣었는지도 모른다는 거지요? 하지만 나는 그렇지 않다고 생각합니다. 봉인은 완전했으니까요. 만일 뜯었던 흔적이 있었다면 틀림없이 눈에 띄었겠지요."

"알았소. 이것으로 수사의 범위가 좁혀졌습니다. 흄 씨, 형무소 내부 사람의 짓임에 틀림없습니다. 어떻습니까. 이것은 절대로 하찮은 물건이 아니겠지요?" 아버지는 혀를 끌끌 차며 말했다.

"내가 틀렸습니다." 흄은 순순히 인정했다. 그의 검은 눈에 소년 같은 흥분의 빛이 나타났다. "어떻습니까? 아가씨 당신도 역시 이 물건이 중요하다고 생각하십니까?"

그 목소리는 상냥하였으나 사람을 깔보는 듯한 말투여서 나는 울컥 화가 났다. 나는 턱을 앞으로 내밀며 쌀쌀한 어조로 말했다.

"흄 씨, 내가 어떻게 생각하건 대수롭지 않으실 텐데요?"

"이거 미안합니다, 아가씨. 나는 아가씨를 화나게 하려고 말한 게 아닙니다. 정말 이 나무 상자를 어떻게 생각하고 계십니까?"

"당신들의 눈이 모두 옹이 구멍이라고 생각하고 있어요." 나는 쏘아붙였다.

다섯 번째의 편지

그 순간 존 흄은 소리 죽여 웃었고, 케니온은 바보처럼 큰 소리로 웃었으며, 그 부하 경관들도 비웃는 듯한 표정이었다. 어느덧 옆에 와 있던 젤레미도 나의 말을 듣고 싱글거렸다. 요컨대 내가 그들의 눈을 옹이 구멍이라고 표현한 것을 모두 대수롭게 생각하지 않고 웃어넘겼던 것이다. 유감스럽게도 나는 그때 아직 그들의 맹목과 무지함을 뚜렷이 입증할 수 있는 입장이 아니었다. 그래서 가능한 한 냉정하고 자신 있는 태도로 얼굴을 찌푸리며 책상 쪽으로 다시 돌아갔다. 가엾게도 아버지는 쥐구멍으로라도 숨어 버리고 싶은 듯한 모습이었다. 찌그러진 귓불을 새빨갛게 물들이며 무서운 눈으로 나를 흘겨보았다. 마음의 흔들림을 감추기 위해 나는 책상 구석을 살피기 시작했다. 거기에는 봉인된 채 아직 우표가 붙어 있지 않은 타이프라이터로 주소 성명이 찍힌 봉투가 몇 장 포개져 있었다. 잠시 뒤 나는 노여움이 겨우 가라앉았으므로 다시 일에 주의를 집중시켰다. 존 흄은 아마 자신의 태도가 후회스러운지 카마이클에게 말했다.

"맞아요, 그 편지도 조사해 보아야겠소. 아가씨의 말이 옳아요. 당신이 이 편지를 타이프했습니까, 카마이클 씨?"

"네?" 카마이클은 깜짝 놀랐다. "아아, 그 편지 말입니까? 네, 내가 쳤습니다. 오늘 밤 저녁 식사 뒤 상원의원님이 부르시는 것을 받아썼다가 집에서 나가기 전에 타이프로 쳤습니다. 제 사무실은 이 서재 끝에 있는 작은 방입니다."

"편지에 대하여 무언가 눈치챈 것은 없소?"

"상원의원님을 살해한 자를 검거하는 데 도움이 될만한 건 아무 것도 없습니다" 하고 카마이클은 슬픈 듯이 미소지었다. "사실상 그분이 기다리고 계셨던 방문자와 관계 있을 듯 싶은 사항은 그 편지에 아무 것도 씌어 있지 않았다고 나는 생각합니다. 이것은 타이프를 끝마치고 그분에게 갖다 드렸을 때, 그분의 태도로 미루어 판단한 것입니다. 그분은 편지를 대충 읽어보고 서명을 하고는 접어서 봉투에 넣은 다음 봉인했는데, 이 모든 동작을 건성으로 하시는 것 같더군요. 그러나 손가락이 부들부들 떨리고 있었습니다. 그때 그분의 머릿속에는 오로지 나를 빨리 방에서 내보내고 싶은 생각뿐이었겠지요."

흄은 고개를 끄덕였다.

"당신은 복사지를 써서 복사했겠지요? 경감님, 이 점은 철저하게 조사해 보아야겠습니다. 어쩌면 이 편지에서 단서가 될 만한 것이 나올는지도 모르니까요."

카마이클은 책상 앞으로 가 한쪽 구석에 놓여 있는 철사로 만든 서류꽂이에서 몇 장의 반짝거리는 연분홍빛 얇은 종이를 꺼냈다. 흄은 이 복사지에 씌어 있는 글을 주의 깊게 읽고 나서 고개를 저으며 아버지에게 건네주었다. 나는 아버지와 함께 그것을 읽었다.

친애하는 엘리

하찮은 일이지만 친구로서 정보를 한마디 제공하겠습니다. 이 정보의 내용과 출처는 공개하면 곤란합니다. 지금까지와 마찬가지로 당신과 나 사이의 조그만 비밀로 붙여 둡시다.

　다음해의 새로운 예산에는 틸덴 군에 주립 재판소를 세우기 위해 백만 달러의 자금이 책정된다고 생각해도 좋을 겁니다. 아시다시피 지금의 재판소는 지난 세기의 유물로서 무너지기 직전에 있습니다. 그래서 우리 몇몇 사람은 예산 위원회에서 새로운 재판소를 세우기 위한 주의 지출금을 통과시키려 애쓰고 있습니다. 이 조엘 포어세트가 출신 구의 선거인들을 무시했다는 말이 결코 나오지 않게 할 것입니다.

　우리 모두 이 재판소 건설을 위한 비용이 아낌없이 책정되기를 바라고 있습니다. 대리석도 최상급의 것만을 써서 말입니다.

　이 정보는 당신의 '관심'을 끌리라고 생각하여 한마디 드리는 것입니다.

당신의 친구
조 포어세트

"친구로서의 정보라고?" 아버지가 화난 듯이 말했다. "훔 씨, 이것은 심상치 않은 편지입니다. 당신들이 그를 못마땅하게 여긴 것도 무리가 아니군요." 아버지는 목소리를 낮추어 방 한구석에서 벌써 열다섯 개비째의 담뱃불을 바라보며 경계 임무를 맡고 있는 젤레미에게 주의 깊은 눈길을 던졌다. "대체 이것을 제 정신으로 썼을까요?"

　훔은 쓴웃음을 지었다.

"아니오, 그렇지 않을 겁니다. 죽은 상원의원이 가끔 부리는 잔재간의 하나일 겁니다. 엘러이휴 클레이 씨는 절대로 결백합니다. 이런 편지에 속아 넘어가서는 안되지요. 클레이 씨와 그 으스대던 상원의원은 이 편지에서처럼 엘리니 조우니 하고 부를 만큼 그다지

다섯 번째의 편지　61

친한 사이가 아니었습니다. "

"그렇다면 기록을 남기기 위한 수단이었을까요? "

"그렇습니다. 만일 무슨 일이 일어났을 때 이 복사지는 클레이 씨역시 공범자로, 자기 회사의 이익을 위해 부정한 계약을 얻기에 열심이었다는 증거가 될 테니까요. 클레이 씨 공동 경영자의 동생이며 스스로도 클레이의 '친구'라고 말하는 상원의원은 이 정보를 제공함으로써 과거에도 여러 번 비슷한 정보를 제공했음을 넌지시 풍기려 했던 것이지요. 만일 이 부정이 폭로 된다면 클레이 씨 역시이 일당과 한패로 몰리겠지요.

"그런 점을 알아주시니 클레이 씨로서는 다행이로군요. 포어세트란녀석은 참으로 어처구니없는 악당이었군요……패티, 두 번째 것을읽어보자. 차차 진상이 드러나는 것 같구나. "

다음의 복사지는 리즈 엑저미너 지의 주필에게 보내는 것이었다. 지방검사가 설명했다.

"엑저미너는 이 거리에서 포어세트 일당에게 대항할 배짱이 있는단 하나의 신문입니다. "

이 편지는 강압적인 말로 다음과 같이 씌어 있었다.

　오늘 날짜의 당신네 신문에 실린 비논리적이고 부당한 사설은 나의 정치 업적의 어느 사실에 대하여 고의적으로 나쁘게 쓰고 있습니다.

　나는 그 기사를 취소하라고 요구하는 동시에 당신네 신문이 나의개인적인 인격에 던지는 비열한 비난이 전혀 사실이 아님을 리즈 및 틸덴 군의 선량한 시민 여러분에게 알려 주기를 아울러 요구하는 바입니다.

아버지는 그 종이를 대수롭지 않다는 듯이 옆으로 던지며 말했다.

"낡은 수법이로군. 패티야, 다음 것을 읽어보자."

세 번째의 연분홍빛 종이는 알곤킨 형무소의 마그너스 소장에게 보내는 것으로서 짤막한 용건이 씌어 있었다.

친애하는 소장님

알곤킨 형무소에서 있을 내년도 승진에 대한, 주 형무국으로 보내는 나의 공식 추천장을 복사하여 동봉하오니 보십시오.

조엘 포어세트

"원 참, 형무소에까지 손을 뻗쳤군. 형무소 패들을 깡그리 포섭하려는 속셈이었나?" 하고 아버지는 외쳤다.

존 흄이 씁쓰레하게 내뱉었다.

"어떻습니까, 이 '빈민 옹호자'가 어떤 작자인지 아셨지요? 이자는 승진을 미끼로 형무소에서까지 표를 얻으려 했습니다. 이자의 추천장이 주 형무국에서 어느 만큼의 효과를 나타낼는지는 모르겠으나, 비록 전혀 효과가 없다 하더라도 자기는 시민 모두에게 똑같이 은혜를 나누어주는 자선가라는 인상을 줄 수가 있습니다. 얼마나 어이없는 자입니까!"

아버지는 어깨를 움찔하고 네 번째 복사지를 집어들면서 껄껄 웃었다.

"참으로 시시한 녀석이로군. 아까와 똑같은 수법이구만 패티, 어서 읽어 보렴, 광장한 말이 씌어 있으니까."

나는 이 편지가 아버지의 오랜 친구인 브르노 지사에게 보내는 것임을 알고 깜짝 놀랐다. 그리고 만일 지사가 이 뻔뻔스럽고 무례한 편지를 받았다면 대체 뭐라고 말했을까 생각해 보았다.

친애하는 브르노 씨

다가오는 선거에 즈음하여 내가 틸덴 군에서 재선될 가망이 적다고 당신이 선전하고 다닌다는 것을 의회의 두서너 친구로부터 들었습니다.

그러므로 다음과 같이 말씀드리겠습니다. 즉 만일 틸덴 군에서 흄이 선출된다면——흄의 입후보는 확실합니다——그 정치적 반응은 앞으로 있을 당신 자신의 재선 가능성에 크나큰 영향을 끼칠 것입니다. 틸덴 군은 허드슨 강 유역 일대의 전략적 중심지입니다. 이 점을 잊지 마십시오.

나는 당신이 같은 정당에 소속된 저명한 상원의원의 인격과 업적에 대해 비방하기 전에 지금 말씀드린 것을 깊이 생각해 보시라고 당신을 위해 충고합니다.

J 포어세트

"너무 우스워서 눈물이 나올 지경이로군." 아버지는 복사지를 서류꽂이에 도로 끼우며 말했다. "흄 씨, 나는 이 일에서 손을 떼고 싶습니다. 아니 왜 그러지, 패티?"

"아직 문제가 산더미처럼 있어요. 복사지는 모두 몇 장 있었지요?" 나는 물었다.

흄은 날카로운 눈초리로 나를 보았다.

"그야 넉 장이지."

"하지만 책상 위에는 봉투가 다섯 통 있었어요!"

지방검사가 움찔하며 떨리는 손으로 책상 위에서 타이프 친 봉투 묶음을 집어드는 것을 보고 나는 조금 고소한 기분이 들었다.

"따님 말씀이 맞습니다. 이게 어찌 된 일입니까, 카마이클 씨! 상원의원은 편지를 몇 통 쓰라고 했습니까?" 흄이 외쳤다.

비서도 정말 깜짝 놀란 모양이었다.

"네 통뿐이었습니다, 흄 씨. 지금 복사지로 읽으신 넉 장뿐입니다."

흄은 재빠르게 봉투를 한 장 한 장 뒤져서 살펴본 다음 나에게 건네주었다. 엘러이휴 클레이 씨에게 보낸 편지 봉투가 맨 위에 있었는데 여기저기에 말라붙은 핏자국이 있었다. 두 번째 것은 리즈 엑저미너의 주필에게 보낸 것으로 구석에 '친전(親展)'이라는 글자가 타이프되어 있었고 짙은 밑줄이 그어져 있었다. 세 번째 봉투는 형무소장에게 보낸 것으로, 양쪽 끝에 종이 클립의 튀어 올라온 자국이 있었다. 그리고 오른쪽 아래 한구석에 '알곤킨 형무소 승진에 관한 서류, 정리 번호 245'라고 그럴싸하게 적혀 있었다. 브르로 지사에게 보낸 봉투는 상원의원의 개인용 푸른 봉랍으로 이중으로 봉인되어 있고 이것 역시 '친전'이라는 글씨에 굵은 밑줄이 그어져 있었다.

드디어 다섯 번째의 편지, 즉 여기에 해당하는 복사지가 없는 편지에 이르자 흄은 눈을 크게 뜨고 입술을 삐죽 내민 채 한참 동안 들여다보았다.

"화니 카이저라……그쪽과도 관계하고 있었군."

그는 우리에게 손짓했다. 주소 성명은 타이프로 친 것이 아니었다. 이름, 번지, 그리고 '뉴욕 주 리즈 시'라는 글자가 검은 잉크로 거칠게 씌어 있었다.

"화니 카이저가 누구입니까?" 아버지가 물었다.

"이 거리의 유력한 시민 가운데 한 사람이지요." 지방검사는 봉투를 찢어서 열며 마음이 다른 데로 쏠려 있는 듯한 어조로 대답했다. 케니온 서장은 누가 보아도 알 수 있을 만큼 한순간 몹시 긴장하며 급히 우리들 쪽으로 왔다. 둘레에 서 있던 두세 명의 경관은 수상쩍은 여자에 대한 것이 화제에 올랐을 때 흔히 남자들이 지어 보이는 음침한 표정으로 서로 눈짓을 주고받았다. 편지의 내용도 겉봉처럼 펜으로 씌어 있었는데 역시 거친 필체였다. 흄은 소리내어 읽다가 첫 마디에서 중단하고 나의 눈이 미치지 않는 곳의 누구에게인지 잠깐 눈길을 던지더니 그 다음은 혼자서 눈으로 읽었다. 그의 눈이 빛나고 있었다. 마침내 그는 케니온과 아버지와 나를 옆으로 부르더니 다른 사람들에게 등을 돌리고, 우리들에게 제각기 눈으로 읽으라고 말없이 고개를 저어 주의를 준 다음 편지를 건네주었다. 인사말을 없었다. 처음부터 용건이 적혀 있었고 서명도 없었다.

전화를 C에게 도청당하고 있는 듯하니 걸지 말기 바란다. 어제 매듭지은 타협안과 그대의 말에 따라 계획을 변경하겠다고 아일라 에게 편지로 알려 줄 작정이다.

침착하게, 그리고 불평을 해서는 안 된다. 아직 질 염려는 없으니까. 그리고 메이지를 이곳으로 보내 주기 바란다. 친구 H를 위한 좋은 생각이 떠올랐기 때문이다.

"포어세트의 필적입니까?" 아버지가 물었다.

"틀림없습니다. 그런데 여기에 대하여 어떻게 생각하십니까?"

"C라, 설마 이것이 저 사람을 두고 하는 말은 아니겠지?" 하고 케니온은 중얼거렸다. 그리고 나서 그는 방 저쪽에 서서 젤레미 클레이와 조용히 이야기하고 있는 카마이클 쪽을 그 물고기 같은 눈으로 곁눈질해 보았다.

"놀랄 것 없습니다. 바로 그일 테니까요, 나는 아까부터 저 비서에게 조금 수상쩍은 데가 있다고 보고 있었지요,"

흄은 턱을 치켜올려 입구에 서 있는 형사 한 사람을 불렀다. 형사는 마치 백 번째의 배알(拜謁)을 받는 공작부인처럼 여유있는 태도로 걸어왔다.

"두세 사람 데리고 가서 온 집안의 배선을 조사해보게." 홈이 낮은 목소리로 말했다. "전화배선 말일세. 어서 빨리 가서 조사하게."

형사는 고개를 끄덕이고 여전히 느릿한 걸음으로 물러갔다.

"홈 씨, 이 메이지란 누구지요?" 내가 물었다.

홈은 말하기 어려운 듯 입을 비틀었다.

"이 메이지란 어느 분야의 매우 재능이 있는 젊은 부인임에 틀림없습니다."

"알았습니다, 홈 씨. 의원이 '친구 H'라고 한 것은 바로 당신을 가리킨 말이지요?"

홈은 어깨를 움찔했다.

"그런 것 같습니다. 짐작 컨대 나의 관대한 정적은 이 존 홈이라는 사람이 스스로 그렇게 말하고 있는 것만큼 그다지 도덕심이 강한 도덕가는 아니라는 점을 이른바 '날조공작'으로 실증하려고 했지요. 그리고 이 메이지라는 여자로 하여금 나를 농락시킴으로써 나를 함정에 빠뜨리려고 했음에 틀림없습니다. 이것은 지금 비롯된 일도 아니며, 만일 내가 거절하지 않았다면 지금쯤 내가 호색가임을 증언할 수 있는 여자가 여러 명 있을 겁니다."

"어머나, 재미있군요. 당신은 결혼하셨나요?" 나는 상냥한 어조로 물었다.

"그 말씀은 당신이 내 아내의 자리를 희망하고 계시다는 뜻입니까?" 하고 말하며 홈은 미소지었다.

바로 이때 전화 배선을 살피러 갔던 형사가 돌아왔으므로 나는 홈의 난처한 질문에 답하지 않아도 되었다.

"홈 씨, 배선에는 이상이 없습니다. 어쨌든 이 방 말고는 모두 이상이 없습니다. 이 방도 조사해 봅시다."

"잠깐만." 홈은 다급하게 가로막으며 목소리를 크게 하여 말했다. "카마이클 씨!"

카마이클이 이쪽을 보았다.

"지금으로서는 용건이 없으니 방 밖에 나가서 기다려 주시오."

카마이클은 태연하고 침착하게 방에서 나갔다. 형사는 대뜸 책상에서 전화기로 통하고 있는 전화선을 살폈다. 그리고 한참 동안 전화기를 덜거덕거리며 조사했다.

"별로 이상이 없는 것 같은데요. 하지만 나 같으면 전화회사에 연락하여 전문가에게 봐달라고 하겠습니다, 홈 씨." 형사는 일어서며 말했다.

홈도 동의했다. 나는 말했다.

"그리고 또 한 가지 해야 할 일이 있어요. 어째서 다른 봉투는 열어 보지 않으시지요? 어쩌면 편지가 복사지에 씌어 있는 것과 일치하지 않을 수도 있잖아요."

존 홈은 그 맑은 눈으로 나를 보며 빙그레 웃고는 다시 봉투를 집어들었다. 그러나 내용은 우리가 읽은 복사지와 모두 똑같은 것이었다. 지방검사는 알곤킨 형무소로 보내는 편지 속에 함께 들어 있는 종이 조각에 특별히 관심이 쏠리는 모양이었다. 이 동봉된 종이 조각에는 승진을 추천하는 몇 명의 이름이 적혀 있었다. 홈은 눈살을 찌푸리며 그 명단을 들여다 보더니 이윽고 옆으로 내던졌다.

"아가씨, 당신의 짐작은 어긋난 것 같군요."

나는 책상으로 한두 걸음 다가갔다. 책상에서 2피트쯤 떨어진 곳인, 죽은 사람이 앉아 있던 의자에서 손을 뻗으면 미치는 거리에 티테이블이 있었다. 그 테이블 위에는 전기 커피포트와 쟁반에 담긴 커피 잔이 한 벌 있었다. 호기심이 나서 나는 커피포트를 만져보았다. 아직 따뜻했다. 나는 찻잔 속을 들여다보았다. 밑바닥에서 탁한 커피

찌꺼기가 가라앉아 있었다. 인도 탁발승의 줄사다리처럼 어떤 생각이 머릿속에서 잇따라 떠올라 왔다. 나는 그 생각이 탁발승의 줄만큼 덧없는 것이 아니기를 바랐다. 왜냐하면 만일 이 생각이 들어맞는다면 ……. 나는 홈 쪽을 돌아보았다. 내 눈에 승리의 빛이 뚜렷이 나타나 있었는지도 모른다. 홈 지방검사는 성난 듯한 눈으로 나를 보았다. 그 눈길은 나에 대한 비난이거나 아니면 질문의 뜻이었으리라. 그러나 이때 수사 방향을 완전히 바꾸어야만 할 일이 일어났던 것이다.

여섯 번째의 편지

나는 벌써 깨달았어야만 했다. 그리고 지금 아버지가 하고 있는 것을 보고 나는 나 자신에게 쓰디쓰게 중얼거렸다.

"페이센스 샘, 너는 참으로 멍청이로구나!"

아버지는 책상 뒤에 있는 벽난로 앞에 무릎을 끓고서 무언가 열심히 조사하고 있었다. 한 형사가 낮은 목소리로 무어라고 말하고 있었고 카메라를 든 사람이 한쪽 끝에 서서 줄곧 플래시를 터뜨리며 벽난로 속을 촬영하고 있었다. 사진을 찍는 남자는 아버지를 옆으로 비키게 하고 벽난로 앞에 깔려 있는 융단 끝의 가운데, 즉 벽난로의 바로 앞에 있는 무엇인가를 찍었다. 무엇일까 하고 보았더니 거기에는 남자의 왼쪽 신발 끝 자국이 뚜렷이 나 있었다. 벽난로에서 날아온 재가 방안에 조금 흩어져 있었다. 그리고 누군가가 그만 그것을 밟았던 것이다. 사진을 찍는 남자는 코를 찡긋하더니 도구를 챙기기 시작했다. 그의 일이 끝난 모양이다. 서재의 다른 부분이며 죽은 사람의 사진은 우리들이 오기 전에 이미 찍었다고 아까 누군가가 말했었다. 그러나 아버지의 관심을 끈 것은 융단 위의 발자국이 아니라 벽난로 속에 있는 그 무엇이었다. 거기에는 별로 색다른 점이 없는 것 같았다. 분명 그날 저녁에 태운 것으로 여겨지는 검은 잿덩어리가 있었고 그 위에 매우 뚜렷이 구분되는 밝은 빛깔의 재가 있었으며, 거기에도 조금 희미하긴 하나 알아볼 수 있는 발자국이 나 있었다. 내가 어깨 너머로 들여다보자 아버지가 말했다.

"이것을 어떻게 생각하니, 패티?"

"남자의 오른쪽 신발 자국이군요."

"맞아." 아버지는 일어섰다. "하지만 그것뿐이 아니야. 발자국이 나 있는 재의 위층과 그 밑에 있는 층의 빛깔이 뚜렷이 다르다는 것을 알겠지? 서로 다른 것을 태웠기 때문이야. 바로 조금 전에 태우고 그것을 발로 뭉개 버렸다. 대체 누가 무엇을 태웠을까?"

나에게는 내 생각이 있었으나 아무 말도 하지 않았다. 융단을 보며 아버지는 말했다.

"다음에 또 하나의 다른 발자국, 발끝의 자국인데 이것으로 그때의 자세를 꽤 똑똑히 짐작할 수 있지. 즉 그자는 벽난로의 정면에 서 있었던 거야. 한쪽 발로 융단 위에 흩어진 재를 밟고 벽난로 속에서 무언가 태운 다음 그것을 오른발로 뭉개 버렸어. 아시겠소?" 아버지는 화난 듯이 사진사에게 말했다. 사진사는 고개를 끄덕였다. 아버지는 다시 무릎을 꿇고 그 밝은 빛깔의 재를 주의 깊게 들쑤시기 시작했다.

"이것 봐!"

의기양양하게 일어나며 외치는 아버지의 손에 아주 작은 종이 조각이 쥐어져 있었다. 그것은 두꺼운 크림 빛 종이로 틀림없이 불에 타다가 남은 찌꺼기였다. 아버지는 그 종이를 조금 찢어 성냥으로 불을 붙였다. 손톱의 때만큼이나 작은 것이었으나 그 재는 틀림없이 난로 속에 있는 밝은 빛깔의 재와 같은 색이었다.

"보시는 바와 같소. 그런데 이 종이는 어디 있던 것일까? 패티, 너는 아까……," 아버지는 머리를 긁적거리며 말했다.

"책상 위에 있던 편지지예요. 나는 금방 알았어요. 저렇게 여느 편지지와 같아 보이지만 상원의원이 쓰고 있던 것은 특별 주문한 고급 편지지예요." 나는 조용히 대답했다.

"과연 네 말이 맞아."

아버지는 책상 옆으로 달려갔다. 조금 남은 타다 만 종이 조각과 책상 위의 편지지를 비교해 보니 과연 내 말대로 벽난로에서 태운 것은 이 편지지 철에서 뜯은 종이임을 알 수 있었다. 그러나 아버지는 불만스러운 듯했다.

"그렇긴 해도 이것만으로는 대단한 단서가 못돼. 문제는 언제 태워졌느냐 하는 것이지. 범인이 여기 오기 몇 시간 전일지도 몰라. 어쩌면 포어세트 자신이……잠깐만."

아버지는 벽난로로 돌아가 다시 재를 들쑤셨다. 그리고 또 무언가를 찾아 냈다. 이번에는 잿속에서 길고 은처럼 반짝이는 풀먹인 린네르 실 한 가닥을 집어 올렸던 것이다.

"맞아, 이제 알겠어, 편지지 접착포의 일부야. 종이에 달라붙어 있다가 종이는 탔지만 이것만은 타지 않았던 거지. 하지만……."

아버지는 돌아와 지금 찾아 낸 것을 홈에게 내밀었다. 두 사람이 의논하고 있는 동안 나는 내 나름대로의 생각에 따라 다른 것을 조금 조사했다. 책상 밑을 들여다보니 내가 찾고 있는 물건, 즉 쓰레기통이 있었다. 그 속에는 아무 것도 없었다. 그 다음 나는 책상 서랍을 뒤졌다. 그러나 찾고자 하는 것——즉 어떤 한 장의 종이가 있어야만 했는데 그것이 보이지 않았다. 그래서 나는 살짝 서재에서 빠져나와 카마이클을 찾았다. 그는 응접실에서 태평스럽게 신문을 읽고, 한 형사가 그를 감시하고 있었다.

"카마이클 씨, 상원의원님 책상 위의 편지지에 대해서 말인데요, 그 편지지는 그것 한 권뿐이었나요?" 하고 나는 물었다.

그는 깜짝 놀라 신문을 움켜쥐며 일어섰다.

"네, 뭐라고요? 편지지라고요? 네, 그렇습니다. 그것 한 권뿐입니다. 조금 더 있었습니다만 모두 썼지요."

"마지막 한 권은 언제 다 썼지요?"

"이틀 전입니다. 그 표지는 내가 버렸지요."

나는 머리를 쥐어짜며 서재로 돌아갔다. 머리가 멍해질 정도로 많은 가능성이 있었으나 그 모든 것을 실제로 뒷받침할 만한 증거가 부족했다. 또 다른 사실을 찾아 낼 가능성이 있을까? 지금 생각하고 있는 것을 과연 증명할 수 있을까.

갑자기 나의 사고가 끊어졌다.

그때까지 살인자며 경관이며 그리고 우리 등 여러 사람이 들락거린 그 서재문 앞에 지금 불쑥 놀랄 만한 사람이 나타난 것이다. 망령이 아닌가 하는 생각마저 들만큼 이상한 사람이었는데 함께 들어온 형사가 빈틈없이 그 여자의 두 팔을 움켜쥔 채 무섭게 얼굴을 찌푸리고 있었다.

그 여자는 키가 몹시 크고 어깨 폭이 넓으며 체격이 당당하고 사나워 보이는 여자였다. 나는 대뜸 그 여자가 47살쯤 되었을 거라고 짐작했는데, 이것은 결코 나의 머리가 명석한 탓이 아니라 그녀가 나이를 감추려 애쓰지 않고 있었기 때문에 쉽게 알 수 있었던 것이다. 씩씩한 얼굴에는 분도 입술연지도 바르지 않았고, 두터운 윗입술에 난 꽤 긴 수염도 표백제로 탈색하지 않고 있었다. 그리고 빨강머리에는 아마도 부인용 양품점이 아니라 신사용 양품점에서 샀을 것으로 여겨지는 펠트 모자를 쓰고 있었다. 그녀는 자기가 여성임을 전혀 인정하지 않는 모양이었다. 깜짝 놀랄 정도로 남자 같은 옷차림을 하고 있었다. 놀랍게도 셔츠마저 남자처럼 풀을 빳빳이 먹인 것으로, 웃옷 소매 끝에 드러나 보이는 커프스에는 아름다운 줄무늬 세공의 커다란 금속제 커프스 단추가 반짝이고 있었다. 이러한 이상한 옷차림 말고도 그녀에게는 무언가 사람의 눈을 끄는 데가 있었다. 눈이 마치 다이아몬드처럼 날카로운 빛을 뿜고 있었다. 말할 때의 목소리는 매우 깊고도 부드러우며, 조금 쉰 듯하였으나 불쾌하지는 않았다. 그리고 이토록 기묘한 모습을 하고 있으면서도 상당히 두뇌의 움직임이 날카로운——비록 학식은 없으나 선천적으로 머리가 좋은 사람임을 알 수 있었다. 나는 그녀가 화니 카이저임에 틀림없다고 생각했다. 케니욘이 꿈에서 깨어난 사람처럼 외쳤다.

"여어, 화니!"

그것은 완전히 남자끼리 인사할 때의 어조였으므로 나는 눈을 크게 떴다.

"여어 케니욘, 어째서 나를 붙잡지요? 무슨 일이 있었나요?" 하는 그녀의 목소리는 우레처럼 컸다. 그녀는 우리들을 날카롭게 둘러보며 한 사람도 빠짐없이 머릿속에 새겨 넣는 듯싶었다. 흄에게는 그저 고개를 끄덕했고, 젤레미에게는 아무런 표정도 없는 눈길을 던졌으며, 아버지를 보고는 생각에 잠겼다. 그리고 나에게서는 놀란 듯한 표정을 지은 채 한참 동안 눈길을 떼지 않았다. 이윽고 그녀는 시선을 돌려 지방검사의 눈을 보며 물었다.

"왜 이래요, 모두 벙어리가 됐어요? 무슨 영문이지요? 누가 죽어서 밤샘이라도 하고 있나요? 조엘 포어세트는 어디 있어요? 어서 무슨 말이든 좀 해봐요!"

"잘 왔소, 화니. 당신에게 할 말이 있소. 부르러 가지 않아도 되어서 다행이오. 자아, 어서 이리 들어와요." 흄이 빠른 어조로 말했다.

그녀는 천천히 '생각하는 사람'의 조각처럼 무거운 걸음걸이로 안으로 들어왔다. 그리고 들어오면서 커다란 가슴 주머니에 커다란 손가락을 넣어 역시 굉장히 크고 굵은 여송연을 한 대 꺼내더니 생각에 잠기며 커다란 입술에 물었다. 케니온이 앞으로 나아가 성냥을 그어주었다. 그녀는 굉장한 연기를 훅 뿜어내더니 커다란 흰 이로 여송연을 깨물며 곁눈질로 책상을 흘긋 보았다.

"무슨 일이 있었나요? 상원의원 나리가 어떻게 됐단 말인가요?" 화난 듯이 말하며 그녀는 책상에 기대섰다.

"당신은 모르고 있소?" 홈이 조용히 물었다.

여송연 끝이 호(弧)를 그리며 천천히 위로 올라갔다.

"내가? 내가 어떻게 알아요?"

여송연이 밑으로 내려왔다. 홈은 그녀를 데리고 들어온 형사를 돌아보았다.

"파이크, 어떻게 된 일인가?"

형사는 빙그레 웃었다.

"이 여자가 밉살스러우리만큼 태연한 얼굴을 하고 들어오더군요. 그래도 현관에 경관들이 서 있고 불이 켜져 있는 것을 보고 조금쯤 놀라는 것 같았습니다. 그리고 무슨 일이 일어났느냐고 묻기에 내가 안으로 들어가면 알게 되며, 지방검사님이 기다리고 계시다고 대답했지요."

"달아나려고 하지 않던가?"

"흠, 무슨 말을 그렇게 해요. 어째서 내가 달아나지요? 그건 그렇고, 상원의원에 대한 설명을 빨리 해주었으면 좋겠어요." 화니 카이저는 무뚝뚝하게 말했다.

"그만 나가보게." 홈이 형사에게 말하자 형사는 방에서 나갔다. "그럼, 화니, 어째서 오늘 밤 여기 왔는지 그 이유를 말해 주겠소?"

"그것이 당신과 무슨 관계가 있나요?"

"당신은 상원의원을 만나러 왔겠지요?"

그녀는 여송연을 가볍게 두드려 잿덩어리를 떨어뜨렸다.

"설마 내가 대통령을 만나러 여기 왔다고는 생각하지 않겠지요? 그리고 사람을 방문하는 것이 법률에 어긋나나요?"

"그럴 리야 없지. 하니만 화니, 조금 수상쩍은 데가 있어서 그렇소. 당신은 상원의원에게 무슨 일이 일어났는지 전혀 모른단 말이오?" 하고 홈이 미소지으며 말했다.

그녀는 노여움에 눈을 번득이며 입에서 여송연을 잡아 뺐다.

"그게 무슨 뜻이지요?"

"다시 말해서 화니, 상원의원은 오늘 밤 이 세상을 떠나셨단 말이오." 홈은 친구 같은 어조로 말했다.

"잠깐만, 홈 씨." 케니욘이 말참견을 했다. "그런 농담을 하고 있을 때가 아닙니다. 화니는 정말 아무 것도……."

화니 카이저가 천천히 말했다.

"그 사람이 죽었단 말이지요. 정말 죽었나요? 하긴 아침에는 나팔꽃, 저녁에는 백골이라는 말도 있지. 그 사람이 그런 식으로 훌쩍 가 버렸단 말이지요?"

그녀는 조금도 놀란 기색을 보이려 하지 않았다. 그러나 그 커다란 턱의 근육이 굳게 긴장되고 눈이 경계하는 듯 가느다랗게 좁혀지는 것을 나는 알았다.

"아니오, 화니, 그는 그런 식으로 죽은 게 아니오."

"저런! 그럼, 자살인가요?"

그녀는 동요의 빛을 드러내지 않고 태연히 여송연의 연기를 뿜고 있었다.

"그렇지 않소, 살해당했소."

그녀는 또 "저런!" 하고 말했다. 그녀가 그토록 냉정한 태도를 유지할 수 있는 것은 들어올 때부터 이런 일이 있을는지도 모른다고 마음속으로 경계했고, 불안을 느끼면서도 마음을 다부지게 먹고 있었기 때문이라고 나는 생각했다.

　"이제는 우리들이 여러 가지로 물어 보는 이유를 알았겠지요? 당신은 오늘 밤 포어세트와 만날 약속이 있었소?" 지방검사는 즐거운 듯이 말했다.

　"이거 참, 좋지 않을 때 내가 왔군……약속이라고요?" 그녀는 마음이 다른 곳에 가 있는 듯이, 그러나 여전히 큰 소리로 말을 계속했다. "천만에요, 약속 따위는 없었어요. 그저 잠깐 들러 보았을 뿐이지요. 오늘밤에 오겠다고 한 적은 없어요."

　그녀는 갑자기 무언가 결심한 듯 커다란 어깨를 움츠리더니 뒤돌아보지도 않고 어깨 너머로 여송연을 벽난로 속에 던져 버렸다. 그러고 보면 이 여자는 포어세트 의원의 서재를 구석구석까지 잘 알고 있는 것 같다. 아버지도 약간 넋이 빠져 있었다. 아버지 역시 그 여자의 행동의 뜻을 알아차렸던 것이다.

　"이것 봐요." 그녀는 엄하게 꾸짖는 투로 홈에게 말했다. "당신이 그 머릿속에서 무슨 생각을 하고 있는지 나는 모두 알아요. 당신의 수단도 만만치 않겠지만 이 화니 카이저에게 죄를 뒤집어씌울 수는 없을 거예요. 생각해 보면 알 것 아니에요. 만일 내가 살인에 관계가 있다면 이렇게 어슬렁어슬렁 오겠어요? 나는 돌아가겠어요."

　그녀는 성큼성큼 문 앞을 향해 걸어갔다.

　"잠깐만, 화니" 하고 홈은 그 자리에서 꼼짝하지 않고 말했다.

　그녀는 멈춰 섰다.

　"왜 그렇게 성급하오, 내가 당신을 의심했단 말이오? 다만 한 가지 알고 싶은 것이 있어서 그렇소. 오늘 밤 포어세트에게 무슨 용건이 있었지요?"

"성가시게 굴지 말아요." 그녀는 화난 듯이 말했다.

"그런 식으로 말하면 당신 자신에게 해롭소, 화니."

"내 말 좀 들어 봐요." 그녀는 말하려다 말고 어쩐지 기분 나쁜 웃음을 띠었다. "나는 직업상 많은 사람을 알고 있어요. 당신이 깜짝 놀랄 만큼 나는 이 거리의 많은 훌륭한 사람들과 친하단 말이에요. 흄 씨, 나를 어떻게 해보려고 생각하기 전에 이 사실을 알아두는 편이 좋을 거예요. 나의 친구들은 자기 이름이 오르내리는 것을 싫어하기 때문에 이상한 짓을 하면 틀림없이 당신 따위는 짓눌러 뭉개 버릴 걸요. 바로 이렇게."

그녀는 오른발로 융단을 힘차게 뭉갰다.

흄은 몸을 뒤로 휙 돌렸다가 다시금 그녀를 향해 돌아서서 그녀에게 보내는 포어세트의 편지를 그녀의 매부리코 밑에 들이댔다. 책상 위에 있던 그 다섯 번째의 편지였다. 그녀는 눈썹 하나 까딱하지 않고 태연히 그 짧은 편지를 읽었다. 그러나 나는 태연한 척하고 있는 그녀의 얼굴에 두려움의 빛이 떠오르는 것을 보았다. 이 편지는 틀림없는 상원의원의 글씨체였고, 더구나 비밀스러운 말투와 친숙한 사이임을 드러내고 있는 이상 웃어넘기거나 위압적으로 퉁겨 버릴 수는 없었던 것이다.

흄이 쌀쌀하게 말했다.

"이게 대체 무슨 뜻이지요? 메이지란 누구요? 상원의원이 도청 당하는 것을 이토록 두려워하고 있던 비밀 전화란 대체 무엇을 말하는 거지요? 그리고 이 '친구 H'란 누구요?"

"나는 그것을 당신에게 묻고 싶은데요. 당신은 글을 읽을 수 있겠지요?"

그녀의 눈은 차갑게 얼어붙어 있었다. 케니언이 우스꽝스러울만큼 근심스러운 얼굴로 앞으로 나아가 흄을 옆으로 데리고 가서 긴장된 낮은 목소리로 뭐라고 말했다. 나는 흄이 화난 김에 그 상원의원의 편지를 화니 카이저에게 보인 것은 작전상 실수라는 것을 대뜸 깨달았다. 그녀는 지금 그것을 알고 이미 태세를 갖추었다. 그녀는 지금 냉혹한 결의와 심상치 않은 태도를 뚜렷이 드러내고 있었다. 그것은 공포가 아닌 위험에 가까운 태도였다. 그리고 흄이 케니온의 항의에 귀를 기울이고 있는 동안 그녀는 고개를 쳐들고 깊이 숨을 들이마신 다음 이마에 기묘한 주름을 잡으며 서재에서 나갔다. 흄은 별로 막으려 하지도 않고 그녀가 나가게 내버려두었다. 그는 화가 난 듯했으나 웬일인지 체념한 태도였다. 그는 무뚝뚝하게 케니온에게 고개를 끄덕이고는 아버지를 돌아보며 나직이 말했다.

"그녀를 구속할 수는 없습니다. 하지만 감시만은 시켜 두겠습니다."

나는 젤레미에게로 갔다.

"어째서 모두 저 여자를 두려워하지요?"

"으음……케니온은 확실히 두려워하고 있소. 케니온은 그녀가 하고 있는 큰 매춘조직의 한 사람이거든요. 틀림없이 그녀에게서 돈을 받고 있을 거요. 다시 말해서 그녀의 조직을 지켜 주는 대가를 받고 있다는 말이오" 하고 말하며 젤레미는 어깨를 움찔했다.

"그렇다면 그녀와 이 집의 상원의원은 함께 짜고서 일을 하고 있었단 말이로군요."

"맞소, 그런 소문이 있어요. 자아, 돌아갑시다, 패티. 여기는 당신이 있을 곳이 못되오." 젤레미 클레이는 말했다.

"당신 할머니의 처녀 시절과는 시대가 달라요. 싫어요, 젤레미. 나는 여기에 있겠어요." 나는 외쳤다.

바로 이때 그야말로 맑은 하늘에 벼락이 떨어진 것과 같은 그 중대한 일이 일어났던 것이다. 한 형사가 꾸깃꾸깃하게 구겨진 종이 한 장을 높이 쳐든 채 펄럭이면서 다급하게 방으로 달려들어 외쳤다.

"흄 검사님! 그 나무 상자 토막과 함께 보내져 온 편지가 2층 상원의원의 침실 금고 속에서 발견되었습니다!"

마치 물에 빠진 사람이 구명대에 매달리듯이 흄은 그 종이 조각을 낚아챘다. 우리는 모두 흄의 둘레에 모였다. 머리가 빨리 돌지 않는 케니욘마저 이것을 보고 긴장된 빛을 나타냈다. 방안은 죽은 듯이 고요했다. 흄은 천천히 소리내어 읽기 시작했다.

상원의원 포어세트에게

톱으로 잘라 놓은 작은 상자를 보고 무엇이 생각났는가? 그날 형무소의 목공부에서 너는 나를 못 보았겠지. 하지만 나는 네가 누구인지 금방 알아 보았다. 이 에얼론님으로서는 손꼽아 기다리던 그 날이 온 것이다.

잘 들어라, 악당아. 나는 곧 석방된다. 바깥 세상에 나가자마자 전화하겠다. 그리고 그날 밤 너는 너의 집에서 나에게 5만 달러를 주어야 한다. 알겠나, 상원의원 나리. 굉장히 출세했군. 내 말을 받아들이지 않으면 이 거리의 경찰에 그 사실을 모두 털어놓겠다.

그 사건이란 무엇인지 알겠지. 순순히 돈을 내놓아라. 그렇지 않으면 이 에얼론님께서 모조리 지껄여 버리겠다. 수작을 부리면 안 된다.

에얼론 도우

인쇄체의 글씨로 한 자 한 자 연필로 애써서 쓴 편지, 자포자기에 빠진 천한 사나이가 비열한 말을 늘어놓고 더러운 손자국을 묻힌 오자투성이의 편지. 이것을 보고 나는 엉겁결에 부르르 몸을 떨었다.

갑자기 차가운 검은 그림자가 온 방안을 뒤엎었다. 그것은 언덕 위에 솟아 있는 형무소의 그림자였다. 홈은 입을 굳게 꽉 다물었다.

"자아, 이제 겨우 단서가 잡혔군. 다음은 , 그저……."

그는 말을 끊고 그 종이쪽지를 지갑 속에 집어넣었다. 나는 불안을 느끼기 시작했다. 만일 이것으로 해결이 나게 되면…….

"아무튼 침착하게 해봅시다, 홈 씨." 아버지가 조용히 말했다.

"어쨌든 나에게 맡겨 두십시오, 경감님."

지방검사는 전화기 쪽으로 갔다.

"교환수, 알곤킨 형무소의 마그너스 소장을 불러 주시오……소장님입니까? 홈 지방검사입니다. 이런 시간에 잠을 깨워서 죄송합니다. 뉴스는 이미 들으셨겠지요? 네……포어세트 상원의원이 오늘 밤 늦게 살해당했습니다……네, 그렇습니다. 아니, 아직……그래서 말입니다만, 소장님 에얼론 도우라는 이름에 대해 기억나는 것이 있습니까?"

우리는 숨을 죽이고 기다렸다. 홈은 전화의 송화구를 가슴에 댄 채 물끄러미 벽난로를 바라보고 있었다. 누구 하나 꼼짝도 하지 않았다. 마침내 지방검사의 눈이 긴장했다. 그는 전화에 귀를 기울이고 고개를 끄덕이며 말했다.

"마그너스 소장님, 지금 곧 가겠습니다."

그는 전화기를 책상 위에 다시 내려놓았다.

"뭐라고 합니까? 케니온이 쉰 목소리로 물었다.

홈은 싱긋이 웃었다.

"마그너스 씨가 그 사나이를 기억하시고 있습니다. 목공부에서 일하고 있던 에얼론 도우라는 죄수가 오늘 오후에 석방되었다는군요."

에얼론 도우의 등장

　나는 젤레미 클레이가 힘찬 팔로 나를 부축하여 밖으로 데리고
나가 자동차에 태워 준 일이며, 상쾌한 밤 공기를 가슴 가득 들이
마셨을 때의 기쁨 등을 지금도 기억하고 있다. 지방검사는 젤레미
와 나란히 앉았고 나와 아버지는 뒷좌석에 있었다. 자동차는 힘차
게 달렸다. 나는 머릿속이 어지러웠고, 아버지는 깊은 침묵에 빠져
있었으며, 흄은 앞의 어두운 길을 의기양양하게 바라보고 있었고,
젤레미는 입을 굳게 다문 채 핸들을 꼭 쥐고 있었다. 그리고 드디
어 주위의 어둠 속에서 마치 악몽에 나오는 괴물처럼 우리를 덮쳐
온 것은……알곤킨 형무소였다. 젤레미가 그 거대한 철문 앞에서
자동차의 경적을 울렸을 때 나는 불현듯 건물에 대한 공포가 어떤
것인지 알았다. 형무소는 온통 깊은 암흑에 싸여 있었다. 달은 이
미 오래 전에 기울었고 흐느껴 우는 듯한 바람이 불고 있었다. 높
이 솟아 있는 담 너머에서 사람 소리는 전혀 들려 오지 않았다. 그
리고 이 담 바깥인 형무소와 가까운 곳의 인가에서도 불빛 하나 흘
러나오지 않았다. 나는 웅크리고 앉아 아버지의 손을 더듬었다. 아

버지는 재빠르게 나의 손을 쥐어주며 낮은 목소리로 말했다.

"왜 그러니, 패티 ? "

상상력 따위는 조금도 없는 사랑하는 나의 아버지 ! 나는 오로지 정직하기만 한 아버지의 목소리를 듣고 곧 현실로 돌아왔다. 악마는 달아났다. 나는 나 자신에게 타이르며 지금까지의 악몽 같은 기분을 털어 버렸다.

덜컹하는 큰 소리가 나더니 갑자기 문이 열렸다. 젤레미는 자동차를 안으로 몰고 들어갔다. 눈부실 만큼 밝은 헤드라이트에 거무스름한 제복을 입고 모난 차양이 달린 모자를 쓴 몇 명의 사나이가 무시무시한 총을 들고 있는 것이 비쳤다.

"흄 지방검사입니다 ! " 젤레미가 큰소리로 외쳤다.

"라이트를 끄시오 ! " 천한 목소리가 대들 듯이 말했다.

젤레미가 시키는 대로 자동차의 불을 끄자, 간수들은 우리의 얼굴 하나 하나를 손전등으로 비추며 의혹도 없거니와 정다움도 없는 완전히 사무적인 눈초리로 우리들의 얼굴을 찬찬히 살펴보았다.

"이상한 사람은 없소, 나는 흄이오, 이분들은 모두 내 친구요, " 흄이 급히 말했다.

"마그너스 소장님께서 기다리고 계십니다, 흄 씨. " 아까와 똑같은 목소리였으나 조금 부드러운 어조였다. "하지만 여기 이분들은 밖에서 기다려 주십시오. "

"아니, 내가 보증하겠소" 하고 말하고 나서 흄은 젤레미에게 속삭였다. "자네와 샘 양은 밖에서 자동차를 세워 놓고 기다리는 편이 좋겠네, 클레이. "

흄은 자동차에서 내렸다. 젤레미는 미처 결단을 내리지 못한 듯한 태도였으나 돌처럼 냉혹한 얼굴로 총을 쥐고 있는 남자들에게 질렸는지 말없이 고개를 끄덕이며 좌석에 깊숙이 앉았다. 아버지는 콘크리트 건물을 향해 커다란 몸집을 옮기기 시작했다. 나는 함께 따라갔다. 한 무리의 간수들 사이를 지나 형무소 앞뜰에 이르는 동안 아버지도 지방검사도 내가 따라가는 것을 알지 못했다. 간수들은 내가 함께 들어가는 데 대하여 아무런 의심도 하지 않는 듯했다. 조금 뒤 흄이 뒤돌아보고 내가 다소곳이 따라오는 것을 알아차렸으나 별수 없다는 듯 어깨를 으쓱했을 뿐 그대로 성큼성큼 걸어갔다.

우리들은 넓은 장소에 이르렀다. 얼마나 넓은지는 어두워서 알 수가 없었다. 다만 우리들의 발소리가 포석 위에서 공허하게 울리고 있었다. 그곳에서 몇 발자국 걸어가자 커다란 철문이 있었고 푸른 제복을 입은 간수가 서둘러 문을 열어 주었다. 그곳은 관리 사무실인 듯했다. 쥐 죽은 듯 조용했고 사람의 그림자도 없었다. 나는 아버지와 지방검사 뒤를 따라 걸려서 넘어지기도 하며 돌층계를 올라가 건물 깊숙한 곳으로 들어갔다. 이윽고 우리는 회사의 사무실처럼 '마그너스 소장'이라고 씌어 있는 어디서나 흔히 볼 수 있는 방 앞에 이르렀다.

산뜻하고 조용한 방에서 일어서며 우리를 맞이해 준 사람은 마치 은행가같이 행동했다. 수수한 잿빛 양복을 입고 넥타이만은 서둘러 맸는지 조금 비뚤어져 있었으나 다른 점에서는 어디 하나 나무랄 데 없이 단정했다. 오랜 세월 동안 불행한 사람들과 얼굴을 대하고 있는 사람이 흔히 그렇듯이 그도 엄숙하고 침울하고 야윈 얼굴을 하고 있었으며, 언제나 위험 속에서 살아 온 사람이 갖는 경계하는 눈초리를 하고 있었다. 머리털은 희고 숱이 적었으며 옷이 너무 커서 몸에 맞지 않았다.

"여어, 소장님. 이렇게 일찍 잠을 깨워서 죄송합니다……자아, 경감님, 들어가십시다, 아가씨도." 지방검사는 낮은 목소리로 말했다.

마그너스 소장은 조금 미소를 띠고 의자를 권하면서 조용한 목소리로 말했다.

"이렇게 훌륭한 분들이 여러 분 오실 줄은 몰랐습니다."

"아니, 샘 양은⋯⋯소개하겠습니다, 소장님. 이쪽은 샘 양과 샘 경감님입니다. 샘 양은 탐정 일에 상당히 능숙하답니다. 그리고 샘 경감님은 말할 나위도 없이 이 분야의 전문가이시지요."

소장이 말했다.

"참으로 잘 오셨습니다. 상원의원이 살해당했다고요? 정말 사람의 운명이란 알 수 없는 것이로군요, 홈 씨."

"하지만 그의 경우는 역시 인과응보라고 할 수 있겠지요." 홈은 조용히 말했다. 우리는 자리에 앉았다. 갑자기 아버지가 말했다.

"맞아, 지금 생각이 나는군요! 소장님, 당신은 약 15년 전쯤 경찰에 계시지 않았습니까? 분명 이 북부 어디에선가⋯⋯?"

마그너스는 눈을 크게 뜨고 빙그레 웃었다.

"나도 지금 생각이 납니다⋯⋯맞아요! 버팔로에 있었지요. 그럼, 당신이 그 유명한 샘 경감님이십니까? 정말 잘 오셨습니다. 퇴직하셨다는 말을 들었는데요⋯⋯."

두 사람은 언제까지나 추억담을 나누었다. 나는 쑤시는 목덜미를 의자 등에 얹고 조용히 눈을 감았다. 어째서 이들은 그 에얼론 도우의 이야기를 하지 않을까?

갑자기 문이 삐걱거리는 소리가 났으므로 나는 눈을 떴다. 날카로운 눈초리를 한 서기가 입구에 서 있었다.

"소장님, 뮤어 신부님이 오셨습니다."

"들어오시라고 해."

기다릴 필요도 없이 백발의 불그레한 얼굴에 도수 높은 안경을 쓴 주름 투성이의 키 작은 사람이 문 앞에 나타났다. 이토록 정답고 이토록 온화한 얼굴을 나는 여태껏 본 적이 없었다. 고뇌와 우수에 잠긴 그 표정도 내부에서 스며 나오는 고귀함을 뒤덮을 수는 없었다. 이 나이 많은 신부는 본능적으로 이끌리지 않을 수 없는 인물이었다. 신부는 예사롭지 않은 이런 시간에 낯선 사람들이 형무소장의 사무실에 와 있는 것을 보고 매우 당황한 듯, 오른손에 반짝반짝 빛나는 작은 기도서를 꼭 쥐고 낡은 검은 신부복을 여미며 근시의 눈을 깜박거렸다.

"어서 들어오십시오, 신부님. 소개할 분이 있습니다."

마그너스 소장은 정다운 목소리로 말하고 나서 우리들을 그에게 소개했다.

"만나 뵈어서 반갑습니다" 하고 뮤어 신부는 말했다. 정중하고 깍듯한 말투였으나 어딘지 마음이 다른 데 쏠려 있는 듯한 목소리였다. 신부는 나를 보며 덧붙였다. "잘 오셨습니다, 아가씨." 그리고 나서 그는 소장의 책상 옆으로 달려가며 큰 소리로 외쳤다. "끔찍한 일입니다, 마그너스 씨. 나는 도저히 믿을 수가 없습니다."

소장이 상냥한 목소리로 말했다.

"그들은 모두 언젠가 비틀거리기 마련입니다. 어서 앉으십시오. 이제부터 모두 함께 사건을 검토해 봅시다."

"하지만 에얼론은 참으로 정직하고 선량한 사람이었습니다." 뮤어 신부는 떨리는 목소리로 말했다.

"아무튼 마음을 좀 가라앉히십시오, 신부님. 그리고 흄 씨, 내 설명을 빨리 듣고 싶으시겠지만 조금만 기다려 주십시오. 그 사나이의 완전한 기록을 보여 드릴 테니까요."

마그너스 소장이 책상 위의 벨을 누르자 아까 본 서기가 나타났다.

"도우의 기록을 가져오게. 에얼론 도우 말일세. 오늘 오후에 석방된 죄수 말이야."

서기는 방에서 나갔다가 잠시 뒤 한 장의 커다란 푸른 카드를 가지고 나타났다.

"자아, 이것입니다. 에얼론 도우. 죄수 제83532호. 나이 47살."

"몇 년쯤 복역했습니까?" 아버지가 물었다.

"12년하고 몇 달입니다. 키 5피트 6인치, 몸무게 122파운드, 푸른 눈. 머리는 희끗희끗하고 왼쪽 가슴에 반원형의 상처자국. 하지만 여기서 12년 복역하는 동안에 완전히 달라졌습니다. 머리카락은 거의 빠져 버렸고 몸도 매우 쇠약해졌습니다. 벌써 60살 가까이 되었을 겁니다." 마그너스 소장은 생각에 잠기며 말했다.

"죄목은 무엇이었습니까?" 지방검사가 물었다.

"살인이었습니다. 뉴욕의 대리 판사로부터 15년형을 언도 받았지요. 뉴욕의 부둣가 술집에서 어느 남자를 죽였습니다. 싸구려 술을 마시고 거칠게 싸우다가 죽였지요. 검사의 조사에 의하면 피해자와는 서로 모르는 사이였다고 합니다."

"전과는 있었습니까?" 하고 아버지가 물었다.

마그너스 소장은 카드를 살폈다.

"알아 내지 못했습니다. 다시 말해서 도우의 신원을 확실히 알 수 없었다는 말씀이지요. 입증할 수는 없으나 도우라는 것도 본명이 아닌 듯합니다."

나는 그 사나이를 그려보았다. 조금씩 나의 눈앞에 떠올랐으나 완전히 그려 낼 수는 없었다. 전혀 색깔이 없는 부분이 있었다. 나는 주춤주춤 물었다.

"소장님, 이 도우라는 사나이의 복역 태도는 어땠습니까? 개전의 가능성이 없는 사람이었습니까?"

마그너스는 미소지었다.

"아가씨, 매우 적절한 질문을 하시는군요. 아닙니다, 그는 모범수였습니다. 우리들의 분류 방법에 의하면 A 클래스였지요. 죄수는 모두 죄수복으로 갈아입고 수용 기관으로 들어가면 석탄 쌓는 실습을 한 다음 배치국에 의해 정규의 죄수 작업으로 배치되는데 성적에 따라 여러 가지로 특권을 누리게 됩니다. 정규 작업에 종사하는 순간부터 이 형무소라는 작은 사회에서 어떤 신분을 차지하느냐 하는 것은 전적으로 본인의 노력에 달려 있습니다. 아시다시피 여기는 여기만으로 거의 하나의 도시를 형성하고 있는 셈입니다. 만일 죄수가 문제를 일으키지 않고 명령에 잘 따르고 규칙을 지키면, 사회가 그들에게서 앗아 버린 자존심을 어느 만큼은 다시 찾을 수가 있습니다. 에얼론 도우는 형무소의 풍기 단속 주임인 간수장에게 한번도 폐를 끼친 일이 없습니다 그래서 A 클래스로 올라가 많은 특권을 누리게 되었고, 복무 성적도 좋아서 30개월이나 감형 받았습니다."

뮤어 신부가 깊고 부드러운 눈으로 나를 보았다.

"아가씨, 에얼론이 선량한 사람이었다는 것은 내가 보증합니다. 나는 그를 잘 알고 있습니다. 나와 같은 종파는 아니었으나 그는 종교를 믿게 되었지요. 도저히 믿을 수가 없습니다, 아가씨, 그 사람이 그럼 끔찍한 일을……."

"그는 전에 이미 한 사람을 죽였습니다. 다시 말해서 전과가 있다는 말입니다." 흄이 무뚝뚝하게 말했다.

"12년 전 뉴욕에서 그가 살인했을 때 어떤 방법으로 죽였습니까? 칼로 찔렀나요?" 하고 아버지가 말했다.

마그너스 소장은 고개를 저었다.

"술이 가득 담겨 있는 위스키 병으로 머리를 때렸습니다. 그래서 그 사나이는 뇌진탕으로 죽었지요."

"그런 것은 알아서 무엇합니까?" 하고 지방검사가 초조한 듯이 말했다." 소장님, 도우에 대해서 무언가 다른 것을 아십니까?"

"거의 없습니다. 말할 나위도 없이 형무소 안의 기록이 많으면 많을수록 흉악범입니다만." 마그너스는 파란 카드를 다시 한번 살펴보았다. "아아, 그렇군요! 인상을 참고로 말씀드리지요. 들어온 지 2년만에 사고가 일어나 오른쪽 눈을 실명했고 오른팔이 마비되었습니다. 선반 작업 중 자신의 부주의 때문에 일어난 사고였습니다."

"저런, 그렇다면 애꾸눈이겠군요! 이것은 중요한 점입니다. 좋은 것을 가르쳐 주셨습니다. 소장님" 하고 흄이 외쳤다. 마그너스 소장은 깊은 한숨을 쉬었다.

"우리는 그 사실을 감추었습니다. 신문사에서 알고 보도하면 난처하니까요. 아무튼 얼마 동안 그는 우리의 고민거리였지요. 오른팔이 마비되었으니 배치국으로서는 본디 오른손잡이였던 그를 어떤 특별한 손놀림을 하는 일에 배치시켜야만 했습니다. 그런데다 교육도 제대로 받지 못했거든요. 읽을 수는 있었으나 쓰는 것은 인쇄체로만 쓸 수 있을 뿐, 그것도 어린아이처럼 서투른 글씨체였지요. 지능은 매우 낮은 편이었습니다. 지금 말씀드린 대로 사고가 일어났을 때 그는 목공부의 선반공으로 일하고 있었습니다. 그래서 결국 배치국에서도 별다른 방도가 없었으므로 다시 목공부로 돌렸습니다만, 이 기록에 의하면 그는 오른손이 말을 듣지 않게 되었는데도 목공 세공을 상당히 잘했던 것 같습니다. 이런 일은 당면 문제와 아무런 관계가 없다고 생각하시겠지요. 아마도 관계가 없을 겁니다만, 나로서는 그에 대한 것을 빠짐없이 말씀드리고 싶습니다. 나에게는 나의 생각이 있어서요."

"당신의 생각이란 어떤 것입니까?" 흄이 일어서서 날카롭게 물었다.

마그너스는 이맛살을 찌푸렸다.

"이제 곧 아시게 됩니다. 어쨌든 마지막까지 이야기하게 해주십시오, 도우는 일가친척도 친구도 없습니다, 아무튼 없는 것 같았습니다. 왜냐하면 알곤킨에서 지낸 12년 동안 그는 한 통의 편지도 받은 일이 없었고 스스로 보낸 적도 없으니까요. 외부에서 찾아온 사람도 없었습니다."

"이상하군." 아버지는 턱의 푸른 면도 자국을 어루만지며 말했다.

"네, 참으로 있을 수 없는 일이라고 생각합니다, 경감님. 정말 이상합니다." 마그너스 소장은 계속했다. "나는 형무소에 오랜 세월 동안 근무하고 있습니다만, 그처럼 바깥 세상과 완전히 동떨어져 사는 죄수는 여태껏 본 일이 없습니다. 그가 살아 있는지 죽었는지 걱정하는 사람이 이 담 밖에는 아무도 없는 것 같았습니다. 이것은 주목할 만한 일입니다. 이 안에 있는 아무리 흉악한 죄수라도 대개는 걱정해 주는 사람이 있지요, 어머니라든가 자매라든가 애인이라든가. 그런데 도우는 바깥 세상과 통신이 없었을 뿐만 아니라, 첫해에 다른 신입 죄수들과 함께 얼마 동안 도로 공사에 배치되었을 때 이외에는 바로 어제까지 한 번도 담 밖을 나간 적이 없었습니다. 나가려면 얼마든지 나갈 수 있었는데도 말입니다. 모범수가 되면 여러 가지 일로 바깥에 나가 일할 수 있습니다. 그러나 도우의 행동이 좋았던 것은 그러한 특권을 얻고 싶어서가 아니라 그저 도덕적으로 무기력하게 되었기 때문인 것 같습니다. 지쳐 버리고 모든 일에 무관심하게 되어 나쁜 짓을 할 기력조차 없었던 거지요."

"그렇다면 살인은커녕 공갈조차도 했을 것 같지 않군요." 아버지가 중얼거렸다.

"그렇고말고요! 나도 바로 그렇게 생각하고 있습니다, 경감님." 뮤어 신부가 힘주어 말했다. "여러분에게 말씀드리지만,"

"죄송합니다만 그런 말씀은 아무 도움도 되지 않습니다." 홈이 말을 가로막았다.

나는 그 말을 꿈결에 듣고 있었다. 몇백 명의 운명이 좌우되고 있는 이 성전 한 가운데 앉아 있는 나의 머릿속에서 굉장한 지혜가 번득이고 있었다. 그리고 지금이야말로 그것을 이야기해야 할 때가 왔다고 생각했다. 실제로 나는 말을 하려고 입을 반쯤 열었었다. 그러나 다시 입을 다물고 말았다. 이러한 자잘한 일들이 과연 내가 생각하고 있는 것 같은 뜻을 실제로 지니고 있을까? 나는 흄의 머리 좋은 소년 같은 얼굴을 쳐다보았다. 그리고는 아직 아무 말도 하지 않는 편이 좋겠다는 마음의 경고에 따르기로 했다. 이 흄을 납득시키려면 이론 이상의 것이 필요하리라. 아직 시간은 많이 있다…….

　"그럼, 오늘 여러분을 오시라고 한 목적인 조금 놀랄 만한 이야기를 해 드리겠습니다" 하고 푸른 카드를 책상 위에 놓으며 소장이 말했다.

　"고맙습니다! 어서 들려주십시오." 흄이 팔팔한 어조로 말했다.

　"미리 말씀드립니다만" 마그너스는 침울한 어조로 말했다. "도우에 대한 나의 관심은 그가 이미 이곳의 죄수 신분에서 벗어났다 해도 사라진 것은 아니었습니다. 우리는 석방된 죄수에 대해 그 뒤의 행적을 관찰합니다. 왜냐하면 대부분의 경우 그들은 결국 여기로 되돌아오니까요. 요즈음은 30퍼센트 정도가 그렇습니다. 그래서 형벌의 방법도 지난날처럼 따끔한 맛을 보여 주기만 하는 것이 아니라 죄를 저지르지 않게 하는 방향으로 바뀌고 있습니다. 그렇긴 해도 나로선 사실에서 눈을 돌릴 수 없습니다. 그래서 이 이야기는 의무로서 여러분에게 말씀드리는 겁니다."

　뮤어 신부는 손가락 관절이 하얗게 될만큼 기도서를 꼭 쥐었다.

　"3주일 전에 포어세트 상원의원이 나를 찾아와 이상하게도 이 형무소의 어떤 죄수에 대해 여러 가지로 넌지시 물어 보았습니다."

　"성모 마리아여!" 신부가 신음하듯 말했다.

"그 죄수란 말할 나위도 없이 에얼론 도우였지요?"

홈의 눈이 번쩍 빛났다.

"포어세트는 무엇 때문에 왔었나요? 도우에 대해 어떤 것을 알고 싶어하던가요?"

마그너스는 깊이 숨을 쉬었다.

"그것이 말입니다. 상원의원은 도우의 기록과 사진을 보여 달라는 것이었습니다. 일반적으로는 그런 요구를 받아들이지 않습니다만, 도우는 곧 출옥하게 되어 있었고 뭐니뭐니해도 포어세트라면 이 지방의 유력자가 아닙니까." 소장은 얼굴을 찌푸렸다. "나는 사진과 카드를 보여 주었지요. 그 사진은 12년 전 도우가 형무소에 들어올 때의 것이었습니다. 그런데도 상원의원은 알아보았는지 침을 꿀꺽 삼키고는 갑자기 안절부절하기 시작했습니다. 그리고 긴 이야기는 생략하고 단적으로 말씀드려서 포어세트 의원은 놀랄 만한 요구를 해 왔던 것입니다. 즉 도우를 앞으로 2, 3개월 동안 만 묶어 두라는 것이었습니다! '묶어 두라'는 것은 그때 그가 한 말 그대로입니다. 여러분은 이 일을 어떻게 생각하십니까?"

홈은 두 손을 마주 비볐다. 나는 그 동작이 어쩐지 불쾌하게 느껴졌다.

"의미심장하군요, 소장님. 이야기를 계속하십시오."

"그러한 불가능한 요구를 해 오는 사람의 뻔뻔스러움에 질리긴 했습니다만, 이 문제는 조심해서 다루어야 할 필요가 있다고 생각했습니다. 나는 흥미를 느꼈지요. 죄수와 상원의원과의 관계, 특히 그 상원의원이 평판 나쁜 포어세트일 경우에는 더욱 더 철저히 조사해야 한다고 생각했지요. 그래서 나는 그의 요구에 대한 답변은 하지 않고 어째서 에얼론 도우를 묶어 두라고 하느냐고 물었지요."

"포어세트가 이유를 말하던가요?" 아버지를 굵은 눈썹을 찌푸리며 물었다.

"처음에는 말하지 않았지요. 마치 감자술을 처음 마신 사람처럼 몸을 덜덜 떨며 땀을 줄줄 흘리고 있었습니다. 하지만 결국은 털어놓더군요. 그의 말에 의하면 도우가 그를 협박했다는 겁니다."

"그것은 우리도 알고 있습니다." 홈이 나직이 말했다.

"나는 믿어지지 않았으나 겉으로 나타내지는 않았지요. 그런데 사실이 그렇습니까? 어쨌든 나는 그런 말을 믿을 수 없었으므로 상원의원에게 어떻게 도우와 접촉할 수 있었느냐고 물었지요. 아시다시피 여기서는 우편물이며 외부와의 접촉을 상당히 엄중하게 검열하고 있거든요."

"포어세트에게 편지와 함께 톱으로 자른 장난감 상자의 일부를 보냈답니다. 형무소에서 만든 장난감 꾸러미 속에 넣어서 말입니다." 지방검사가 설명했다.

"그랬었군요." 마그너스는 생각에 잠기며 입을 꼭 다물었다. "그렇다면 당장에 그런 구멍을 막아야겠군요. 확실히 그런 샛길을 이용하면 가능할 테고, 어렵지도 않았겠지요. 하지만 그때에는 매우 이상하게 생각했습니다. 형무소 안과 바깥의 비밀 통신은 우리가 가장 골치를 썩이고 있는 문제 가운데 하나이며, 나는 오래 전부터 어딘지 샛길이 있을지도 모른다고 의심하고 있었습니다. 아무튼 포어세트는 도우가 어떻게 자기와 접촉했는지는 말하려 하지 않더군요. 그래서 나도 그 점은 따지지 않았지요."

나는 입술을 축였다. 바싹 말라 있었던 것이다.

"포어세트 상원의원은 이 도우라는 사나이가 실제로 자기의 약점을 쥐고 있음을 인정하던가요?"

"그럴 리가 있습니까. 그는 도우가 터무니없이 뻔뻔스러운 말을 지어냈다고 했습니다. 흔해 빠진 거짓말이지요. 나는 그런 거짓말을 곧이듣지 않았습니다. 왜냐하면 도우가 무슨 말을 했건 자기가 결백하다면 그토록 당황할 리 없으니까요. 여기에 대해 그는, 도우의 말이 엉터리이긴 하나 그런 말이 세상에 퍼지면 주 상원의원으로 재선될 가능성이 완전히 없어지지는 않는다 해도 굉장히 위험해질 우려가 있기 때문이라고 변명하더군요."

"주 상원의원으로 재선될 가능성이 적어진다고요?" 흄이 얼굴을 찌푸리며 말했다. "그는 처음부터 재선될 가능성이 없었습니다. 하지만 이것은 당면 문제가 아닙니다. 어쨌든 도우가 쥐고 있는 약점이라는 것이 정말로 포어세트가 꺼려하는 점이었음에는 틀림없습니다."

마그너스는 어깨를 움츠렸다.

"나도 그렇게 생각했습니다. 그와 동시에 나에게는 소장으로서의 입장이 있으므로, 당신의 말만 듣고 도우를 처벌할 수는 없다고 딱 잘라 거절했지요. 무슨 일이 있어도 도우를 묶어 두어야겠다면 그 '지어 낸 말'이 어떤 것인지 설명해 달라고 했더니……그는 아까 그 A 클래스 죄수를 묶어 두라고 말했을 때만큼 몹시 당황하더군요. 도저히 그 이야기를 털어놓을 수는 없다는 것이었습니다. 그리고 만일 2, 3개월만 더 도우를 독방에 가두어 주면 나를 정치적으로 '원조'해 주겠다고 넌지시 말하더군요. 그래서 우리의 만남은 낡은 멜로드라마의 한 장면으로 발전해 나간 셈이지요. 출세나 금전을 미끼로 관리를 포섭하려는 연극 말입니다. 하지만 설명할 필요도 없이 이 형무소 안에는 어떤 정치 활동도 파고 들어올 수가 없습니다. 주제넘은 말씀입니다만, 나는 옳지 못한 일을 싫어하는 위인으로 알려져 있습니다. 그래서 포어세트에게도 그 점을 뚜렷이 알려 두었습니다. 결국 그는 별수없이 돌아갔지요."

"불안해 보이던가요?" 아버지는 짓눌린 듯한 목소리로 말했다.

"어찌할 바를 몰라하는 태도였습니다. 물론 나는 그대로 가만히 있지 않았지요, 포어세트가 돌아가자마자 에얼론 도우를 불렀습니다. 그는 시치미를 떼고 상원의원을 공갈한 적이 없다고 말하더군요, 포어세트가 내막을 털어 놓지 않았으니 나로서도 더이상 다그칠 수가 없었으므로 만일 실제로 그가 공갈 비슷한 짓이라도 했다는 것을 알게 되면 가석방을 취소하고 지금까지의 특권도 모두 빼앗아 버리겠다고 도우에게 경고해 두는 수밖에 없었습니다."

"그뿐입니까?" 홉이 물었다.

"아니, 또 있습니다. 오늘 아침, 아니, 어제 아침이라고 해야겠지요, 포어세트가 나에게 전화를 걸어 그 '지어 낸 말'이 세상에 퍼지게 하느니보다 돈을 주어 도우의 침묵을 '사기'로 했으니 그 일은 없었던 것으로 잊어 달라고 하더군요."

"그거 참, 이상하군요, 수상쩍지 않습니까! 포어세트 답지 않은데요! 틀림없이 포어세트가 걸었습니까?" 아버지가 생각에 잠기며 물었다.

"틀림없습니다. 나도 이상하게 생각했습니다. 공갈하는 녀석에게 돈을 주겠다는 말을 무엇 때문에 일부러 나에게 했는지 모르겠습니다."

"정말 납득이 안 가는군요, 당신은 도우를 어제 석방한다고 포어세트에게 말했습니까?" 지방검사가 눈살을 찌푸리며 물었다.

"아니오, 그 쪽에서도 물어 보지 않았고 나도 말하지 않았습니다." 아버지가 그 큰 몸의 두 다리를 천천히 포개며 말했다.

"그 전화에 대해서 지금 어떤 생각이 갑자기 떠오르는군요, 포어세트 상원 의원은 가엾은 에얼론에게 양다리 걸친 함정을 파놓았던 것이 틀림없습니다."

"무슨 말씀이시지요?" 소장이 흥미를 느낀 듯 물었다.

아버지는 싱긋이 웃었다.

"소장님, 그는 발자취를 남기려 했던 것입니다. 다시 말해서 알리바이를 만들었단 말입니다. 조사해 보십시오, 흄 씨. 포어세트는 은행에서 틀림없이 5만 달러를 찾아냈을 테니까요. 뭣하면 내기를 해도 좋습니다. 포어세트 녀석은 협박에 못 이겨 돈을 내놓으려 했으나 사태가 이러저러해서 그만……."

"무슨 말씀이신지 모르겠군요." 지방검사가 말참견을 했다.

"모르겠습니까? 포어세트는 도우를 죽일 생각이었습니다! 그리고 일이 발각되면 소장님에게 은행에서 돈을 찾아 도우에게 주겠다고 전화한 사실을 증거로 삼아 자기는 돈을 주려고 했으나 도우가 거친 태도로 나와 싸움이 벌어진 끝에 도리어 도우가 죽음을 당했다고 주장할 작정이었지요. 포어세트는 어지간히 아픈 데를 잡혔던 것 같습니다. 흄 씨. 그래서 도우를 멋대로 돌아다니게 내버려두는 것보다 차라리 위험한 방법을 택해서라도 죽이는 편이 낫다고 생각했겠지요."

"과연 있음직한 일입니다. 그런데 계획이 어긋나 도리어 자기가 죽음을 당했다는 말이로군요." 생각에 잠기며 흄이 중얼거렸다.

"잠깐만요" 하고 뮤어 신부가 외쳤다. "에얼론 도우는 그 사람이 살해당한 것과는 아무런 관계도 없습니다. 이 사건 뒤에는 어떤 무서운 악마의 손이 뻗쳐 있습니다."

아버지가 말했다.

"소장님, 아까 흄 씨가 포어세트 앞으로 보내진 편지는 작은 상자의 일부분과 함께 여기서 나갔다고 하셨습니다. 옆구리에 금글씨가 적혀 있는 작은 나무 상자는 여기 목공부에서 만든 완구 가운데 하나입니까?"

"알아봅시다."

마그너스는 구내 전화로 교환수를 불렀다. 그리고 누군가가 침대에서 일어나 나오기를 기다리는지 잠시 잠자코 있었다. 마침내 수화기를 잡더니 그는 고개를 저었다.

"그런 것은 여기 목공부에서 만들지 않았답니다, 경감님. 여기 완구부는 생긴 지 얼마 안됩니다. 도우와 또 다른 두 죄수가 조각 기술이 있음을 알고, 사실상 그 세 사람을 위해 완구부를 만든 거였으니까요."

아버지는 의아스러운 눈으로 지방검사를 흘긋 보았다. 흄은 대뜸 아버지에게 말했다.

"그 상자 조각에 어떤 뜻이 담겨 있는지 철저히 규명해야 한다는 의견에는 나도 동의합니다."

그러나 그가 마음속으로는 그 상자를 그다지 중요시하고 있지 않음을 나는 알았다.

흄은 소장의 전화에 손을 뻗었다.

"써도 좋습니까? 경감님, 도우가 편지로 요구한 5만 달러에 대한 당신의 예감이 맞는지 알아보겠습니다."

소장은 눈을 깜박거렸다.

"도우가 쥐고 있던 포어세트의 약점은 정말 큰 것이었나 봅니다. 5만 달러라니!"

"포어세트의 은행 거래를 조사하라고 형사 한 사람을 보냈었지요, 어떻게 되었는지 알아봅시다." 흄은 형무소 안의 교환수에게 전화번호를 댔다. "여보세요, 마이클인가? 나 흄일세. 알아냈나?" 흄의 입가에 긴장이 감돌았다. "수고했네! 이번에는 화니 카이저를 조사하게. 그녀와 상원의원 사이에 금전상의 연관이 있는지 알아보란 말일세." 흄은 수화기를 놓으며 곧 말했다. "말씀하신 대로였습니다, 경감님. 포어세트는 어제 오후 수표와 소액 지폐로 5만 달러를 찾아갔답니다. 어제 오후였으니까 그가 살해당한 것은 바로 그날 밤인 셈입니다."

"하지만 아무리 생각해도 이상합니다. 공갈자가 돈을 사취하고 그 돈을 준 사람을 죽이다니 조금 이치에 맞지 않는군요. 그것이 중요한 점입니다, 흄 씨." 뮤어 신부가 열심히 말했다.

지방검사는 어깨를 으쓱했다.

"그러나 싸움이 붙었다면 어땠을까요? 살해할 때 포어세트의 종이 자르는 칼을 사용했다는 점을 잊지 말아 주십시오. 다시 말해서 그 것은 계획적인 살인이 아니었다는 증거입니다. 만일 처음부터 죽일 작정이었다면 흉기를 가지고 왔을 것입니다. 포어세트는 돈을 주고 서 도우에게 트집을 잡았거나 아니면 돈을 돌려 받으려고 하다가 어쨌든 서로 맞붙었을 것이며, 도우가 종이 자르는 칼을 쥐고, 보 셨던 바와 같은 일을 저질렀는지도 모르지요."

"흄 씨, 이렇게 생각할 수도 있지 않을까요." 나는 부드러운 어조 로 말했다. "범인은 처음부터 흉기를 가지고 왔으나 손쉬운 곳에 종 이 자르는 칼이 있었기 때문에 그것을 썼을지도 모른다고 말이에요.

존 흄은 초조한 빛을 겉으로 나타내며 쌀쌀하게 말했다.

"아가씨, 그것은 무척 에두른 해석이로군요."

아버지와 뮤어 신부는 깜짝 놀라 나의 얼굴을 보고는 서로 고개를 끄덕였다. 여자인 주제에 꽤나 번거로운 해석을 한다고 하여 질린 모 양이었다. 그때 책상 위에 놓인 전화벨이 울렸다. 마그너스 소장이 수화기를 집어들었다.

"흄 씨, 당신에게 온 전화입니다. 누군지 몹시 흥분하고 있군요."

지방검사는 의자에서 벌떡 일어나 수화기를 들었다. 흄이 수화기를 놓고 우리 쪽으로 몸을 돌렸을 때 나는 가슴이 덜컥했다. 그 얼굴에 떠올라 있는 표정으로 보아 무엇인가 결정적인 일이 일어났음을 나는 알았다. 그의 눈은 기쁨으로 반짝이고 있었다.

"케니온 서장에게서 온 전화입니다. 에얼론 도우를 마을 어귀 숲 속에서 격투 끝에 체포했답니다."

잠시 동안 모두 입을 다물고 있었다. 신부의 가냘픈 신음 소리가 들릴 뿐이었다.

"녀석은 곤드레만드레 술에 취하여 거의 제 정신이 아니었다고 합니다. 물론 이것으로 모든 일은 끝난 셈이지요. 소장님, 고맙습니다. 아마도 법정에서 증언을 해주셔야 할겁니다만."

"잠깐만, 흄 씨, 케니온 씨는 도우가 그 돈을 가지고 있는 것을 발견했다고 하던가요?" 아버지가 조용히 말했다.

"아닙니다. 하지만 그런 것은 대수로운 일이 아닙니다." 어디다 묻어 두었을지도 모르지요. 중요한 것은 포어세트 살해범을 체포했다는 사실입니다!"

나는 일어서서 장갑을 끼었다.

"흄 씨, 정말 범인을 체포했을까요?"

그는 나를 뚫어지게 보았다.

"말씀하시는 뜻을 잘 모르겠군요……"

"당신은 모든 것을 잘 모르고 계십니다. 그렇지요 흄 씨?"

"그건 또 무슨 뜻입니까, 아가씨?"

나는 입술연지를 꺼내어 입술에 바르고 나서 입을 오므렸다.

"에얼론 도우는 포어세트를 죽인 범인이 아닙니다." 나는 한쪽 장갑을 벗고 거울에 입술을 비춰 보며 말했다. "나는 증명할 수 있어요!"

올가미를 죄다

다음날 아침 아버지가 말했다.

"패티, 이 거리에는 어쩐지 기분나쁜 것이 있는 것 같구나."

"어머나, 그럼, 아버지도 역시 무언가 냄새를 맡으셨군요" 하고 나는 중얼거렸다.

"네가 그런 표현을 하는 것은 좋지 않아. 여자답지 못하거든. 그건 그렇고, 너의 생각을 어서 말해 보렴. 네가 흄에 대해 화를 내고 있는 것은 알겠지만 아버지에게도 화를 내고 있는 것은 아니겠지. 대체 어떻게 도우에게 죄가 없다는 것을 알 수 있니? 어떻게 그토록 딱 잘라 말할 수 있지?" 하고 아버지는 불만스러운 듯이 말했다. 나는 주춤했다. 사실 나는 경솔했던 것이다. 솔직히 말해서 나는 아직 증명할 수는 없었다. 꼭 한 가지, 아직 빠진 점이 있었다. 그 점만 알아내면 모두의 눈을 뜨게 할 수가 있을 테지만……. 그래서 나는 말했다.

"아직 그렇게 뚜렷이 말할 수는 없어요."

"내 생각으로도 역시 도우가 포어세트를 살해한 진범은 아닌 것 같

아. ”

“어머나, 역시 나의 아버지세요 ! ” 나는 아버지에게 입을 맞추며 말했다. “도우가 한 일이 아닌 것만은 틀림없어요. 결코 그 사람이 한 짓이 아니에요. 그가 그 악당 같은 상원의원을 죽이다니 말도 안 돼요. ”

“애야, 말조심해라. 다른 사람들이 너를 뭐라고 할는지……. ”

“아버지는 나를 부끄럽게 생각하시나요 ? ”

“아니, 절대로 그런 것은 아니지만……. ”

“내가 너무 남자들 세계에 파고들어 간다고 생각하고 계시지요 ? 아마도 아버지는 나를 양털에라도 싸서 벽장 속에 넣어 두었으면 좋겠다고 생각하고 계시지요 ? ”

“흐음——. ”

“아버지는 아직도 여자란 집 안 깊숙이 틀어박혀 있어야 한다고 생각하시지요. 여자는 선거 따위도 해서는 안되고, 담배도 피워서는 안되고, 천한 말을 써도 안되고, 남자친구를 사귀어도 안되고, 떠들어도 안된다고 말이에요. 그리고 산아제한이란 악마가 생각해 낸 것이라고 아직도 굳게 믿고 계시지요 ? ”

“패티 ! ” 하고 아버지는 눈살을 찌푸리고 일어서며 말했다. “아버지에게 그런 말을 하는 게 아니야. ”

그리고 나서 아버지는 엘러이휴 클레이의 훌륭한 식민지풍 저택 안으로 사라졌으나, 10분 뒤 다시 돌아와 담배에 불을 붙여 준 다음 아까의 태도를 사과하며 조금 어찌 할 바를 몰라했다. 가엾은 아버지 ! 아버지는 여자의 기분을 이해할 수 없는 것이다. 우리 두 사람은 거리로 나갔다.

그날 아침, 다시 말해서 살인 사건과 알곤킨 형무소에서의 기분나쁜 회견이 있은 다음날인 토요일, 젤레미의 아버지와 나의 아버지가 서로 의논한 끝에 우리들은 그대로 클레이 집에 손님으로 머물러 있기로 결정했다. 아버지는 그 전날 밤 홈 지방검사며 형사들과 헤어질 때 자기의 직책과 지난날의 경력에 대하여 다른 사람에게는 입을 다물어 주기 바란다고 주의를 주었다. 엄청난 이익을 얻을 수 있는 대리석 계약을 잇달아 주선해 오는 수상쩍은 포어세트 박사에 대한 아버지의 조사가 포어세트 상원의원 살인 사건의 한 요소라고 아버지와 엘러이휴 클레이 씨는 똑같이 생각하고 있었다. 아버지는 자기 신분을 밝히지 않고 조용히 조사하여 되도록이면 많은 것을 알아 낼 계획이었다. 아버지가 그대로 머물러 있기로 결심한 것은 나에겐 매우 중대한 일이었다. 왜냐하면 홈과 그 부하들이 하느님의 계시를 받지 않는 한 에얼론 도우의 생명은 매우 위험하다는 것을 나는 알고 있었기 때문이었다.

그 전날 밤 가엾은 그가 체포되었다는 말을 들었을 때부터 아버지와 나는 우선 두 가지에 관심을 가졌다. 하나는 만일 그가 할 말이 있다면 그의 말을 들어보아야 한다는 것과 또 한가지는 환상과도 같은 인물 포어세트 박사와 만나서 이야기해 보아야 한다는 것이었다. 토요일 아침까지도 박사가 있는 곳을 여전히 알 수 없었으므로 우리는 우선 첫째 목적을 달성하는 데 온 힘을 기울이기로 했다.

큰 석조 건물인 리즈 시청 안에 있는 홈 지방검사의 전용 사무실을 찾아가자 곧 안으로 안내되었다. 홈은 오늘 아침 매우 기분이 좋았다. 그는 활동적이고 기운이 넘쳐흐르는 상냥하고 생기있는 눈으로 우리를 의기양양하게 맞이했다.

"여어, 안녕하십니까. 오늘 아침은 기분이 어떻습니까, 아가씨? 아직도 우리들이 죄 없는 사람을 처벌하려 한다고 생각하십니까? 아직도 그의 무죄를 증명할 수 있다고 생각하십니까?" 홈은 두 손을 비비며 말했다. 그가 권하는 의자에 앉아 담배를 받으며 나는 말했다.

"어제보다 더욱 더 그렇게 생각하고 있어요, 홈 씨."

"그러시다면 직접 시도해 보셔야겠군요, 빌!" 홈은 옆방에 있는 누군가를 불렀다. "군구치소에 연락해 도우를 데려오도록 해주게."

"벌써 도우를 심문했습니까?" 하고 아버지가 물었다.

"물론이지요. 하지만 당신들이 직접 납득하시도록 해 드리겠습니다." 홈은 자신만만한 어조로 말했다. 우리들의 적대적인 태도에 대해서 너그러운 자세를 보이고 있긴 했으나 홈이 에얼론 도우를 카인처럼 죄인이라고 생각하고 있는 것만은 틀림없었다. 나는 홈의 엄격하고 고집스러운 얼굴을 언뜻 보고 그의 생각을 바꾸게 하는 것은 어려운 일이라고 여겨졌다. 나의 이론은 처음부터 끝까지 추론에 의해 이루어져 있다. 그런데 그는 실제의 증거 이외에는 아무 것도 인정하려 하지 않는 것이다.

에얼론 도우는 힘센 두 형사에게 연행되어 들어왔는데 그런 조심성은 조금도 필요치 않을 것 같았다. 왜냐하면 이 전과자는 어깨 폭이 좁고 키가 작으며 아주 약해 보이는 늙은이였다. 그를 호위해 온 형사 한 사람이 한 손으로 이 전과자의 등뼈를 부러뜨릴 수도 있으리라. 불면 날아갈 것 같은 이 남자의 모습에 대하여 나는 그때까지 여러 가지로 상상하고 있었다. 그러나 이 사나이에 대한 마그너스 소장의 묘사도 가엾은 그의 모습을 충분히 그려냈다고 할 수는 없었다. 그는 갸름하고 뾰족한 작은 얼굴을 하고 있었다. 몹시 야위고 주름투성이였으며 지독히 무지해 보이는 잿빛의 생기 없는 얼굴이었다. 그 얼굴이 지금 공포와 절망으로 일그러져 있었다. 잔인하고 우둔한 케니온과 범인을 잡아 내는 의무감에 열중해 있는 홈은 제쳐놓고, 누구나 그 얼굴을 한 번 보면 마음이 움직이지 않을 수 없으리라.

"앉으시오, 도우." 홈은 그런 대로 부드럽게 말했다. 도우는 어색하게 그의 말에 따랐다. 하나밖에 없는 푸른 눈이 희망과 공포로 눈물짓고 있었다. 오른쪽 눈꺼풀이 노출되어 있고 오른팔이 조금 오므라든 채 축 늘어져 있는데도 불구하고 그 모습은 이상하게도 기분나쁜 느낌을 주지 않았다. 아니, 오히려 그 모습이 더욱 가엾어 보이게 했다.

"네, 나리. 네, 검사님." 그는 귀에 거슬리는 새된 소리로 말했다. 마치 충실한 개가 아양을 떨며 주인의 명령에 따르듯 그는 흄의 말에 따랐다. 그 말투는 유죄 선고를 받은 죄수의 말투와 다를 바가 없었다. 입술을 굳히며 비뚤어진 입가로 말을 하는 것이었다. 그가 느닷없이 그 애꾸눈으로 나를 보았으므로 나는 그만 겁에 질리고 말았다. 그 자리에 내가 있는 것을 보고 그는 당황하면서도 어쩌면 나의 도움을 받을 수 있을지 모른다고 생각하는 듯싶었다.

아버지가 조용히 일어섰다. 그러자 죄수의 표정 풍부한 눈이 안심과 희망을 담은 채 위로 향했다.

"도우, 당신을 도와주려고 하시는 분이오, 당신과 이야기하기 위해 일부러 뉴욕에서 오셨소" 하고 흄이 말했다.

사실이 아닌 그런 말은 할 필요가 없다고 나는 생각했다.

에얼론 도우의 호소하는 듯한 눈이 갑자기 의혹의 빛을 띠었다.

"네, 나리." 그는 앉은 채 주춤거렸다. "하지만 나는 아무 짓도 하지 않았습니다요, 흄 검사님. 나는 정말 그분을 죽이지 않았습니다."

아버지가 지방검사에게 눈짓했다. 흄은 고개를 끄덕이며 앉았다. 나는 흥미를 느끼며 지켜보았다. 아버지가 심문하는 광경을 아직 한 번도 본 적이 없었다. 경찰관으로서 아버지의 솜씨는 그때까지 나에게 있어 다만 전설에 지나지 않았다. 소문으로 듣던 바와 같이 아버지가 뛰어난 재능의 소유자임을 나는 곧 알 수 있었다. 에얼론 도우의 믿음을 얻기 위해 취한 아버지의 방법은 나에게 아버지의 새로운 모습을 보여 주었다. 세련되지는 못했으나 아버지는 역시 날카로운 심리학자였다.

"도우, 나를 좀 보시오." 적당한 위엄을 섞어 소탈한 어조로 아버지는 말했다.

가엾은 사나이는 긴장하며 아버지를 보았다. 두 사람은 잠시 서로 쳐다보고 있었다.

"나를 알고 있소?"

"아, 아닙니다. 나리." 도우는 입술을 핥으며 말했다.

"나는 뉴욕 경찰의 샘 경감이오."

"그러셨군요."

그 전과자는 놀라며 몹시 경계하는 빛을 나타냈다. 흰 머리카락이 조금밖에 남아 있지 않은 작은 머리를 옆으로 줄곧 저으며 우리들과 눈길이 마주치는 것을 피하고 있었다. 경계하면서도 희망에 차 있었고, 옆으로 달려올 듯하면서도 달아 날 듯한 모습이었다.

"그럼, 당신은 나에 대한 이야기를 들은 적이 있군요?" 아버지는 이어서 말했다.

"실은……," 도우는 잠자코 있어야겠다는 본능과 말하고 싶다는 욕망 사이에 끼어 있는 것 같았다. "형무소 안에서 절도범으로 붙잡혀 온 녀석을 만났는데, 그 녀석이 사형당할 뻔한 것을 당신께서 살려 주셨다고 말하는 것을 들었습니다."

"알곤킨에서 들었소?"

"네, 그렇습니다, 나리."

"그 녀석은 아마 휴스턴 거리의 갱 일당 샘 레비였겠지요." 아버지는 옛날을 회상하고 미소지으며 말했다. "샘은 좋은 녀석이었으나 악당들에게 휩쓸렸다가 배신당했소. 여보시오, 도우, 그 샘이 나에 대해 뭐라고 말했소?"

"어째서 그런 말을 물으십니까?" 도우는 의자에 앉은 채 안절부절 못하며 말했다.

"그저 물어 보는 거요, 샘 녀석, 그토록 친절히 해주었는데도 내 험담을 한 모양이군."

"험담이라니요! 나리는 공평한 분이라고 말했습니다." 도우는 펄쩍 뛰며 부정했다.

"오오, 그렇게 말했소? 그랬었군." 아버지는 신음하듯 말했다. "그야 당연하지. 아무튼 내가 죄 없는 사람을 벌받도록 하는 사람이 아니라는 것을 알겠지요? 공연히 혼내 주는 사람이 아님을 알겠지요?"

"네, 나도 그렇게 생각하고 있습니다, 나리."

"좋소! 그렇다면 우리는 서로 이해할 수 있겠군." 아버지는 의자에 앉아 느긋하게 다리를 포갰다. "여보시오, 도우. 여기 계시는 흄 씨는 당신이 포어세트 상원의원을 죽였다고 생각하고 있소. 나는 솔직히 말하고 있는 거요, 절대로 거짓말이 아니오. 당신은 난처한 입장에 놓여 있다는 것을 알아야 하오."

사나이의 눈이 다시금 공포로 가득 찼다. 그는 흄에게로 눈길을 돌렸다. 흄은 얼굴을 붉히며 노여운 눈초리로 아버지를 보았다.

"하지만 나는 당신이 포어세트를 죽였다고 생각하지 않소. 그리고 여기 있는 이 아름다운 아가씨도 마찬가지요. 내 딸 역시 당신이 무죄라고 생각하고 있단 말이오."

"네, 네." 도우는 고개를 수그린 채 나직이 말했다.

"그럼, 어째서 당신이 포어세트를 죽이지 않았다고 생각하고 있는지 알겠소, 도우?"

이번에는 도우의 대답이 뚜렷했다. 그는 어리숙한 얼굴을 호기심과 희망으로 반짝이며 똑바로 아버지의 눈을 쳐다보았다.

"모릅니다, 나리. 나는 다만 내가 그런 짓을 하지 않았다는 것을 알고 있을 뿐입니다. 어째서 그렇게 생각하십니까?"

"그 이유를 말해 주겠소."

아버지는 커다란 손을 뼈가 앙상한 그 노인의 작은 무릎 위에 얹었다. 그의 무릎이 떨리고 있었다.

"나는 인간을 알고 있기 때문이오. 살인자란 어떤 인간인지 알고 있기 때문이오. 그야 당신은 12년 전에 싸움하다가 우연히 술 취한 사람을 죽이긴 했소. 하지만 당신 같은 사람은 결코 사람을 죽이지 못하오."

"정말입니다, 경감님!"

"당신은 절대로 칼 따위를 쓸 사람이 아니오. 비록 누구를 해치우고 싶은 생각이 있다해도 칼 따위를 쓰지는 않지."

"그런 것을 쓰다니요! 나는 그런 사람이 아닙니다! 나는 칼 따위는 쓰지 않습니다!" 그는 가는 목에 푸른 힘줄을 세우며 외쳤다.

"그렇고말고, 틀림이 없소. 당신은 포어세트 상원의원을 죽이지 않았다고 말하고 있으며, 나도 당신의 말이 거짓이 아니라고 생각하오. 그러나 누군가가 포어세트를 죽인 것만은 확실하오. 대체 누가 죽였을까요?"

도우는 뼈가 앙상한 야윈 왼손을 꼭 쥐었다.

"모릅니다. 맹세코 거짓말은 안 합니다. 나는 억울한 죄를 뒤집어쓰고 있습니다."

"맞소, 당신은 억울한 죄를 뒤집어쓰고 있소. 그러나 당신은 포어세트를 알지요?"

"알고 있고 말고요. 그 악당놈!" 도우는 의자에서 벌떡 일어나며 외쳤다. 그러나 그는 엉겁결에 아버지의 꾐에 넘어가 불리한 자백을 했다고 생각했는지 공포의 표정을 드러내면서 불현듯 입을 다물고 아버지를 노려보았다. 내가 아버지의 딸이라는 것이 부끄러워질 지경이었다. 아버지는 뜻하지 않은 사태에도 기술적으로 대처하는 재능을 보이며 얼마쯤 불만스러운 듯한 표정을 지었다.

"도우, 당신은 나를 오해하고 있소" 하고 아버지는 언짢아하며 말했다. "내가 당신에게 자백을 시키기 위해 속임수를 썼다고 생각하오? 결코 그렇지 않소. 당신이 포어세트 상원의원과 아는 사이라는 것은 당신의 입을 통해서 듣지 않아도 검사님이 벌써 알아냈단 말이오. 당신이 쓴 편지가 포어세트의 집에 있는 것을 찾아냈거든요, 알겠소?"

늙은 전과자는 뭐라고 혼자서 중얼거리며 얌전해졌다. 그리고 이번에는 애처로우리만큼 눈을 크게 뜨고 아버지를 쳐다보았다. 나는 이 사나이의 얼굴을 보고 소름이 끼쳤다. 의혹과 희망과 공포로 뒤섞인 그 천박스럽고 뾰족한 얼굴은 그 뒤에도 며칠 동안 나의 머릿속에서 사라지지 않았다. 나는 흠을 보았다. 그는 태연했다. 나중에 안 일이지만 경관과 지방검사의 심문을 처음 받을 때 그 편지를 들이대어도 에얼른 도우는 끝내 자백하지 않으려 했다는 것이었다. 이것으로 미루어 보더라도 도우의 단단한 껍질을 부수기 위해 아버지가 발휘한 본능적인 기교는 나에게 한층 더 훌륭한 것으로 여겨졌다.

"알았습니다. 알았습니다요, 경감님." 도우는 뚜렷하지 않은 목소리로 말했다.

"그렇게 나와야지." 아버지는 조용히 말했다. "당신이 모든 것을 감추지 않고 털어놓으면 우리들도 도와 줄 수가 있소. 언제부터 포어세트 상원의원을 알게 되었지요?"

가엾은 사나이는 다시금 입술을 핥았다.

"그것은……그것은 오래 전부터였습니다."

"그가 당신에게 몹쓸 짓을 했소?"

"그것은 말씀드릴 수가 없습니다, 경감님."

"그렇다면 좋소." 아버지는 공격의 방향을 바꾸었다. 도우가 어떤 점에 대하여는 절대로 입을 열지 않는다는 것을 아버지는 나보다도 재빨리 꿰뚫어 보았던 것이다. "그러나 당신은 알곤킨 형무소에서 포어세트에게 연락을 했지요?"

침묵이 흘렀다. 한참 뒤 이윽고 그는 대답했다.

"네, 나리, 그랬습니다."

"톱으로 자른 상자의 일부를 편지와 함께 완구 꾸러미 속에 넣어 보냈지요?"

"네……그랬습니다."

"그것은 무슨 뜻이오? 그 상자의 일부가 무슨 뜻이지요?"

누구의 눈에나 뚜렷이 비쳤겠지만 아무리 유리한 조건을 제공한다 해도 도우는 진상을 말할 것 같지 않았다. 상자에 대한 이야기가 나오자 도우는 갑자기 낙관적인 생각을 하는 모양이었다. 그 짜부라진 얼굴에 뚜렷이 미소가 떠올랐고 애꾸눈에는 틀림없는 교활한 빛이 감돌았다. 아버지도 그것을 알아차린 듯했으나 실망의 빛을 겉으로 나타내지는 않았다. 도우는 새된 목소리로 조심스럽게 말했다.

"그것은 그저 신호에 지나지 않습니다. 내가 누구인지 알리는 신호였을 뿐입니다."

"알겠소. 그리고 당신은 편지에 형무소에서 출감하는 날 상원의원에게 전화를 걸겠다고 썼는데, 정말 전화를 걸었소?"

"네 걸었습니다."

"그렇다면 포어세트와 통화했겠군요?"

"그렇습니다." 도우는 사납게 대답했으나 곧 자기 자신을 억눌렀다. "그 녀석은 알았다고 대답했지요."

"그럼, 어젯밤에 만나기로 약속했겠군요?"

크게 벌어진 도우의 파란 눈에 또다시 의혹이 빛이 떠올랐다.

"네……그렇습니다."

"몇 시로 약속했소?"

"여섯 번 종이 울릴 때지요. 다시 말해서 11시라는 말입니다."

"당신은 약속대로 갔소?"

"아니오. 가지 않았습니다, 경감님. 정말입니다!" 도우는 성을 내며 말했다. "나는 만 12년 동안이나 갇혀 있었으니 '에이스'와는 다르지요. 12년이라면 진절머리가 날 만큼 긴 세월입니다. 그래서 목을 축이려고 생각했습니다. 오랫동안 '감자 물'밖에 마시지 못했으므로 진짜 술맛이 어떤 것인지 잊어 버리고 말았거든요."

아버지는 나중에 '에이스'라는 것이 죄수들의 은어로 징역 1년이라는 뜻임을 알았다. '감자 물'이라는 것은 나중에 마그너스 소장에게서 들은 바에 의하면 술에 굶주린 죄수들이 감자껍질이며 그 밖의 야채 찌꺼기로 담근 불완전 발효의 양조주였다.

"그래서 말입니다, 경감님. 나는 석방되자마자 부리나케 밀주집으로 달려갔지요. 바로 이 옆 셰낭고 스미드 상회에 가까운 술집이었습니다. 그 술집주인에게 물어 보십시오, 경감님. 내가 거기 갔다는 것을 증언해 줄 겁니다."

"정말입니까, 흄 씨? 알아보셨습니까?" 아버지가 눈살을 찌푸리며 말했다.

흄은 빙그레 웃었다.

"알아보고 말고요, 경감님. 아까도 말했듯이 나는 절대로 죄 없는 사람을 가두고 있지 않습니다. 유감스럽게도 그 술집 주인은 도우가 갔었다는 것을 인정하긴 했으나 도우가 어젯밤 8시 그곳에서 나왔다고 말했습니다. 그러므로 전혀 알리바이가 성립되지 않습니다. 포어세트가 살해당한 것은 10시 20분이었으니까요."

"나는 아주 기분이 좋았지요." 도우는 중얼거렸다. "오랫동안 술을 끊고 있다가 싸구려 술이라도 마시자 금세 취해 버리더군요. 술집에서 나온 다음 무엇을 했는지 기억이 나지 않습니다. 어쨌든 그 언저리를 서성거렸지요. 그러는 동안에 차츰 술이 깨었고 11시쯤에는 거의 다 깨어 버렸습니다."

도우는 몸을 오므리며 굶주린 고양이처럼 두세 번 입술을 핥았다.

"어서 말을 계속하시오. 그 다음에 포어세트의 집에 갔소?" 아버지는 부드럽게 말했다.

"네, 하지만 안에 들어가지는 않았습니다. 정말 들어가지 않았어요. 나는 등불이며 경관이며 형사들을 보고 포어세트에게 속았다고 생각했지요. 어떤 비겁한 계략에 걸렸다는 것을 알았습니다. 나는 달아나기 시작했습니다. 쏜살같이 달려서 숲 속으로 도망쳤습니다. 그런데 모두들 뒤쫓아와서 나를 붙잡았지요."

도우는 고뇌의 빛을 띠며 말했다.

"그러나 나는 그런 짓을 하지 않았습니다. 절대로 죽이지 않았습니다."

아버지는 일어서서 초조하게 방안을 걸어다녔다. 나는 한숨을 쉬었다. 지방검사 흄의 얼굴에 의기양양한 미소가 떠오른 것으로도 알 수 있듯이 형세는 좋지 않았다. 법률 지식이 없는 나로서도 이 사나이가 꼼짝 못할 만큼 크나큰 소용돌이 속에 말려들어갔음을 알 수 있었다. 이 사나이는 그 누구도 믿어 주지 않는 전과자인 자신의 증언만으로 이와 같이 압도적인 상황 증거와 맞서야 하는 것이다.

"그렇다면 당신은 5만 달러를 받지 않았단 말이오?"

"5만 달러라구요? 나는 본 일조차 없습니다요, 나리!" 죄수는 큰 소리로 외쳤다.

"알았소, 도우. 아무튼 최선을 다해 보겠소." 아버지는 신음하듯 말했다. 홉이 두 형사에게 눈짓했다.

"이자를 구치소로 데려가게."

형사들은 도우에게 더이상 말할 틈을 주지 않고 밖으로 거칠게 밀어냈다.

우리들이 큰 기대를 걸고 있던 용의자와의 회견은 아무런 새로운 사실도 덧붙여 주지 못했다. 도우는 기소 배심의 심사를 받기 위해 리즈의 구치소에 구류당하고 있었으나 그 기소를 막기 위해 우리가 할 수 있는 일은 아무 것도 없었다. 헤어지기 전에 홉이 한 말을 듣고, 정치가의 음모가 어떤 것인지 잘 알고 있는 아버지는 도우가 눈깜짝할 사이에 '정의'의 희생이 되리라는 것을 확신했다. 뉴욕 시에서는 재판 사건이 많아 대부분의 형사 소송은 준비하는데 몇 달이 걸린다. 그러나 이 북부에서는 사건의 수도 적거니와 지방검사가 자기의 전략상 이유로 사건이 재빠르게 처리되기를 바라고 있으니 에얼론 도우는 놀랄 만큼 짧은 기간 안에 기소되고 심의되어 유죄로 인정될 것이며 또한 판결을 받을 것임에 틀림이 없었다.

"시민은 이 사건이 빨리 처리되기를 바라고 있습니다, 경감님" 하고 홉이 말했다.

"맙소사!" 아버지는 유쾌한 듯 말했다. "지방검사 나리께서는 머리카락이 달린 머리가죽(아메리칸 인디언이 전리품으로 적에게서 벗겨냈음)을 또 하나 혁대에 늘어뜨리고 싶어하시고, 포어세트 일당은 피의 복수를 벼르고 있다는 말이로군요. 그런데 포어세트 박사는 대체 어디로 갔을까요? 아직도 알아 내지 못했습니까?"

"농담은 그만두십시오, 경감님." 홉은 두 뺨을 벌겋게 물들이며 대들었다. "그렇게 말씀하시니 기분이 좋지 않군요. 전에도 말씀드렸듯이 나는 도우가 정말로 유죄라고 믿습니다. 상황 증거만으로도 의심할 여지가 없으니까요. 내가 믿는 것은 사실일 뿐이지 추리가 아닙니다, 당신은 내가 이 사건을 전략적으로 이용하고 있다고 생각하시지만."

"너무 흥분하지 마십시오." 아버지는 쌀쌀하게 말했다. "당신은 진심으로 그렇게 생각할 겁니다. 하지만 당신은 아직 경험도 적고 또 이 좋은 기회를 놓치지 않으려고 지나치게 서두르고 있습니다. 당신의 입장으로는 그렇게 생각하는 것도 무리가 아니겠지요. 하지만 홈씨, 아무리 보아도 이 사건은 모든 것이 지나치게 잘 들어맞습니다. 모든 증거가 이토록 뚜렷하게 하나의 용의자를 가리키고 있는 경우는 그리 흔치 않습니다. 그러나 심리적인 상황이 맞지 않아요. 그 비참한 늙은이는 아무리 보아도 살인자 같지 않단 말입니다. 그건 그렇고, 아일라 포어세트 박사가 어디 있느냐 하는 문제는 어떻습니까?"

"아직 찾아 내지 못했습니다." 홈은 낮은 목소리로 말했다. "경감님, 당신이 도우에 대해 그런 식으로 생각하시고 계시는 것은 유감입니다. 틀림없이 진상이 당시의 눈앞에 보이는데도 불구하고 어째서 그처럼 번거로운 해석을 하고 계십니까? 그 작은 나무 상자토막에 대한 해석만 제쳐놓으면——그 상자도 그 유래만 제쳐놓으면 그리 대단한 뜻을 지니고 있는 것은 아닙니다——이제 조사해 보아야 할 점도 얼마 없습니다."

"그럴까요? 그렇다면 이제 그만 가 봐야겠습니다" 하고 아버지는 말했다. 몹시 풀이 죽은 채 우리들은 언덕 위의 클레이 저택으로 돌아갔다.

구원의 손길

이 사건을 고찰하는 데 있어 피해자 형의 수수께끼 같은 실종이라는 하나의 요소가 나의 머릿속에서 굉장히 큰 위치를 차지하고 있었다. 흄은 그 밖의 실책은 제쳐놓고라도 포어세트 박사의 기묘한 실종에 대하여 너무 가볍게 여기고 있는 것 같다고 나는 생각했다. 나로서는 그 교활하고 영리한 신사에 대하여 어떠한 작전으로 나아갈 것인지 이미 계획을 세우고 있었다. 그런데 아직도 그가 모습을 나타내지 않으므로 우리는 한층 더 흥미를 느끼는 한편 화가 나기도 했다. 아마도 나는 포어세트 박사의 실종을 너무 중대하게 생각하고 있었는지도 모른다. 포어세트 박사가 마침내 눈앞에 나타났을 때 나는 흄 지방검사가 그때까지 그가 어디 있었는지를 추궁하는 일에 별로 열을 올리지 않았던 것이 당연하다고 생각되었다. 그러나 나는 이 사나이를 가볍게 보아서는 안되겠다고 느꼈다. 그리고 그와 잠깐 동안 얼굴을 마주 대했을 뿐만으로도 엘러이휴 클레이 씨의 의혹에는 틀림없는 근거가 있다는 아버지의 생각에 나도 찬성하게 되었다.

포어세트 박사가 모습을 나타낸 것은 월요일 밤, 즉 에얼론 도우와의 회견이 실패로 끝난 날로부터 이틀 뒤였다. 월요일에는 색다른 사건도 없이 지나가 아버지는 실망한 듯 클레이 씨에게 이 사건 조사도 이제 그만 끝을 내야 할 것 같다고 말했다. 모든 것이 막다른 골목에 이르고 있었다. 포어세트 박사의 부정은 분명했으나 그것을 증명할 만한 증거 서류나 기록이 하나도 없었다. 아버지는 좋은 결과를 얻을 수 있을 듯한 몇 가지 추측을 세워 추궁해 보았지만 결과는 언제나 실망뿐이었다. 우리가 포어세트 박사가 돌아왔다는 말을 처음으로 들은 것은 월요일 점심 때 엘러이휴 클레이 씨를 통해서였다.

"나의 공동 경영자가 돌아왔습니다. 오늘 아침에 불쑥 나타났습니다." 클레이 씨는 흥분하며 아버지에게 말했다.

"그래요! 그런데 어째서 케니온이나 흄이 알려 주지 않았을까요? 당신은 언제 그 소식을 들었습니까?" 아버지는 큰 소리로 말했다.

"바로 조금 전입니다. 그래서 서둘러 집으로 돌아왔지요. 포어세트는 리즈에서 나에게 전화를 걸어 왔습니다."

"뭐라고 하던가요? 살인 사건을 어떻게 생각한답니까? 지금까지 어디에 가 있었다던가요?"

클레이 씨는 나른한 듯한 미소를 띠며 머리를 저었다.

"아무 말도 하지 않았습니다. 이번 사건으로 무척 충격을 받은 모양입니다. 흄의 사무실에서 전화를 거는 것이라고 하더군요."

"한 번 만나 보고 싶군요. 지금 어디 있습니까?" 아버지가 말했다.

"이제 곧 만날 수 있습니다. 오늘 밤 여러 가지 타합을 짓기 위해 오겠다고 했으니까요. 당신의 정체는 밝히지 않았습니다만, 우리 집에 손님이 계시다는 말만은 해 두었지요."

저녁 식사를 끝내고 얼마 뒤 이 화제의 인물이 클레이 저택에 나타났다. 아버지의 비꼬는 표현에 의하면 그는 '국민이 피땀 흘려 내놓은 세금 덩어리'인 아름다운 최신형 자동차를 타고 왔다. 운전사는 권투 선수 출신인 듯 귀도 코도 찌그러진, 성질이 거세 보이는 사람이었다. 첫눈에 나는 그가 자동차 운전을 할 뿐만 아니라 포어세트를 호위하는 일도 맡고 있음을 알았다. 포어세트 박사는 키가 크고 얼굴빛이 창백한 사나이로, 용모는 살해당한 동생과 아주 비슷했다. 그는 튼튼해 보이는 누런 이를 드러내며 말 같은 웃음을 지었고 끝이 뾰족한 검은 턱수염을 길렀으며 속이 메슥거리는 담배 냄새와 소독약 냄새를 풍기고 있었다. 정치와 의학을 뒤섞은 듯한 그 냄새는 매우 흥미 있기는 했으나 결코 유쾌한 냄새는 아니었으며 그의 매력을 더해 주는 것도 아니었다. 살해당한 상원의원보다 나이가 많다는 생각이 들었는데, 과연 그가 형이라는 사실을 나중에 알았다. 그에게는 어딘지 혐오감을 느끼게 하는 데가 있었다. 이러한 타입의 사나이가 작은 고장의 권력주의자가 된다는 것은 과연 있음직한 일인 듯 싶었다.

엘러이휴 클레이 씨에게 소개를 받고 그가 나를 유심히 보고 있을 때 나는 한 가지 사실을 확신했다. 그것은 비록 온 세계의 황금을 모두 준다 해도 결코 이 사나이와 단둘이 있어서는 안 된다는 느낌이었다. 그는 혀끝으로 입술을 핥는 흉한 버릇을 가지고 있었다. 나는 그때까지의 불쾌한 경험을 통해 알고 있는데, 그것은 틀림없이 남자들이 어떤 생각을 하고 있다는 증거이다. 포어세트 박사는 제아무리 교활한 여자라 하더라도 쉽사리 다룰 수 있는 그런 남자가 아니라 온갖 수단을 이용하여 체면도 부끄러움도 없이 강제적으로 밀고 나오는 남자임에 틀림없었다. 나는 스스로에게 타일렀다.

"페이센스 샘, 조심해야 해. 너의 계획을 바꾸어야겠어."

마치 뢴트겐으로 꿰뚫어보듯 나를 관찰하고 나자 그는 다른 사람쪽으로 눈길을 돌려 다시금 동생의 뜻하지 않은 죽음을 슬퍼하는 형의 표정으로 돌아왔다. 사실 그는 조금 여윈 것 같았다. 그런 다음 클레이 씨가 '샘 씨'라고 소개한 나의 아버지를 그는 수상쩍은 듯 바라보았다. 그러나 내가 있으므로 마음을 놓은 모양이었다. 한순간 그는 눈을 날카롭게 번뜩였으나 곧 다시 예사로운 태도로 돌아갔으며 그 다음부터는 주로 클레이 씨에게 말을 걸었다.

"홈 씨와 케니온 씨로부터 설명을 듣고 정말 놀랐습니다." 그는 뾰족한 턱수염을 잡아당기며 말했다. "클레이 씨, 이 사건이 나에게 얼마나 큰 충격을 주었는지 당신은 짐작도 못하실 겁니다. 사람을 죽이다니! 그런 야만스러운……."

"안됐습니다. 그런데 당신은 오늘 아침 돌아오실 때까지 정말 아무 것도 모르셨단 말씀입니까?" 클레이 씨가 중얼거리듯 말했다.

"아무 것도 몰랐습니다. 지난 주에 떠나면서 당신에게 행선지를 말했더라면 좋았을 것을. 설마 이런 일이 생기리라고는 꿈에도 생각지 못했으므로……. 실은 여기를 떠나 주욱 문명과는 완전히 동떨어진 곳에 있었습니다. 신문도 보지 않았구요, 그러니 상상도 할 수 없었지요. 그 도우라는 녀석……틀림없이 미치광이일 겁니다!"

"그럼, 당신은 도우를 모르십니까?" 하고 아버지가 조심스럽게 물었다.

"물론이지요, 듣도 보도 못한 사람입니다. 홈 씨는 동생의 책상 위에 있던 편지를 보여 주었습니다. 그러니까 다시 말해서," 포어세트 박사는 입술을 깨물었다. 그의 눈이 번개처럼 우리들의 얼굴빛을 살폈다. 그는 해서는 안될 말을 했다고 스스로 느꼈던 것이다. "그러니까 다시 말해서 2층의 조엘 침실 금고에서 찾아 낸 편지 말입니다. 나는 정말 놀랐습니다. 공갈을 하다니, 믿을 수 없더군요! 무언가 터무니없는 착오가 있음에 틀림없습니다."

그렇다면 이 사나이도 역시 화니 카이저를 알고 있구나 하고 나는 생각하였다. 그 편지……그의 마음은 도우의 연필로 갈겨 쓴 편지가 아니라 그 어이없는 여자에게 보낸 동생의 편지에 대한 생각으로 가득 차 있는 것이다. 그리고 지금 그의 기분이 전적으로 거짓은 아니라고 나는 생각했다. 그의 말이 물론 본심에서 우러나오는 것은 아니겠지만 마음속으로 확실히 무언가 고민을 하고 있는 것이다. 나는 상냥하게 말했다.

"정말 큰 충격을 받으셨겠습니다, 포어세트 박사님. 당신의 기분을 알 수 있어요. 사람을 죽이다니……."

나는 소름이 끼친다는 듯 몸을 떨어 보였다. 그는 나에게로 눈길을 돌려 찬찬히 바라보았는데, 이번에는 나에게 개인적인 흥미를 느끼는 것 같았다. 그는 다시 입술을 핥았다. 낡은 연극에 나오는 콧수염을 기른 악당과 똑같았다.

"고맙습니다, 아가씨." 그는 낮게 짓눌린 듯한 목소리로 말했다.

아버지는 초조하게 자세를 고치며 신음하는 투로 말했다.

"그 도우라는 사나이는 당신의 형제분에 대해 틀림없이 무언가 알고 있습니다."

유령에게 괴로움을 당하고 있는 듯한 표정이 되살아나며 포어세트 박사는 내 존재 따위는 잊어 버렸다. 이 경우의 유령이란 그 리즈의 구치소에 있는 말라빠진 늙은 죄수임에 틀림없었다. 그리고 화니 카이저는 또 다른 일과 관련이 있을 것이다. 포어세트 박사는 어째서 도우를 두려워하고 있는 것일까? 그 비참한 사나이가 대체 어떤 힘을 지니고 있단 말인가?

"흠이 꽤 열심입니다." 클레이 씨가 눈을 가늘게 뜨고 여송연 끝을 바라보며 말했다.

포어세트 박사는 지방검사에 대한 이야기는 하고 싶지 않다는 듯이 손을 흔들었다.

"네, 물론 그렇겠지요, 나는 별로 그를 언짢게 생각하고 있진 않습니다. 흄은 좋은 사람입니다, 정치적인 신념에는 조금 잘못이 있지만요, 남의 비극을 이용하려는 근성은 인간으로서 수치스럽게 생각해야 할 점입니다. 신문에도 씌어 있지만, 그는 내 동생이 살해당한 것을 자기의 정치적 영달을 위해 이용하려 하고 있습니다. 살인 사건 같은 대단한 범죄는 아니더라도 표를 버는 수단으로 쓰인 예가 있으니까요, 그러나 그런 일은 아무래도 좋습니다. 중요한 문제는 이 끔찍스러운 범죄이지요,

"흄 씨는 도우의 범행이라고 생각하고 있는 듯합니다." 아버지는 남에게서 들은 이야기인 듯한 투로 말했다.

의사는 그 튀어나온 눈을 아버지 쪽으로 돌렸다.

"당연하지요! 그 녀석의 범행이라는 데 대하여 무언가 의문이 있습니까?"

"여러 가지 소문이 나돌고 있습니다. 나는 잘 모르지만." 아버지는 어깨를 움찔했다. "일부의 시민들은 그 가엾은 늙은이가 함정에 빠졌다고 말하고 있습니다."

"그렇습니까?" 그는 눈살을 찌푸리며 다시 입술을 깨물었다. "그런 생각은 해보지 않았습니다. 물론 나는 정의가 이룩되어야 한다고 주장하는 사람입니다만 동시에 우리는 야비한 직감으로 정의를 방해해서는 안되지요."

나는 비명을 지르고 싶었다. 이 사나이는 꼭두각시를 다루는 사람이 외우는 대사처럼 과장된 말을 늘어놓고 있었다.

"그런 소문이 어디서 나왔는지 조사해 봅시다. 흄 씨에게도 이야기해야겠습니다."

나는 입에서 많은 질문이 나올 뻔했다. 그러나 아버지의 눈빛을 보

고 나는 그것을 억눌렀다. 아버지의 눈은 나에게 잠자코 있어야만 한다고 말하고 있었다.

"그럼, 이것으로 실례하겠습니다. 클레이 씨, 그리고 샘 양." 포어세트 박사는 일어서며 말했다. 그는 작별이 아쉬운 듯 다시 나를 찬찬히 보았다. "아가씨를 다시 한 번 뵙고 싶군요, 단둘이서 말입니다." 그는 나직한 목소리로 말하며 애무하듯이 나의 손을 잡았다. "이해해 주시겠지요?" 하고 그는 목소리를 높여 말을 계속했다. "너무나도 큰 충격이었습니다. 이젠 돌아가 봐야겠습니다. 조사해야 할 일이 산더미처럼 있어서요. 클레이 씨, 내일 오전 중에 채석장으로 가겠으니 그때 차분히 이야기를 나눕시다."

그의 자동차가 큰 소리를 내며 사라지자 엘러이휴 클레이 씨는 아버지에게 말했다.

"어떻습니까, 경감님. 나의 공동 경영자를 어떻게 생각하십니까?"

"악당이로군요."

"나는 내 의심이 사실이 아니기를 바라고 있습니다. 그건 그렇고, 오늘 밤 무엇 하러 여기 왔는지 모르겠군요. 아까는 전화로 무언가 의논할 일이 있다고 했는데 지금은 내일 또 만나자고 하지 않습니까?" 하고 말하며 클레이 씨는 한숨을 쉬었다.

"오늘 저녁에 여기 온 것은 어디선가——아마도 흄의 사무실이었겠지만——여기서 하는 내 일의 성질을 냄새맡았기 때문이겠지요." 아버지가 빠른 어조로 말했다.

"정말 그렇게 생각하십니까?" 클레이 씨가 중얼거렸다.

"네, 그는 내가 어떤 인물인지 알아보기 위해서 온 겁니다. 그저 단순한 의혹에서였겠지만요."

"그렇다면 좋지 않은데요 경감님."

"이보다 더욱 나빠질 겁니다. 대체 그의 배짱이 마음에 들지 않는군요, 너무나도 뻔뻔스러운 배짱입니다." 아버지는 언짢은 표정으로 말했다.

나는 그날 밤 기분 나쁜 괴물이 침대 위에 기어올라오는 꿈을 꾸었다. 그 괴물들은 저마다 끝이 뾰족한 턱수염을 달고 말처럼 히죽히죽 웃고 있었다. 나는 아침이 되어서야 비로소 안도의 숨을 쉬었다.

아침 식사를 끝마치자마자 아버지와 나는 지방검사 사무실로 갔다. 흄이 미처 인사도 하기 전에 아버지는 다짜고짜 말을 꺼냈다.

"여보시오, 당신은 어제 그 포어세트에게 나의 정체를 털어놓았소?"

흄은 눈이 휘둥그레졌다.

"아니, 그럴 리가 있습니까? 그럼, 당신이 누구인지 그 녀석이 알고 있단 말입니까?"

"내말 좀 들어보시오, 그는 모든 것을 알고 있는 것 같습니다. 그는 어젯밤 클레이 씨 집에 왔었는데, 나를 바라보는 그 눈초리로 미루어 보아 아무래도 비밀이 새어나갔음에 틀림없습니다."

"그렇다면 분명 케니언이 말했을 겁니다."

"케니언은 포어세트에게 포섭당해 있습니까?"

지방검사는 어깨를 움찔했다.

"나는 법률가이므로 그런 말을 입 밖에 낼 수는 없습니다. 하지만 경감님, 추측하시는 거야 자유지요."

"아버지, 너무 화내지 마세요. 흄 씨, 어제 여기서 무슨 일이 있었지요? 당국의 비밀을 털어놓으셔도 상관없다면 가르쳐 주세요." 나는 상냥하게 말했다.

"별로 이렇다 할 일은 없었습니다, 아가씨. 포어세트 박사는 동생이 살해당하여 큰 충격을 받았으며, 그 사실을 전혀 모르고 있었다고 말하더군요. 수사에 도움이 될 만한 말은 한 마디도 하지 않았습니다."

"지난 주말에 어디에 가 있었다는 말도 하지 않던가요?"

"네, 말하지 않았습니다. 그리고 나도 그 점을 캐물어 보지 않았지요."

나는 아버지를 곁눈질해 보았다.

"여자와 함께 있었을까요, 경감님?"

"무슨 말을 하는 거야, 패티."

홈이 엄격한 표정으로 말했다.

"그래서 우리들도 회의를 열었지요. 여러 가지 의견이 나왔지만 나는 포어세트를 감시하기로 했습니다. 그와 그의 한패인 악당들은 어제 그가 나의 사무실에서 나가자 곧 비밀 회합을 열었습니다. 무언가 좋지 못한 일을 꾸미고 있음에 틀림없습니다. 상원의원이 죽었으니 그 손실을 메우기 위해 서둘러 어떤 대책을 짜내야만 하겠지요."

아버지가 손을 내저었다.

"홈 씨, 실례입니다만, 나는 당신이나 그들의 정치적 분쟁에 함께 열을 올릴 수는 없습니다. 그런 그렇고, 포어세트 박사는 그 나무 상자의 일부에 대해 무언가 알고 있던가요?"

"모른다고 했습니다."

"도우와는 만났습니까?"

홈은 잠시 잠자코 있었다.

"네, 대단히 흥미 있는 만남이었습니다. 하지만 도우에 대한 우리의 혐의를 깨뜨리거나 무효로 할 만한 일은 없었습니다. 사실은" 홈은 급히 덧붙여 말했다. "오히려 그것을 더 강하게 했지요."

"어떤 일이 있었는데요?"

"우리는 포어세트 박사에게 도우를 보이기 위해 구치소로 안내했습니다."

"그래서요?"

"그랬더니…… 존경하는 포어세트 박사는 한사코 부정했지만, 틀림없이 그는 도우를 알고 있었습니다." 홈은 책상을 꽝하고 쳤다. "틀림없이 서로 아는 사이였어요. 두 사람 사이에는 무언가가 번뜩였습니다. 그런데도 두 사람 모두 마치 짜기라도 한 듯이 입을 다물고 있더군요. 내가 보기에 그들은 어떤 일에 대하여 침묵을 지키는 것이 서로에게 유리하다고 여기는 것 같았습니다."

"어머나, 홈 씨, 매우 추상적인 말씀을 하시네요." 내가 중얼거렸다. 홈은 멋쩍은 듯했다.

"여느 때 같으면 나는 그런 것을 대수롭게 생각하지 않습니다. 하지만 포어세트는 도우를 증오하고 있었습니다. 그저 알고 있는 정도가 아니라 증오하고 있단 말입니다. 아니, 그 뿐만 아니라 도우를 두려워하고 있었지요……. 한편 도우는 박사와 잠깐 만났을 뿐만으로도 희망을 품는 것 같았습니다. 이상하지요? 어쨌든 도우 녀석은 건방지게 보일 정도였으니까요."

"호오, 이상한 일도 다 있군요. 그건 그렇고, 블르 박사의 시체 검증 결과 뭘 알아냈습니까?" 아버지는 무뚝뚝하게 말했다.

"별로 새로운 사실은 없습니다. 사건이 일어난 날 밤 진단했던 대로 입니다."

"화니 카이저는 그 뒤 어떻게 하고 있습니까?"

"관심이 있으신가요?"

"그렇고 말고요. 그 여자는 무언가 알고 있습니다."

"맞습니다, 화니에 대해서는 우리도 생각하는 바가 있습니다. 그녀 역시 입을 꼭 다물고 있어 아무 것도 알아 낼 수가 없습니다만, 머지 앉아 깜짝 놀라게 해줄 작정입니다." 훔은 의자에 등을 기대며 말했다.

"다시 말해서 그 상원의원의 편지를 들쑤셔 보겠단 말씀이지요?"

"그렇다고 할 수 있지요."

"열심히 쑤셔 보시오. 그러노라면 합중국의 대통령이 될 겁니다. 이제 그만 가 보자, 패티." 아버지는 일어서며 말했다.

"한 가지 여쭈어 볼 것이 있어요." 나는 느릿한 어조로 말했다.

훔은 머리 뒤로 손을 맞붙잡고 미소를 띠며 나를 보았다.

"훔 씨, 범행의 세밀한 부분을 하나하나 검토해 보셨나요?"

"무슨 뜻입니까, 아가씨?"

"예를 들어 벽난로 앞에 있던 발자국 말인데요, 포어세트 상원의원의 슬리퍼나 구두와 맞추어 보셨어요?" 하고 나는 말했다.

"물론이지요! 상원의원의 것은 아니었습니다. 슬리퍼는 전연 문제가 되지 않지요. 폭이 너무 넓었고 여느 신발도 역시 너무 컸습니다."

나는 안도의 숨을 쉬었다.

"그럼, 도우는? 도우의 신발도 조사해 보셨어요?"

훔은 어깨를 움츠렸다.

"네, 아가씨. 우리는 모조리 조사했습니다. 그러나 그 신발 자국이 그다지 뚜렷하지 않다는 점을 잊지 말아 주십시오. 도우의 신발 자국이라고 생각할 수 있습니다."

나는 장갑을 끼었다.

"아버지, 가요. 언쟁이 벌어지기 전에요. 훔 씨, 그 융단 위와 난로 속의 발자국 두 개가 만일 도우의 것이라면 나는 거리에 나가 물구나무서기를 해 보이겠어요."

에얼론 도우의 수수께끼 같은 사건을 검토해 보면 대체적으로 세 개의 발전 단계로 나눌 수 있다고 생각한다. 그리고 그때는 사건 전체가 어느 방향으로 나아가고 있는지 몰랐으나, 지금 우리는 첫 단계의 종말을 향해 상상도 할 수 없을만큼 급속도로 다가가고 있었다. 지금 돌이켜보니 사태를 급속도로 발전시킨 사건이 우리들이 생각도 못하고 있을 때 느닷없이 일어났다고 할 수는 없지만 실제로는 그것이 일어날 것을 무의식적으로 기대하고 있었던 것이다.

그 살해당한 사나이의 서재에 모두가 있었던 첫날밤이 지나고 나서 나는 아버지에게 카마이클에 대해 물어 볼 작정이었다. 이미 말했듯이 카마이클이 처음 서재에 들어왔을 때 아버지는 무척 놀라는 태도를 보였다. 그리고 카마이클 쪽에서도 아버지가 누구인지 틀림없이 알고 있는 듯한 눈치였다. 어째서 그 뒤 카마이클에 대한 것을 아버지에게 물어 보지 않았는지 나도 모르겠다. 아마도 잇달아 일어나는 사건 때문에 잠깐 잊고 있었으리라. 그러나 이제 와서 알게 되었지만 아버지에게는 처음부터 카마이클의 정체가 크나큰 의미를 지니고 있었던 듯하다. 하지만 아버지로서는 시기가 무르익을 때까지 이 비서를, 말하자면 최후의 수단으로서 고이 간직해 두었던 것이다.

환상 같은 카마이클이 나의 앞에 뚜렷이 정체를 드러낸 것은, 사건이 일어나고 며칠이 지나 모든 일이 절망적으로 보여서 초조한 혼란 상태에 빠져 있던 어느 날이었다. 젤레미는 나와 베란다에 나란히 앉아 나의 발목을 붙잡고 괴로운 듯이 바라보며 과장된 말투로 내 다리 모양이 예쁘다고 칭찬하고 있었다. 이때 아버지는 전화를 받기 위해 엘러이휴 클레이 씨의 서재에 가 있었다. 아버지는 몹시 흥분한 모습으로 다시 돌아와 젤레미에게서 나를 떼어내며 할 이야기가 있다고 옆으로 데리고 갔다.

"애야, 굉장한 뉴스가 있다! 지금 카마이클이 만나자고 전화를 걸어 왔어. " 아버지는 속삭이는 목소리로 말했다. 그 순간 나는 카마이클에 대한 생각이 떠올랐다.

"어머나! 그 사람에 대한 것을 아버지에게 물어 보려고 전부터 생각하고 있었어요. 그 사람은 누구지요? "

"지금은 그럴 틈이 없어. 빨리 리즈 교외로 가서 그 사람을 만나야 해. 길가의 여관에서 만나자는 전화였어. 너도 빨리 채비를 해라. "

우리는 적당한 구실을 만들어——아버지는 옛 친구의 초대를 받았다고 말했던 것 같다——클레이 부자와 헤어져 클레이 씨 자동차를 한 대 빌려 타고 카마이클과 밀회하기 위해 떠났다. 올바른 길로 접어들 때까지 우리는 여러 번 길을 잃었는데 그 즈음 아버지와 나는 호기심에 들떠 있었다.

"너는 아마 놀랄 거다. 카마이클은 정부의 관리란다. " 아버지는 핸들을 쥔 채 말했다.

"정말 놀랍군요. 그렇다면 비밀경찰이에요? " 나는 깜짝 놀라며 말했다. 아버지는 소리 죽여 웃었다.

"워싱턴 공안국 소속의 연방 형사란다. 옛날에 여러 번 만난 일이 있어. 공안국에서도 가장 유능한 형사 가운데 한 사람이지. 그가 포어세트의 서재에 들어왔을 때 나는 대뜸 알아보았지만 다른 사람들에게 그의 정체를 알려 주고 싶지 않았어. 그가 그렇게 비서로 가장하고 있는 이상 탄로나면 곤란하리라고 생각했기 때문이지. "

길가의 여관이란 국도에서 조금 떨어진 곳에 있는 조용한 집이었다. 시간이 아직 일러서인지 여관에는 손님들이 그다지 없었다. 아버지는 꽤 교묘한 태도를 취했다. 아버지는 단둘이서 식사할 수 있는 방을 달라고 말했다. 그러자 잘 알았다고 말하며 엷은 웃음을 띠는 지배인의 태도로 보아 우리는 남의 눈에 띄지 않는 온천 마크가 있는 여관에 출입하는 남녀 한 쌍으로 오해받고 있는 것 같았다. 그곳에서는 머리가 희끗희끗한 불량스러운 늙은이가 딸 같은 젊은 여자를 데리고 와도 오늘날의 미국 가정생활 양식으로 보아 할 수 없는 일이라고 묵인하고 있는 듯싶었다.

우리는 조용한 방으로 안내되었다. 아버지는 싱글거리며 말했다.

"패티, 너에게 나쁜 짓을 하려는 것은 아니니 안심해라."

그때 카마이클이 조용히 들어와 출입문을 잠갔다. 급사가 노크하자 아버지는 화난 목소리로 말했다.

"얼씬거리지 말아."

익숙한 급사는 웃음을 죽이며 사라졌다. 카마이클은 기쁜 듯이 아버지와 악수를 나눈 뒤 나에게 인사했다.

"아가씨, 아가씨의 표정으로 미루어 보아 아가씨의 불량스러운 아버지께서는 나에 대한 것을 이미 설명하셨나 보군요."

"당신이 바로 기마 경찰대, 아니, 비밀경찰의 카마이클 씨였군요. 가슴이 두근거려요! 당신 같은 분은 오펜하임(영국의 탐정 소설가)의 소설 속에나 나오는 분이라고 생각했거든요" 하고 나는 외쳤다.

"우리는 이렇게 실제로 존재하고 있답니다." 그는 슬픈 듯이 말했다. "하지만 그런 소설에 나오는 사람들처럼 즐거운 생활을 하고 있진 못해요. 경감님, 나는 지금 시간이 급합니다. 살짝 빠져 나왔거든요."

그의 태도에는 어딘지 여태껏 볼 수 없었던 군셈과 자신이 넘치고 있었으며 또한 지금까지보다 훨씬 위험하게 보였다.

"어째서 좀더 빨리 연락을 해주지 않았소? 당신에게서 전화가 걸려 오기를 얼마나 기다렸는지 모르오" 하고 아버지는 말했다.

"그럴 수가 없었습니다." 그는 발소리도 내지 않고 동물 같은 걸음걸이로 가볍게 방을 왔다갔다했다. "주욱 감시당하고 있었거든요. 처음에는 아마도 화니 카이저가 보낸 듯한 어떤 여자에게 감시당했고,

그 다음에는 포어세트 박사에 의해 감시당했습니다. 경감님, 나는 아직 탄로나진 않았습니다만 머지 않아 들통이 날 것 같습니다. 하지만 내 편에서 지레 물러나고 싶지는 않습니다. 어쨌든 내 이야기를 들어보십시오."

어떤 이야기가 나오려나 하고 나는 마음을 졸였다.

"이야기하시오." 아버지는 말했다. 카마이클은 조용한 어조로 설명하기 시작했다. 그는 오래 전부터 포어세트 상원의원과 그의 일당인 틸덴 군의 브로커들을 조사하고 있었다. 그들은 거의 모두 연방정부의 소득세 부정 용의자들이었다. 카마이클은 멀찍한 곳에서부터 조금씩 그 일당의 내부로 감쪽같이 파고 들어갔다. 그는 포어세트 상원의원의 비서로 가장하여──아마도 그때까지의 비서가 쫓겨나도록 카마이클이 교묘하게 손을 썼을 것이다──포어세트 일당의 탈세에 관한 문서상의 증거를 조금씩 차근차근 모아 왔다.

"아일라도 역시 그렇습니까?"

"그럼요, 그는 굉장한 녀석입니다."

상원의원이 화니 카이저에게 보낸 편지 속의 C라는 머리글자는 카마이클을 가리킨 것임이 틀림없었다. 그는 저택 밖에서 전화선에 지선(支線)을 연결하여 도청하고 있었다. 그러나 지금은 이미 그 지선이 발각되고 말았다. 그래서 그 살인 사건 뒤 그는 오늘까지 저자세를 취하고 있는 것이었다.

"카마이클 씨, 화니 카이저란 대체 어떤 사람이오?"

"틸덴 군의 온갖 나쁜 일에 손을 대고 있는 여자지요. 포어세트 일당과 짜고 말입니다. 그들의 보호를 받으며 그 보답으로 많은 돈을 지불하고 있습니다. 이제 곧 흄이 그것을 모두 적발할 겁니다. 그렇게 되면 그 악당들도 끝장이 나겠지요."

카마이클의 설명에 의하면, 포어세트 박사는 동생인 상원의원을 꼭

두각시처럼 다루고 있는 검은 장막이며 더욱이 정직한 엘리이휴 클레이 씨를 통해 부정 이득의 마수를 뻗치고 있는 괴물이었다. 군과 리즈 시의 대리석 계약이 클레이 씨도 모르는 사이에 부정하게 클레이 상회와 체결되고 있다고 카마이클은 가르쳐 주었다. 아버지는 꼼꼼히 노트에 써넣었다.

"그러나 당신에게 말씀드리려는 것은 이보다 더욱 중요한 일입니다." 연방형사는 시원스러운 어조로 말했다. "이렇게 내가 아직 상원의원의 신변을 정리한다는 구실로 포어세트 저택에 머무르고 있는 동안에 당신에게 말씀드려 두는 것이 좋겠다고 생각되어⋯⋯실은 그 살인 사건에 대해 매우 흥미 있는 사실을 알아냈습니다."

아버지도 나도 깜짝 놀랐다.

"누가 죽었는지 아십니까?" 나는 외쳤다.

"그것은 모릅니다. 하지만 나만이 알아 낸 사실이 몇 가지 있습니다. 흄에게도 아직 이야기하지 않았습니다. 왜냐하면 그 사실을 어떻게 알아냈는지 설명하려면 나의 정체를 밝혀야 하는데, 아직 그러고 싶지 않기 때문이지요."

나는 앉음새를 고쳤다. 카마이클이 알아냈다는 사실이 내가 찾고 있던 그 최후의 중요한 부합점일까?

"나는 몇 달 동안 상원의원을 감시하고 있었습니다. 그 살인이 일어난 날 밤, 그가 나에게 외출하라고 할 때 나는 의심을 했지요. 아무래도 수상쩍은 생각이 들어 나는 외출하지 말고 무슨 일이 일어나는지 보아야겠다고 결심했습니다. 그래서 입구의 돌층계를 내려와 정원구석의 나무 그늘에 숨어 있었습니다. 그때가 9시 45분이었는데 그 뒤 15분 동안 아무도 오지 않았습니다."

"잠깐만요, 카마이클 씨." 나는 몹시 흥분하며 외쳤다. "그렇다면 당신은 9시 45분부터 10시까지 줄곧 정면 현관문을 지켜보고 계셨단 말씀인가요?"

"그렇지요. 내가 집안으로 들어갈 때까지, 다시 말해서 10시 반까지 말입니다. 이야기를 계속하겠습니다."

나는 엉겁결에 "승리!" 하고 외칠 뻔했다.

카마이클은 이야기를 계속했다. 10시가 되자 눈 밑까지 얼굴을 가린 한 사나이가 잰걸음으로 정원에 들어와 돌층계를 올라가더니 정면 현관의 초인종을 눌렀다. 상원의원은 몸소 나와 그를 안으로 들여주었다. 카마이클은 현관문 젖빛 유리에 포어세트의 그림자가 비치는 것을 보았던 것이다. 그 이외에는 아무도 들어가지 않았다. 그리고 10시 25분에 역시 얼굴을 가린 사나이가 혼자서 나왔다. 카마이클은 부쩍 더 이상하다는 생각을 하며 5분 더 기다렸다. 그리고 10시 30분에 집안으로 들어가 보았더니 포어세트가 책상에 기대어 죽어 있었다는 것이었다. 유감스럽게도 카마이클은 그 방문자의 인상에 대하여는 아무 것도 설명할 수가 없었다. 그 사나이는 눈언저리까지 가리고 있었고 바깥은 코를 베어 가도 모를 만큼 캄캄했었다. 그렇다, 어쩌면 도우였는지도 모른다. 나는 초조하게 이 생각을 뭉개 버렸다. 시간, 시간! 시간이 무엇보다도 중요하다.

"카마이클 씨." 나는 긴장된 목소리로 말했다. "당신이 집에서 나왔다가 다시 집안으로 들어 갈 때까지 정면 현관의 출입문을 틀림없이 한눈팔지 않고 지켜보셨단 말씀이지요? 그리고 그 얼굴을 가린 사람 이외에는 아무도 드나들지 않았다는 것도 딱 잘라 말씀하실 수 있겠지요?"

그는 화가 치미는 모양이었다.

"아가씨, 절대적인 확신이 없다면 이런 이야기를 하지 않습니다."

"나온 사람과 들어간 사람은 틀림없이 같은 인물이었겠지요?"

"틀림없습니다."

나는 숨을 깊이 들이마셨다. 또 한 가지만 알아내면 나의 이론은 완벽하다.

"당신이 서재에 들어가 상원의원이 살해당한 것을 보았을 때 '당신은 벽 난로에 발을 디뎠나요?'"

"아니오."

우리는 서로의 정체에 대하여 침묵을 지키기로 하고 헤어졌다. 클레이 저택으로 돌아갈 때 나의 입술은 흥분으로 바짝 말라 있었다. 추리의 아름다움과 간결함에 대하여 나 자신이 무서워질 지경이었다. 나는 자동차의 불빛으로 아버지의 얼굴을 훔쳐보았다. 아버지는 입을 굳게 다물고 눈에 고뇌의 빛을 띠고 있었다.

"아버지, 나는 알았어요" 하고 나는 정다운 목소리로 말했다.

"무엇을?"

"나는 에얼른 도우에게 죄가 없다는 것을 이제 증명할 수 있어요."

핸들이 몹시 흔들거렸다. 아버지는 자동차를 올바른 방향으로 다시 돌리며 겨우 들릴 듯한 목소리로 맙소사 하고 말했다.

"또 시작이군! 그렇다면 조금 아까 카마이클에게 한 말이 바로 도우의 무죄를 증명하는 말이냐?"

"그렇지는 않아요. 하지만 그 말은 나의 이론 속에서 빠져 있던 최후의 중요한 점이에요. 이제는 다이아몬드처럼 뚜렷해졌어요."

아버지는 한참 동안 말없이 핸들을 쥐고 있더니 말했다.

"그래, 실제로 증거가 있단 말이냐?"

나는 고개를 저었다. 그것이 처음부터 나를 괴롭혀 온 문제였다.

"아무 것도 없어요. 법정에 내놓을 만한 증거는 하나도 없어요." 슬픈 목소리로 나는 말했다.

"어쨌든 설명해 보렴" 하고 아버지는 재촉했다. 나는 아버지에게 설명했다. 10분 동안 나는 열심히 이야기했다. 바람이 우리들의 귓전을 스치며 울리고 있었고 아버지는 나의 이야기가 끝날 때까지 한 마디도 하지 않았다. 아버지는 고개를 끄덕였다. 그리고 나직한 목소리로 말했다.

"상당히 훌륭하다. 마치 도르리 레인 씨의 기막힌 추리를 듣고 있는 것 같구나, 하지만…… ."

나는 실망했다. 가엾은 아버지는 어느 쪽으로 결정지어야 할지 몰라 고민하고 있는 것이다.

"너의 추리에 틀림이 없는지 나로서는 판단 내릴 자격이 없다. 하지만 한 가지 점만은 아무래도 납득이 가지 않는구나. 옳지, 패티, 우리 어디 여행이라도 할까" 하고 아버지는 핸들을 쥔 손에 힘을 주며 말했다. 나는 깜짝 놀랐다.

"어머나, 아버지! 지금 당장요?"

아버지는 빙그레 웃었다.

"내일 아침에 말이다. 그 노인한테 가서 의논하는 것이 좋을 것 같아서 그런다."

"아버지! 좀더 자세히 말씀해 주세요, 누구를 만나러 간다는 말씀이세요?"

"그야 레인 씨지. 네 추리의 어디엔가 잘못이 있다면 틀림없이 레인 씨가 지적해 주실 거다. 어쨌든 나는 이 거리에 더 있어도 별로할 일이 없으니까."

이리하여 결정이 내려졌다. 다음날 아침 아버지는 정보의 출처는 밝히지 않은 채 포어세트 박사의 음모에 관한 모든 사실을 엘러이휴 클레이 씨에게 털어놓고 우리가 돌아올 때까지 아무런 행동도 취하지 말라고 충고했다.

그런 다음 우리는 출발했으나 마음은 그다지 밝지 않았다.

논리학 강의

햄릿 장은 거대한 둥근 천장 같은 푸른 하늘 밑에 초록빛 융단을 깔아 놓은 듯한 잔디 속에서 수많은 새들이 상쾌한 음악을 연주하고 있는 나무숲에 둘러싸여 있었다. 도르리 레인 씨는 수풀로 뒤덮인 나직한 언덕 위에 간디 같은 포즈로 앉아 일광욕을 하고 있었다. 그 얼굴에는 고통의 표정이 나타나 있었다. 그는 지금 괴물 같은 퀘이시 노인의 손에서 믿을 수 없을 만큼 어마어마한 약을 한 숟가락 받아먹고 있는 중이었다. 이윽고 레인 씨는 눈을 들어 우리를 보았다.

"샘 경감님!" 레인 씨는 얼굴을 빛내며 외쳤다. "그리고 페이센스 양도 오셨군요! 그만 먹겠다, 퀘이시. 이 손님들이 네가 주는 약보다 나의 몸에 훨씬 더 효과가 있을 테니까."

레인 씨는 벌떡 일어나 기쁜 듯이 우리의 손을 꼭 쥐었다. 흥분하여 눈을 반짝거리며 마치 초등학생처럼 떠들어댔다. 진심으로 환영하는 그의 태도에 우리는 몹시 당황하고 말았다. 그는 우리를 자기 옆에 앉히고 퀘이시에게 마실 것을 가져오게 했다.

"페이센스 양, 당신은 그야말로 천국의 숨결 같군요. 정말 잘 오셨습니다. 나에게는 더할 나위 없이 고마운 선물입니다." 그는 나를 찬찬히 바라보며 말했다.

"몸이 불편하십니까?" 아버지가 근심스러운 눈길로 물었다.

"한심한 상태랍니다. 갑자기 늙어 버렸어요. 의학 책에 나오는 온갖 노인병은 다 걸린 것 같은 기분이 듭니다. 그건 그렇고, 당신들의 이야기를 듣고 싶군요. 어떻게 되었습니까? 조사는 잘되어 가고 있습니까? 그 악당 포어세트 박사를 멋들어지게 피고석으로 몰아넣었습니까?"

아버지와 나는 어이없다는 듯 서로 마주보았다.

"신문을 읽지 않으셨나요, 레인 씨?" 하고 나는 답답한 듯 물었다.

"아니오, 머리를 흥분시키는 것은 절대로 보아서도 들어서도 안 된다고 의사가 말했기 때문에……보아하니 무언가 뜻밖의 일이 생긴 것 같군요."

그의 미소는 어느덧 사라지고 눈이 우리를 날카롭게 보고 있었다.

아버지는 상원의원 조엘 포어세트 살해 사건에 대해 길게 설명했다. '살해'라는 말을 듣자마자 노신사의 날카로운 눈은 빛났고 볼에 핏기가 돌았다. 그는 아버지로부터 나에게로 눈길을 옮기며 매우 날카로운 질문을 했다. 그는 나의 설명을 끝까지 듣고 나서 말했다.

"재미있군요. 정말 재미있어요. 그러나 어째서 당신들은 현장을 저버리고 여기로 오셨습니까? 당신답지 않군요, 페이션스 양. 수사를 중단하다니. 당신 같으면 경찰견처럼 한번 물고 늘어지면 마지막까지 놓지 않고 추궁하리라고 생각했는데요."

"맞습니다, 딸아이는 아직도 꼭 물고 늘어지고 있답니다" 하고 아버지는 불만스러운 듯 말했다. "하지만 솔직히 말씀드린다면 레인 씨, 우리는 지금 벽에 부딪치고 있습니다. 그러나 패티에게는 패티의 생각이 있지요, 당신과 마찬가지로 순수한 추리입니다. 그래서 당신의 조언을 듣기 위해 이렇게 찾아뵈었습니다."

"기꺼이 조언해 드리지요." 레인 씨는 슬픈 듯이 말했다. "나의 조언이 도움된다면 말입니다. 하지만 요즈음은 나도 별로 쓸모가 없게 되었지요."

이때 샌드위치와 마실 것이 놓인 탁자를 밀며 퀘이시 노인이 돌아왔다. 레인 씨는 우리들이 정신없이 먹고 있는 모습을 지켜보고 있었는데, 아마도 우리가 빨리 다 먹기를 초조하게 기다리고 있었을 것이다.

우리가 식사를 끝내자마자 레인 씨는 말했다.

"사건의 처음부터 하나도 빼놓지 말고 설명해 주십시오."

"설명해 드려라, 패티." 아버지는 한숨을 쉬며 말했다. 나는 포어세트 상원의원 살해 사건을 장황하게 설명했다. 온갖 일, 온갖 사실, 온갖 등장인물에 대한 인상을. 나는 이러한 것들을 외과의사처럼 세밀하게 이야기했다. 레인 씨는 내 입술의 움직임을 읽으면서 마치 부처처럼 조용히 앉아 있었다. 그리고 이따금 내가 설명하는 말의 중요성을 인정하는 듯 그 날카로운 눈을 번뜩이며 가볍게 고개를 끄덕이는 것이었다. 나는 시간적인 순서에 따라 이야기했으며 바로 어제 그 여관에서 들은 카마이클의 증언을 마지막으로 길다란 설명을 끝마쳤다. 설명이 끝나자 레인 씨는 크게 고개를 끄덕이며 빙그레 미소짓고는 따뜻한 잔디 위에 벌렁 드러누웠다. 그가 그렇게 푸른 하늘을 바라보고 있는 동안 아버지와 나는 말없이 앉아 있었다. 주름잡힌 그의 얼굴은 무표정했다. 나는 눈을 감고 한숨을 쉬었다. 레인 씨의 판단은 어떠한 것일까? 사건 분석에 있어 나는 무언가 빠뜨린 점이 없었을까? 수없이 되풀이하여 생각했으므로 지금은 머릿속에 깊이 새겨져 있는 나의 이론을 레인 씨는 과연 이야기해 보라고 할까?

나는 눈을 떴다. 레인 씨는 다시 일어나 앉아 있었다.

"에얼론 도우에게는 죄가 없군요." 그는 무게 있고 자연스러운 목소리로 말했다.

"만세!" 나는 외쳤다. "어때요, 아버지? 당신의 딸도 꽤 쓸 만하지요?"

"나도 그에게 죄가 있다고 말한 적은 한 번도 없다. 나의 마음에 걸리는 것은 네가 그런 결론에 이르게 된 경로란 말이다." 아버지는 태양을 향해 두세 번 눈을 깜박거리고는 레인 씨에게로 눈길을 돌렸다. "당신은 어째서 그렇게 생각하십니까?"

"그렇다면 당신들도 같은 결론을 내리셨군요. 그럼, 어째서 에얼론 도우에게 죄가 없다고 단정하셨는지 설명해 보십시오." 레인 씨는 나직이 말했다. 나는 그의 발 밑에 앉아 나의 주장을 명랑하게 털어놓기 시작했다.

"포어세트 상원의원의 오른팔에 두 개의 기묘한 찰과상이 있었어요." 나는 말을 시작했다. "하나는 손목 바로 위에 있는 칼에 베인 상처, 또 하나는 거기에서 4인치쯤 위에 있는 상처였는데 이것은 블르 박사의 검증에 의하면 칼에 베인 상처가 아니라고 합니다. 뿐만 아니라 블르 박사는 이 상처들이 모두 우리가 시체를 발견하기 조금 전에 거의 동시에 입은 것이라고 말했어요. 이러한 증언은 범행이 바로 조금 전에 이루어졌다는 사실과 시간이 꼭 맞아 들어가므로, 따라서 두 개의 상처는 아마도 범행 중에 입힌 것이라고 생각해도 좋을 것 같아요."

"상당히 설명을 잘 하시는군요." 맞아요, 그 생각에는 틀림이 없습니다. 자아, 어서 계속하십시오." 노신사는 나직이 말했다.

"한 가지 생각이 처음부터 나의 마음을 사로잡고 있었습니다. 즉 두 개의 다른 상처자국, 뚜렷이 다른 원인에 의해 생긴 두 개의 상처 자국이 어째서 동시에 났느냐 하는 점입니다. 생각해 보면 매우 기묘한 일이지요. 나는 아주 의심이 많은 여자랍니다, 레인 씨. 그래서 이 점을 제일 먼저 밝혀야겠다고 생각했어요."

레인 씨는 이를 드러내 보이며 웃었다.

"페이센스 양, 당신이 1만 마일 안에 있을 때에는 나는 절대로 살인을 하지 말아야겠습니다. 참으로 날카로운 사고력입니다. 그래, 어떤 결론에 도달했습니까?"

"칼로 베인 상처는 쉽게 설명할 수 있습니다. 책상 저쪽에 있는 의자에 앉아 있던 시체의 위치로 보아 범행이 어떤 식으로 이루어졌는지 그려보는 것은 간단해요. 범인은 책상 이쪽이거나 또는 한쪽으로 조금 비켜서서 피해자와 마주 서 있었음에 틀림없어요. 범인은 책상 위에 있던 종이 자르는 칼을 집어들어 피해자를 찔렀겠지요. 그 결과 어떤 일이 일어났을까요? 상원의원은 그 일격을 피하려고 본능적으로 오른팔을 들어올렸을 거예요. 그래서 칼은 그 손목을 스치며 날카로운 찰과상을 입힌 거지요. 사실로 미루어 보아 나로서는 그렇게 밖에 생각할 수가 없어요."

"사진을 보는 듯하군요, 페이센스 양. 훌륭합니다. 그럼, 또 하나의 상처는?"

"바로 그것입니다만 또 하나의 상처는 칼에 베인 상처가 아니에요. 적어도 손목에 날카로운 상처 자국을 남긴 그 칼로 베인 것은 아니에요. 왜냐하면 그 상처는 도톨도톨하게 베어져 있었으니까요. 이 제2의 상처는 칼이 상원의원의 손목을 벨 때 동시에 입은 것이에요. 그것은 칼로 베인 상처보다 4인치쯤 위쪽에 나 있었어요." 나는 깊이 숨을 들이 마셨다. "그렇다면 그 상처는 범인이 손에 들고 있던 칼에서 4인치쯤 떨어져 있는 곳에 있는, 칼날만큼은 날카롭지 않은 어떤 딱딱한 것으로 입힌 게 틀림없어요."

"훌륭한 추리로군요."

"다시 말해서 제2의 상처를 설명하려면 범인의 팔에 붙어 있는 무언가를 찾아야만 합니다. 그렇다면 손에 쥔 칼에서 4인치쯤 떨어져 있는, 범인 자신의 팔에 붙어 있던 것은 무엇이었을까요?"

노신사는 고개를 기운차게 끄덕였다.

"페이션스 양, 당신의 결론은?"

"여자의 팔찌예요." 나는 의기양양하게 외쳤다. "보석이 박혔거나 아니면 금속으로 줄무늬 세공을 한 팔찌예요. 그것이 포어세트의 벌거숭이 팔을 긁었던 것입니다. 포어세트는 셔츠만 입고 있었을 뿐 웃옷은 걸치고 있지 않았으니까요. 그리고 그와 동시에 칼이 손목을 스쳤겠지요."

아버지는 작은 신음 소리를 냈고 레인 씨는 빙그레 웃었다.

"이것 역시 날카로운 추리입니다. 하지만 지나치게 한정되어 있군요. 그렇다면 포어세트 위원을 죽인 사람은 여자라는 이야기가 되겠지요? 하지만 반드시 그렇다고는 할 수 없지요. 남자의 팔에 붙어 있는 것으로, 칼을 들어올렸을 때 여자 팔의 팔찌 위치와 같은 데 있는 것이 무언가 있을 텐데요……."

나는 바보처럼 눈을 크게 떴다. 나의 첫 실수일까? 머릿속에서 여러 가지 생각이 들끓었다. 나는 말했다.

"아아, 남자의 커프스 단추를 말씀하시는 건가요? 네, 그래요. 나도 그것을 생각해보지 않은 것은 아니에요. 하지만 왜 그런지 여자의 팔찌라고 생각 하는 편이 꼭 들어맞는다고 직감적으로 느꼈어요."

레인 씨는 고개를 저었다.

"안돼요, 페이션스 양. 그런 식으로 생각하면 안됩니다. 엄밀하게 이론적인 가능성만 생각해야 합니다. 여기서 우리는 범인이 남자냐 여자냐 하는 것을 단정할 수 있는 지점에 이른 셈이로군요. 어쨌든 이야기를 계속하십시오, 페이센스 양. 당신의 설명에 자꾸만 마음이 이끌립니다" 하고 레인 씨는 희미한 미소를 띠었다.

"그 칼을 휘둘러 두 개의 상처를 입힌 것이 남자건 여자건 한 가지 점만은 확실합니다. 즉 범인은 포어세트 상원의원을 찌를 때 왼손을 썼다는 점이에요." 나는 말했다.

"어째서 그렇다고 단정합니까, 아가씨?"

"간단한 이론이지요. 칼로 입은 상처는 상원의원의 오른쪽 손목에 있었고 커프스 단추로 입는 상처는 거기에서 4인치쯤 위에 있었어요. 이것은 다시 말해서 커프스 단추의 상처는 칼로 입은 상처의 왼쪽에 있다는 이야기가 돼요. 여기까지는 뚜렷하지요, 레인 씨? 그럼, 만일 범인이 오른손으로 칼을 휘둘렀다면 커프스 단추로 입은 상처는 칼로 입은 상처의 오른쪽에 나타나 있어야 해요. 이것은 실험해 보면 곧 알 수 있는 일이지요. 다시 말해서 오른손에 칼을 쥐었다면 커프스 단추로 입은 상처는 반드시 오른쪽에 날 것이고 왼손에 칼을 쥐었다면 커프스 단추로 입은 상처는 반드시 왼쪽에 나게 되어 있는 거예요. 하지만 사실은 그렇지 않아요. 커프스 단추로 입은 상처는 칼로 입은 상처의 왼쪽에 나 있었거든요. 그러므로 나는 범인이 왼손으로 일격을 가했다고 결론을 내렸어요. 만일 물구나무서기를 하고 있었다면 이야기가 달라집니다만, 그런 일은 없었을 거예요."

"경감님, 당신은 따님을 자랑하셔도 좋을 겁니다. 페이센스 양, 정말 훌륭한 아가씨로군요. 어서 계속해 보십시오." 노신사는 온화하게 말했다.

"여기까지는 찬성하시겠어요, 레인 씨?"

"당신 이론의 필연성 앞에는 나도 굴복합니다" 하고 말하며 레인 씨는 웃었다. "지금까지는 흠잡을 데가 없습니다. 하지만 단 한 가지 매우 중요한 점에 아직 생각이 미치지 못하고 있군요."

"생각이 미치지 못한 것이 아니에요." 나는 다시 말을 계속했다.

"아직 이야기가 거기까지 이르지 못했으므로 설명하지 않았을 따름이지요. 에얼론 도우는 약 12년 전 알곤킨 형무소에 수용됐을 때 오른손잡이였습니다. 이것은 아까 말씀드린 대로 마그너스 소장님이 말씀하셨어요. 당신이 생각하고 계시는 것은 바로 이 점이지요?"

"맞습니다. 아가씨가 그것을 어떻게 해석하는지 어서 듣고 싶군요."

"나는 이렇게 생각해요. 도우는 알곤킨에 온 지 2년 뒤 사고로 오른팔이 마비되었어요. 그 때문에 그는 주로 왼팔만을 쓰게 되었지요. 말하자면 그 뒤 10년 동안 도우는 왼손잡이였던 셈이에요."

아버지가 앉음새를 고쳤다. 아버지는 흥분하여 말했다.

"문제는 바로 여기에 있습니다, 레인 씨. 내가 주춤하지 않을 수 없었던 것이 이 점이었지요."

노신사가 말했다.

"당신이 무엇을 문제삼고 계시는지 알 것 같습니다. 페이센스 양, 어서 계속하십시오."

"나는 그 점에 대하여는 아무런 의문도 없어요. 나의 견해를 뒷받침하고 있는 것은 다만 상식과 관찰일 뿐 별로 학문적인 깊은 근거가 있는 것은 아니지만, 어쨌든 텍스트럴리테(오른손잡이)와 시니스트럴리테(왼손잡이)──이 발음이 맞는지 모르겠어요──는 팔과 마찬가지로 다리에도 작용한다고 하더군요." 하고 나는 또렷이 말했다.

"온전한 우리 나라 말을 써라, 어디서 그런 말을 배웠니?" 아버지가 화난 듯 말했다.

"아버지도 참! 다시 말해서 내가 하고자 하는 말은 선천적으로 오른손잡이는 역시 오른발이 말을 잘 듣고 그와 마찬가지로 왼손잡이는 왼발이 말을 잘 듣는다는 이야기예요. 나는 오른손잡이거든요. 그래서 언제나 오른발을 써서 무언가 하지요. 내가 관찰한 바에 의하면 다른 사람들도 역시 마찬가지였어요. 레인 씨, 이 가설이 틀렸을까요?"

"나는 그런 문제에는 아무런 권위도 없습니다. 하지만 그 점에 대하여 의학도 틀림없이 아가씨의 생각을 지지해 주리라고 생각합니다."

"그 점을 인정하여 주신다니 계속해서 말씀드리겠어요. 만일 오른손잡이 사나이가 그 오른손을 쓸 수 없게 되어 에얼론 도우가 지난 10년 동안 해 온 것처럼 주로 왼손만을 써야 했다면 그 사람은 발로 무슨 일을 할 때 무의식적으로 왼발을 썼을 거예요. 물론 두 발이 모두 성하다 할지라도 말이에요. 아버지가 의문을 품은 점이 바로 여기겠지만, 이것이 이론에 맞지 않는 것은 아니겠지요?"

레인 씨는 눈썹을 모았다.

"페이센스 양, 생리적인 사실에 언제나 이론이 적용된다고 할 수는 없습니다."

나는 낙심했다. 만일 이 점이 틀린다면 나의 이론 전체가 무너지고 만다.

"그러나" 레인 씨의 이 말에 나는 다시 희망을 품었다. "아가씨의 설명에 의하면 또 한 가지 희망을 품게 하는 사실이 있습니다. 그것은 에얼론 도우의 오른쪽 눈이 오른팔이 마비되는 것과 동시에 보이지 않게 되었다는 사실입니다."

"그것이 무엇을 뜻한다는 겁니까?" 아버지가 물었다.

"그렇다면 사정이 매우 달라지지요, 경감님. 몇 년 전에 나는 어떤 일 때문에 그 문제에 대하여 권위자에게 의논한 적이 있었습니다. 블링커 사건을 기억하고 계십니까? 왼손잡이냐 오른손잡이냐가 크게 문제되었던 그 사건 말입니다."

아버지는 고개를 끄덕였다.

"그때 내가 의논한 그 권위자의 말에 의하면 왼손잡이와 오른손잡이에 대한 이론에서 가장 널리 의학 전문가에 의해 인정받고 있는 것은 시력설이라고 합니다. 그 시력설에 의하면, 나의 기억이 틀리지 않는다면 유년기에 있어서의 수의(隨意) 운동은 모두 시각에 의존하고 있다는 것입니다. 또한 사람의 시각, 손, 발, 회화, 필기 등에 관련된 신경 충동은 모두 뇌수 속의 같은 영역에서 비롯된다고 합니다. 그 영역을 무엇이라고 했는지 정확한 술어는 잊어 버렸습니다만.

시각은 두 개의 눈으로 이루어져 있으나 하나하나의 눈이 그 자체만으로도 한 단위를 이루고 있으며, 제각기의 눈에 비친 영상은 뚜렷이 분리되고 구분되어 의식에 도달합니다. 우리들 눈의 한쪽은 마치 총처럼 '조준'되어 작동합니다. 조준을 하기 위해 어느 쪽 눈을 사용하느냐 하는 것은 그 사람이 왼손잡이냐 아니면 오른손잡이냐에 따라 결정됩니다. 만일 조준하는 눈이 시력을 잃으면 조준 능력은 다른 쪽 눈으로 옮겨갑니다."

"말씀하시는 뜻을 알겠어요." 나는 천천히 말했다. "다시 말해서 시력설에 의하면 오른손잡이는 오른쪽 눈으로 조준한다는 말씀이지요? 그리고 만일 오른쪽 눈이 보이지 않게 되면 주로 왼쪽 눈을 써야만 하므로 조준 능력이 옮겨가고, 그와 동시에 손도 왼손잡이로 되게끔 생리적인 변화를 일으킨단 말씀이지요?"

"대체적으로 말해서 그런 뜻입니다. 물론 내가 이해한 바에 의하면 습관이라는 다른 요소도 섞이게 된다고 합니다. 그러나 도우는 10

년 동안 주로 왼쪽 눈을 써 왔으며 팔도 왼팔을 썼습니다. 이런 습관이나 신경 교대에 의하여 발도 왼발을 쓰지 않을 수 없었다고 생각해도 무방하겠지요."

"상처 덕분이라고 할 수 있겠군요. 잘못된 사실에서 결국 올바른 해답을 얻었어요. 여기서 과거 10년 동안 에얼론 도우는 왼손잡이였고 동시에 다리도 역시 왼발을 썼다는 사실이 틀리지 않는다면 증거상으로 뚜렷한 모순을 찾아 낼 수 있게 된 셈이에요." 하고 나는 말했다.

"그런데 아까 아가씨가 말씀하신 대로 범인은 왼손을 썼지요. 그렇다면 도우의 경우와 꼭 들어맞습니다. 모순이라니 무엇입니까?" 레인 씨가 북돋아 주듯 물었다. 나는 떨리는 손으로 담배에 불을 붙였다.

"나는 문제를 다른 각도에서 생각해 보았어요. 아까도 말씀드렸듯이 벽난로의 잿 속에는 하나의 발자국이 있었는데 그것은 오른발 자국이었으며, 다른 사실로 미루어 보아 누군가가 거기서 무언가를 태우고 발로 뭉갰다는 것을 우리는 알았어요. 이것으로 그 오른발 자국은 설명이 되었지요. 뭉갠다는 행동은 순전히 무의식적인 행동이에요. 이것을 부정하는 사람이 있다면 머리털을 잡아 빼 주겠어요!"

"그것은 의심할 여지가 없군요."

"누구나 무언가를 발로 뭉갤 때 늘 쓰는 익숙한 발로 뭉갰겠지요. 그야 때로는 위치의 편의상 늘 오른발을 쓰는 사람도 왼발로 뭉갤 수 있을 거예요. 하지만 그 벽난로의 재를 뭉갠 사람의 경우는 달라요. 왜냐하면 아까도 말씀드렸듯이 벽난로 앞의 융단 위에 왼발 끝 자국이 나 있었으니까요. 벽난로에서 무언가 태우고 뭉갠 발자국 바로 앞에 말이에요. 그것은 그가 아무런 불편을 느끼지 않고 어느 쪽 발이건 마음대로 쓸 수 있는 위치에 있었음을 뜻해요. 이럴 경우 그는 늘 쓰던 쪽의 발로 뭉갰음에 틀림이 없어요. 그런데 그 사람은 실제로 어느 쪽 발로 뭉갰지요? 오른쪽이에요. 그렇다면 그는 늘 오른발을 쓰는 사람이며 따라서 오른손잡이라는 말이 돼요."

아버지가 들릴락말락한 목소리로 중얼거렸다. 노신사는 깊이 숨을 쉬며 말했다.

"그것이 대체 무엇과 모순된단 말입니까?"

"말하자면 칼을 휘두른 사람은 왼손을 썼고 재를 발로 뭉갠 사람은 오른손잡이였다는 셈이에요. 다시 말해서 이 사건에는 두 사람이 관계하고 있는 것 같아요. 즉 사람을 죽인 사람은 왼손잡이고, 종이쪽지를 태우고 그것을 뭉갠 사람은 오른손잡이였다는 말이에요."

"그렇다면 어디가 잘못됐다는 됩니까, 아가씨? 말씀대로 두 사람이 관계했다고 치고, 어디가 맞지 않는다는 거지요?" 노신사가 정다운 어조로 물었다. 나는 눈을 크게 떴다.

"설마 그것을 진심으로 물어 보시는 것은 아니시겠지요?"

"그것이라니, 무엇 말입니까?"

"어머나, 농담만 하시네요. 어쨌든 이야기를 계속하겠어요. 이상과 같은 결론은 에얼론 도우에게 어떤 영향을 끼치게 될까요? 그래요, 에얼론 도우가 이 사건과 어떤 관계를 맺고 있건 그가 종이를 태우고 그 재를 뭉개 버린 인물이 아닌 것만은 확실해요. 왜냐하면 그라면 왼발로 뭉갰을 테니까요. 그 점은 이미 아까 증명했어요. 그런데 실제로는 오른발로 뭉갰거든요.

그렇다면 그 종이쪽지는 언제 태웠을까요? 책상 위의 편지지는 새 것이었어요. 다만 두 장만 없어져 있었지요. 포어세트 상원의원의 목숨을 빼앗은 상처에서 흘러나온 피는 그가 앉아 있던 책상 위에 마구 뿌려져 있었어요. 그리고 책상 위의 압지에는 직각 모양의 큰 핏자국이 있었지요. 직각 모양은 그 압지 위에 얹혀 있던 편지지의 모서리 자국이에요. 우리가 보았을 때 그 편지지 묶음 맨 위에 놓인 종이는 새하얀 채 핏자국이 없었어요. 이런 일이 있을 수 있을까요? 만일 맨 위의 종이가 상원의원이 살해당했을 때에도 맨 위에 놓였던 것이라면 틀림없이 피가 뿌려져 있을 거예요. 왜냐하면 그 편지지 아래에 놓은 압지에는 핏자국이 있었으니까요. 따라서 우리들이 발견한 깨끗한 종이는 상원의원 상처에서 피가 뿜어 나올 때 맨 위에 있던 종이가 아니었다는 말이 돼요. 다시 말해서 그 위에 피묻은 또 하나의 종이가 있었을 텐데, 우리가 발견했을 때는 그것이 편지지 묶음에서 뜯기어 나가 보이지 않았으며 깨끗한 종이만 놓여 있었을 뿐이에요."

"그 말씀이 맞습니다."

"이제 행방을 알 수 없는 두 장의 종이 가운데 한 장에 대해서 이해가 돼요. 다시 말해서 그것은 화니 카이저에게 보낸 봉투 속에 들어 있던 것으로 살해당하기 전에 포어세트 자신이 사용했었지요. 나머지 한 장은 행방을 알 수 없었는데 그것은 편지지 묶음에서 뜯긴 그 종이, 다시 말해서 편지지 묶음 맨 위에 있던 것으로 우리의 눈에 띄지 않았던 피묻은 종이지요. 아버지는 그 벽난로 속에서 불태워진 종이가 책상 위의 편지지 묶음에서 뜯긴 것임을 몸소 확인하셨답니다. 그리고 그 없어진 종이에 피가 묻어 있었다면 그것은 살해한 다음에 뜯었기 때문일 거예요. 왜냐하면 그 편지지에 피가 묻어 있었다는 것은 살해했음을 뜻하니까요. 그러므로 그것을 불태운 것도 살해한 다음일 테고, 발로 뭉갠 것도 살해한 다음일 거예요. 그렇다면 대체 누가 그것을 태웠을까요? 살인범이 태웠을까

요? 만일 살인범이 그것을 태워 뭉개 버렸다면 도우는 아까 말씀
드린 바와 같이 태우지도 않았고 뭉개지도 않았으므로 따라서 살인
범이 아니라는 이야기가 되지요."

"잠깐만! 너무 서두르지 말아요, 페이션스 양. 당신은 살인범과
발로 뭉갠 사람을 같은 인물로 가정하고 계시는데, 가정이 아니라 증
명할 수 있습니까? 아시겠어요, 그것을 증명할 방법이 있단 말입니
다" 하고 노신사는 잔잔한 어조로 말했다.

"호오, 그렇습니까?" 아버지가 찌푸린 얼굴로 발끝을 내려다보며
신음하듯 말했다.

"증명이라고요? 할 수 있지요! 말씀하신 대로 가령 살인범과 발
로 뭉갠 사람이 각각 다른 사람이었다고 해봐요. 블르 박사 의견에
살인은 10시 20분에 저질러졌다고 합니다. 카마이클은 집 밖에서
10시 15분전부터 10시 30분까지 지켜보고 있었는데 그 동안 오직
한 사람이 집안으로 들어갔다가 역시 같은 사람이 나오는 것을 목
격했다고 해요. 그리고 온 집 안을 경관들이 조사하여 아무도 숨어
있지 않다는 것도 밝혀 냈어요. 카마이클이 시체를 발견했을 때부
터 경찰이 도착했을 때까지 아무도 나간 사람이 없어요. 카마이클
이 지키고 있던 정면 현관 외의 다른 출입문에서도 역시 나간 사람
은 없었답니다. 다른 출입문이나 창문은 모두 안으로 잠겨 있었으
니까요……."

아버지는 다시 신음 소리를 냈다.

"참으로 멋져요! 레인 씨, 왜냐하면 이 사실은 이 사건에 두 사람
이 관계한 것이 아니라 처음부터 끝까지 오직 한 사람만이 관계하
고 있었음을 증명하는 것이니까요. 그러므로 오직 한 사람이 그 죽
음의 방에서 살인을 하고 편지를 태우고 발로 뭉갰다는 이야기가
되지요. 하지만 에얼론 도우는 아까 말씀드렸듯이 종이쪽지를 태워

발로 뭉갠 사람이 아니에요. 그러므로 에얼론 도우는 살인범일 수가 없어요 ! ”

여기까지 말하고 나는 한숨 돌렸다. 레인 씨의 칭찬을 받고 싶기도 했고 피곤하기도 했기 때문이었다. 레인 씨는 조금 슬픈 듯한 표정을 지었다.

“어허 참, 경감님, 나는 사회에서 완전히 필요 없는 인간이 되어 버리고 말았습니다. 당신은 정말 명탐정을 낳으셨어요. 그리고 미약하긴 하나 지금까지 사회에 이바지해 온 나의 역할을 앗아가 버리고 말았어요. 아가씨, 훌륭한 분석이었습니다. 당신의 추리가 맞아요. 적어도 지금까지의 설명은. ”

“아니, 그렇다면 아직도 뭐가 있단 말씀입니까 ? ” 아버지는 벌떡 일어나며 외쳤다.

“아직 상당히 많습니다. 경감님, 더욱 더 중요한 것이 남아 있습니다. ”

“그렇다면 당연한 결론을 내가 아직 내리지 않았다는 말씀이로군요 ! ” 나는 힘주어 말했다. “물론 지금까지의 사실로 미루어 보아 이렇게 말할 수 있겠지요. 즉 도우에게 죄가 없다면, 누군가가 도우를 함정에 빠뜨리고 있다고 말예요. ”

“그래서요 ? ”

“그리고 도우를 함정에 빠뜨린 사람은 오른손잡이예요. 그는 도우를 살인범으로 꾸미기 위해서는 도우가 왼손잡이라는 사실과 맞추어야 했으므로 칼로 찌를 때 왼손을 썼어요. 하지만 무의식적인 행동으로 보아 그는 실은 오른손잡이였던 거예요. ”

“내가 하고자 하는 말은 그런 점이 아닙니다. 더욱 더 놀랄 만한 추리를 할 수 있는 다른 사실을 당신은 미처 보지 못하고 있다고 말씀드리고 싶군요. 하지만 그 말이 섭섭하다면 미처 생각이 미치지 못하고 있다고 말해 드릴까요, 아가씨."

아버지는 절망한 듯 두 손을 들어올렸다. 나는 조용히 말했다.

"그럴까요?"

그러자 레인 씨는 나에게 날카로운 눈길을 던졌다. 우리의 눈길이 한 순간 부딪쳤다. 그러자 레인 씨는 빙그레 웃으며 말했다.

"그렇다면 당신도 알고 계십니까?"

그는 생각에 잠겼고 나는 풀잎을 만지작거리고 있었다. 말할 것인가 말하지 말 것인가…….

"애야" 하고 아버지가 까다로운 표정으로 불렀다. "나도 한 가지 어려운 문제를 내겠다. 지금 막 머리에 떠오른 것인데 어디 대답해 보려무나. 어째서 융단 위에 발자국을 남긴 사람이 벽난로 속의 재를 발로 뭉개 버린 사람과 같은 인물이라고 단정할 수 있니? 그야 나도 같은 인물이라고 인정하긴 해. 하지만 그것을 증명할 수 없다면 너의 훌륭한 이론도 물거품에 지나지 않아."

"설명해 드려요, 페이센스 양." 레인 씨가 상냥하게 말했다. 나는 한숨을 쉬었다.

"가엾은 아버지, 머릿속이 혼란돼 버리셨군요. 이 사건에는 오직 한 사람만이 관계하고 있다고 말씀드렸지요? 내가 카마이클 씨에게 벽난로 앞 융단을 밟지 않았느냐고 묻자 그는 밟지 않았다고 대답했지요? 그리고 그 발자국이 포어세트 상원의원의 것이 아니라는 사실도 홈 씨가 가르쳐 주었지요? 그렇다면 죽이고, 태우고, 발로 뭉갠 그 사람 밖에 그런 발자국을 남길 수 있는 사람이 없잖아요?"

"알았다, 알았어! 그렇다면 이제부터 어떻게 하면 좋겠니?"

레인 씨가 눈썹을 치켜올렸다.

"경감님, 뻔하지 않습니까?"

"무엇이 말입니까?"

"우리의 작전 계획 말입니다. 당장에 리즈로 돌아가서 도우를 만나야만 합니다."

나는 얼굴을 찌푸렸다. 나는 도우를 만나는 것이 싫었던 것이다. 아버지는 어찌할 바를 몰라했다.

"도우를 만난다고요? 무엇 때문에요? 그 가엾은 사람은 나를 초조하게 만들 뿐입니다" 하고 아버지는 말했다.

"하지만 그것이 무엇보다도 중요한 일입니다, 경감님" 하고 레인 씨는 일어서서 웃옷을 어깨에 걸쳤다. "공판 전에 당신은 도우를 꼭 만나 보셔야만 합니다……." 레인 씨는 갑자기 생각에 잠기며 눈을 반짝였다. "놀라시겠지만 생각해 보니 나도 한 번 손을 대어 보고 싶어지는군요. 도와 드릴 수 있는 여지가 있을까요? 아니면 당신의 친구 존 홈 씨는 내가 간섭할 일이 아니라고 하며 나를 리즈에서 내쫓아 버릴까요?

"만세!" 나는 외쳤다. 아버지도 진심으로 기뻐하는 눈치였다.

"정말 고마운 일입니다. 패티를 무시하는 것은 아닙니다만 당신이 도와주신다면 그 이상 더 좋을 수가 없지요."

"하지만 어째서 도우를 만나고 싶어하시는 거지요?"

"페이센스 양, 우리는 지금까지 어떤 사실에서 훌륭하고도 어디 하나 나무랄 데 없는 이론을 끌어냈습니다. 이제 이론을 끌어내는 것은 그만두고 직접 실험을 해봅시다." 레인 씨는 드러난 팔을 뻗어 아버지의 어깨 너머로 나의 손을 잡았다. 그리고 눈살을 찌푸리며 덧붙여 말했다. "그러나 여전히 깊은 숲 속에서 빠져나갈 수는 없을 겁니다."

"그것은 무슨 뜻이지요?"

"누가 정말 포어세트 의원을 살해했는지 우리는 아직 모르고 있잖습니까. 일주일 전과 마찬가지로 깊은 수수께끼에 싸여 있습니다."
노신사는 조용히 말했다.

감방에서의 실험

　리즈를 향해 자동차를 몰고 가면서 개인적인 이야기도 하지 않았으며 한참 동안 모두 말이 없었다. 아마도 모든 일이 허사로 끝나지 않을까 하는 불안에 싸여 있었기 때문이리라. 이윽고 아버지가 말했다.

　"패티, 우리는 거리의 호텔에 묵는 편이 나을 것 같다. 다시 클레이 댁에 신세를 질 수는 없잖겠니."

　"아버지 좋을 대로 하세요." 나는 나른한 기분으로 말했다.

　"안됩니다! 그렇게 하시면 안됩니다. 나도 당신들과 힘을 모아 일을 하게 되는 이상 작전 계획에 대하여는 발언권이 있습니다. 경감님, 당신은 따님과 함께 조금 더 클레이 댁에 신세를 지는 편이 좋을 겁니다" 하고 노신사가 말했다.

　"어째서지요?" 아버지는 항의했다.

　"여러 가지 이유 때문입니다. 그 이유는 그 자체로서는 중요하지 않지만 그것들을 모두 종합했을 경우 작전으로서 그런 지령이 나오지 않을 수 없습니다."

　"클레이 씨에게는 이렇게 말하면 되겠지요. 다시 한 번 포어세트에 관한 조사를 하기 위해 돌아왔다고 말이에요." 나는 한숨을 지으며 말했다.

"그야 그 악당 건은 아직 해결된 것이 아니니까……. 그럼, 당신은 어떻게 하시겠습니까? 설마 당신도 클레이 댁에 계실 수는……?" 아버지가 생각에 잠기며 말했다.

"아닙니다. 나는 클레이 댁의 신세를 지지 않습니다. 내가 묵을 곳은 따로 있지요……뮤어 신부의 거처는 어딥니까?"

"형무소 담 밖의 조그만 집에서 혼자 살고 계세요" 하고 나는 대답했다. "그렇지요, 아버지?"

"으음, 그것도 좋은 생각이로군요. 신부님을 알고 계신다고 하셨지요?"

"네, 잘 알고 있습니다. 나의 친구이지요. 오랜만에 옛날 친구를 찾아보기도 할 겸 호텔 비용도 절약하기로 하겠습니다" 하고 말하며 레인 씨는 웃었다. "두 분도 함께 가시지요. 도로미오에게 클레이 댁까지 바래다 드리도록 하겠습니다."

아버지는 레인 씨의 빨강머리 운전사에게 길을 가르쳐 주었다. 우리는 거리를 한 바퀴 돌아 언덕 위에 서 있는 잿빛의 큰 코끼리 같은 형무소를 향해 꾸불꾸불한 언덕길을 올라갔다. 우리는 클레이 저택 앞을 통과하여 이윽고 형무소 정면에서 백 야드도 떨어져 있지 않은 뮤어 신부집에 이르렀다. 담쟁이덩굴이 우거진 조그만 목조 건물로, 돌담에 일찍 피는 장미꽃이 군데군데 피어 있었다. 베란다에는 커다란 흔들의자가 사람을 기다리고 있는 듯이 놓여 있었다. 도로미오가 경적을 울렸다. 레인 씨가 정원 길을 걸어가자 현관문이 열렸다. 문 앞에 검은 신부복을 입은 뮤어 신부가 모습을 나타냈다. 온화한 얼굴을 가엾으리만큼 찌푸리며 도수 높은 안경 너머로 누가 왔는지 보려고 애썼다. 손님이 누구인지 알아차리자 뮤어 신부의 얼굴에 크나큰 놀라움의 표정이 나타나더니 차츰 기쁨의 표정으로 바뀌었다.

"도르리 레인 씨가 아닙니까." 신부는 레인 씨의 손을 덥석 쥐며 외쳤다. "내 눈을 믿을 수가 없을 지경이로군요! 어떻게 여기까지? 참으로 잘 오셨습니다. 자아, 어서 안으로 들어갑시다."

낮은 목소리로 말하는 레인 씨의 대답은 우리에게 들리지 않았다. 잠시 동안 신부는 빠른 어조로 계속 말하고 있더니, 이윽고 자동차에 타고 있는 우리들을 보자 옷자락을 여미며 잰걸음으로 다가왔다.

"어서 오십시오, 실은 내 편에서……." 신부의 조그만 주름투성이 얼굴이 기쁨으로 반짝이고 있었다. "들어가지 않으시겠습니까? 지금 레인 씨에게 주무시고 가라고 설득하고 있던 참이었습니다. 리즈에 용건이 있어서 오셨다는군요. 당신들도 들어가십시다. 차라도 한 잔 드시지요, 자아, 어서……."

내가 그 말에 대답하려고 할 때 레인 씨가 현관에서 고개를 세차게 저어 보였다.

"죄송합니다만." 아버지가 뭐라고 말하기 전에 나는 재빠르게 말했다. "우리는 빨리 클레이 댁에 돌아가야만 한답니다. 친절하신 말씀은 고맙습니다만 다음 기회로 미루겠어요, 신부님."

도로미오는 두 개의 무거운 여행 가방을 차에서 현관까지 날라다 놓고 레인 씨에게 웃으며 인사하고는 우리를 태우고 언덕을 내려갔다. 우리가 마지막으로 뒤돌아보았을 때는 레인 씨의 키 큰 모습이 뮤어 신부보다 앞장서서 집안으로 사라지는 참이었다. 뮤어 신부는 작별이 아쉬운 듯 우리를 뒤돌아 보고 있었다.

우리는 자연스럽게 다시금 클레이 댁의 손님이 되었다. 사실은 우리가 차를 타고 저택으로 들어갔을 때 마사라는 나이 든 가정부 말고는 아무도 없었다. 그녀는 우리가 돌아온 것을 당연한 일로 생각하는 듯했다. 그래서 우리도 당연한 것처럼 그때까지 쓰고 있던 침실로 들어갔다. 한 시간쯤 뒤에 젤레미와 그의 아버지가 점심 식사를 하기 위해 채석장에서 돌아왔을 때 우리는 태연히 현관으로 마중 나갔다. 마음속으로 얼마쯤 불안했으나 엘러이휴 클레이 씨는 따뜻하게 우리를 맞이했다. 젤레미는 나를 보자 입을 떡벌리고 눈을 크게 떴다. 나를 즐거운 추억을 남기고 사라진, 다시는 만날 수 없는 마법의 여인으로 생각하고 있었던 모양이었다. 이윽고 정신을 가다듬자 다짜고짜 나를 몰아세워 저택 뒤의 수풀에 싸인 조그만 정자로 데리고 가서 온 얼굴에 대리석 가루를 묻힌 채 나에게 입을 맞추려고 했다. 그의 능숙한 손에서 빠져 나오다 그의 입술이 왼쪽 귓불에 가볍게 스쳤을 때 나는 옛날 보금자리로 돌아온 듯한 편안함을 느꼈다.

그날 오후 우리가 베란다에서 꾸벅꾸벅 졸고 있는데 자동차의 경적이 들려 왔다. 퍼뜩 눈을 뜨자 레인 씨의 길다란 자동차가 정원 길을 미끄러져 들어오고 있었다. 도로미오는 핸들을 쥔 채 미소를 지었고 레인 씨는 뒷좌석에서 우리에게 손을 흔들고 있었다. 소개가 끝나자 레인 씨는 말했다.

"경감님, 나는 리즈의 구치소에 갇혀 있는 그 가엾은 사나이에게 매우 흥미를 가지고 있습니다."

레인 씨의 어조는 마치 어디선가 에얼론 도우의 소문을 들어, 그저 그 소문에 대한 말을 하는 듯했다. 아버지도 전혀 당황하지 않은 채 레인 씨와 분위기를 맞추었다.

"신부님이 그에 대한 이야기를 하시던가요, 슬픈 사건입니다. 그럼, 지금부터 거리로 나가시겠습니까?"

어째서 레인 씨는 이 사건의 수사에 가담하는 것을 밝히려 하지 않을까 하고 나는 생각했다. 설마 여기 있는 클레이 부자를 의심하고 있는 것은 아닐 테지. 나는 클레이 부자에게로 눈길을 돌렸다. 엘러이휴 클레이 씨는 그 노신사를 보고 다만 기뻐할 따름이었다. 젤레미는 긴장한 채 서 있었다. 맞아, 레인 씨는 대단한 명사였지 하고 나는 생각했다. 레인 씨의 늠름하고 자연스러운 태도를 보고 그가 공중의 존경과 찬양에 익숙해 있다는 것을 나는 알았다.

"그렇습니다. 뮤어 신부님 말씀이 나도 무언가 도움을 줄 수 있다고 하셨답니다. 그래서 그 가엾은 사나이를 꼭 만나 보고 싶습니다. 어떻게 손 좀 써주실 수 없을까요, 경감님? 당신은 지방검사와 가깝게 지낸다고 들었는데요" 하고 레인 씨는 말했다.

"도우를 만나도록 해 드리지요. 패티, 너도 함께 가자. 그럼, 클레이 씨, 실례하겠습니다."

2분 뒤 우리는 레인 씨와 나란히 자동차에 앉아 거리로 향하고 있었다.

"당신이 이 거리에 오신 목적을 어째서 클레이 부자에게 감추셨습니까?" 아버지가 물었다.

"각별한 이유는 없지만 그저 되도록 남에게 알리지 않는 편이 좋을 것 같은 생각이 들어서요. 우리가 찾고 있는 범인에게 경계심을 불러일으키고 싶지 않습니다. 그 사람이 엘리이휴 클레이였군요. 별로 수상쩍은 데는 없는 것 같습니다. 조금이라도 부정한 냄새가 풍기는 일에는 겁을 먹고 다가가지 않으나 일단 정당한 거래라고 생각하면 사정없이 이득을 찾는 독선적인 실업가의 전형이라고나 할까요?" 하고 레인 씨는 말했다.

"레인 씨" 나는 엄격한 어조로 말했다. "당신은 지금 입으로 말씀을 하고 계시긴 하지만 무언가 다른 생각에 골몰해 있으시지요?"

레인 씨는 소리내어 웃었다.

"아가씨, 당신은 나를 지나치게 교활하다고 생각하고 있군요. 내가 하는 말에 그다지 깊은 뜻이 있는 것은 아닙니다. 나에게는 모든 것이 생소할 따름이어서 결전장으로 나가기 전에 주위의 사정을 잘 살펴 두어야 한답니다."

존 흄은 사무실에 있었다. 우리가 레인 씨를 소개하자 흄이 말했다.

"당신이 도르리 레인 씨셨군요, 영광입니다. 소년 시절에 당신은 우리에게 하느님과 같이 아득한 존재였지요. 그런데 무슨 용건으로 오셨습니까?"

"늙은이의 호기심이지요." 레인 씨는 빙그레 웃으며 말했다. "나는 참견하기를 좋아한답니다, 흄 씨. 남의 일에 관심이 많아서 여기저기 돌아다니며 참견하지요. 지금은 연극에서 완전히 손을 뗐거든요. 쓸데없는 참견을 잘해서 남에게 미움을 받고 있답니다. 그래서 그 에얼론 도우라는 사나이를 꼭 만나 보고 싶습니다."

"그러십니까." 흄은 아버지와 나에게 재빠른 눈길을 던지며 말했다. "경감님과 아가씨가 원군을 모시고 오신 셈이로군요. 네, 좋습니다. 늘 하는 말입니다만, 레인 씨, 나는 검사이지 사형집행인은 아닙니다. 나는 지금 도우를 살인범이라고 믿고 있습니다. 하지만 만일 당신들이 그렇지 않다는 것을 증명해 주신다면 나는 기꺼이 고발을 거두고 변호를 도와 드리겠습니다."

"참으로 훌륭하십니다. 언제 도우를 만나게 해주시겠습니까?" 하고 레인 씨는 쌀쌀하게 말했다.

"지금 당장에라도 만나게 해 드리지요. 이리로 데려오도록 하겠습니다."

"아닙니다." 노신사는 재빠르게 말했다. "그렇게까지 해서 일을 방해 드리고 싶지는 않습니다, 흄 씨. 허락해 주신다면 우리 쪽에서 구치소로 가겠습니다."

"좋도록 하십시오." 지방검사는 어깨를 움찔하며 말했다.

그는 구치소로 보내는 지령서를 써주었다. 그 지령서를 가지고 우리는 흄의 사무실을 나와 그곳에서 돌을 던지면 닿을 만한 거리에 있는 구치소로 갔다. 그리고 한 수위의 안내를 받아 양쪽에 철창 달린 감방이 늘어서 있는 어두컴컴한 복도를 지나 에얼론 도우가 있는 독방으로 갔다. 끼익 하는 소리와 함께 감방 문이 열리자 그 안에서 에얼론 도우가 우리를 쳐다보며 앉아 있었다. 그 얼굴은 참으로 가엾었다. 흄 지방검사의 말에 의하면, 도우가 며칠 전 포어세트 박사와 대결했을 때 '건방지게' 굴었다는데 지금은 어찌 된 일일까? 이것은 자기의 무고함을 해명할 수 있는 확신을 가진 용의자의 얼굴이 아니다. 그 고뇌와 공포로 짓눌린 얼굴에 순간적으로 떠오른 희망의 빛도 더할 나위 없이 가냘픈 것이었다. 그의 모습을 보고 나는 가슴이 미어지는 듯했다. 나는 레인 씨에게로 눈길을 돌렸다. 레인 씨도 침통한 표정이었다. 수위는 무뚝뚝한 얼굴로 문을 열어 주고 우리에게 안으로 들어가라고 손짓하고는 뒤에서 문을 쾅 닫더니 다시 열쇠를 잠가 버렸다.

"어, 어서 오십시오." 에얼론 도우는 헐어 빠진 침대가에 꼿꼿이 앉은 채 말했다.

"도우, 당신을 만나보고 싶어하시는 분을 모시고 왔소. 도르리 레인 씨인데, 당신에게 할 말이 있다고 하오." 아버지는 애써 쾌활하게 말했다.

"네"

도우는 그 이상 아무 말도 하지 않고 가만히 있으라는 명령을 받은 개와 같은 얼굴로 레인 씨를 쳐다보았다.

"안녕하시오, 도우." 노신사는 부드럽게 말하며 고개를 돌려 복도쪽을 내다보았다. 수위는 팔짱을 끼고 도우의 방과 마주 보이는 흰벽에 기대서서 졸고 있는지 눈을 감고 있었다.

"조금 물어 볼 것이 있는데 대답해 주겠소?"

"네 레인 씨, 무엇이든지요." 도우는 쉰 목소리로 열심히 말했다.

나는 구토증을 느꼈으므로 거친 돌 벽에 기대었다. 아버지는 두 손을 주머니에 찌르고 뭐라고 혼자 중얼거리고 있었다. 레인 씨는 자연스러운 어조로 무의미한 질문을 도우에게 퍼부었다. 그것은 우리들이 이미 알고 있거나 아니면 결코 도우가 입을 열지 않는 질문들이었다. 나는 똑바로 앉았다. 레인 씨는 무엇 때문에 이런 질문을 하는 것일까? 무엇을 생각하고 있는 것일까? 이런 기분 나쁜 방문이 대체 무슨 소용 있단 말인가? 레인 씨와 도우는 지금 얼마쯤 친해진 듯 낮은 소리로 이야기를 주고받고 있었다. 그러나 아무런 발전도 없었다. 아버지는 어찌할 바를 모르겠다는 듯이 안절부절못하며 이쪽 벽에서 저쪽 벽으로 왔다갔다하는 동작을 되풀이하고 있었다.

바로 이때 어떤 일이 일어났다. 도우가 투덜투덜 불평을 한참 늘어놓고 있을 때 노신사가 한 자루의 연필을 주머니에서 불쑥 뽑더니 놀랍게도 그것을 힘차게 도우를 향해 던졌던 것이다. 마치 도우를 침대에 때려눕히기라도 하려는 듯이. 나는 엉겁결에 앗 하고 소리를 질렀다. 아버지도 깜짝 놀라 소리를 지르며 이 늙은이가 갑자기 돌아 버렸나 하는 듯이 레인 씨를 뚫어지게 바라보았다. 그러나 레인 씨는 뚜렷한 목적이 있는 듯한 눈초리로 죄수를 지켜보고 있었으므로 나로서도 그 행동의 의미를 알게 되었다. 왜냐하면 도우는 입을 쩍 벌린 채 그 날아오는 연필을 피하려고 정신없이 왼손을 들어올렸던 것이다. 그의 시든 오른쪽 팔은 쓸모 없이 소맷부리에서 측 늘어져 있을 뿐이었다.

"무슨 짓입니까?" 도우는 침대에 걸터앉은 채 뒤로 물러나며 말했다.

"염려 마시오, 나는 이따금 이런 짓을 하니까. 하지만 결코 해치기 위해서 그러는 것은 아니오. 그건 그렇고, 도우, 손 좀 빌려주겠소?" 레인 씨는 낮은 목소리로 말했다.

"손을 빌려 달라니요?" 죄수는 떨리는 목소리로 말했다.

"그렇소." 노신사는 일어서서 돌 바닥에 굴러 있는 연필을 주웠다. 그는 지우개가 달린 끝을 도우에게 내밀며 말했다. "이것으로 나를 한 번 찔러보지 않겠소?"

'찌른다'는 말을 듣자 도우의 눈물 어린 눈에 희미한 지성의 번득임이 떠올랐다. 그는 왼손으로 그 연필을 잡고 멋적은 듯 레인 씨를 향해 어설픈 일격을 가했다.

"여어!" 레인 씨는 뒤로 비틀거리며 자못 만족한 듯 외쳤다. "훌륭한 일격이었소! 경감님, 종이쪽지 가지신 것 없습니까?"

도우는 주춤거리며 연필을 돌려주었다. 아버지는 신음하듯 말했다. "종이쪽지라고요? 무엇에 쓰시려고요?"

"그것도 내 정신 착란의 하나라고 생각해 주십시오. 자아, 어서 종이쪽지를 주십시오, 경감님." 레인 씨는 웃으며 말했다.

아버지는 투덜거리며 수첩을 주었다. 노신사는 수첩에서 아무 것도 씌어 있지 않은 종이 한 장을 뜯었다.

"그럼, 도우, 우리가 당신에게 악의를 가지고 있지 않다는 것은 이미 알았겠지요?" 레인 씨는 주머니에 손을 넣고 무언가 찾으며 말했다.

"네, 나리. 무엇이든지 나리께서 하라시는 대로 하겠습니다."

"그렇게 해주면 참으로 고맙겠소."

레인 씨는 작은 성냥갑을 꺼내어 한 개비로 불을 그어 매우 침착하게 그 종이쪽지에 불을 붙였다. 종이가 활활 타기 시작했다. 레인 씨는 무언가 깊은 생각에 잠기어 마음이 다른 데로 가 있는 듯한 태도로 그 종이를 바닥에 떨어뜨리고 두세 걸음 뒤로 물러섰다.

"무슨 짓입니까?" 하고 죄수가 외쳤다. "감방을 불태워 버리려고 그러십니까?"

그는 침대에서 벌떡 일어나 불타오르는 종이를 왼발로 미친 듯이 세차게 뭉개었다. 눈에 보이지 않을 만큼 작게 타다 남은 찌꺼기가 부서질 때까지 뭉갰다.

"이제는 검사님과 한패인 배심원도 납득시킬 수가 있겠습니다, 경감님! 당신도 이젠 납득하셨겠지요?" 레인 씨가 조금 미소지으며 말했다.

"네, 지금 이 눈으로 보기 전까지는 도저히 믿지 않았습니다만. 과연 세상에는 죽을 때까지 배워야 할 일이 있군요." 아버지는 얼굴을 찌푸리며 말했다.

나는 마음이 놓이며 저절로 웃음이 솟구쳐 올라왔다.

"어머나, 아버지, 신조를 바꾸기 시작하셨군요! 에얼론 도우 씨, 당신은 정말 운이 좋으세요."

"하지만 나는 무슨 영문인지 모르겠는데요……." 죄수는 몹시 당황하며 말했다. 레인 씨는 뼈가 앙상한 도우의 어깨를 두드리며 부드럽게 말했다.

"용기를 내요, 도우. 틀림없이 구해 줄 테니까."

이때 아버지가 수위를 불렀다. 수위는 복도를 가로질러 와서 독방의 열쇠를 열어 우리들을 내보내 주었다. 도우는 쇠창살에 매달리며 목을 길게 뽑아 우리의 뒷모습을 열심히 바라보고 있었다. 그러나 차가운 복도에 한 걸음 발을 내디디는 순간 어떤 불길한 예감이 우리를 엄습했다. 왜냐하면 우리들 뒤에서 열쇠를 절걱거리며 따라오고 있는 수위의 야비한 얼굴에 기묘한 표정이 떠올라 있었기 때문이었다. 나는 생각 탓이겠지 하고 스스로를 달래 보았으나 여전히 그 표정이 불길하게 여겨졌다. 지금 생각해 보니 그때 복도에서 독방을 향해 서 있던 수위가 정말로 졸고 있었는지 의심스럽다. 그러나 이런 일은 아무래도 상관없다. 비록 우리를 감시하고 있었다 하더라도 수위가 무슨 짓을 할 수 있겠는가. 나는 레인 씨를 흘긋 보았다. 레인 씨는 어떤 생각에 골몰하여 성큼성큼 걸어가고 있었다. 레인 씨는 수위의 얼굴에 떠올라 있는 표정을 보지 못했구나 하고 나는 생각했다.

우리는 흄 지방검사의 사무실로 다시 돌아왔다. 이번에는 대기실에서 30분쯤 기다려야만 했다. 그 동안 레인 씨는 눈을 감고 졸고 있는 듯이 앉아 있었다. 흄의 비서가 와서 "들어오십시오" 하고 말했을 때 아버지는 레인 씨의 어깨에 손을 얹어 깨워야만 했다. 레인 씨는 변명의 말을 중얼거리며 일어섰다. 그러나 레인 씨는 그 동안 우리들이 미처 생각도 하지 못하는 일을 깊이 생각하고 있었음에 틀림없다.

우리가 사무실로 들어가자 흄이 호기심에 가득 찬 표정으로 말했다.

"레인 씨, 도우를 만나 보시고 어떻게 생각하셨습니까?"

"나는 이 거리를 가로질러 그 당당한 구치소로 갈 때까지는 도우가 억울한 죄를 뒤집어쓰고 있다고 믿고 있었을 뿐이었습니다만, 지금으로서는 도우가 무죄라는 것을 확실히 알았습니다." 노신사가 부드럽게 말했다. 흄이 놀라며 눈썹을 치켜올렸다.

"놀랍군요. 처음에는 샘 아가씨가 그랬고 그 다음에는 경감님이 그러셨습니다. 그런데 이번에는 당신이로군요, 레인 씨. 나에게는 무서운 강적들이십니다. 대체 어째서 도우가 억울한 죄를 뒤집어쓰고 있다고 생각하시는지 듣고 싶습니다."

레인씨가 말했다.

"그렇다면 페이션스 양, 당신은 아직 흄 씨에게 그 논리학 강의를 하지 않았군요?"

"홈 씨가 들으려 하지 않았기 때문이에요." 나는 불평했다.

"홈 씨, 당신이 지금 모든 것을 받아들일 수 있다면 조금만 더 그 상태를 유지해 주십시오. 이 사건에 대해 당신이 알고 있는 것은 모두 잊어 버리십시오. 그러면 어째서 우리 세 사람이 모두 에얼론 도우가 억울한 죄를 쓰고 있다고 생각하는지 샘 양이 설명해 줄 겁니다."

그리하여 나는 불과 사흘 동안 이로써 세 번째로 다시 한 번 홈을 위해 나의 이론을 설명해 주었다. 나는 카마이클의 증언도 이름을 밝히지 않고 홈에게 이야기했다. 홈은 예절바르게 앉아 진지하게 나의 이야기를 듣고 있었다. 뿐만 아니라 자화자찬일는지는 모르겠으나 여러 번 눈을 반짝이며 찬양하듯 고개를 끄덕였다. 그러나 나의 이야기가 끝나자 그는 고개를 저으며 말했다.

"샘 양, 여자로서는 참으로 훌륭한 이론이십니다. 아니, 남자도 도저히 따르지 못할 겁니다. 그러나 나에게는 그 이론도 맥을 못 춥니다. 첫째로 배심원은 아무도 그런 분석을 믿지 않습니다. 비록 그들이 그 분석을 이해했다 하더라도 말입니다. 둘째로 그 이론에는 중대한 결함이 몇 개 있군요."

"결함이라고요?" 레인 씨가 의아한 표정을 지었다. "그야 물론 셰익스피어도 그 14행시에서 말했듯이 장미에는 가시가 있고 은처럼 반짝이는 샘에도 진흙이 있으며 모든 사람에게는 결점이 있다고 했습니다. 하지만 홈 씨, 해명할 수 있을지 없을지는 모르겠습니다만 그 결함을 하나하나 지적해 주시겠습니까. 어떤 것이지요?"

"그럼, 먼저 오른발을 쓰는 것과 왼발을 쓰는 것에 대한 그 믿기 어려운 이론을 살펴봅시다. 오른쪽 눈과 오른팔을 잃은 사람은 마침내 발도 왼발을 쓰게 된다고 절대로 단정할 수는 없습니다. 그런 것은 의학적으로 보아도 의심스럽습니다. 그리고 그 이론이 성립되지 않으면 샘 양의 이론 전체가 무너지고 맙니다, 레인 씨."

"그것 봐라, 내 말이 맞지." 아버지는 두 손을 들어 절망적인 몸짓을 하며 말했다.

"그 이론이 성립되지 않는다고요? 천만에요, 그 이론이야말로 내가 절대적으로 확실하다고 생각하고 있는 이론이랍니다." 노신사가 말했다. 흄은 싱글거렸다.

"레인 씨, 설마 제 정신으로 그런 말을 하시는 것은 아니겠지요, 비록 일반론으로서는 진실이라 하더라도……."

"잊으셨나요, 우리가 지금 막 도우를 만나고 왔다는 것을?" 하고 레인 씨는 나직이 말했다.

지방검사는 대뜸 말을 막았다.

"그렇습니까? 그럼, 당신들은……?"

"흄 씨, 우리는 전부터 일반론을 주장하고 있었습니다. 다시 말해서 도우와 같은 경력을 가진 사람은 오른발잡이였으나 왼발을 쓰게 되게 될 것이라는 이론 말입니다. 하지만 말씀대로 원리만 가지고 하나 하나의 경우를 설명 할 수는 없습니다." 레인 씨는 조금 미소지으며 말을 끊었다. "그래서 우리는 그 특정한 경우를 증명하였던 것입니다. 그것이 우리가 리즈에 온 첫째 목적입니다. 즉 에얼론 도우는 무의식적으로 행동할 경우 오른발이 아니라 왼발을 쓴다는 것을 실증하기 위해서요."

"그래, 도우는 왼발을 썼습니까?"

"그렇습니다. 나는 그에게 연필을 던졌지요, 그러자 그는 그것을 피하기 위해 왼손을 들어 얼굴을 가렸습니다. 그 다음에 그 연필로 나를 찔러 보라고 하였더니 그는 역시 왼손으로 나를 찌르려 했습니다. 여기까지는 그가 지금은 왼손잡이가 되어 버려서 오른 손은 전혀 쓰지 않는 것을 확인하기 위해서였습니다. 그 다음에 내가 종

이에 불을 붙였더니 그는 엉겁결에 그 불을 왼발로 뭉개 버리더군
요. 홈 씨, 이것은 실제로 틀림없는 증거가 되겠지요?"

지방검사는 입을 꾹 다물고 있었다. 마음속으로 그 문제와 싸우고
있는 것이리라. 그것도 매우 괴로운 싸움임에 틀림없을 것이다. 그의
눈썹 사이에 깊은 주름이 잡혔다.

"조금 더 생각해 보아야겠습니다. 믿을 수가 없군요. 나에게는 그
런 것이 아무런 증거가 되지 않습니다. 너무나도 우연적인 것 같아
서요. 그가 억울한 죄를 뒤집어 쓰고 있다는 것을 증명하기에는…
…그렇지, 구체성이 모자랍니다."

그는 낮은 목소리로 말했다. 노신사의 눈은 얼어붙은 듯 차가웠다.

"홈 씨, 우리의 법률제도는 피고의 유죄가 증명 될 때까지 피고는
무죄의 인간으로서 다루어지게 되어 있겠지요? 무죄가 증명 될 때
까지 유죄로서 다루어지는 것은 아니겠지요?"

"홈 씨." 나도 더 이상 참을 수 없어 노여움을 터뜨렸다. "나는 당
신을 훨씬 더 정직한 분으로 생각하고 있었어요!"

"패티!" 아버지가 조용히 나무랐다. 홈의 얼굴이 빨개졌다.

"조금 더 생각해 보기로 하지요. 그럼, 실례하겠습니다. 일이 산더
미처럼 밀려 있어서요……."

우리는 어색하게 작별을 하고 말없이 거리로 나왔다. 우리가 자동
차에 올라타 도로미오가 차를 몰기 시작하자 아버지가 화를 내며 말
했다.

"지금까지 고집스러운 돌대가리를 여러 사람 만났지만 저런 사람은
처음이야."

레인 씨는 도로미오의 붉은 목덜미를 바라보며 골똘히 생각에 잠겨
있었다.

"페이션스 양, 아무래도 실패한 것 같습니다. 당신의 노력도 모두

허사가 되었군요？” 하고 레인 씨는 슬픈 어조로 말했다.

“그게 무슨 말씀이지요？” 나는 불안을 느끼며 물었다.

“젊은 휼의 불타는 출세욕이 정의감을 짓누르지나 않을까 하고 걱정스러워서 그렇습니다. 그리고 아까 휼 씨와 이야기하다가 언뜻 생각났습니다만, 우리는 중대한 실수를 한 것 같습니다. 휼이 자기 고집을 끝까지 내세운다면 문제없이 우리를 쓰러뜨릴 수가 있습니다.”

“실수라니요？” 나는 깜짝 놀라며 외쳤다. “당신은 진심으로 그렇게 말씀하시는 거예요？ 대체 우리가 무슨 실수를 했단 말인가요？”

“우리가 아닙니다. 내가 실수를 했단 말입니다. 도우의 변호사는 누구입니까？ 아니면 그에게는 변호사가 없나요？”

“마크 캘리어라는 이 고장 변호사입니다. 클레이가 오늘 그에게 대해 이야기해 주더군요. 어째서 그가 이 사건을 맡았는지는 모르겠습니다. 도우가 유죄임을 믿고 어딘가에 5만 달러를 숨겨 두고 있다고 생각한다면 결코 이 사건을 맡을 리가 없는데 말입니다” 하고 아버지가 말했다.

“그의 사무실은 어디 있습니까？”

“재판소 바로 옆의 스코할리 빌딩에 있습니다.”

레인 씨는 운전대 뒤의 칸막이 유리를 두드렸다.

“도로미오, 차를 돌려서 거리로 다시 나가자. 재판소 바로 옆 건물이야.”

마크 캘리어는 매우 뚱뚱하고 머리가 훌렁 벗어진 빈틈없어 보이는 중년 신사였다. 우리가 들어섰을 때에도 그는 일을 하는 척 하지도 않았다. 타트 씨(미국의 탐정소설가 아더 트레인의 소설에 나오는 명탐정)를 조금 작게 만든 듯한 모습이었고 회전의자에 앉아 다리를 책상 위에 얹은 채 자기만큼이나 굵은 여송연을 입에 물고는 벽에 걸려 있는 윌리엄 블랙스턴 경(영국의 저명한 법률학자)의 더러워진 초상 화를 물끄러미 바라보고 있었다. 우리가 자기 소개를 하자 그는 졸린 듯한 목소리로 말했다.

"아아, 네. 나도 뵙고 싶다고 생각하고 있던 참이었습니다, 흄의 이야기로는 샘 양, 당신이 도우 사건에 대해 무언가 중대한 사실을 파악하고 계시다고요."

"흄 씨가 언제 그런 말을 하던가요?" 하고 레인 씨가 날카롭게 물었다.

"지금 막 전화로 알려주더군요. 친절하지요?" 캘리어는 그 날카로운 작은 눈으로 우리를 보며 말했다. "나에게도 가르쳐 주지 않으시겠습니까? 이 사건을 성공시키려면 어떤 원조든지 다 필요하니까요."

"잠깐만, 캘리어 씨." 아버지가 말했다. "당신에 대하여 우리는 아무 것도 모릅니다. 어째서 이 사건을 맡으셨습니까?"

변호사는 뚱뚱한 부엉이 같은 미소를 띠었다.

"묘한 질문을 하시는군요, 경감님. 당신이야말로 어째서 그런 것을 물으십니까?"

두 사람은 온화한 미소를 띠며 서로를 바라보고 있었다.

"뭐, 그저." 아버지가 마침내 어깨를 움츠리며 말했다. "하지만 이것만은 가르쳐 주십시오. 즉 이 사건을 맡으신 것은 다만 경험을 쌓기 위해서인지, 아니면 정말로 도우가 억울한 죄를 쓰고 있다고 믿고 있기 때문인지 말입니다."

캘리어는 천천히 말했다.

"그에게 범죄 혐의가 짙은 것만은 사실입니다"

우리는 서로 얼굴을 마주 쳐다보았다.

"패티, 설명해 드려라." 아버지는 우울한 목소리로 말했다. 그래서 나는 이미 백 번도 더 되풀이한 듯 진절머리가 났으나 하는 수 없이 다시 한 번 사실의 분석을 되풀이했다. 마크 캘리어는 눈을 깜박거리지도 않고, 고개를 끄덕이지도 않고, 미소도 짓지 않은 채 조용히 듣고 있었다. 마치 나의 이야기에는 관심이 없는 듯 했다. 마침내 나의 이야기가 끝나자 그는 고개를 옆으로 저었다, 존 홈처럼.

"훌륭합니다. 하지만 사람을 보고 설교를 하셔야지요, 샘 양. 그런 동화같은 이야기를 이 고장의 시골뜨기 배심원들이 납득할 것 같습니까?"

"그것을 납득시키는 것이 변호사로서의 의무가 아닙니까?" 하고 아버지가 대들 듯이 말했다.

"캘리어 씨, 배심원 문제는 잠시 제쳐놓고 당신 자신은 어떻게 생각하십니까?" 노신사가 온화하게 물었다.

"내가 어떻게 생각하건 그것은 문제가 아닙니다, 레인 씨." 그는 군함의 연막 같은 담배 연기를 혹 뿜어냈다. "물론 나는 최선을 다합니다. 하지만 당신이 오늘 도우의 감방에서 하신 그 연기가 그 사나이의 목숨을 앗을지도 모른다는 사실을 생각해 보지 않으셨습니까?"

"너무 심한 말씀을 하시는군요, 캘리어 씨. 그것은 무슨 뜻이지요?" 하고 내가 말하며 레인 씨를 보자 그는 의자에 앉은 채 눈에 짙은 고민의 빛을 띠고 있었다.

"당신들의 행동은 바로 검사가 바라고 있던 것입니다. 증인의 입회 없이 피고를 시험해 보다니 너무 분별이 없으셨습니다." 캘리어는 설명했다.

"어머나, 우리들은 증인이 아닌가요?" 나는 외쳤다.

아버지는 고개를 저었고 캘리어는 미소를 지었다.

"흄은 당신들 세 사람이 어떤 선입관에 사로잡혀 있다고 쉽사리 설명 할 수 있을 것입니다. 당신들은 도우가 억울한 죄를 쓰고 있다고 함부로 거리에다 퍼뜨리고 있으니까요."

"요점을 말씀해 보십시오!" 아버지가 화를 내며 소리쳤다. 레인 씨는 더욱 더 의자에 깊숙이 앉았다.

"좋습니다, 말씀드리지요. 당신들이 취한 행동이 당신들을 어떤 곤경에 빠뜨렸는지 아십니까? 흄은 당신들이 법정에서 할 연극을 도우에게 연습시키고 있다고 틀림없이 말할 겁니다."

그 구치소의 수위 녀석이다, 하고 나는 생각했다. 그제야 비로소 나의 예감이 사실에 기인하고 있음을 알았다. 나는 레인 씨에게서 눈길을 떼었다. 레인 씨는 보기에도 딱할만큼 풀이 죽어 꼼짝하지 않고 앉아 있었던 것이다.

"내가 염려하고 있던 대로입니다." 이윽고 레인 씨가 말했다. "흄의 사무실에 있을 때 비로소 생각이 미쳤습니다. 나의 실수였지요. 그런 실수를 저질러 참으로 변명할 여지가 없습니다." 그의 놀랄 만큼 맑던 눈동자가 지금 흐려져 있었다. 그러나 레인 씨는 선뜻 말했다. "좋습니다, 캘리어 씨. 이런 파국을 가져오게 한 것은 내가 어리석었기 때문이니까 내가 할 수 있는 오직 하나의 방법으로, 즉 돈으로 보상하겠습니다. 당신의 변호료는 얼마입니까?"

캘리어는 눈을 깜박거리며 천천히 말했다.

"내가 이 사건을 맡은 것은 그 가엾은 사나이에게 동정을 하고 있는 때문이며……."

"그러시겠지요. 하지만 당신의 변호료를 말씀해 주십시오. 돈이 있으면 당신의 영웅적인 의협심에도 큰 힘이 보태어질 것입니다."

노신사는 주머니에서 수표철을 꺼내어 만년필을 들었다. 한순간 아버지의 무거운 숨소리만이 들려 올 뿐이었다. 이윽고 캘리어는 천천히 두 손을 마주잡으며 기절할 만큼의 금액을 말했다. 아버지도 어이가 없어 입을 떡 벌렸다. 그러나 레인 씨는 잠자코 수표에 액수를 적고 나서 그것을 변호사 앞에 놓았다.

"돈을 아끼지 말고 일해 주십시오. 계산은 내가 할 테니까요."

캘리어는 빙그레 웃으며 책상 위에 놓여 있는 수표를 흘긋 곁눈질해 보고서 통통하게 살찐 콧구멍을 조금 떨었다.

"레인 씨, 그만한 변호료를 받으면 어떤 흉악범이라도 변호할 수 있습니다."

그는 자기처럼 뚱뚱한 지갑 속에 그 수표를 정성스레 집어넣었다.

재판

    그 뒤 며칠 동안 나는 차라리 죽는 편이 낫겠다고 생각하며 망령처럼 클레이 저택 안을 서성거리고 있었다. 젤레미로서도 나와 함께 있는 것이 우울했으리라. 나는 주위 사람들의 움직임에 아무런 관심도 갖지 않게 되었다. 아버지는 늘 레인 씨와 행동을 같이 하며 마크 캘리어와 거듭 상의했다. 에얼론 도우의 재판 날짜가 결정되자 노신사는 그 결정에 대비하기 위해 온 힘을 기울이고 있는 듯했다. 나와 두세 번 만났을 때에도 그는 입을 꼭 다물고 별로 말을 하지 않았다. 그는 바닥이 날 줄 모르는 그의 자력(資力)을 마크 캘리어에게 쏟고 있는 것 같았다. 그는 온 리즈를 이리저리 뛰어다니며 법정에서 피고를 실험할 때 도움 주기로 되어 있는 그 고장의 의사들과 상의했다. 그리고 거의 성공하지는 못했으나 지방검사 사무실을 덮고 있는 침묵의 장막을 꿰뚫고 적의 동태를 알아내려고도 했다. 그리고 마침내는 뉴욕으로 전보를 쳐서 자기의 주치의 마르티니 박사에게 재판을 위해 북부로 와달라고 했다. 레인 씨와 아버지에게는 이렇듯 할 일이 있었으나 아무 일도 하지 않고 기다리고 있어야만 했던 나는 참으로 괴로

왔다. 나는 여러 번 에얼론 도우를 만나 보려고 애썼으나 쇠창살이 굳게 닫혀 있어 구치소의 대합실 저쪽으로는 갈 수가 없었다. 캘리어와 함께라면 도우를 만날 수도 있었다. 캘리어는 물론 피고와 만날 수 있는 것이다. 그러나 나는 어쩐지 그렇게 하고 싶지 않았다. 이 리즈의 변호사에 대하여 어쩐지 처음부터 호감을 가질 수가 없었다. 캘리어와 함께 가서 그 피고를 만난다는 것은 아무래도 마음이 내키지 않았다. 이리하여 시간은 느릿느릿 지나갔고, 마침내 그날이 왔다. 그리고 신문사의 특파원, 거리의 군중, 신문팔이 소년들, 호텔에 넘치도록 묵고 있던 손님들, 흥분한 시민들이 큰 구경거리라도 보는 듯한 기분으로 법석을 떠는 가운데 재판이 시작되었다. 처음부터 공판은 극적인 가락을 띠고 있었고 차츰 진행됨에 따라 변호인 측과 검사 측이 예상 외로 심한 공방전을 벌여 도우는 오히려 피고석에서 보호를 받고 있는 듯한 느낌마저 들었다. 조금은 양심의 가책을 받았는지 아니면 확고한 자신이 없었기 때문인지 흄은 스스로 나서지 않고 자기 부하인 차석 검사 스이트를 제일선에 내세웠다. 스이트와 캘리어는 재판장석 앞에 자리를 차지하자마자 마치 늑대처럼 서로의 숨통을 물어뜯기 시작했다. 그러나 또한 이 재판이 얼마나 승리의 가능성이 없는 것인지 나는 처음부터 알았다. 배심원 명부에서 배심원이 선출될 때마다 캘리어는 거의 기계처럼 어김없이 반대하여 결국 배심원 선출에 만 사흘이 걸렸다. 그 지루한 수속이 이루어지는 동안 나는 피고 석에 앉아 있는 비참하고 몸집이 작은 노인에게서 애써 눈길을 돌리고 있었다. 그는 재판관을 뚫어지게 바라보고 스이트와 그 한패를 증오에 가득 찬 눈길로 노려보면서 무언가 혼자 중얼거렸고 2, 3분마다 두리번거리며 누군가 자기에게 친절을 베풀어 주는 사람이 없나 하고 찾는 것 같았다.

우리는 신문기자석 바로 뒤의 적당한 자리에 한 덩어리가 되어 앉아 있었다. 엘러이휴 클레이 씨도 우리와 함께 있었다. 그리고 통로 저쪽 좌석엔 아일라 포어세트 박사가 앉아 짧은 턱수염을 어루만지며 공중의 동정을 얻기 위해 크게 한숨을 쉬고 있었다. 또 그 뒷자리에는 화니 카이저의 남자 같은 모습도 보였다. 그녀는 남의 눈을 끄는 것이 두렵기라도 한 듯 꼼짝하지 않고 조용히 앉아 있었다. 뮤어 신부는 마그너스 소장과 함께 뒷좌석 한구석에 앉아 있었고 왼쪽 조금 떨어진 곳에 앉은 카마이클의 모습도 눈에 들어왔다.

변호인측과 검사측이 모두 동의한 최후의 배심원이 선출되어 선서를 끝마치고 배심원석에 앉자 우리는 마음을 가라앉히고 재판의 진행을 지켜보았다. 우리는 오래 기다릴 필요도 없었다. 차석 검사 스이트가 상황 증거의 그물을 피고의 주위에 펼치기 시작했을 때 우리는 재판의 방향이 어느 쪽으로 기울어지는지 알았다. 범죄의 표면적인 사실을 확인하기 위해 몇 명의 증인이 불려나왔으며 케니온, 블르 박사, 그 밖의 증인들의 판에 박은 듯한 증언이 끝나자 카마이클이 증언대에 불려나왔다. 카마이클은 침울하고도 공손한 태도로 증언대에 앉았으므로 스이트는 다루기 쉽다고 생각한 모양이었다. 그러나 곧 카마이클이 다루기 쉽기는커녕 상당히 만만치 않은 증인이라는 것이 드러났다. 내가 뒤돌아보았더니 포어세트 박사가 쓰디쓴 얼굴을 하고 있었다. '비서' 카마이클은 나무랄 데 없이 자기의 임무를 다하여 거침없이 자기가 알고 있는 사실을 증언했다. 그는 스이트에게 좀더 뚜렷한 말로 질문해 달라고 되풀이하여 여러 번 요청하였으므로 본격적인 재판이 시작되기 전에 벌써 스이트는 신경이 몹시 지치고 말았다 ……나무 상자의 일부와 '에얼론 도우'라고 연필로 서명한 편지가 증거물로 제출된 것도 카마이클이 증언대에서 증언하고 있을 때였다. 그 다음 마그너스 소장이 증언대에 올라갔는데, 포어세트 상원의원이 알곤킨 형무소를 방문한 사건에 대해 증언하라는 요청을 받았다. 이 증언의 대부분은 마크 캘리어의 심한 반대를 만나 기록에서 삭제되었으나, 이 삭제된 부분은 삭제 당하지 않고 기록된 부분과 마찬가지로 배심원들의 마음에 깊은 인상을 심어 주었음에 틀림이 없었다. 배심원은 거의 머리가 희끗희끗한 부유한 농장주이거나 이 고장의 상인들이었다. 이런 지긋지긋한 수속은 며칠 동안이나 계속되었다. 그리고 스이트가 논고를 끝마쳤을 때에는 피고의 유죄를 증명하고자 하는 검사 측 임무가 너무나도 멋들어지게 완수되었음을 알았다. 전체의 분위기에서, 신문기자들의 끄덕임에서, 배심원들의 불안한 듯이 긴장된 표정에서 나는 느낄 수 있었다.

마크 캘리어는 이러한 패배의 분위기에도 동요의 빛을 보이지 않았다. 그는 매우 침착하게 일을 계속했다. 나는 그가 어떤 작전 계획을 세우고 있는지 대뜸 알았다. 그와 아버지와 레인 씨는 미리 의논한 끝에 변호를 잘할 수 있는 오직 하나의 방법은 우리 이론의 근거가 되어 있는 증언상의 사실을 아무런 술책도 쓰지 않고 그대로 제출하여 배심원들에게 그 본질적인 결론을 펼쳐 보이는 일이라고 판단하고 있었다. 이 리즈의 변호사는 우리 이론의 토대가 될 돌을 하나하나 깔아 나갔다. 그는 카마이클을 증언대에 불러냈다. 카마이클은 여기서 비로소 살인이 일어났던 날 밤 현관문을 지켜보고 있었다는 사실, 이상한 복면의 사나이가 찾아온 사실, 살인이 이루어진 시각에는 오직 한 사람만이 저택을 드나들었다는 사실을 증언했다. 스이트는 카마이클의 증언에서 트집을 잡으려고 심술궂은 반대 신문을 했다. 카마이클이 정체를 드러내야만 할 판국에 이르는 것이 아닌가 하고 나는 가슴 죄며 듣고 있었다. 그러나 카마이클은 냉정하게 자기는 비서로서의 지위를 잃는 것이 두려워서 지금까지 이 증언을 하지 않았다고 해명하여 죽은 포어세트 상원의원을 염탐하는 자기의 본디 사명을 교묘하게 감추었다. 나는 포어세트 박사를 훔쳐보았다. 박사의 얼굴은 소나기구름처럼 험악했다. 나는 정부를 위한 카마이클의 비밀 조사가 곧 중단될 운명에 놓였음을 알았다.

꺼림칙한 연극 같은 재판은 계속되었다. 블르 박사, 케니온, 아버지, 이 고장의 경찰관……나의 이론이 근거를 두고 있는 사실들이 조금씩 뚜렷해지기 시작했다. 그리고 캘리어는 이러한 사실을 자연스럽게 기록시킨 다음 마침내 에얼론 도우를 증언대로 불러냈다. 그는 보기에도 처참한 모습이었다. 거의 죽어 갈 듯이 겁을 먹고 입술을 핥으며 들릴락말락한 낮은 목소리로 선서한 다음 증인석에 웅크리고 앉아 그 애꾸눈을 두리번거렸다. 캘리어는 신문을 하기 시작했다. 나는 도우가 미리부터 연습을 했다는 것을 곧 알았다. 신문과 응답은 10년 전의 사고에 대한 것만으로 한정되어 차석 검사가 반대 심문에서 이 사건에 대한 불리한 증언을 피고로부터 끌어낼 만한 실마리를 주지 않도록 계획되어 있었던 것이다. 캘리어가 무언가 질문 할 때마다 스이트는 소리 높여 이의를 신청했다. 그러나 캘리어는 침착한 목소리로 이러한 질문은 변호인측에서 변호 계획을 짜기 위해 필요한 것이라고 말했으므로 스이트의 이의는 재판장에 의해 물리쳐졌다.

"재판장 및 배심원 여러분, 나는 포어세트 상원의원을 살해한 사람은 오른손잡이인데 피고는 왼손잡이라는 것을 여기서 입증하고자 합니다" 하고 캘리어는 침착한 목소리로 말했다. 승리냐 패배냐는 오직 이 한 점에 걸려 있었다. 배심원들은 우리 쪽 전문의들의 의견을 받아들일 것인가? 스이트는 반박할 준비가 되어 있을까? 나는 그의 혈색 나쁜 얼굴을 보았다. 그 순간 나는 절망했다. 스이트는 마치 사냥감을 노리는 사냥꾼처럼 캘리어의 이 말을 기다리고 있었다……

모든 것이 끝나고 싸움의 연기도 사라졌을 때 나는 멍청히 앉아 있었다. 우리의 전문의! 그들은 모든 것을 분간할 수 없게 만들어 버리고 말았다. 레인 씨의 주치의인 유명한 임상의학자마저 배심원들을 납득시키지 못했다. 왜냐하면 스이트 역시 전문의들을 내세웠는데 이 전문의들은 오른손잡이가 왼손잡이로 변했을 경우 다리도 역시 왼쪽을 쓰게 된다는 이론에 의문을 품게끔 하는 의견을 폈던 것이다. 그리고 잇달아 전문의들이 증언대에 올라갔으나 결국은 이쪽 의견을 관철시키지 못했다. 한 사람이 증언을 하면 그 뒤에 증언대로 나간 사람이 부정하는 지루한 되풀이가 계속될 뿐이었다. 가엾게도 배심원들은 누구의 의견이 옳은지 알 수 없게 되어 버렸다. 일격, 또 일격, 철퇴는 내리쳐졌다. 마크 캘리어가 우리의 추리를 주의 깊게, 또한 간결하게 설명한 것은 참으로 훌륭한 솜씨였다. 그러나 스이트의 반박은 그것을 그 자리에서 뭉개 버렸다. 절망한 캘리어는 레인 씨, 나, 그리고 아버지를 증언대로 불러내어 도우 독방에서 행해졌던 실험에 대한 우리들의 증언에 의해 전문의들의 의견이 실패에 그쳤다는 점을 입증하려고 했다. 스이트는 이 점에 대하여도 역시 모든 준비를 갖추고 기다리고 있었다. 그는 우리에게 거친 어조로 반대 심문을 했다. 그는 우리의 증언을 갈기갈기 찢어 놓은 다음 다시금 검사측 논고를 펼 허가를 얻어 또 한 사람의 증인을 내세웠다. 구치소의 그 인상 나쁜 수위였다. 그는 우리가 도우에게 발의 동작에 관하여 미리 연습을 시켰다고 단언했다. 캘리어는 숱이 적은 머리털을 움켜쥐고 날카로운 목소리로 반박하여 거의 스이트를 물어뜯을 듯한 기세였다. 그러나 타격은 이미 돌이킬 수 없을 만큼 큰 것이었다. 배심원들은 스이트의 논고가 진실이라고 믿으며 의자에 등을 기댔다……

재판 마지막 날 캘리어가 총괄변론을 하고 있을 때 우리의 패배가 결정적임을 알았다. 캘리어는 용감하게 싸우다 패배했으며 또한 스스로의 패배를 알고 있었다. 그런데도 불구하고 그는 씩씩한 의기를 보여 주었다. 그는 그 나름대로 절조를 지키고 있었던 것이다. 그리고 그러한 거액의 변호료를 받았으니 최선을 다하기로 결심한 모양이었다.

"나는 여러분에게 말씀드리고 싶습니다." 그는 성가시다고 생각하며 별로 듣고 싶어하지 않는 배심원들을 향해 큰 소리로 말했다. "만일 여러분이 이 사나이를 전기의자에 앉힌다면 여러분은 정의와 의학에 대해 최악의 타격을 가하는 결과가 될 겁니다! 표면적인 증거가 피고에게 아무리 불리하게 보이고 검사측이 제아무리 교활하게 이 변호에는 서로 짜고 미리 연습을 했다는 관념을 여러분 마음에 심어 주었다 하더라도, 여러분이 이 가엾고 불행한 사나이를, 그가 생리적으로 도저히 범할 수 없었던 범죄 때문에 전기의자에 앉혀 죽게 한다면 여러분의 양심은 부끄러움을 느끼지 않을 수 없을 것입니다."

배심원들은 여섯 시간 반 동안이나 토론한 끝에 기소된 범죄에 대하여 에얼론 도우는 유죄라고 판정지었다. 몇 가지 증거에 의문이 있음을 감안하여 배심원들은 재판장에게 형벌을 참작해 주기 바란다고 권고했다. 그리고 열흘 뒤, 에얼론 도우는 종신형을 선고받았던 것이다.

여파

마크 캘리어는 상고(上告)했으나 기각되었다. 에얼론 도우는 늠름한 체격의 대리 치안관에 의해 수갑이 채워져 법적으로 죽을 때까지 끝나지 않는 형벌을 받기 위해 알곤킨 형무소로 보내졌다. 우리는 뮤어 신부를 통해 대체적인 보고를 받고 있었다. 도우는 알곤킨에서 다시 복역을 하게 되었으나 그는 관례대로 하나에서 열까지 신입자와 똑같은 취급을 받았다. 전에 한 번 복역한 일이 있는데도 불구하고 또다시 그 지긋지긋한 형무소 규정의 온 과정을 밟아야만 하는 것이었다. 그리하여 얼마쯤이나마 명예를 회복하고 그 비참한 '특권'을 얻어서 자기의 복역 성적과 간수 동정에만 의지하며 그 구제 받을 길 없는 사람들의 냉혹한 사회에서 유익한 사람이 되고자 노력해야만 했다.

며칠이 지나고 몇 주일이 지나갔다. 그러나 도르리 레인 씨의 얼굴에 새겨진 침통한 고뇌의 표정은 조금도 밝아지지 않았다. 나는 그의 끈질김에 놀랐다. 그는 햄릿 장으로 돌아가려 하지 않고 고집스럽게 뮤어 신부 댁에 머물러 있었다. 낮에는 그 집의 작은 뜰에서 일광욕을 했고 밤에는 이따금 뮤어 신부며 마그너스 소장과 무릎을 맞대고 의논했다. 이러한 밤에는 마그너스 소장이 대답해 주는 한 언제까지나 에얼론 도우에 대해 질문하는 것이었다. 노신사는 무언가 일어나기를 기다리고 있는 것이었다. 나는 그것을 벌써부터 알고 있었다. 그러나 그가 정말로 희망을 품고 있는지, 아니면 죄수에 대해 너무나 미안하다는 감정 때문에 리즈에 머물러 있을 뿐인지 나로서는 정확히 판단할 수가 없었다. 어쨌든 우리는 레인 씨를 저버릴 수가 없었다. 아버지와 나도 계속 리즈에 머물러 있었다.

사건과 그다지 관계없는 일이 잇달아 일어나고 있었다. 포어세트 상원의원이 죽었고, 반대파 심문이 포어세트 일당의 부정 이득에 대하여 거의 모조리 폭로했으므로 포어세트 박사의 정치적 지위는 위험하게 되었다. 존 흄은 포어세트 살해 사건에 얼마쯤 석연치 않은 점이 있긴 해도 일단 자기의 승리로 끝났으므로 이번에는 상원의원으로 진출하기 위해 정면으로 공격을 시작했다. 고 포어세트 상원의원의 인물이며 업적에 대한 꺼림칙한 소문이 온 거리에 퍼지지 시작했다. 매일같이 새로운 내용의 소문이 퍼졌다. 흄이 포어세트 살해 사건을 조사하다가 입수한 추악한 정보를 선거인들 사이에 퍼뜨리고 있는 것임에 틀림없었다. 그리고 그것은 적에게 상당히 심한 타격을 주었다. 그러나 포어세트 박사는 그리 쉽사리 패배를 인정할 인물이 아니었다. 그의 성공의 비결이었던 선척적으로 이어받은 정치적 재능은 그가 흄을 향해 취한 반격에 잘 나타나 있었다. 생각이 얕고 덮어놓고 만용을 부리는 정치가라면 흄의 심한 비난에 대하여 마구 더러운 욕을 퍼부음으로써 응수했을 것이다. 그러나 포어세트 박사는 그렇지 않았다. 그는 온갖 험담에 대하여 위엄 있는 침묵을 지켰다. 그의 유일한 답변은 상원의원 후보로 엘러이휴 클레이 씨를 내세우는 일이었다. 그러한 박사의 의도를 우리가 처음 안 것은 어느 날 밤 그가 클레이 저택으로 와서 엘러이휴 클레이 씨와 밀담을 하고 난 다음이었다. 그들은 단둘이 별실에 들어가 두 시간이나 이야기했다. 이윽고 두 사람이 별실에서 나와 포어세트 박사가 여느 때와 마찬가지로 온화하고도 남의 비위를 잘 맞추는 태도로 인사하고 가 버리자 엘러이휴 클레이 씨는 얼굴을 찌푸렸으나 느긋한 표정이었다.

"당신들은 추측할 수 없으시겠지요. 저 사람이 오늘 무슨 용건 때문에 왔는지 짐작하실 수 없을 겁니다." 클레이 씨는 자기로서도 놀랍다는 듯한 어조로 말했다. 이따금 날카로운 통찰력을 보이는 아버지가 여유 있는 목소리로 말했다.

"당신에게 자기 정치상의 들러리 후보로 나서 달라고 말했겠지요?"

클레이 씨는 눈을 크게 떴다.

"어떻게 아셨습니까?"

"그런 것쯤은 곧 알 수 있지요. 그처럼 간교한 침략자가 생각하는 것이란 어차피 그런 게 아니겠습니까? 그래, 어떻게 해 달라고 말하던가요?" 아버지는 퉁명스럽게 말했다.

"이번 상원의원 선거에서 그의 당 후보자로 나서 달라는 것입니다."

"그렇다면 나서 보시지요."

우리는 모두 아버지의 얼굴을 보았다.

"당연하지 않습니까." 아버지는 여송연을 씹으며 껄껄 웃었다. "독은 독으로 다스리는 것입니다, 클레이 씨. 그의 계획은 바로 우리가 바라고 있던 바입니다. 아무쪼록 입후보를 받아들이십시오!"

"하지만 경감님……?" 어이없다는 듯 젤레미가 말했다.

"자네는 좀 잠자코 있게. 아버지가 상원의원으로 당선되면 기쁠 텐데 뭘 그러나? 그래서 말입니다만, 클레이 씨, 이미 당신도 아시겠지만 이런 식으로 먼 발치에서 들쑤시고 있어 보아야 그 악당 녀석은 손을 들지 않습니다. 이쯤에서 그의 제안을 받아들여 손을 맞잡고 한 패가 되는 겁니다. 아시겠습니까? 그렇게 하면 증거가 될 만한 어떤 서류를 손에 넣을 수 있을는지도 모르지요. 그런 간교한 패들도 일이 지나치게 잘되면 마음을 놓아 이따금 실수를 하는 수가 있으니까요. 그리고 선거전에 어떤 증거를 잡을 수 있다면 막판에 가서 입후보를 취소하고 당신 후원자의 악행을 폭로하여 꼼짝 못하게 하면 좋지 않겠습니까?" 아버지는 싱글거리며 말했다.

"나는 그런 것이 싫은데요." 젤레미가 혼잣말처럼 말했다.

"글쎄요, 어떨는지요. 너무 비겁한 방법이라는 생각이 드는군요, 나로서는." 클레이 씨도 불안한 듯 눈살을 찌푸리며 말했다.

"물론 그러기 위해서는 용기가 필요합니다" 하고 아버지는 꿈을 꾸듯 말했다. "그러나 그들 일당의 부정을 폭로함으로써 당신은 당신 자신과 이 고장에 크나큰 행복을 가져다 주게 됩니다. 시민의 영웅이 되십시오."

"그렇군요. 그런 사고방식도 있군요, 경감님. 당신 말씀이 옳겠지요. 아니, 틀림없이 옳습니다. 좋습니다, 한번 해보지요. 지금 당장 포어세트에게 전화를 걸어 생각을 바꾸어 입후보하기로 했다고 말하겠습니다." 클레이 씨는 눈을 빛내며 말했다.

에얼론 도우의 재판과 판결의 직접적인 원인의 하나가 우리들 신변에까지 덮쳐왔다. 그때까지 우리는 카마이클과 계속 연락을 유지하고 있었다. 그리고 그는 포어세트 박사에 관한 우리에게 유익한 자료를 제공해 주고 있었다. 그러나 이 연방 정부의 관리가 지나치게 파고 들어간 탓인지, 아니면 포어세트 박사의 날카로운 눈이 그의 정체를 꿰뚫어본 탓인지, 또는 재판소에서 한 그의 증언이 고용주에게 의혹을 품게 한 탓인지, 아니면 이러한 세 가지 원인이 겹친 탓인지는 모르겠으나 어쨌든 카마이클은 느닷없이 해고당했다. 포어세트 박사는 해고하는 이유를 말하지 않았다. 카마이클은 어느 날 아침 가방을 들고 우울한 얼굴로 클레이 저택에 나타나 이제부터 워싱턴으로 돌아갈 참이라고 말했다.

 "일을 아직 절반 밖에 못했는데 말입니다." 그는 불만스럽게 말했다. "앞으로 2, 3주일만 더 있으면 그들 일당의 악행을 빠짐없이 밝혀 낼 수가 있었습니다. 지금으로서는 서류상의 증거가 충분하다고 할 수가 없습니다. 하지만 은행 예금의 귀중한 자료며 없애버린 영수증의 복사 사진이며 당신의 팔만큼이나 긴 거짓 예금자의 명단 등을 입수했지요."

 헤어질 때 카마이클은 이러한 조사 자료를 워싱턴의 상사에게 제출하면 연방 정부에서 틸덴 군의 정치 깡패 일당을 처벌하기 위해 필요한 법적 조치를 취할 것이라고 장담했다. 그가 가 버리자 아버지도 나도 지금으로서는 포어세트 박사가 승리했다고 느꼈다. 적의 아성(牙城)에서 우리의 스파이가 밀려나왔다는 것은 말하자면 보급로가 끊어진 것과도 같은 타격이었다. 나는 더할 나위 없는 우울한 기분으로 이 슬픈 정세에 대하여 곰곰이 생각했다. 아버지는 기분이 좋지 않았다. 엘러이휴 클레이 씨는 입후보와 선거 운동으로 매우 바빴다. 젤레미는 목숨이 달아나건 손발이 떨어져나가건 상관할 바 아니라는 듯이 아버지의 채석장에서 줄곧 다이너마이트를 폭발시키고 있었다. 그 즈음 어떤 생각이 언뜻 나의 머리에 떠올랐다. 카마이클이 가 버리고 없는 지금 누군가가 그의 역할을 대신 해야만 한다. 그걸 내가 맡아도 좋지 않겠는가! 생각하면 할수록 그것은 좋은 생각이라고 여겨졌다. 포어세트 박사는 아버지가 무엇 때문에 리즈에 와 있는지 이미 눈치챘을 것이다. 그러나 그가 본디 여자를 좋아한다는 사실과 나의 천진스러운 모습을 연결하여 볼 때 지금까지 많은 흉악한 악당들이 여자가 던진 먹이에 걸려들었듯이 그 역시 나의 유혹에 빠져드는 지도 모른다는 생각이 들었다. 그래서 나는 아버지에게는 비밀로 하며 이 턱수염의 신사와 친해지도록 애썼다. 내가 취한 첫 행동은 그와 거리에서 마주치는 것이었다. 물론 전적으로 우연히 만난 듯한 형식으로.

"여어, 샘 양 아닙니까?" 마치 미술품 감식가인 양 이리 저리 나를 뜯어보며 포어세트 박사는 말했다. 나는 이럴 때를 대비하여 여느 때보다 몸단장을 잘하여 나의 아름다운 점을 돋보이도록 미리 준비하고 있었다.

"정말 잘 만났습니다. 전부터 당신을 한 번 찾아가려고 생각하고 있었답니다."

"어머나, 정말이세요?" 나는 장난기 어린 투로 말했다.

"그럼요, 내가 조금 게으름을 피우고 있었지요. 이 좋은 기회에 그 보상을 해야겠군요. 이제부터 나와 함께 점심 식사를 하십시다, 아가씨." 그는 미소지으며 말하고 혀끝으로 입술을 핥았다. 나는 부끄러운 듯한 태도를 보였다.

"어머나, 포어세트 선생님, 강제적이시군요."

그는 눈을 번뜩이며 턱수염을 문질렀다.

"지금 당신이 생각하고 계시는 것보다 훨씬 더 강제적이랍니다." 고백하는 듯한 목소리로 속삭이듯 말하며 그는 나의 팔을 붙잡고 부드럽게 죄었다. "자아, 어서 내 차에 타십시오."

나는 할 수 없다는 듯이 한숨을 쉬었다. 그는 나의 손을 잡아 차에 태워 주었다. 그리고 내 뒤를 따라 서둘러 올라타며 그 인상 나쁜 운전사 루이스에게 눈을 찡긋해 보였다. 우리는 어느 여관 앞에서 내렸다. 몇 주일 전 아버지와 함께 카마이클을 만났던 그 여관이었다. 그곳 지배인은 나의 얼굴을 기억하는지 짐짓 아는 체하며 야비한 웃음을 띤 채 포어세트 박사와 나를 어떤 방으로 안내했다. 포어세트 박사는 틀림없이 온갖 수단으로 나를 유혹할 것이며 나는 목숨을 걸고서라도 정조를 지켜야 한다고 각오하고 있었는데 조금 맥이 빠져 버렸다. 그는 매우 점잖게 나를 접대했던 것이다. 차츰 나는 그를 다시 보게 되었다. 그는 깍듯이 예의를 지켰다. 고급 포도주가 곁들여진 깔끔한 점심 식사를 주문했고, 식탁을 사이에 두고 잠깐 나의 손을 잡았을 뿐 버릇없는 말을 끝내 한 마디도 하지 않은 채 그의 차로 나를 바래다주었다.

나는 바람기 있는 여자처럼 행동하며 시기를 기다리고 있었다. 그의 호색가다운 점을 나는 잘못 본 것이 아니었다. 과연 그로부터 며칠 지난 어느 날 밤 나를 연극 구경에 초대하겠다고 그가 전화를 걸어 왔다. 거리의 상설극장에서 〈칸디다(영국 극작가 버나드 쇼의 극)〉를 공연하고 있는데 틀림없이 재미있을 것이라고 말했다. 연극도 훌륭했고 동반자도 나무랄 데 없었다. 다른 사람들도 여럿이 함께 갔었는데 포어세트 박사는 마치 그림자처럼 내 옆에서 떠나지 않았다. 그리고 한참 뒤에 자연스러운 어조로 연극이 끝나면 모두 함께 자기 집에 가서 칵테일을 마시자고 말했다. 드디어 시작이로군 하고 나는 마음속으로 생각했다. 나는 난처한 듯한 표정을 지으며 그에게 말했다.

"가도 괜찮을까요? 나는⋯⋯."

포어세트 박사는 매우 유쾌하게 웃었다.

"염려 말아요, 아가씨. 아버지께서 절대로 뭐라고 하지 않으실 테니까."

나는 할 수 없다는 듯 한숨을 쉬며 어떤 대단히 나쁜 일을 하려는 순진한 여학생 같은 태도로 그의 제안을 받아들였다. 그러나 그날 밤 위험한 일이 없었던 것은 아니었다. 함께 갔던 여러 사람들은 도중에서 하나 둘 사라지고 이윽고 포어세트 박사의 웅장하고 침울한 집에 도착하였을 때에는 이상하게도 박사와 나 두 사람만 남게 되었다. 그가 정면 현관문을 열어 주어 내가 지난번 왔을 때 시체가 앉아 있던 그 집안으로 한 발자국 들여놓자마자 나는 뭐라 말할 수 없는 불안에 사로잡혔다. 나는 뒤따라 들어오는 살아 있는 포어세트 박사보다도 앞에 기다리고 있는 죽은 사람이 더욱 무서웠다. 죽은 상원의원의 서재 앞을 지나가며 가구의 위치가 완전히 달라져 살인 당시의 것은 흔적도 없이 치워져 버린 것을 보고 나는 마음이 가라앉았다.

나중에 알았지만 내가 그의 집까지 따라감으로써 공연히 그의 욕정을 불러일으켰을 뿐 내가 바라던 수확은 얻을 수가 없었다. 그날 밤 시간이 지남에 따라서 나의 남자친구는 지금까지의 신사다운 태도를 저버리고 그 본성을 드러냈다. 그는 나를 긴 의자로 끌고 가 참으로 훌륭한 솜씨로 나의 사랑을 요구하기 시작했다. 그의 욕정의 밥이 되지 않도록 하면서도 나의 참 목적을 알아차리지 못하도록 하기 위해서는 무용가 같은 몸가짐과 날렵함과 도르리 레인 씨 같은 연기력을 모조리 발휘해야만 했다. 그의 포옹에서 벗어나기란 나로서는 참으로 힘겨운 일이었다. 그러나 그의 공세를 물리치면서도 또한 그가 단념하지 않게 만든 것은 자랑할 만한 일이리라. 다음 기회에, 라고 생각하며 그는 한층 더 욕망을 돋우는 듯했다. 이런 식으로 적의 성벽을 뚫어 놓고 나는 나의 기습대(奇襲隊)를 키워 나갔다. 포어세트 박사의 집을 방문하는 횟수는 그의 사랑의 강도와 비례하여 잦아졌다. 사실 나는 저택에 자주 가지 않을 수 없었다. 이러한 위험한 생활은 에얼론 도우가 알곤킨 형무소에서 복역하기 시작한 후 한 달쯤 계속되었다. 그리고 이 위험 속에는 아버지의 의심하는 듯한 질문과 젤레미의 짜증스러운 질투도 포함되어 있었다. 젤레미는 내가 거리에 있는 어떤 사람과 '친구'가 되었다고 설명해도 만족하지 않고 어떤 때는 나의 뒤를 밟는 것이었다. 나는 물 속의 뱀장어처럼 찰싹 걷어차고는 모습을 감추어야만 했다.

마침내 기다리고 있던 일이 일어난 것은 수요일 밤이었다. 나는 박사가 기대하고 있던 것보다 조금 일찍 포어세트 저택으로 갔다. 그리고 아래층 진찰실 바로 옆에 있는 걸 보았다. 그것은 기묘한 모양이었는데 박사의 책상 위에 얹혀 있었다. 그는 눈을 들어 나를 보자 뭐라고 중얼거리며 미소짓더니 재빠르게 그 물건을 책상에 맨 윗 서랍에 집어넣었다. 나는 나의 놀라움을 겉으로 나타내지 않으려고 필사적인 노력을 해야만 했다. 그가 들여다보고 있던 그 물건은, 아니, 그럴 리가 없다! 하지만 나는 그것을 이 눈으로 똑똑히 보았다. 마침내 올게 온 것이다. 믿을 수 없으나 마침내 온 것이다. 그날 밤 그의 집에서 나왔을 때 나는 흥분으로 떨고 있었다. 그날 밤은 그도 나에 대한 사랑을 의무적으로 별수없이 하고 있는 듯했다. 그래서 나는 여느 때처럼 그를 거절하느라고 애먹지 않아도 되었다. 그러나 대체왜 그랬을까? 그의 마음은 책상 맨 윗 서랍 속에 있는 그 물건에 대한 생각으로 가득 차 있었던 것이다. 그래서 나는 자동차가 기다리고 있는 곳으로 가는 대신 집 옆으로 돌아가 포어세트 박사의 연구실 창밑으로 살금살금 다가갔다. 지금까지 나는 나의 목적을 달성하지 못하고 있었던 것이다. 그 목적이란 그것을 소유하고 있는 사람을 파멸시킬 만한 서류를 손에 넣는 일이었다. 그런데 오늘밤이야말로 참으로 뜻밖에도 귀중한 수확을 거둔 것 같았다. 그것은 서류가 아니다. 서류보다 더욱 더 중요한 것이리라. 나는 흥분으로 숨이 막힐 지경이었다. 나의 가슴은 벽을 통해 포어세트 박사에게 들리면 어떻게 하나 하고 걱정해야 할만큼 소리 높여 두근거리고 있었다. 나는 옷자락을 무릎 위까지 걷어올리고 연구실 안이 보일 만한 위치까지 포도나무 위로 기어올라갔다. 다행스럽게도 달 없는 밤이어서 나는 은근히 신에게 감사했다. 그리고 연구실 창 너머로 포어세트 박사가 책상 앞에 앉아 무얼 하고 있는 것을 발견했을 때 나는 승리의 소리를 지르고 싶었다. 내가 생각했던 대로였다! 내가 사라지자 그는 부리나케 그 서랍 속의 물건을 보기 위해 책상 앞에 앉았던 것이다. 지금 그는 책상 앞에 앉아 야윈 얼굴이 격정으로 새파랗게 질린 채 뾰족한 턱수염을 위협하듯 앞으로 내밀고 손으로 그 물건을 마치 으깨 버리기라도 하려는 듯 힘껏 움켜쥐고 있었다. 그런데 저것은 무엇일까? 편지일까……? 맞아, 무언가 씌어 있다! 그것은 그의 옆에 놓인 책상 위에 있었다. 그는 그것을 거칠게 집어들고서 험상궂은 얼굴로 보고 있었다. 그 얼굴이 너무나도 끔찍스러워 나는 포도나무 위에서 균형을 잃고 죽은 사람도 깨어날 만큼 커다란 소리를 내며 자갈 위로 떨어졌다. 포어세트 박사는 번개처럼 재빠르게 의자에서 일어나 창가로 달려왔음에 틀림없다. 왜냐하면 자갈 위에 큰 대자로 쓰러졌을 때 나의 눈에 맨 먼저 띈 것은 창에서 내다보고 있는 그의 얼굴이었으니까. 나는 너무나도 무서워 온 몸이 오므라들었다. 그의 얼굴은 주위를 에워싸고 있는 캄캄한 밤처럼 험악했다. 그가 입을 비틀어 무서운 미소를 띠며 힘차게 창문을 걷어올리는 것이 나의 눈에 비쳤다. 공포가 나에게 힘을 주었다. 나는 벌떡 일어나 바람처럼 정원을 달려갔다. 그가 자갈 위로 뛰어내려 나의 뒤를 따라오는 소리를 들었다.

"루이스! 저 여자를 잡아!" 그가 외쳤다. 그러자 어디에 있었는지 암흑 속에서 그의 운전사가 내 앞에 희미하게 모습을 나타내더니 히죽히죽 웃으며 고릴라 같은 두 팔을 뻗었다. 내가 반쯤 기절하며 그 팔에 쓰러지자 그는 나를 우악스러운 힘으로 붙잡았다. 포어세트 박사는 숨을 헐떡거리며 달려와 내가 엉겁결에 비명을 지를 만큼 나의 팔을 힘껏 움켜쥐었다.

"너도 역시 스파이였구나!" 그는 자기 자신을 납득시키려는 듯 나의 얼굴을 뚫어지게 바라보며 중얼거렸다. "이 건방진 계집애. 하마터면 속을 뻔했어." 그는 얼굴을 들어 퉁명스럽게 운전사에게 말했다. "너는 저쪽에 가 있어, 루이스."

운전사는 "네, 나리" 하고는 여전히 히죽히죽 웃으며 어둠 속으로 사라졌다. 나는 두려움으로 온몸이 얼어붙는 듯했다. 포어세트 박사에게 붙잡혔으니 독수리에게 붙잡힌 참새와 다를 바 없었다. 나는 공포로 눈이 멀고 정신이 아득해지며 구토증을 느꼈다. 그는 나를 거칠게 흔들며 더러운 욕을 마구 퍼부었다. 나는 그의 눈을 언뜻 보았다. 그 눈은 격심한 노여움으로 번쩍번쩍 빛나고 있었다. 그것은 살인자의 눈이었다…….

그 다음에 어떤 일이 일어났는지 똑똑히 생각나지 않는다——내가 그의 손을 뿌리쳤는지 아니면 그가 스스로 나를 놓아주었는지. 어쨌든 그 다음에 내가 정신이 들었을 때 나는 야회복 자락에 걸리며 쏜살같이 어두운 길을 달리고 있었다. 한참 동안 달리다가 나는 멈추어서서 어떤 검은 나무 기둥에 기대어 뜨겁게 달아오른 얼굴을 바람에 식혔다. 치욕감과 안도감이 뒤섞인 쓰디쓴 눈물이 흘러내렸다. 그리고 아버지가 견딜 수 없이 그리워졌다. 탐정하는 일은 이젠 진절머리가 난다. 나는 두 뺨에 흐르는 눈물을 닦고 코를 들이마셨다. 나 역시 난로가에 앉아 뜨개질이나 하고 있어야 했던 것이다. 그때 한 대의 차가 내 쪽 향해 달려오는 소리가 났다. 나는 숨을 죽이고 나무 기둥에 매달렸다. 온몸이 다시금 공포로 오그라들었다. 포어세트 박사가 나의 숨통을 끊어 놓으려고 뒤쫓아 온 것일까? 자동차 헤드라이트가 길모퉁이를 돌아 나의 시야에 들어왔다. 그것은 매우 천천히 다가오고 있었다. 운전하는 사람이 어떻게 할까 하고 망설이고 있기라도 한 듯이……. 마침내 나는 째지는 듯한 웃음소리를 지르고 미친 여자처럼 두 팔을 흔들며 큰길로 뛰어나갔다.

"젤레미! 오오, 젤레미! 나예요!"

이때만큼은 젊고 충실한 나의 애인에게 진심으로 고맙다고 생각했다. 젤레미는 자동차에서 뛰어내려 나를 끌어안았다. 그리고 나는 비로소 인간다운 정다움이 깃든 얼굴을 만나 너무나도 기뻐서 그가 입을 맞추는 대로 내버려두었다. 그는 나의 눈물을 닦아주고 거의 안다시피 하여 차에 태워 자기 옆에 앉혔다. 그 역시 몹시 겁을 먹고 있었으므로 나에게 아무 것도 물어 보지 않았다. 그것이 또한 나에게는 무척 고마웠다. 아마도 그날 밤 그는 나의 뒤를 따라왔던 모양이다. 그리고 내가 포어세트 박사의 집으로 들어가는 것을 보고 내가 나올 때까지 줄곧 길에서 기다리고 있었던 것이다. 그의 말에 의하면 정원 쪽에서 어떤 예사롭지 않은 소리가 희미하게 들려 왔으므로 부리나케 정원길을 달려가 보았더니 이미 나의 모습은 보이지 않고 포어세트 박사가 집안으로 들어가고 있는 참이었다고 한다.

"그래서 어떻게 했어요, 젤레미?" 나는 그의 팔에 매달리며 떨리는 소리로 물었다. 그는 오른손을 핸들에서 떼고 그 관절이 아픈 듯 얼굴을 찌푸리며 입으로 빨았다.

"한 대 먹여 주었지, 이 주먹으로." 그는 불쑥 말했다.

"멋있어요, 젤레미!"

그는 아무 말도 하지 않았다. 그래서 나는 깊이 숨을 들이마시고 앞을 바라보며 이제부터 자동차를 곧바로 언덕 위에 있는 뮤어 신부 댁으로 돌려 달라고 부탁했다. 나는 불현듯 좀더 원숙한 사람의 지혜를 빌고 싶다는 생각이 들었던 것이다. 그리고 도르리 레인 씨의 정답고 지성이 넘치는 얼굴을 보고 싶었던 것이다. 지금 내가 목격한 일, 그 정보에 레인 씨는 틀림없이 흥미를 느낄 것이다. 아니, 이것이야말로 그가 여태껏 리즈에 머물러 있는 목적임에 틀림없을 것이다.

젤레미가 뮤어 신부 댁의 작은 문과 장미꽃이 만발한 돌담 앞에 자동차를 세웠을 때 신부 댁은 캄캄했다.

"아무도 없는 모양이로군." 젤레미가 화난 듯 말했다.

"어머나, 정말! 하지만 확인해 보고 올게요."

나는 천천히 자동차에서 내려 현관으로 올라가 초인종을 눌렀다. 놀랍게도 그 안에서 불이 켜지더니 키 작은 노부인이 백발의 머리를 내밀었다.

"어서 오세요. 뮤어 신부님을 찾아오셨습니까?" 그녀는 말했다.

"아니에요, 도르리 레인 씨 계십니까?"

"지금 안 계십니다." 그녀는 침울한 표정으로 나직이 말했다. "레인 씨는 뮤어 신부님과 함께 형무소에 가셨답니다. 나는 클로세트라고 하며, 이런 때를 이용하여 신부님 주변을 돌보아 드리고 있지요. 신부님이 댁에 계실 때는 나더러 오지 말라고 하셔서……"

"형무소라고요!" 나는 외쳤다. "이런 시각에 무슨 일로 가셨을까요?"

그녀는 한숨을 쉬며 말했다.

"오늘 밤 형무소에서 사형집행이 있답니다. 뉴욕의 갱이래요. 스컬티라든가, 아무튼 외국 사람 같은 이름이에요. 뮤어 신부님은 최후의 의식을 거행하기 위해 가셔야 했기 때문에 레인 씨도 입회인으로 함께 가셨지요. 사형집행을 한 번 보고 싶다고 하셔서 마그너스 소장님이 초대하셨답니다."

"안에 들어가 기다려도 좋을까요?" 나는 어떻게 할까 망설이며 물었다.

"샘 아가씨지요?"

"그렇습니다"

그녀의 늙은 얼굴이 환히 밝아졌다.

"어서 들어오세요, 아가씨. 함께 오신 분도 어서 들어오세요." 그녀는 속삭이듯 나직이 말했다. "사형은 대개 밤 11시에 집행됩니다. 그래서 나는 그 시간이 되면 혼자 있는 것이 무서워요. 형무소에서는 시간을 매우 엄격하게 지키지요."

그녀는 조금 웃었다. 나는 비록 친절심에서 나온 말이긴 해도 형무소 이야기 따위는 지금 듣고 싶은 기분이 아니었다. 그래서 젤레미를 불러 함께 신부의 검소한 작은 거실로 들어갔다. 클로세트 부인은 우리들과 이야기를 나누고 싶어서 두세 번 억지로 말을 걸었으나 마침내 체념하고 한숨을 쉬며 방에서 나갔다. 젤레미는 입을 꾹 다문 채 난롯불을 바라보고 있었다. 나도 말없이 젤레미의 얼굴을 바라보고 있었다. 이렇게 30분쯤 앉아 있자 현관문이 쾅하고 닫히는 소리가 났다. 조금 뒤 뮤어 신부가 레인 씨와 함께 비틀거리며 거실로 들어왔다. 늙은 신부의 얼굴은 고뇌에 가득 차고 핏기가 없었으며 진땀이 배어 나와 있었다. 그는 통통한 작은 손에 여느 때와 같이 반짝이는 새 기도서를 꼭 쥐고 있었다. 레인 씨의 눈은 유리처럼 무표정했다. 그는 지옥을 들여다보고 온 듯 멍청히 꼼짝 않고 앉아 있었다. 뮤어 신부는 말없이 우리에게 고개를 끄덕여 보이며 팔걸이의자에 앉았다. 레인 씨는 방 저쪽 끝에서 걸어와 나의 손을 잡았다.

"안녕하시오, 클레이 씨……그리고 페이션스 양. 무슨 일로 오셨습니까?" 그는 긴장한 목소리로 나직이 말했다.

"레인 씨, 아주 무서운 뉴스가 있어요!" 하고 나는 외쳤다. 그는 입술을 찡그리며 희미하게 우울한 미소를 띠었다.

"무서운 뉴스라고요? 지금 내가 보고 온 것보다 무섭지는 않겠지요? 페이션스 양, 나는 지금 사람이 죽는 것을 보고 왔답니다. 죽음! 그것이 얼마나 허무하고 얼마나 잔혹하며 얼마나 무참한 것인지 믿어지지 않을 정도랍니다." 레인 씨는 몸을 떨며 깊이 숨을 들이마시고 내 옆 팔걸이의자에 앉았다. "그런데 페이션스 양, 당신이 가지고 온 뉴스란 어떤 것입니까?"

나는 마치 구명대에 매달리듯 레인 씨의 손을 꼭 쥐었다.

"포어세트 박사가 그 나무 상자의 또 한 부분을 받았답니다!"

어느 사나이의 죽음

　그 뒤 몇 주일이 지나고 나서 나는 그날 밤 죽은 사나이에게 대한 이야기를 들었다. 나에게는 그 사나이가 아무런 의미도 없었고 이 사건의 관계자들에게도 아무런 상관이 없었다. 도우에게도, 포어세트 형제에게도, 화니 카이저에게도 아무런 관계가 없는 어떤 사나이였다. 그러나 쓸모 없는 생애를 보내고 비참하게 죽어 간 그 사나이의 죽음은 단지 도우나 포어세트 형제나 화니 카이저뿐만이 아니라 그 밖의 사람들에게도 영향을 미칠 만한 어떤 목적에 도움을 주었던 것이다. 다시 말해서 그대로 어두운 세계 속에 영원히 파묻혀 있을 뻔한 어떤 사실이 그 사나이의 죽음에 의해서 밝혀졌기 때문이다.

　노신사가 이야기하는 바에 의하면 뮤어 신부 댁에서 아무 일도 하지 않고 헛되이 시기를 기다리고 있을 때 때마침 스컬티라는 사나이의 사형집행이 다가왔다는 말을 들었다고 한다. 그 사나이는 폭력에 의해 살고 폭력에 의해 죽었으며, 그 죽음이 인류 전체에 행복을 가져다 준 잘못 태어난 악당의 한 사람이었다. 레인 씨는 때마침 할 일이 없어 괴로워하던 참이기도 했거니와 평화스러운 일생을 보내 온 온화한 사람으로서 그러한 일에 호기심이 느껴지기도 하여 그 사형집행에 입회하고 싶다고 일주일 전부터 마그너스 소장에게 부탁했던 것이다.

그들은 이따금 전기 사형에 대한 일반론을 토론했었다. 노신사는 여기에 대하여 거의 아무 것도 몰랐다. 마그너스 소장은 설명했다.

"형무소 안의 규율은 언제나 엄격합니다. 엄격하지 않으면 해 나갈 수 없기 때문이지요. 더구나 사형집행은 절대적입니다. 말할 것도 없이 사형 선고를 받은 죄수의 독방은 완전히 격리되어 있습니다. 그러나 지하 조직적인 정보망이 있어 상상외로 빠르게 뉴스가 전해집니다. 그리고 당연한 일입니다만, 다른 입소자들은 죽음의 집——그들은 그렇게 부르고 있지요——에서 진행되고 있는 모든 일에 마음이 쏠립니다. 그러므로 우리들로서는 전기 사형집행이 예정되었을 경우에는 특별히 단속을 강화해야만 합니다. 형무소 전체가 짧은 기간이긴 해도 매우 심한 히스테리 상태에 빠지기 때문이지요. 그럴 때에는 무슨 사건이 일어날지 알 수 없거든요. 우리로서는 만전의 주의를 기울여야만 합니다."

"별로 부러운 일은 못되는군요."

"부러운 일이라니요!" 마그너스 소장은 한숨을 쉬었다. "아무튼 나는 늘 같은 간수가 사형집행을 하도록 규정짓고 있습니다. 때로는 간수 가운데 누군가가 병이 나서 출석 못하는 수도 있습니다. 그런 경우에는 다른 사람으로 바꾸어야 하지만, 아직까지는 그럴 필요가 없었습니다."

"어째서 그런 규정을 지으셨습니까?" 레인 씨는 호기심을 일으키며 물었다.

"왜냐하면 전기 사형은 사형집행에 익숙한 경험자라야 하기 때문입니다. 무슨 일이 일어날지 알 수가 없으니까요. 그래서 정규적으로 야간에 근무하는 사람 속에서 골라 낸 일곱 명의 간수가 언제나 그 피비린내 나는 임무를 맡지요. 그밖에 두 명의 형무소 소속 의사도 이 일을 맡습니다만, 늘 같은 사람이지요. 내 입으로 말하기는 뭣합니다만, 전기 사형을 하나의 정밀한 과학으로까지 끌어올렸답니다. 우리 형무소에서는 아직까지 한번도 문제가 일어난 일이 없습니다. 간수들이 뛰어난 솜씨를 지니고 있는데다가 규율이 매우 엄격하여, 예를 들어 주간에서 야간 근무로 바뀌는 일 따위는 절대로 없습니다. 그러므로 모두들 일에 익숙하고 비상사태가 일어났을 경우 어떻게 대처해야 하는지 잘 알고 있답니다." 그는 자랑스럽게 말하며 날카롭게 레인 씨를 보았다. "스컬티의 사형집행에 입회하고 싶으시다고요?"

노신사는 고개를 끄덕였다.

"진심으로 원하십니까? 사형집행이란 기분 좋은 것이 아닙니다. 그리고 스컬티는 의젓하게 웃으며 죽음을 맞이할 만한 녀석이 아닙니다."

"모든 것은 경험입니다. 도르리 레인 씨는 말했다. "그러시다면 좋습니다. 법률에 의하면 소장은, 성년으로서 건전한 생활을 하고 있는 열 두 명의 시민에게 초대장을 보내어 사형집행장에 입회시키도록 규정되어 있습니다――물론 모든 점에서 형무소와는 연관이 없는 시민이라야만 합니다. 그러므로 당신은 그 입회인으로 참관 할 수 있습니다. 그런 경험을 별로 괴롭게 생각하지 않으신다면 말입니다. 사실 그것은 끔찍스러운 경험이니까요. 이것은 결코 공갈이 아닙니다" 하고 소장은 무뚝뚝하게 말했다.

"정말 끔찍스럽답니다. 나는 지금까지 헤아릴 수 없을 만큼 입회했습니다만, 그래도 아직 그 끔찍스러움에 익숙해질 수가 없군요." 뮤어 신부가 불안한 듯 말했다.

마그너스 소장은 어깨를 움찔했다.

"우리들도 늘 같은 반응을 일으킨답니다. 때로는 자기가 정말 사형을 시인하고 있을까 하고 의심할 때조차 있습니다. 분명히 말씀드린다면 비록 흉악한 사람이라 할지라도 남의 목숨을 빼앗는 책임을 진다는 것은 매우 괴로운 일이지요."

"그러나 당신에게 그 책임이 있는 것은 아니지요. 따지고 보면 그 책임은 주 당국에 있는 셈입니다" 하고 노신사는 말했다.

"그러나 나는 신호를 보내야만 하고 집행인은 스위치를 눌러야만 합니다. 실제로 처단한다는 것은 말로 표현하듯 쉬운 일이 아닙니다. 전에 내가 알고 있던 어떤 지사는 사형집행이 있는 날밤에는 언제나 관저에서 피신해 버렸지요. 가만히 있을 수가 없었기 때문입니다……아무튼 알겠습니다, 레인 씨. 입회하시도록 조치하겠습니다."

이상과 같은 경위로 내가 포어세트 박사의 집에 가서 큰 모험을 했던 그 수요일 밤에 레인 씨와 뮤어 신부는 형무소의 높은 돌담 속에 있었던 것이다. 뮤어 신부는 사형 당하는 사람을 돌보는 일 때문에 아침부터 형무소에 가 있었다. 그래서 레인 씨는 밤11시 조금 전에 혼자서 형무소로 들어가 간수들과 함께 사형실, 다시 말해서 죽음의 집으로 갔다. 그 죽음의 집은 건물에 둘러싸인 네모난 안뜰 한구석에 따로 떨어져 있는 길다랗고 낮은 석조 건물로 마치 형무소 안에 있는 또 하나의 형무소 같은 느낌이 들었다. 그 건물의 이상하고도 기분나쁜 분위기에 압도당하며 레인 씨는 처형이 행해질 방 쪽으로 인도되어 갔다. 처형실은 음침하고 텅빈 듯한 느낌의 방으로서 교회의 좌석 같은 벤치 두 개와 전기의자가 놓여 있을 뿐이었다. 레인 씨의 눈길은 불현듯 그 육중하고 딱딱하며 모나고 보기 흉한 죽음의 무기에 못박혔다. 레인 씨는 그것이 자기가 상상하고 있던 것만큼 크지도 않고 무서운 느낌도 들지 않는 것을 보고 약간 놀라워했다. 의자의 등과 팔걸이와 다리 부분에서 가죽 끈이 축 늘어져 있었다. 의자 등의 윗부분에 럭비선수가 머리에 쓰는 것과 똑같은 기묘한 장치가 있었다. 이러한 모든 것이 참으로 무감각하고 이상야릇하게 보여 현실의 것으로 여겨지지 않을 정도였다. 레인 씨는 주위를 둘러보았다. 그는 딱딱한 벤치 위에 앉아 있었다. 다른 열 한 명의 입회인들도 이미 자리에 앉아 있었다. 모두 나이 지긋한 남자들로 핏기를 잃은 채 안절부절못하고 있었다. 아무도 말을 하는 사람이 없었다.

방 한쪽 구석에 작은 문이 있었다. 그것이 시체실로 통하는 문임을 레인 씨는 알고 있었다. 벤치와 마주 보이는 쪽에 또 하나의 문이 있었다. 쇠못이 박힌 짙은 초록빛의 작은 문이었다. 이것은 죽음을 선고받은 사나이가 이 땅에서의 마지막 여행을 하는 복도와 통해 있었다. 그때 문이 열리고 엄격한 얼굴을 긴장시킨 몇 명의 남자들이 딱딱한 바닥을 저벅저벅 밟으며 안으로 들어왔다. 그 가운데 두 사람은 검은 가방을 들고 있었다. 그들은 형무소 소속의 의사로, 법률의 요청에 따라 모든 사형집행에 입회하며 집행에 의해 사형수가 틀림없이 죽었다는 것을 선고하는 역할을 맡고 있었다. 수수한 옷차림의 또 다른 세 사람은 나중에 알았지만 모두 재판소의 관리로 재판소에서 내린 사형 판결이 법률대로 집행되고 있는지를 확인하기 위해 출석하고 있는 사람들이었다. 그리고 나머지 세 사람은 형무소의 간수들로서, 푸른 제복을 입고 냉혹한 얼굴을 하고 있었다. 그리고 이때 비로소 노신사는 방 한구석의 움푹 들어간 곳에 한 남자가 서 있는 것을 보았다. 중년을 넘은 씩씩한 체격의 남자로 그 움푹 들어간 곳에 있는 전기 장치를 절꺼덕거리며 매만지고 있었다. 그의 얼굴에는 전혀 아무런 표정도 떠올라 있지 않았다. 우둔하고 따분해 보이는 듯한 거의 백치 같은 얼굴이었다. 바로 이 사람이 사형집행인이었다. 그리고 그 순간부터 이 방과 이 광경의 잔혹하고 냉엄한 뜻을 도르리 레인 씨는 뚜렷이 느꼈다. 레인 씨는 목의 근육이 긴장되어 거의 숨도 쉴 수 없을 정도였다. 방은 이미 비현실적인 것이 아니었다. 벌써 악마의 양상을 띠고 있었으며 기분 나쁜 생명체로서 숨쉬고 있었다. 레인 씨는 흐릿한 눈으로 시계를 보았다. 11시 6분이었다. 거의 같은 순간에 모든 사람이 갑자기 몸을 긴장시켰다. 방안은 순식간에 숨막힐 듯한 정적에 싸였다. 초록빛 문 저쪽에서 일정한 속도로 다리를 끌며 걸어오는 발소리가 들려왔다. 그 발소리를 듣고 입회인들은 신경을 곤두세우며 한 사람도 빠짐없이 벤치가에 매달려 용수철처럼 몸을 꼿꼿이 하여 앞으로 내밀었다. 그리고 그 발소리와 함께 등골을 꿰뚫는 듯한 기분 나쁜 소리가 들려 왔다. 나직하게 중얼거리는 듯한 쉰 울음소리였다. 그 울음소리를 누르기라도 하듯 바깥 복도에 줄지어 있는 감방 안의 다른 죄수들이 지르는 희미한 동물의 외침 같은 소리가 마치 죽음을 알리는 괴물의 부르짖음처럼 들려 왔다. 그들은 지켜보고 있는 것이다. 자기들의 한패가 영원으로 가는 길에서 주춤거리며 그 최후의 여정을 무거운 걸음걸이로 비틀비틀 걷고 있는 것을.

발소리가 다가왔다. 그리고 문이 소리 없이 열리자 입회인들은 그 일행을 보았다……. 마그너스 소장은 냉정하고 창백한 얼굴을 하고 있었다. 뮤어 신부는 반쯤 정신이 나간 듯한 모습으로 몸을 앞으로 굽히고 밖의 복도에 있을 때부터 하던 그 기도를 계속하고 있었다. 나머지 네 명의 간수들도 들어왔다. 비로소 모든 사람이 모였다. 문이 다시 닫혔다. 잠깐 동안 중앙의 사람은 다른 사람들에게 가리워 보이지 않았다. 그리고 다음 순간 그 사나이가 모습을 나타내자 그를 에워싸고 있던 사람들은 순식간에 유령처럼 존재가 희미해지고 말았다.

그는 거무칙칙한 육식 동물 같은 깡마르고 키 큰 곰보딱지 사나이였다. 무릎을 조금 구부리고 있었고, 양쪽 겨드랑이를 두 간수가 떠받들고 있었다. 핏기 없는 잿빛 입술 사이에는 연기를 뿜고 있는 담배가 늘어져 있었다. 발에는 부드러운 실내화를 신고 오른쪽 바짓자락은 무릎까지 찢기어 축 늘어져 있었다. 머리털은 깎았으나 수염은 그대로였다. 그는 아무 것도 보고 있지 않았다. 벤치에 앉아 있는 사람들을 그 수정 같은 눈으로 바라보고 있었으나 이미 죽은 사람의 눈이었다. 간수들은 그 사나이를 인형처럼 다루었다. 끌어당기기도 하고 가볍게 밀어붙이기도 하고 낮은 목소리로 명령하기도 하며……. 믿을 수 없는 일이었으나 바야흐로 그 사나이는 전기의자에 앉혀졌다. 머리를 낮게 늘어뜨리고 그 입에서는 아직도 담배가 연기를 뿜고 있었다. 일곱 명의 간수들 가운데 네 명이 마치 기계인형처럼 정확하게 앞으로 뛰어나갔다. 쓸데없는 동작은 하나도 하지 않았고 잠시도 헛되이 보내지 않았다. 한 간수는 죽어 가고 있는 사나이 앞에 무릎을 꿇고 그 다리에 재빠르게 가죽끈을 끼웠다. 두 번째 간수는 사나이의 팔을 의자의 팔걸이에 매었다. 거무스름한 헝겊을 꺼내 그것으로 사나이의 눈을 단단히 가렸다. 그 일이 끝나자 네 명의 간수들은 나무에 조각된 목각 가면처럼 무표정한 얼굴로 일어서더니 뒤로 물러섰다.

사형집행인은 그 움푹파인 곳에서 소리없이 앞으로 나아갔다. 아무도 한 마디의 말도 하지 않았다. 그는 사형수 앞에 무릎을 꿇고 손가락이 긴 손으로 사형수의 오른발에 무언가를 장치하기 시작했다. 사형집행인이 일어섰을 때 도르리 레인 씨는 그 사형수의 오른발의 드러난 장딴지에 전극(電極)이 장치되어 있음을 보았다. 사형집행인은 의자 뒤로 돌아가 사형수의 머리카락 없는 머리에 금속제 모자를 씌웠다. 오랜 경험을 쌓은 숙련된 사람의 동작이었다. 말없이 날렵하게 움직였다. 그가 모든 차비를 갖추었을 때 스컬티는 마치 지옥가에 놓인 조상(彫像)처럼 흔들흔들하며 기다리고 있었다. 사형집행관은 고

무창이 달린 신을 신고 전기 장치가 있는 움푹 들어간 곳으로 다시 돌아갔다. 마그너스 소장은 시계를 손에 든 채 말없이 서 있었다. 뮤어 신부는 어떤 간수에게 기대어 서서 그 입술을 거의 움직이지 않으며 십자를 그었다. 그 한순간 시간은 걸음을 멈추었다. 그리고 그때 아마도 천사의 날개 소리를 들었는지 스컬티는 부르르 몸을 떨었다. 그 입에서 연기를 뿜고 있던 담배가 떨어지며 짓눌린 듯한 신음 소리가 흘러 나와 방음 방치가 되어 있는 방의 벽에서 벽으로 전달되더니 지옥으로 떨어지는 영혼의 죽음의 외침처럼 사라졌다.

마그너스 소장의 오른팔이 불쑥 올라갔다가 내려졌다. 벤치에 앉아 있던 도르리 레인 씨는 무어라 말할 수 없는 감정에 압도되어 가슴이 두근거리고 거칠게 숨을 쉬며, 사형집행인의 푸른 제복을 입은 왼팔이 움푹 들어간 곳의 바람벽에 있는 소켓에 스위치를 꽂는 것을 보았다. 도르리 레인 씨는 한순간 마치 초자연적인 세계로부터 오는 신호처럼 자기 가슴에서 뛰고 있는 진동이 자신의 심장에서 발신되는 듯한 느낌을 받았다. 그러나 다음 순간, 그것은 전원(電源)에서 뿜어 나와 전선 가득히 날뛰며 흐르고 있는 전기의 외침에 자기의 피부가 아픔을 느끼며 감응하고 있다는 것을 알았다.

죽음의 방의 눈부신 빛이 어두컴컴해졌다. 의자에 앉아 있던 사나이는 스위치가 꽂혀지자 마치 자기를 묶고 있는 가죽끈을 온 힘으로 끊기라도 하려는 듯 몸을 위로 들어올렸다. 금속제 모자 밑에서 잿빛 어린 한 줄기의 연기가 천천히 솟아올랐다. 의자의 팔걸이를 붙잡고 있던 사나이의 두 손이 차츰 빨개졌고, 그리고 다시 같은 속도로 천천히 하얗게 변했다. 목덜미의 혈관은 마치 타르를 칠한 밧줄처럼 부풀어오르며 보기 흉한 흙빛으로 변했다. 스컬티는 지금 마치 차렷 자세를 취한 듯이 몸을 꼿꼿이 세우고 앉아 있었다.

전등이 다시금 밝아졌다. 두 사람의 의사가 앞으로 나아가 한 사람씩 의자에 묶인 사나이의 드러난 가슴에 청진기를 댔다. 이윽고 뒤로 물러서서 서로 얼굴을 마주보더니 나이 많은 쪽이 무표정한 눈으로 말없이 신호했다. 다시금 사형집행인의 왼손이 내려졌다. 그러자 전등이 또다시 희미해졌다……

의사들이 두 번째의 검진을 마치고 물러섰을 때 나이 많은 의사는 사형수가 법률의 요청대로 완전히 절명했음을 낮은 목소리로 선언했다.

"소장님, 나는 이 사람의 죽음을 선언합니다."

시체는 축 늘어진 채 의자에 매달려 있었다. 아무도 손 끝 하나 까딱하지 않았다. 시체실과 해부실로 통하는 문이 열리더니 바퀴 달린 흰 테이블이 들어왔다. 이때 도르리 레인 씨는 무심히 시계를 들여다보았다. 11시 10분이었다. 이리하여 스컬티는 죽은 것이다.

두 번째 나무상자 조각

　젤레미가 일어서서 방안을 거닐기 시작했다. 뮤어 신부는 방심 상태로 꼼짝하지 않고 앉아 있었다. 신부는 아무 것도 듣고 있지 않는 듯 싶었다. 신부의 눈은 우리의 눈이 미치지 못하는 저 먼 곳의 형태도 없는 것을 바라보고 있는 듯했다. 도르리 레인 씨는 눈을 깜박거리며 천천히 말했다.

　"페이센스 양, 포어세트 박사가 나무상자의 또 한 조각을 받았다는 것을 당신은 어떻게 알았습니까?"

　그래서 나는 그때의 모험을 이야기했다.

　"포어세트 박사의 책상 위에 있는 것을 어느 정도 가까이에서 보았습니까?"

　"15피트도 떨어져 있지 않았어요."

　"포어세트 상원의원 책상 위에 있던 것과 똑같은 모양이던가요?"

　"아니오, 그렇지 않았어요. 양쪽 끝이 뚫려 있었어요."

　"저런! 그렇다면 가운데 부분이로군요" 하고 레인 씨는 중얼거리듯 말했다. "그 표면에 무슨 글자가 씌어 있지 않던가요? 포어세트 상원의원이 가지고 있던 나무상자 조각에 씌어 있던 HE에 해당되는 것 말입니다."

"지금 생각해 보니 그 표면에 어떤 글자가 씌어 있던 것 같아요. 하지만 멀어서 똑똑히 보지는 못했어요."

"그거 참, 안타깝군요." 그는 조용히 생각에 잠기더니 이윽고 몸을 앞으로 내밀며 나의 어깨를 가볍게 두드렸다. "아가씨, 어쨌든 하룻밤의 일로서는 그것만으로도 충분합니다. 아직 뚜렷한 실마리는 잡지 못했지만 이제 그만 클레이 씨와 함께 돌아가는 것이 좋겠습니다. 몹시 혼나셨을 테니까……."

우리는 서로 얼굴을 마주보았다. 뮤어 신부가 의자에 앉은 채 입술을 떨며 뭐라고 중얼거렸다. 젤레미는 창 밖을 물끄러미 내다보고 있었다.

"당신의 생각으로는" 나는 천천히 말하기 시작했다.

레인 씨는 미소지으며 나의 말을 막았다.

"네, 나는 언제나 생각하고 있지요. 자아, 이젠 마음놓고 푹 쉬십시오."

도망

다음날은 목요일이었다. 밝고 상쾌한 아침으로, 점심때쯤에는 매우
따뜻해질 것 같았다. 아버지는 내가 권하여 리즈에서 새로 맞춘 대마
양복을 입어 멋있게 보였다. 그러나 아버지는 무슨 뜻인지 알 수 없
으나 자기는 '백합꽃'이 아니라고 중얼거렸으며, 그 뒤 30분 가량이
나 누군가 아는 사람이라도 만나면 멋적다는 이유로 클레이 댁에서
한 발자국도 나가려 하지 않았다. 우리가 산책하러 나가기로 작정한
것은 정오가 다 되어서였다――우리라기보다 내가 그렇게 하자고 말
한 것이었지만.

"언덕 위로 가세요." 나는 권했다. "레인 씨를 만나서 아버지의 그
새 양복을 자랑해요."

우리는 천천히 걸었다. 나는 길가에 핀 들꽃을 한아름 땄다. 아버
지도 잠시 동안 멋적은 마음을 잊고 진심으로 즐거워했다.

가 보았더니 노신사는 뮤어 신부 댁 베란다에서 책을 읽고 있었다.
뮤어 신부도 집에서 나와 우리를 따뜻하게 맞이해 주었다. 신부는 아
직 어젯밤의 경험을 잊지 못하여 얼굴빛이 나빴다. 우리는 모두 의자

에 앉았다. 친절한 클로세트 부인이 알코올 성분이 없는 찬 음료수를 쟁반에 담아 가지고 왔다. 노인들이 이야기를 주고받는 동안 나는 조각구름이 떠 있는 하늘을 보며 가까이에 솟아 있는 알곤킨 형무소의 높은 잿빛 벽을 애써 보지 않으려고 했다. 여기는 더운 여름이다. 그러나 그 벽 안에는 언제나 깊고 외로운 겨울이 있을 뿐이었다. 에얼론 도우는 어떻게 하고 있을까 하고 나는 생각했다.

시간은 소리 없이 지나갔다. 나는 흔들의자에 앉아 아름답고 푸른 하늘에 마음을 빼앗긴 채 황홀한 무아의 경지에 젖어 있었다. 이윽고 나의 생각은 어젯밤의 일을 에워싸고 움직이기 시작했다. 작은 상자의 두 번째 조각, 그것은 무슨 징조일까? 그 상자 조각이 아일라 포어세트 박사에게 그 어떤 뜻을 주고 있다는 것은 의심할 여지가 없다. 그의 얼굴에 나타난 무시무시한 표정은 그가 무엇을 이해했다는 결과인 것이다. 미지의 존재에 대한 공포에서 나오는 표정은 아니었다. 대체 그것은 어떤 방법으로 그에게 전달되었을까? 그리고 보낸 사람은 누구일까? 나는 불안을 느껴 앉음새를 고쳤다. 그것은 또 에얼론 도우가 보낸 것일까? 나는 깊은 생각에 잠기며 다시금 의자에 몸을 묻었다. 이 두 번째 상자 조각은 모든 사실을 다시 생각하게 만들었다. 작은 상자의 첫 번째 조각은 도우가 보낸 것이었다. 이 사실을 그는 스스로 인정하고 있다. 그리고 추측에 의하면, 그 조각은 도우 자신이 형무소 목공부에서 만든 것이었다. 그는 이 두 번째 조각을 또 만들어 어떤 비밀스러운 연락 방법으로 제 2의 희생자에게 보낸 것일까? 나는 차츰 열을 띠기 시작하여 가슴이 방망이질 치며 마구 뛰었다. 그러나 그것은 앞뒤가 맞지 않았다. 에얼론 도우는 포어세트 상원의원을 죽이지 않았으니까……. 나는 머리가 아찔해지기 시작했다.

12시 반 조금 지났을 때 우리의 주의는 형무소문으로 날카롭게 집

중되었다. 바로 조금 전까지만 해도 아무 일 없이 조용했었다. 무장한 감시인이 두터운 벽 위를 천천히 걷고 있었고, 보기 흉한 감시소는 희미하게 반짝이는 총부리가 튀어나와 있는 것만 빼놓으면 조용하여 마치 아무도 없는 것 같았다. 그런데 지금 그곳에서 확실히 여느때와 다른 술렁거림이 일어나고 있었다. 우리는 모두 허리를 폈다. 세 노인은 이야기를 그치고 형무소 문을 유심히 보았다. 커다란 철문이 안에서 열리더니 푸른 제복을 입은 한 간수가 권총과 라이플로 무장하고 나타났다. 그리고 한 발자국 뒤로 물러서서 떡 벌어진 등을 우리 쪽으로 돌리더니 우리에게는 들리지 않았으나 무어라고 외쳤다. 두 줄로 늘어선 남자들이 문으로 나왔다. 죄수들이었다. 각각 곡괭이며 무거운 삽을 어깨에 메고서 머리를 높이 쳐들고 부드러운 바깥 공기를 개처럼 쿵쿵 맡으며 다리를 끌며 먼지 이는 한 길로 걸어나왔다. 똑같은 복장이었다. 발에는 무겁고 털럭거리는 구두를 신었으며 꾸깃꾸깃하고 풀기 없는 잿빛 바지와 웃옷을 입고 있었고, 그 밑에는 올 굵은 갈색 셔츠를 걸치고 있었다. 모두 스무 명이었다. 도로 공사를 하기 위해 언덕 반대쪽의 어느 수풀을 향해 가는 모양이었다. 간수가 구령을 외치자 맨 앞에 서있던 사나이가 몸을 왼쪽 방향으로 돌렸다. 그러자 그들은 그 뒤를 따라 차츰 우리들의 시야에서 사라져갔다. 또 한 사람의 무장한 간수가 맨 뒤에서 따라갔고 또 한 사람의 간수는 두 줄로 걸어가는 죄수들의 오른쪽에 붙어서 걸어가며 이따금 무어라고 구령을 외치고 있었다. 스물 세 명의 남자들은 이윽고 보이지 않게 되었다.

우리는 다시금 의자에 몸을 묻었다. 뮤어 신부는 꿈꾸듯 말했다.
"저 사람들에게는 ·저것이 천국이랍니다. 물론 몹시 힘드는 일이긴 합니다. 그러나 성 제롬이 말했듯이 '악마가 달려들 틈을 주지 않기 위해 언제나 무슨 일을 하고 있어야만 하지요.' 그리고 저런 일을 한다는 것은 형무소의 돌담에서 해방되어 밖으로 나갈 수 있음을 뜻하니까요. 모두 기꺼이 도로공사에 나간답니다.”

말을 마치고 신부는 깊은 한숨을 쉬었다. 그로부터 바로 한시간 10분 뒤에 그 사건이 일어났던 것이다.

클로세크 부인이 서둘러 만든 가벼운 점심 식사를 대접해주었다. 그리고 다시 베란다에 나가 모두 앉아 있을 때 아까와 마찬가지로 담 위의 예사롭지 않은 기척이 우리의 주의를 끌었으므로 대화는 딱 멈추어졌다. 담 위를 걸어다니고 있던 감시인 한 사람이 갑자기 멈추어 서더니 아래의 뜰을 유심히 내려다보고 있었다. 어떤 보고를 듣고 있는 것 같았다. 우리는 의자에 앉은 채 온 몸을 긴장시켰다. 그 소리가 들렸을 때 우리는 떨며 몸을 오므라뜨렸다. 그것은 길고 울부짖는 듯한 사이렌 소리였다. 그것은 주위의 언덕에 울려 퍼지며 죽어 가는 악마의 신음 소리와도 같이 사라져 갔다. 그 사이렌은 사라졌다가는 다시 들리고 사라졌다가는 다시 들려서 마침내 우리는 귀를 막고 거의 비명을 지를 뻔했다. 첫 번째 사이렌 소리를 듣고 뮤어 신부가 의자의 팔걸이를 붙잡았다. 그 얼굴은 셔츠보다도 더 창백했다.

“사이렌 소리로군!” 신부는 나직이 말했다.

우리는 몸과 마음이 얼어붙는 듯한 기분으로 그 악마 같은 소리에 귀를 기울였다. 마침내 레인 씨가 날카로운 목소리로 물었다.

“불이 났습니까?”

“탈옥입니다.” 아버지는 입술을 축이며 신음하듯 말했다. “페티, 집 안으로 들어가거라.”

뮤어 신부가 형무소 담을 바라보며 말했다.

“탈옥이라니……아아, 하느님!”

우리는 모두 일어나 장미꽃이 만발한 담에 기대어 섰다. 마치 알곤킨 돌담 자체가 사이렌 소리를 듣고 긴장하고 있는 듯했다. 거기에서 있는 간수들은 온 근육을 꼿꼿이 하고 핏발선 눈으로 주위를 지켜보고 있었다. 팔에 겨냥하고 있는 총은 불안한 듯 부들부들 떨리고 있었으나 어떠한 비상 사태에 대해서도 곧 총을 쏠 수 있는 준비가 되어 있었다. 이윽고 다시 철문이 열리더니 라이플로 무장한 푸른 제복의 사나이들을 가득 실은 커다란 자동차가 부르릉 소리를 내며 도로를 달려가 한쪽 차바퀴가 공중에 뜰만큼 왼쪽으로 크게 기울어지며 순식간에 시야에서 사라졌다. 또 한 대, 또 한 대, 자동차가 잇달아 나왔다. 모두 다섯 대의 자동차가 완전 무장을 하고 앞을 뚫어지게 바라보고 있는 남자들을 태우고 지나갔다. 첫 자동차에서는 마그너스 소장의 얼굴도 보였다. 그는 창백하고 긴장 된 표정으로 운전사와 나란히 앉아 있었다. 뮤어 신부가 숨가쁘게 말했다.

"실례하겠습니다."

그는 옷자락을 걷어올리고 흙먼지를 일으키며 형무소 입구를 향해 달려갔다. 보고 있으려니까 그는 문 바로 안쪽에 무장하고 서 있는 한 무리의 간수들 옆으로 달려가 그들과 이야기를 주고받고 있었다. 간수들은 왼쪽을 가리켰다. 거기에는 형무소 옆에서 아래쪽으로 걸쳐 우거진 나무숲이 언덕 기슭을 뒤덮고 있었다.

신부는 무거운 걸음걸이로 돌아왔다. 머리를 수그리고 몹시 절망한 모습이었다. 그가 돌아와 떨리는 손으로 신부복을 움켜쥐며 우리들 옆에 섰을 때 나는 다급하게 물었다.

"무슨 일이에요, 신부님?"

신부는 고개를 들지 않았다. 그 얼굴에 당황과 고뇌와 이루 말할 수 없는 환멸감이 떠올라 있었다. 마치 예고 없이 배신당한 듯한 표정으로 여태껏 한 번도 맛보지 못한 정신적인 불행을 만난 사람의 모습 같았다. 신부는 손을 떨며 입 속으로 말했다.

"도로공사를 하고 있던 죄수 가운데 한 사람이 작업 중에 탈주하여

……달아나 버렸답니다.”

“그 죄수가 누구랍니까？” 도르리 레인 씨는 언덕 쪽을 바라보며
말했다.

“믿을 수가 없군요，” 키 작은 신부의 목소리는 떨리고 있었다. 그
는 이윽고 결심한 듯 고개를 들며 말했다. “그 죄수는 에얼론 도우라
고 합니다.”

우리는 모두 깜짝 놀라 말문이 막혔다. 적어도 아버지와 나에게 있
어서는 너무나도 뜻밖의 일이어서 잠깐 동안 생각해 보지 않고서는
그 말을 이해할 수가 없었다. 에얼론 도우가 도망치다니！ 비록 어떤
예측할 수 없는 사건이 일어난다 해도 에얼론 도우가 도망치리라고는
꿈에도 생각하지 못했다. 적어도 나는 그렇게 믿고 있었다. 나는 노
신사를 보았다. 레인 씨는 이런 일을 예측하고 있었을까？ 그러나 그
의 단정한 얼굴은 평온했다. 저 멀리 펴져 있는 언덕의 경사면을 물
끄러미 바라보고 있을 뿐이다. 그것은 마치 화가가 더할 나위 없는
아름다운 저녁놀을 바라보고 있는 듯한 모습이었다. 다만 꼼짝하지
않고 기다리고 있는 수밖에 다른 도리가 없었다. 우리는 그날 오후
내내 뮤어 신부댁에서 기다렸다. 말도 별로 하지 않았고 웃음소리도
내지 않았다. 노인들은 다시금 어젯밤의 꺼림칙한 기분에 사로잡혀
있었다. 사실 죽음의 그림자가 그 작은 베란다에 스며들고 있었다.
그 기분 나쁜 죽음의 방안에서 스컬티가 자기의 생명을 가죽끈의 속
박에서 벗어나게 하려고 애쓰는 것을 바라보고 있는 듯한 느낌이 들
었다. 오후 내내 형무소 안팎에서는 개미 같은 활동이 벌어졌다. 그
리고 우리는 그 충격에 짓눌려 그저 입을 다문 채 그것을 지켜보고
있었다. 노신부는 몇 번이나 정보를 듣기 위해 형무소로 갔으나 그
때마다 아무런 뉴스도 얻지 못하고 돌아왔다. 도우의 행방은 여전히
알 수 없었다. 주위는 샅샅이 수색당했고 그 부근의 시민들에게는 경

고가 선포되었으며 사이렌이 끊임없이 울렸다. 형무소 안에서는 첫 번째 경고와 함께 모든 죄수들이 각기 자기의 독방에 감금당했다. 그리고 도망친 죄수가 붙잡힐 때까지 그대로 갇혀 있게 되는 것이었다. 그리고 이른 오후에 도로공사에 나갔던 죄수들도 돌아왔다. 그 죄수들은 간수 여섯 명의 총부리에 위협당하고 엄격하게 감시당하며 한 덩어리가 되어 돌아왔다. 세어 볼 필요도 없었으나 세어 보았더니 열아홉 명의 죄수들이 두 줄로 나란히 걸어와 순식간에 철문 안으로 사라졌다.

오후 늦게 수색하러 나갔던 자동차가 돌아오기 시작했다. 맨 앞차에는 마그너스 소장이 타고 있었다. 부하 간수들이 철문 안으로 들어가 지친 듯이 자동차에서 내리자 마그너스 소장은 한 간수——뮤어 신부의 설명에 의하면 그는 간수장이었다——에게 무슨 말인지 잘 들리지 않았으나 큰 소리로 명령했다. 그리고 매우 지친 듯한 걸음걸이로 마그너스 소장은 우리들 쪽으로 왔다. 숨을 헐떡이며 천천히 우리가 앉아 있는 베란다로 올라왔는데, 그 육중한 몸에 피로의 빛이 나타나 있었고 얼굴은 흙먼지와 땀으로 끈적끈적했다. 소장은 지친 듯이 의자에 앉으며 깊은 한숨을 쉬었다.

"정말이지 그는 애를 먹입니다그려, 레인 씨. 당신이 좋아하는 도우가 달아났는데 그것을 어떻게 생각하십니까?"

노신사는 말했다.

"소장님, 들개도 몰리면 대듭니다. 자기가 저지르지도 않은 범죄 때문에 종신형을 받고서야 참을 수가 있겠습니까."

뮤어 신부가 작은 소리로 말했다.

"아직 아무런 단서도 못 잡았습니까, 소장님?"

"아무것도 못 잡았습니다. 마치 땅 속으로 빨려들어가기라도 한 듯이 모습을 감춰 버렸습니다. 절대로 혼자서 한 짓이 아닙니다. 틀림없이 공범자가 있어요. 그렇지 않다면 벌써 몇 시간 전에 붙잡혔을 겁니다."

우리는 말없이 앉아 있었다. 아무 것도 할 말이 없었다. 이때 몇몇 간수들이 형무소문을 나와 우리들 쪽으로 왔다. 소장이 재빠르게 말했다.

"신부님, 실례입니다만 조금 조사 할 것이 있는데 댁의 이 베란다에서 하게 해주십시오. 형무소 안에서 하면 모두들의 사기를 떨어뜨릴 우려가 있어서 그럽니다. 몹시 불쾌한 일입니다만, 괜찮겠지요?"

"네, 조금도 염려 마십시오."

"무슨 일입니까, 소장님?" 아버지가 물었다.

소장은 엄격한 표정을 지었다.

"짚이는 데가 많이 있어서 그럽니다. 대부분의 경우 탈주 계획은 내부에서만 꾸며지지요. 다시 말해서 다른 죄수들이 도와주고 도와준 자는 입을 다물고 있답니다. 그러나 그러한 탈주는 거의 틀림없이 실패하고 맙니다. 아무튼 탈주에 성공하는 일은 좀처럼 없습니다. 지난 19년 동안에 탈주계획은 겨우 스물 세 번밖에 없었습니다. 그리고 그 스물세 번 가운데 잡히지 않은 것은 네 번뿐이었지요. 그래서 죄수는 탈주를 계획하기 전에 성공 여부를 충분히 알아봅니다. 만일 실패하게 되면 잃는 것이 너무나도 많기 때문이지요. 첫째로 그때까지의 특전을 모두 박탈당합니다. 그것은 괴로운 일이거든요. 이번 도우의 탈주에 대하여는 한 가지 짚이는 데가 있습니다."

그는 갑자기 입을 다물고 턱을 바짝 죄었다. 한 무리의 간수들이 뮤어 신부 댁 밑에 와서 부동자세를 취했다. 보았더니 그 가운데 두 사람은 무기를 가지고 있지 않았다. 그리고 그 두 사람을 둘러싸고 있는 나머지 사람들의 태도에는 무언가 나를 몸서리치게 하는 것이 있었다.

"파크! 캘러한! 이리 올라와." 마그너스 소장이 고함질렀다. 두 사람은 주춤주춤 계단을 올라왔다. 그들의 얼굴은 창백했고 흙먼지로 얼룩져 있었다. 두 사람은 모두 몹시 겁을 먹고 있었는데, 그중 한 사람인 파크라는 이름의 사나이는 마치 꾸지람 듣는 어린이처럼 아랫입술을 떨며 울먹이고 있었다.

"털어놔!"

파크가 입을 열려고 침을 삼켰다. 그러나 캘러한 쪽이 먼저 대답했다.

"소장님, 놈들은 우리의 감시의 눈을 속였습니다. 소장님도 아시겠지만, 우리는 지난 8년 동안 근무하며 아직 한 번도 도로공사 중에 탈주할 수 있는 계획을 세우게 하지 않았습니다. 우리는 돌 위에 앉아 놈들이 작업하는 것을 지키고 있었습니다. 도우는 물 긷는 일을 맡아 훨씬 떨어진 곳에 있었는데, 갑자기 양동이를 내동댕이치고 쏜살같이 숲 속으로 달아났습니다. 파크와 나는 다른 녀석들에게 도로에 앉아 있으라고 고함지르고 부리나케 도우를 쫓아갔습니다. 나는 세 번 총을 쏘았으나 아마도 그"

소장이 손을 들어 캘러한의 말을 막았다.

"데일리." 마그너스는 아래에 대기하고 서 있는 한 간수에게 조용한 어조로 말했다. "내가 명령한 대로 그 도로를 살펴보았겠지?"

"네, 소장님."

"무엇을 찾아냈나?"

"도우가 숲으로 도망쳐 들어간 지점에서 20피트 떨어진 곳에 있는 한 그루의 나무에 납작하게 찌그러진 총알 두 개가 있었습니다."

"도로에서 보아 같은 쪽인가?"

"반대쪽이었습니다, 소장님."

"파크, 캘러한, 도우를 달아나게 하기 위해 얼마 받았나?" 소장은 여전히 조용한 목소리로 말했다.

"아닙니다, 소장님. 우리는 절대로 그런……." 캘러한이 입 속으로 우물우물 말했다. 그러나 파크는 무릎을 덜덜 떨며 외쳤다.

"내가 말한 대로지, 캘러한! 네가 억지로 나를 끌어들였단 말이야! 나는 그런 짓을 해서 아무 탈이 없을 리 없다고……."

"너희들은 뇌물을 받았지!"

"이 리즈 거리에 사는 어떤 남자에게서 받았습니다. 이름은 모르겠지만, 누군가의 중간 역할을 하고 있는 사람입니다."

파크는 낮은 목소리로 털어놓았으나 캘러한은 흉악한 얼굴이 되었다. 레인 씨는 목구멍 속에서 기묘한 소리를 내며 앞으로 몸을 내밀더니 소장의 귀에다 대고 뭐라고 속삭였다. 마그너스는 고개를 끄덕였다.

"도우가 어떻게 그런 방법을 알게 되었지?"

"모르겠습니다, 소장님. 하느님께 맹세코 나는 모릅니다. 이미 모든 계획이 갖추어져 있더군요. 우리는 형무소 안에서 도우와 가까이 하지 않았습니다. 다만 도우가 이미 모든 준비를 갖추고 있다는 말을 들었을 뿐입니다."

"뇌물은 얼마 받았나?"

"한 사람 앞에 5백 달러씩입니다. 소장님, 나는……그럴 생각이 아니었습니다. 그런데 아내가 수술을 받아야만 했고 게다가 아이가……."

"그만 해." 마그너스는 싸늘하게 말하고 턱을 치켜올렸다.

두 간수는 형무소 쪽으로 이끌려 갔다.

"마그너스 씨." 뮤어 신부가 근심스럽게 말했다. "심한 조치는 취하지 말아 주십시오. 고발은 하지 마시고 해직시키는 것만으로 용서해 주십시오. 나는 파크의 아내를 알고 있습니다만, 정말 병에 걸려 있습니다. 그리고 캘러한도 마찬가지입니다. 두 사람 모두 가족을 거느리고 있으며 게다가 아시다시피 봉급이 얼마 안되니……. "

마그너스는 한숨을 쉬었다.

"알고 있습니다, 신부님. 알고 있고말고요. 하지만 전례를 만들어서는 안됩니다. 나는 직책상 어쩔 수 없습니다. 지금 여기서 용서해주면 다른 간수들의 사기를 꺾게 될 뿐만 아니라 죄수들에게도 나쁜 영향을 끼치게 됩니다." 마그너스는 약간 기묘한 몸짓을 하며 중얼거리듯이 했다. "아무래도 이상하군요. 도우가 탈출하는 시기를 무슨 방법으로 통고 받았는지 말입니다. 파크가 거짓말을 하지 않았다면……오래 전부터 형무소 안에 새어나갈 구멍이 있지 않나 하고 생각은 했습니다만……어쨌든 그 방법은 매우 교묘한 것임에 틀림이 없습니다……. "

노신사는 해질녘의 붉은 태양을 슬픈 듯이 바라보고 있었다.

"소장님, 그 점에 대하여 내가 가르쳐 드리지요. 말씀대로 교묘한 방법입니다. 하지만 결국은 매우 간단한 것이지요." 레인 씨는 낮은 목소리로 말했다.

"네? 대체 어떤 방법입니까?" 마그너스 소장이 눈을 깜박거리며 물었다. 레인 씨는 어깨를 움츠렸다.

"소장님, 나는 얼마 전부터 빠져나갈 구멍이 있다는 것을 알았습니다. 어떤 기묘한 현상을 보고 생각이 미쳤던 것입니다. 그러나 거기에 대하여는 지금까지 입을 다물고 있었지요. 왜냐하면 깜짝 놀라시겠지만 그 빠져 나갈 구멍에 우리의 친애하는 뮤어 신부님이 관계하고 계시기 때문이었습니다. "

뮤어 신부의 주름잡힌 입이 떡 벌어졌다. 마스너스 소장은 얼굴을 찌푸리고 벌떡 일어나며 외쳤다.

"그런 말씀이 어디 있습니까. 나는 믿을 수 없습니다. 신부님은 절대로……."

"알고 있습니다, 알고 있습니다." 레인 씨는 온화한 목소리로 말했다. "어쨌든 앉아서 마음을 가라앉히십시오, 소장님. 그리고 신부님도 놀라지 마십시오. 신부님이 어떤 흉악한 일을 하셨다고 비난하고 있는 것은 아니니까요. 어쨌든 내 설명을 들어보십시오. 나는 신부님과 함께 이 댁에서 지내며 이따금 어떤 기묘한 일에 대하여 생각이 미쳤습니다. 그것만으로는 내세워 말할 만한 일이 아닙니다만, 소장님이 말씀하시는 형무소 안의 빠져나가는 구멍과 그것이 너무나도 꼭 들어맞기 때문에 나는 지금 말씀드리는 겁니다. 신부님, 최근 거리에 나가셨을 때 어떤 색다른 일이 없으셨습니까?"

신부의 흐릿한 눈이 생각에 잠기는 듯한 표정을 지었다. 그 눈은 도수 높은 안경 너머에서 꼼짝도 하지 않았다. 마침내 신부는 고개를 저었다.

"별로 색다른 일은 생각나지 않는데요." 그는 변명하듯 미소지으며 덧붙였다. "하긴 사람과 부딪친 일은 자주 있습니다. 아시다시피 나는 심한 근시라서요, 레인 씨. 그리고 늘 무언가 생각하면서 걸어가기 때문에……."

노신사는 빙그레 웃었다.

"바로 그 점입니다. 신부님은 근시이시고 늘 무언가 생각하며 걸어다니시기 때문에 거리에서 자주 사람들과 부딪치십니다. 이 사실에 주의하십시오, 소장님. 나는 꽤 오래 전부터 느끼고 있었습니다만, 정확하게 어떤 수단이 취해지고 있는지 알 수가 없었습니다. 신부님, 당신이 어떤 사람과 길에서 부딪치면 어떤 일이 일어났습니까?"

뮤어 신부는 당황하며 말했다.

"어떤 뜻으로 그런 말씀을 하시는 겁니까? 모두 나에게는 친절하고 공손합니다. 이따금 나는 우산을 떨어뜨리기도 하고 모자며 기도서를 떨어뜨리기도 합니다만……"

"맞습니다, 기도서예요! 내가 생각했던 대로입니다. 그 친절하고 공손한 사람들은 신부님의 모자며 우산이며 기도서를 어떻게 하던가요?"

"그야 물론 집어서 나에게 주지요."

레인 씨는 소리 죽여 웃었다.

"소장님, 지금 들으신 바와 같이 문제는 참으로 간단합니다. 신부님, 그 친절한 사람들이 당신의 기도서를 집어 올립니다. 그리고 그것을 자기의 기도서와 바꿔치기 한단 말입니다. 얼핏보기에는 같지만 다른 기도서입니다! 그리고 바꿔치기한 그 기도서 속에 당신이 형무소 안으로 가지고 갈 통신이 들어 있거나, 아니면 그 친절한 통행인이 바꿔치기해 간 기도서 속에 형무소 안에서 밖으로 보내는 통신이 들어 있겠지요."

"하지만 어떻게 그런 점에 생각이 미쳤습니까?" 하고 소장이 중얼거렸다.

"마술도 아무 것도 아닙니다. 신부님은 이따금 조금 해진 기도서를 가지고 집이나 형무소에서 나가십니다만 돌아오실 때에는 번쩍번쩍 빛나는 새 기도서를 가지고 돌아오십니다. 신부님의 기도서는 마치 불사조가 잿속에서 다시 살아나듯이 언제까지나 절대로 낡지 않습니다. 그러므로 아까 말씀드린 그런 추리가 나오게 된 거지요" 하고 노신사는 빙그레 웃으며 말했다. 마그너스 소장은 다시금 벌떡 일어나 베란다를 성큼성큼 걸어다녔다.

"과연 그 말씀이 맞을 겁니다! 참으로 교묘한 방법이로군요, 그렇지만 신부님, 너무 상심하지는 마십시오. 신부님이 나쁜 것은 아니니까요. 대체 이런 일을 꾸민 녀석이 누구일까요?"

"나는 전혀 짐작이 가지 않습니다." 신부는 입 속으로 중얼거렸다.

"태브임에 틀림없습니다." 마그너스는 우리들 쪽으로 몸을 돌렸다. "태브라고 생각할 수밖에 없습니다. 아시다시피 뮤어 신부님은 형무소의 교회사(敎誨師)일 뿐만 아니라 형무소 안의 도서관도 관리하고 계십니다. 큰 형무소에는 어디나 도서관이 있지요. 그리고 신부님에게는 태브라는 이름의 죄수가 조수 일을 맡고 있습니다. 모범수입니다만 역시 죄수는 죄수지요. 태브 녀석이 신부님을 이용하고 있음에 틀림없습니다. 죄수들과 외부사람들 사이의 다리를 놓아주어 편지를 주고받고 할 때마다 얼마씩 많은 돈을 요구했을 겁니다. 이것으로 뚜렷해졌습니다! 레인 씨, 고맙습니다. 당장에 가서 그 놈을 다그쳐야겠습니다."

소장은 눈을 번뜩이며 형무소를 향해 빠른 걸음으로 부리나케 돌아갔다.

나무숲의 그림자가 언덕 위에 길고 검게 늘어지며 차츰 땅거미가 지기 시작했다. 주위가 어두워지자 형무소의 수색대원들도 거의 돌아왔다. 그들의 밝은 램프 빛이 흔들거리며 다가왔던 것이다. 그러나 그들은 맨손이었다. 도우의 행방은 여전히 알 수가 없었다. 우리는 클레이 저택으로 돌아가든지 아니면 이대로 기다리든지 어느 한쪽을 택해야만 했다. 그래서 우리는 그대로 기다리기로 했다. 아버지는 엘러이휴 클레이 씨에게 전화를 걸어 우리 걱정은 하지 말라고 말했다. 아버지도 나도 이 사람 사냥의 결과를 듣지 않고 알곤킨 형무소 곁을 떠날 수는 없다는 기분이 들었다. 차츰 깊어 가는 밤 공기 속에서 우리들은 한 덩어리가 되어서 말없이 앉아 있었다. 한 번, 경찰견이 짖는 소리가 들려 오는 것 같았다……

악질적인 태브의 문제는 우리에게 그다지 대단한 일이 아니었다. 다만 뮤어 신부만은 진심으로 서글퍼하는 듯했다. '종교 서적에 관심을 가지고 죄수에게 독서를 보급시킨 훌륭한 젊은이'였던 도서관 조수가 악당이라고는 도저히 생각할 수 없다고 말했다. 그리고 밤 10시쯤 되자——우리는 점심 식사 뒤로 아무 것도 먹지 않았으나 아무도 배고프다는 생각이 들지 않았다——신부는 그 이상 더 걱정 때문에 가만히 있을 수가 없어 우리에게 변명을 하고 형무소 쪽으로 달려갔다. 그리고 돌아왔을 때에는 깊은 고민 속에 싸여 있었다. 두 손을 비틀며 위로의 말에도 귀를 기울이려 하지 않았다. 그 얼굴에는 놀라움의 표정이 영원히 새겨진 듯했다. 지금까지 죄수들에게 쏟아온 아름다운 장밋빛 믿음이 현실에서 무참히도 배신당한 것을 그의 선량한 마음은 결코 받아들일 수가 없었던 것이리라.

"지금 막 마그너스를 만나고 왔습니다." 신부는 의자에 파묻히면서 숨가쁘게 말했다. "정말이었습니다. 정말이었단 말입니다! 태브가 그런 짓을 하다니 나는 믿을 수가 없습니다. 대체 어떤 악마에게 홀린 것일까요! 태브가 자백했답니다."

"당신을 이용하고 있었군요?" 아버지가 부드럽게 물었다.

"네, 그렇습니다! 끔찍한 일입니다. 나는 잠깐 태브를 만났습니다. 그는 지위와 특권을 빼앗겼지요. 아아, 당연한 일이긴 합니다만 그래도 역시 가혹하다는 생각이 듭니다——마그너스는 그를 C급으로 떨어뜨렸습니다. 그는 나의 얼굴을 똑바로 쳐다보지도 못하더군요. 어째서 그가 그런 엄청난 짓을……."

"에얼론 도우의 편지를 몇 통이나 전했답니까? 그 점에 대하여 자백했습니까?" 레인 씨가 중얼거리듯 물었다. 뮤어 신부는 당황했다.

"네, 도우는 한 통만 보냈답니다. 몇 주일 전 포어세트 상원의원에게 말입니다. 그러나 태브는 그 편지의 내용은 모른답니다. 그리고 도우 앞으로 된 편지도 한 두 통 왔다더군요. 놀랍게도 태브는 이 터무니없이 수입이 많은 부업을 벌써 몇 년 전부터 해왔답니다. 그는 그저 내가 새 기도서를 가지고 들어가면 그 안에서 편지를 꺼낼 따름이었다는군요. 편지는 기도서 뚜껑 뒷면에 꿰매어져 있었다고 합니다……또 어떤 때에는 내가 외출할 때 나의 낡은 기도서 속에 편지를 넣었다고 합니다. 태브는 편지의 내용은 전혀 모른다고 말했습니다. 참으로 이런 일이 있을 수 있을까요……?"

이리하여 우리는 우리가 두려워하고 있는 일이 일어나기를 기다리며 꼼짝도 하지 않고 앉아 있었다. 그들은 달아난 죄수를 찾아낼까? 그가 간수들의 추적을 언제까지나 피할 수 있다고는 생각할 수 없었다.

"감시인들은 개를 풀어 찾아낼 계획을 세우고 있습니다." 뮤어 신부가 떨리는 목소리로 말했다.

"아까 개 짖는 소리가 들리는 것 같았어요" 하고 나는 작은 목소리로 말했다. 모두들 조용했다. 시간은 1초 1초 지나갔다. 형무소에서는 남자들이 외치는 소리가 들려 왔고 이따금 손전등의 불빛이 하늘을 향해 번뜩였다. 밤새껏 자동차가 형무소 뜰로 드나들었다. 어떤 것은 숲으로 통하는 도로를 달려갔고 어떤 것은 뮤어 신부의 집 앞을 부르릉거리며 지나갔다. 또 혀를 늘어뜨린 무서운 개를 묶은 가죽 끈을 잡아당기며 거무스름한 옷을 입은 한 무리의 남자들이 지나가는 것도 보였다. 신부가 돌아온 10시가 지나서부터 한밤중까지 우리는 꼼짝하지 않고 베란다에 앉아 있었다. 도르리 레인 씨는 얼굴에 아무런 표정도 나타내지 않았으나 마음속으로는 무언가 골똘히 생각하고 있는 듯했다. 에얼론 도우가 알곤킨 형무소에서 석방되던 날 한 사나이가 살해당했다. 레인 씨가 지금 골똘히 생각하고 있는 것은 그 일과 관계가 있는 것일까? 나는 털어놓고 말할까 생각했다…….

사건은 정각 밤 12시에 일어났다. 마치 우연의 신에 의해 미리부터 예정되어 있었던 것 같았다. 한 대의 자동차가 리즈 쪽에서 쏜살같이 언덕을 올라와 문 밖에서 요란한 소리를 내며 멎었다. 우리는 모두 발작적으로 벌떡 일어나 얼굴을 내밀고 암흑 속을 들여다보았다. 한 남자가 자동차 뒷좌석에서 뛰어내리더니 베란다를 향해 달려왔다.

"샘 경감님은? 레인 씨는?" 그는 외쳤다.

그는 지방검사 존 흄이었다. 머리카락을 흐뜨러뜨리고 숨을 헐떡이며 몹시 흥분하고 있었다.

"왜 그러시오?" 아버지가 소리질렀다. 흄은 층계 맨 아랫단에 주저앉았다. 그는 불쑥 소리쳐 말했다.

"뉴스가 있습니다……당신들은 아직도 도우가 억울한 죄를 뒤집어쓰고 있다고 생각하십니까?"

도르리 레인 씨는 한 발자국 앞으로 내딛었으나 그대로 우뚝 서 버렸다. 희미한 별빛 속에서 그의 입술이 부들부들 떨리고 있는 게 보였다. 이윽고 그는 나지막하고 날카로운 목소리로 말했다.

"당신은 설마……?"

"그렇습니다." 흄은 입 속으로 중얼거렸다. 그 목소리는 지쳐 있었고 심술궂었으며 원망하는 투인데다 마치 이번 사건은 자기에 대한 개인적인 모욕이라는 듯한 어조였다. "당신들의 친구 에얼론 도우가 오늘 오후 알곤킨 형무소를 탈출했습니다. 그리고 오늘밤 겨우 몇 분전에 아일라 포어세트 박사가 살해당한 것이 발견되었습니다."

Z라는 글자

그래서 우리들은 다시 한번 그 포어세트 저택의 어두운 정원 길로 자동차를 몰고 들어갔다. 온 집 안이 등불로 환했고 형사며 순경들로 들끓고 있었다. 살해당한 사람에게도 운명의 입구였던 듯이 여겨지는 문지방을 밟고 우리는 안으로 들어갔다. 한 달 전의 그 첫 광경이 다시금 재현됐다고 해도 좋으리라. 떡 벌어진 체격의 케니온 서장이 무뚝뚝한 형사들에게 둘러싸여 서 있었다. 그것은 아래층 방이었다. 거기에 죽은 사나이가 있었던 것이다……. 그러나 아일라 포어세트 박사가 살해당한 곳은 상원의원의 서재가 아니었다. 죽음의 고통으로 일그러진 그의 시체는 진찰실 융단 위에 쓰러져 있었다. 바로 그 전날 밤 그가 그 작은 상자의 가운데 부분으로 여겨지는 기묘한 나무 조각을 살피며 앉아 있던 그 책상에서 몇 피트 떨어진 곳이었다. 그 반짝이는 검고 뾰족한 수염이 핏기 없는 턱에서 빳빳이 튀어나와 있었다. 그는 큰 대자(大字)로 쓰러져 있었는데 눈이 크게 벌어진 채 유리알처럼 천장을 바라보고 있었다. 손발이 경직되어 뒤틀려 있지 않았다면 영원을 명상하며 누워 있는 이집트 왕의 미이라가 아닌가

하는 생각마저 들 정도였다. 왼쪽 가슴에 둥근 손잡이가 달린 칼 같은 것이 튀어나와 있었다. 나는 그것이 외과 수술용 칼임을 알았다. 나는 맥이 빠져 비틀거리며 아버지에게 기댔다. 아버지는 나를 안심시키기 위해 나의 팔을 꼭 쥐어 주었다. 역사는 되풀이되고 있었다. 나는 속이 언짢아 머릿속이 멍해지며 귀에 익은 사람의 목소리를 들었고 낯익은 사람의 얼굴을 보고 있었다. 키 작은 검시의 블르 박사는 천장을 보고 누운 시체 옆에 무릎을 꿇고서 익숙한 솜씨로 살펴보고 있었다. 케니언은 지난번과 마찬가지로 얼굴을 찌푸린 채 천장을 올려다보고 있었다……. 그때까지 온 방 안을 샅샅이 둘러보고 있던 도르리 레인 씨가 조용히 블르 박사 옆으로 다가가 몸을 조금 굽혔다.

"검시의 선생님이시지요? 이 사람은 몇 시에 살해당했습니까?"

블르 박사는 싱긋이 웃었다.

"또 한판 벌어진 셈이로군요. 네 11시 조금 지나서 죽었습니다. 11시 10분 쯤일 겁니다."

"즉사했습니까?"

블르 박사는 눈을 가늘게 뜨며 위를 보았다.

"글쎄요, 그것은 조금 어려운 문제로군요. 아마 잠시 동안은 숨이 끊어지지 않고 있었을지도 모릅니다."

"고맙습니다."

노신사는 시체를 찬찬히 내려다보았다. 잠시 뒤 레인 씨는 허리를 펴고 책상 옆으로 가서 그 위에 놓여 있는 것들을 무표정한 얼굴로 바라보기 시작했다. 케니언이 큰 소리로 말했다.

"흄 씨, 시체를 발견한 것은 고용인들입니다. 포어세트 박사는 아까 초저녁에 고용인들에게 외출해도 좋다고 말했답니다. 이상하지 않습니까? 그의 동생의 경우와 똑같으니 말입니다. 그리고 고용인들이 돌아와 보니 이렇게 되어 있었다고 합니다."

블르 박사는 일어서서 검은 가방을 닫았다. 그는 여전히 원기있는 목소리로 말했다.

"아무 데도 이상한 점이 없습니다. 틀림없는 타살입니다. 흉기는 란셋의 일종으로 의사들이 피스트리(柳葉刀)라고 부르며 간단한 수술을 할 때 쓰지요."

"그것은 책상 위의 이 접시 속에 있었겠지요" 하고 레인 씨가 생각에 잠기며 말했다. 블르 박사는 어깨를 움찔했다. 그 말에 동의하는 모양이었다. 책상 위에는 고무를 깐 접시가 놓여 있었고 기묘한 모양의 외과용 도구들이 잔뜩 들어 있었다. 포어세트 박사는 틀림없이 옆 테이블 위에 있는 전기 소독기로 그것을 살균하려고 했던 것 같았다. 실제로 소독기에서는 지금도 증기가 일고 있었다. 블르 박사는 부리나케 다가가 스위치를 껐다. 방 안 전체의 모습이 나의 눈에도 차츰 뚜렷이 비쳤다. 훌륭한 시설이 갖추어진 진찰실로 한쪽에 진찰용 침대가 놓여 있었고 커다란 형광 투시경이며 X선 발생 장치도 있었다. 그밖에도 나로서는 알 수 없는 갖가지 기계가 놓여 있었다. 책상 위에는 기구를 넣는 접시와 나란히 블르 박사의 것과 비슷한 검은 가죽 가방이 열린 채 놓여 있었다. 그리고 그 가방에 '의학박사 아일라 포어세트'라는 글자가 가지런히 인쇄되어 있었다.

블르 박사는 검시할 때 시체에서 뽑아 낸 흉기를 찬찬히 들여다보며 말했다.

"상처는 하나뿐입니다."

그것은 길고 가는 날이 붙어 있었는데, 날 끝이 낚싯바늘처럼 조금 휘어져 있었다. 그리고 손잡이 부근까지 거무스름한 피가 묻어 있었다.

"흠 씨, 이것은 모양은 없지만 사람을 죽이기에는 안성맞춤의 흉기입니다. 보다시피 이렇게 피를 많이 흘렸잖습니까?"

블르 박사는 시체 옆을 발로 가리켰다. 보았더니 시체 바로 옆의 잿빛 융단 위에 커다란 핏자국이 나 있었다. 상처에서 뿜어 나온 피가 입고 있는 옷을 통해 바닥 위로 흐른 모양이었다.

"이 칼날이 늑골 한 대를 베었답니다. 참으로 무시무시한 상처입니다."

"하지만……,"

홈이 초조하게 말하려는데 갑자기 레인 씨가 눈을 가늘게 찌푸리며 시체 옆에 무릎을 꿇고 그 오른팔을 들어올려 자세히 들여다보았다. 레인 씨는 얼굴을 들고 물었다.

"이게 무엇입니까, 블르 박사님? 이것을 보셨습니까?"

검시의는 태연히 내려다보고 서 있었다.

"아아, 그것 말입니까? 나도 알고 있습니다만, 그다지 중요한 것은 아닙니다. 상처가 또 있나 하고 생각하시는 모양인데 다른 상처는 없습니다."

우리는 포어세트 박사의 오른쪽 손목 아랫부분에 핏자국이 세 개 묻어 있는 것을 보았다. 타원형에 가까운 모양으로 세 개가 모두 가깝게 붙어 있었다.

"찬찬히 보십시오, 동맥 위입니다." 블르 박사가 말했다.

"네, 나도 그것은 알고 있습니다. 블르 박사님, 이것은 매우 중요한 일이라는 것을 모르십니까? 전문가인 당신을 헐뜯는 것 같습니다만." 레인 씨는 쌀쌀하게 말했다. 나는 노신사의 팔을 붙잡으며 외쳤다.

"레인 씨, 이건 가해자가 치명상을 입힌 뒤 피해자의 맥박을 짚어 본 흔적 같아요!"

"포어세트 박사가 죽었는지 확인하기 위해서였겠지요" 하고 나는 주춤주춤 말했다.

"그야 물론 그렇겠지요" 하고 지방검사가 말참견했다. "하지만 그 것이 뭐 그렇게 중요합니까? 자아, 케니온 씨, 어서 일을 시작합시다. 블르 박사님, 시체 해부를 해주시겠지요? 하나도 빠뜨리지 말고 신중히 하고 싶어서 그럽니다."

공중 위생국의 시체 운반차가 올 때까지 기다리기 위해 블르 박사는 시체에 하얀 헝겊을 씌웠는데 나는 그전에 포어세트 박사의 죽은 얼굴에 마지막으로 눈길을 던졌다. 공포의 표정은 나타나 있지 않았다. 오히려 위협하는 듯하고 왠지 놀란 듯한 표정이었다.

지문계 형사들이 일을 시작했다. 케니온은 뚜벅뚜벅 걸어다니며 큰소리로 명령을 내리고 있었다. 이때 레인 씨의 입에서 낮은 외침 소리가 흘러 나왔으므로 모두들 일제히 돌아보았다. 레인 씨는 책상 위에 서서 그때까지 서류 밑에 숨겨져 있는 듯한 어떤 물건을 집어들었다. 그것은 전날 밤 포어세트 박사가 무서운 얼굴로 들여다보고 있던 그 작은 상자의 일부분이었다.

"호오! 이거 굉장하군. 틀림없이 여기 있으리라고 생각했습니다. 페이센스 양, 이것을 어떻게 해석하시겠소?" 레인 씨가 말했다. 지난번에 발견한 첫 번째 것과 마찬가지로 그것은 톱으로 자른 작은 상자의 일부분이었다. 그러나 이것은 양쪽에 톱자국이 있어 아마도 작은 상자의 가운데 부분인 듯했다. 그리고 그 표면에 역시 금 글씨로 두 개의 대문자가 씌어 있었다.

그 글자는 JA였다.

"처음 것은 HE였고 이번에는 JA군요. 레인 씨, 나는 전혀 짐작하지 못하겠어요" 하고 나는 중얼거렸다.

"이상하군." 흄이 화난 듯 말했다. 그는 아버지의 어깨 너머로 목을 내밀어 들여다보고 있었다. "HE(그)란 대체 누구일까? 그리고 이번에는 JA가……?"

"독일어로는 '그렇다'라는 뜻이지만요." 나는 별로 기대하지도 않으며 중얼거렸다. 흄이 큰 소리로 말했다.

"맞소, 그렇다면 뜻을 이루고 있습니다!"

"페이센스 양, 이것은 참으로 중요한 단서입니다. 묘하군, 정말 묘합니다!"

노신사는 무엇을 찾는지 재빠르게 방안을 돌러보았다. 이윽고 눈을 빛내며 방 한구석으로 갔다. 거기에는 크고 두꺼운 사전이 작은 탁자 위에 놓여 있었다. 흄과 아버지는 넋을 잃은 채 바라보고 있었다. 그러나 나는 레인 씨가 무엇을 하고 있는지 알았다. 나도 열심히 머리를 쥐어짰다. HEJA……틀림없이 이런 순서로 쓴 것이다. 두 개씩 글자를 나누면 아무런 뜻도 이루지 못하기 때문이었다. 그것은 하나의 단어일 것이다.

HEJA……그러나 그런 단어는 없는 듯했다. 레인 씨는 느릿느릿 사전을 덮으며 침착한 목소리로 말했다.

"내가 생각했던 대로입니다." 그는 입술을 오므라뜨리고 공허한 눈길로 시체 앞을 왔다갔다했다. "두 개의 부분을 함께 합치면…… 아아, 지금 지난번에 발견한 그 첫 부분이 여기 없어서 유감이로군요."

"어째서 여기 없다고 하십니까?" 케니온이 무시하는 듯한 웃음을 띠며 놀랍게도 주머니에 손을 넣더니 그 첫 부분을 꺼냈다. "하찮은 것이긴 해도 무언가 쓸모가 있을 것 같아, 올 때 기록 보관부에서 찾아 가지고 왔지요."

케니온은 그것을 노신사에게 건네주었다. 레인 씨는 그것을 낚아채더니 책상 위로 허리를 굽혀 그 두 개의 부분을 가지런히 놓았다. 그렇게 놓고 보니 그 작은 금속 멈춤쇠며 모든 점이 이것들이 본디는 하나의 작은 나무 상자였음을 의심할 여지없이 나타내고 있었다. 글자의 크기도 같았으며 HEJA라는 단어를 이루고 있었다. 이 때 나에게 크나큰 광명이 번뜩였다. 이 네 글자가 완전한 하나의 단어를 이루고 있지 않다는 것을 알았기 때문이다. 또 하나, 아니면 두 개의 글자가 그 뒤에 있을 것이다. 왜냐하면 하나의 단어가 그 작은 상자에 씌어졌다면 그것은 한쪽 끝에서 다른 쪽 끝의 중간에 씌어졌을 것이다. 그러나 지금 보니 A가 가운데 부분에 있으므로 뒤에 덧붙이는 글자가 없다면 단어 전체가 중앙을 벗어나 있는 셈이 된다. 레인 씨가 중얼거리듯 말했다.

"이것을 조립해 볼 때 나머지 또 한 부분만 나타나면 완전한 상자의 모형이 된다는 것을 알 수 있으시겠지요. 저 큰 사건을 찾아보고 나의 예상이 틀리지 않음을 알았습니다. 영어 사전에는 HEJA로 시작되는 단어가 단 하나밖에 없습니다."

"그럴 리가! 그런 말은 들은 적도 없습니다" 하고 흄이 내뱉듯 말했다.

"반드시 살인 사건과 관계 있는 뜻을 지닌 말이라고 할 수는 없지요. 다시 말씀드리지만 영어 사전에는 HEJA로 시작되는 단어가 단 하나밖에 없습니다. 그것은 본디 영어가 아니었는데 영어화 된 말입니다." 레인 씨는 조용히 미소를 띠며 말했다.

"그게 무엇이지요?" 나는 주저하며 물었다.

"HEJAZ입니다."

이 말을 듣고 우리는 모두 눈을 깜박거렸다. 그것은 우리들에게 있어 마법의 주문처럼 종잡을 수 없는 말이었다. 흄이 대들 듯 말했다.

"당신의 상상이 옳다고 치고, 그것은 대체 무슨 뜻입니까?"

"HEJAZ란 아라비아의 한 지방 이름입니다. 그리고 기묘하게도 그지방의 수도는 메카랍니다." 노신사는 부드럽게 대답했다. 흄은 두 손을 들어올리며 절망스러운 몸짓을 했다.

"맙소사, 레인 씨, 무슨 말을 하시는 겁니까! 농담하지 마십시오, 아라비아니 메카가 다 뭡니까?"

"농담이라고요, 흄 씨? 농담이 아닙니다. 두 사람의 죽음이 그것을 에워싸고 회전하고 있지 않습니까?" 레인 씨는 쌀쌀하게 말했다. "말씀대로 아라비아니 메카니 하는 뜻을 나타내고 있다고 해석하면 확실히 터무니없는 이야기겠지요. 그러나 반드시 그렇게 해석해야만 한다고는 생각하지 않습니다. 나는 조금 색다르게 생각해 왔습니다."

레인 씨는 잠시 입을 다물었으나 이윽고 조용한 어조로 덧붙여 말했다.

"흄 씨, 이것으로서 모든 일이 끝난 것은 아닙니다."

"이것으로 모두 끝난 것이 아니라고요?" 아버지는 깜짝 놀라며 눈썹을 치켜올렸다.

"그렇다면 또 한번 살인 사건이 일어난다는 말씀입니까?" 하고 아버지는 믿을 수 없다는 듯이 물었다.

노신사는 뒷짐을 지었다.

"그렇게 생각되지 않으십니까? 첫 사건에서 피해자는 살해당하기 전에 작은 상자의 HE 부분을 받았습니다. 다음 사건에서 피해자는 살해당하기 전에 작은 상자의 JA의 부분을 받았지요……."

"그러니까 이번에는 누군가가 그 마지막 부분을 받고 살해당한다는 말씀입니까?" 커다랗게 야비한 웃음을 터뜨리며 케니온이 말했다.

"반드시 그렇다는 것은 아닙니다." 레인 씨는 한숨지었다. "만일 지금까지 있었던 일이 어떤 뜻을 지니고 있다면 세 번째의 인물은 마지막 부분을 받을 것이며, 거기에는 Z라는 글자가 씌어 있을 터이고, 그리고 그 사람은 살해당할 것이라고 생각할 수 있지요. 다시 말해서

Z 살인 사건이라고 할 수 있습니다." 레인 씨는 미소지었다. "그러나 이번 경우에는 지난번과 반드시 똑같은 형태로 일어난다고 할 수는 없겠지요. 중요한 것은 제3의 인물이 관계되고 있다는 점입니다. 즉 포어세트 상원의원과 포어세트 박사를 포함한 3인조의 마지막 한 사람입니다." 그는 엄격한 어조로 말을 맺었다.

"어떻게 그런 것을 알 수 있습니까?" 하고 아버지가 물었다.

"간단하지요. 어째서 작은 상자를 처음부터 세 개로 잘랐을까요? 그것은 분명히 세 사람에게 보내기 위해서였을 겁니다."

"세 번째 사나이는 도우겠군요. 보낼 작정이 아니라 그 녀석은 최후의 하나를 자기가 간직하려고 했을 겁니다." 케니온이 이를 드러내며 말했다.

"아닙니다, 케니온 씨. 절대로 그렇지 않습니다. 도우는 아닙니다." 레인 씨는 조용히 말했다. 그리고 나서 레인 씨는 작은 상자에 대해선 더 이상 아무 말도 하지 않았다. 존 흄과 케니온이 레인 씨의 작은 상자에 대한 설명을 믿지 않는다는 것을 그들의 표정으로 보아 알 수 있었다. 아버지마저 의심스러운 듯한 얼굴을 하고 있었다. 레인 씨는 입술에 힘을 주며 불쑥 말했다.

"여러분, 편지는? 편지는 어디 있습니까?"

"아니! 어떻게 편지에 대한 것을 아셨습니까?" 하고 케니온이 두터운 입술을 떡 벌리며 말했다.

"헛되이 시간을 낭비하지 맙시다. 당신이 그 편지를 발견했습니까?"

케니온은 어이없다는 듯 고개를 끄덕이며 주머니에서 작은 종이쪽지를 꺼내서 노신사에게 건네주었다.

"책상 위에서 발견했습니다. 이 편지가 있었다는 것을 어떻게 아셨지요?" 케니온은 주저하며 물었다. 그것은 어젯밤 내가 보았을 때 포어세트 박사의 책상 위에 작은 상자의 가운데 부분과 나란히 얹혀 있던 종이쪽지였다.

"케니욘 씨, 대체 당신은 어째서 이 편지에 대한 말을 하지 않았지요?" 홈이 레인 씨의 손에서 그 종이쪽지를 낚아채며 외쳤다. "어쨌든 좋습니다. 이야기가 다시 구체적으로 된 셈이니까." 홈은 혀를 끌끌 찼다.

그 편지는 잉크로 씌어 있었다. 그리고 암호가 아니라 여느 글이었다. 여러 번 사람의 손을 거친 듯 상당히 더럽혀져 있었다. 홈은 소리내어 그 글을 읽었다.

탈주는 수요일 오후로 결정되었다. 도로공사 중에 탈주하라. 지난번 편지로 알려준 오두막에 식량과 옷이 있다. 거기에 숨어 있다가 수요일 오후 11시 30분에 우리 집으로 오라 내가 돈을 준비하고 혼자 기다리겠다. 남의 눈에 띄지 않도록 조심하라.

FI

"아일라 포어세트군!" 지방검사가 외쳤다. "이번에야말로 도우의 꼬리를 잡았어. 어떤 사연이 있어서 포어세트는 도우의 탈주를 돕기 위해 감시인에게 뇌물을 주었겠지"

"정말 포어세트의 필적인지 확인해 주십시오" 하고 아버지가 무뚝뚝하게 말했다. 레인 씨는 슬픈 듯이, 그러나 조금 재미있는 얼굴로 지켜보고 있었다. 포어세트 박사의 필적 견본이 몇 개 꺼내졌다. 아무도 필적 감정에 능숙한 사람이 없었으나 여느 사람으로서도 첫눈에 그 편지가 틀림없는 포어세트 박사의 필적임을 알 수 있었다.

"도우가 배신한 겁니다." 케니욘이 우쭐하며 말했다. "그 다음은 간단히 설명되지요, 홈 씨. 내가 편지에 대해 잠자코 있었던 것은 완전한 설명을 할 수 있을 때까지 기다리기 위해서였습니다. 다시 말해서 도우는 돈을 받고 포어세트를 죽인 다음 달아난 것입니다."

"그리고 일부러 발견되도록 이 편지를 여기에 놓아두었단 말이로군요" 하고 아버지가 비꼬는 어조로 말했다. 아버지의 비꼬는 말은 케니온에게 통하지 않았다. 그러나 지방검사는 이 사건이 시작된 이래 벌써 열 번 이상이 될 만큼 다시 근심스러운 표정을 지었다. 케니온은 여전히 의기양양하게 말을 계속했다.

"홈 씨, 당신이 오시기 전에 은행으로 전화를 걸었습니다. 나는 빈틈없이 했지요. 굉장한 정보가 있었습니다. 포어세트 박사는 어제 아침 자기 예금에서 2만 5천 달러를 찾았는데, 그 돈이 지금 집에 없습니다."

"어제 아침이라고요?" 레인 씨가 불쑥 물었다. "케니온 씨, 틀림없으시겠지요?"

"아시겠습니까, 내가 어제 아침이라고 말하면 틀림없이 어제 아침이란 말입니다." 케니온이 화를 내며 말했다.

"아니, 이것은 대단히 중요한 점입니다." 노신사는 혼잣말처럼 말했다. 나는 여태껏 레인 씨가 이토록 기운을 내는 것을 본 일이 없었다. 눈이 반짝반짝 빛나고 볼에는 젊은이 같은 붉은 기가 돌았다.

"물론 당신은 수요일 아침이라는 뜻으로 말씀하신 것이지 목요일 아침은 아니겠지요?"

"물론입니다." 케니온은 울컥하여 말했다.

"그리고 보니 이 편지에는 도우에게 수요일에 탈옥하라고 씌어 있군요. 그런데 도우는 오늘, 즉 목요일에 탈옥했습니다. 확실히 이것은 좀 이상하군요." 홈이 중얼거렸다.

"이 편지의 뒷면을 보십시오." 레인 씨가 조용히 말했다.

그는 굉장히 날카로운 눈을 가지고 있었다. 우리 모두가 보지 못한 것을 그는 발견한 것이다. 홈은 재빨리 그 종이쪽지를 뒤집어 보았다. 그러자 거기에 또 하나의 글이 적혀 있었다. 그것은 연필로 쓴 인쇄체 글씨였다. 전에 포어세트 상원의원의 금고에서 찾아낸 첫 번째 편지에서 본 낯익은 필체였다.

　수요일에는 탈옥할 수 없다. 목요일에 하겠다. 목요일 밤 같은 시각에 잔돈으로 준비해 놓아라.
에얼론 도우

"아아, 이제 분명해졌습니다. 도우는 자기 편지가 진짜라는 것을 나타내기 위해 포어세트가 보낸 편지 뒷면에 글을 써서 알곤킨 형무소에서 보냈군요, 어째서 하루 연기했는지는 문제가 아닙니다. 아마도 연기해야만 할 일이 일어나서 그랬겠지요, 아니면 그 녀석이 용기를 잃어, 용기를 되찾기 위해 하루 연기했는지도 모릅니다. 레인 씨, 포어세트 박사가 수요일에 돈을 찾은 것이 중요한 점이라고 하신 말씀은 다시 말해서 이 점을 가리킨 것이겠지요?" 하고 홈이 말했다.

"전연 다릅니다." 레인 씨는 말했다. 홈은 놀라며 레인 씨의 얼굴을 뚫어지게 바라보다가 이윽고 어깨를 움찔했다.

"아무튼 이번에야말로 조금도 의심할 여지가 없는 명백한 사건입니다. 도우도 이번에는 전기의자를 피할 수가 없을 겁니다." 홈은 만족한 듯 미소지었다. 처음의 의혹도 지금은 깨끗이 사라진 모양이었다. "레인 씨, 당신은 아직도 도우가 억울한 죄를 쓰고 있다고 믿으십니까?"

"도우가 억울한 죄를 쓰고 있다는 나의 신념을 흔들리게 할 만한 것은 여기서 하나도 찾을 수가 없습니다. 오히려 그것은 어떤 다른 사람의 범행이라는 점을 뚜렷이 가리키고 있을 따름입니다."

Z라는 글자　231

노신사는 한숨지었다.

"그것이 누구입니까?" 아버지와 나는 입을 모아 외쳤다.

"그것은 아직 모릅니다……아직 딱 집어서 누구라고는 말할 수 없습니다."

나의 용감한 행위

그 왁자지껄하던 몇 시간을 지금 돌이켜보면 사건은 빠르게, 그리고 당연한 경로를 밟아 그 놀라운 종말을 향해 달리고 있었음을 알 수 있다. 그러나 그 즈음의 우리는 오리무중이었다. 우리라고 해서 안 된다면 적어도 아버지와 나는 그러했다. 잇달아 일어나는 사건을 우리는 어떤 계통도 세워서 생각할 수가 없었다. 흰 헝겊을 씌운 시체의 운반, 지방검사의 엄격한 명령, 알곤킨 형무소 마그너스 소장과의 전화 연락, 여전히 행방을 알 수 없는 죄수의 체포 계획, 말없이 물러 나온 우리들, 그리고 돌아오는 길에서의 레인 씨의 무거운 침묵.

그리고 그 다음날······모든 일은 놀랍도록 재빠르게 일어났다. 우리는 아침 일찍 젤레미를 만났다. 그는 자기 아버지와 약간 말다툼한 다음 여느 때처럼 채석장으로 나갔다. 클레이 씨는 포어세트 박사가 살해당했다는 소식을 듣고 몹시 동요하고 있었다. 그는 상원의원에 입후보하라고 권한 까닭으로 아버지를 얼마쯤 원망하고 있었다. 죽은 두 사나이의 대역으로 입후보한다는 것은 불길한 일이므로 클레이 씨가 원망하는 것도 무리가 아니었다. 아버지는 무뚝뚝하게 선거에 손을 떼라고 충고했다.

"일이 잘 안되어서 그렇게 됐을 뿐이잖습니까? 나를 나무라지는 마십시오, 클레이 씨. 당신은 무엇이 불만스러운 겁니까? 신문기자를 부르십시오. 그리고 죽은 사람에게 채찍질하는 것이 그다지 마음에 걸리지 않는다면 기자에게 말씀하십시오. 처음부터 포어세트 박사의 악행을 밝혀 내기 위하여 입후보했을 뿐이라고 말이오. 진실을 발표하는 겁니다. 아니면 그것은 진실이 아니었단 말입니까? 정말 상원의원이 되고 싶으셨던 겁니까?" 아버지는 무표정하게 말했다.

"물론 그렇진 않습니다." 클레이씨는 눈살을 찌푸리며 말했다.

"그렇다면 좋습니다. 흄을 만나 포어세트의 부정 거래에 대해 내가 수집한 증거를 모두 주십시오. 그리고 당신은 지금까지 내가 말씀 드린 설명을 붙여 입후보 사퇴 성명을 신문에 발표하십시오. 흄은 경쟁자도 없이 주 상원의원 당선되어 당신에게 고마워할 겁니다. 그리고 당신은 틸덴 군의 영웅으로서 지내게 될 겁니다."

"과연!"

"이로써 이곳에서의 내 일은 끝난 셈입니다." 아버지는 즐거운 듯이 말했다. "그다지 도움을 드리지 못했으니 실제로 내가 쓴 비용 이외에는 아무 것도 받지 않겠습니다. 그것은 이미 받은 예약금으로 충분합니다."

"그런 말씀 마십시오, 경감님! 나는 결코 그런 뜻으로……"

나는 사이좋게 다투고 있는 두 사람에게서 물러났다. 바로 이때 가정부 마아사가 나에게 전화가 왔다고 알려 주었기 때문이다. 전화는 젤레미로부터 온 것이었다. 왜 그런지 그는 몹시 흥분하고 있는 듯했다. 무슨 일일까 하고 나도 가슴이 두근거리기 시작했다.

"패티!" 젤레미는 나직하나 꿋꿋한 목소리로 말했다. "옆에 누가 있소?"

"아무도 없어요, 젤레미. 왜 그래요?"

"잘 들어요, 패티. 큰일이 일어났소, 나는 지금 채석장 사무실에서 전화하고 있는데, 비상 사태가 일어났단 말이오. 빨리 이리로 와요! 당장에, 패티!" 그는 빠른 어조로 말했다.

"왜 그래요, 젤레미. 무슨 일이에요?" 나는 외쳤다.

"아무말 말고 당장에 내 차를 타고 와요, 아무에게도 말하면 안되 오, 알겠지요? 패티, 서둘러야 하오!"

나는 서둘렀다. 수화기를 놓자마자 옷의 구김살을 펴고 모자와 장 갑을 가지러 2층으로 올라갔다가 계단을 구르듯이 내려와 시치미를 떼고 어슬렁어슬렁 베란다로 나갔다. 아버지와 엘러이휴 클레이 씨는 아직도 다투고 있었다.

"젤레미의 자동차로 드라이브하고 오겠어요, 괜찮겠지요?" 나는 아무렇지도 않은 어조로 말했다. 나의 말 따위는 두 사람의 귀에 들 리지 않는 듯했다. 나는 재빠르게 차고로 달려가 젤레미의 차에 뛰어 올라 화살 같은 속도로 자동차를 찻길로 돌려 마치 지옥의 도깨비들 에게 쫓기기라도 하듯 쏜살같이 언덕을 내려갔다. 나의 머릿속은 텅 비어 있었다. 다만 한시라도 빨리 클레이 대리석 채석장으로 다다르 는 일만을 생각하고 있을 뿐이었다. 그 6마일이나 되는 지독히 나쁜 길을 나는 7분도 걸리지 않고 달려갔다. 나는 먼지를 일으키며 현장 사무실 뜰에 차를 들이댔다. 젤레미는 젊은 남자가 뜻밖에도 젊은 여 자의 방문을 받았을 때 흔히 보이는 바보 같은 미소를 지으며 자동차 발판에 발을 얹었다. 그러나 그의 말은 절대로 바보 같은 것이 아니 었다. 이탈리아 출신의 노동자 한 사람이 천박한 웃음을 지으며 우리 들을 보고 있는 것이 나의 눈에 띄었다.

"잘 왔소, 패티." 젤레미는 여전히 미소지으며 말했다. 그러나 그 목소리에는 예사롭지 않은 울림이 담겨 있었다. "그런 놀란 얼굴을 하지 말고 나를 보고 웃어요."

나는 웃으려 했으나 볼이 굳어졌다.

"패티, 나는 도우가 숨어 있는 곳을 알고 있소!"

"어머나, 젤레미!" 나는 깜짝 놀라 외쳤다.

"쉬! 어서 웃어요! 남이 눈치채면 안되니까……여기서 일하고 있는 석공 한 사람이——절대로 믿을 수 있는 중요한 사나이로 절대로 남에게 지껄이는 녀석이 아니지요——몇 분 전에 나에게 살짝 와서 말하기를, 점심 시간에 이 부근을 서성거리다가 서늘한 숲 속으로 들어갔다는군요. 여기서 반 마일 가량 떨어진 곳이지요. 거기의 낡은 오두막에 도우가 숨어 있는 것을 언뜻 보았다는 거요!"

"틀림없는 도우였겠지요?" 나는 나직이 물었다.

"절대로 틀림없다는 거요. 신문에 실린 사진으로 도우의 얼굴을 알고 있답니다. 어떡하지요, 패티? 당신이 그가 무죄라고 생각하고 있는 것을 나는 알기 때문에……"

"젤레미." 나는 힘주어 말했다. "그는 정말 죄가 없어요. 나를 불러 줘서 고마워요."

그는 더러운 돌과 먼지투성이의 작업복을 입고 있었는데 마치 어린 아이같이 보였으며 믿음직스럽지 못했다.

"함께 가 봐요. 몰래 도우를 숲에서 데리고 나와 달아나게 해주어야 해요……"

겁먹은 두 공모자는 한참 동안 서로의 얼굴을 마주보았다. 이윽고 젤레미는 턱에 힘을 주며 똑똑히 말했다.

"그럼, 갑시다. 자연스러운 태도로 말이오. 숲 속을 산책하러 가는 척해야 되오."

그는 미소지으며 나를 자동차에서 내려 주고 나의 팔을 잡더니 격려하듯이 꼭 쥐었다. 우리는 그대로 걷기 시작했다. 끝없이 이어지는 듯이 느껴지는 길을 걸어 우리는 겨우 숲 속에 이르렀다. 머리 위에는 푸른 나뭇가지가 서늘한 그늘을 만들었고 향기로운 전나무 내음이 풍겨 왔다. 바깥 세계는 멀고 먼 곳에 있는 듯했다. 우리는 그때까지의 바보 같은 태도를 버리고 쏜살같이 달리기 시작했다. 젤레미는 인디언처럼 껑충껑충 뛰며 앞장서서 달렸고 나는 바로 그 뒤에서 숨을 헐떡거리며 따라갔다. 갑자기 내가 부딪치리만큼, 정말 갑자기 그가 멈추어 섰다. 그의 젊은이다운 정직한 얼굴에 놀라움의 표정이 뚜렷이 떠올라 있었다. 놀라움, 공포, 그리고 절망의 표정이.

나도 역시 그 소리를 들었다. 그것은 사람이 외치는 목소리와 개가 짖는 소리였다.

"맙소사! 바로 저기로군. 녀석들이 도우가 있는 곳을 알아낸 모양이오!" 젤레미가 외쳤다.

"한 발 늦었군요." 나는 정신이 아찔하여 젤레미의 팔에 매달리며 속삭였다. 그는 나의 어깨를 붙잡고 이가 딱딱 부딪칠만큼 심하게 나를 흔들었다.

"자아, 지금은 그런 가냘픈 여자처럼 굴어서는 안되오. 갑시다. 아직 절망하지 않아도 되는지 모르오!" 그는 화를 내며 말했다. 그는 날쌔게 어두컴컴한 오솔길을 달려갔다. 나는 무슨 영문인지 모르는 채, 그러나 그에게 노여움을 느끼며 뒤따라갔다. 나를 심하게 흔들었지! 나에게 화를 냈지! 하고 마음속으로 되풀이하며.

그는 다시금 우뚝 서서 나의 입을 손으로 막았다. 그리고 몸을 굽히더니 먼지투성이의 작은 관목 숲을 기어서 빠져나갔다. 그는 나도 함께 끌어들였다. 나는 울고 싶어졌으나 입술을 깨물며 억지로 참았다. 나의 옷은 가시에 걸려 찢어지고 손가락에는 어떤 뾰족한 것이 꽂혔다. 그러나 나는 금방 그 아픔을 잊었다. 우리들 앞에 작은 빈터가 펼쳐져 있었던 것이다. 너무 늦었다! 거기에는 지붕이 낮게 드리워진 금방이라도 쓰러질 것 같은 작은 오두막이 있었다. 그리고 빈터 반대쪽에서 개 짖는 소리가 차츰 다가오고 있었다. 한순간 그 빈터는 조용하고 사람의 그림자도 없었다. 그러나 다음 순간에는 푸른 제복을 입은 사나이들이 위협하듯 총부리를 오두막 쪽으로 들이대며 나타났으므로 그 빈터는 순식간에 살기로 가득 찼다. 그리고 흉맹스러운 얼굴을 한 큰 개들이 오두막을 향해 달려가 무서운 소리를 지르고 출입문을 긁어 대며 덤벼들었다……세 사나이가 달려가 가죽끈을 붙잡고 개들을 잡아당겼다. 우리는 절망하여 꼼짝하지 않고 지켜보고 있었다. 갑자기 귀청을 뚫는 듯한 총소리와 함께 붉은 섬광이 오두막의 작은 두 창문 가운데 하나에서 뿜어 나왔다. 그리고 피스톨의 총신(銃身)이 다시금 안으로 들어갔다. 침을 흘리는 한 마리의 경찰견이 기묘한 모양으로 공중에 튀어올랐다가 풀썩 땅으로 떨어지더니 숨이 끊어졌다.

"가까이 오지 말아!" 날카롭고 흥분한 목소리가 들려 왔다. 에얼론 도우의 목소리였다. "저리들 가라. 가까이 오면 안 된다! 그렇지 않으면 너희들도 모두 그 개처럼 만들어 주겠다. 내가 살아 있는 한 너희들 따위에게 붙잡히지는 않는다. 물러가!"

지나친 흥분으로 그의 목소리는 가엾은 비명으로 변해 있었다. 나는 무릎을 세워 몸을 일으켰다. 터무니없는 생각이 내 머릿속에서 소용돌이치고 있었다. 나는 막다른 골목에 들어선 기분이었다. 도우가 지금 말한 것은 정말이다. 이번에는 정말로 살인을 할 것이다. 그러나 이렇게 되면 그것 만큼은 막아야 하고, 방법은 꼭 하나 있었다. 기대를 걸 수 없고 제 정신으로는 생각할 수 없는 가능성이긴 하지만……

젤레미가 나를 잡아끌었다.

"패티, 대체 무슨 짓을 하려고 그래 ?" 그는 속삭이는 목소리로 말했다. 나는 그의 손을 뿌리치려고 했다. 그는 어이없는 듯한 표정을 짓고 있었다……. 내가 이렇듯 젤레미와 다투며 몸부림치고 있을 때, 빈터의 양상이 완전히 달라지고 있었다. 나는 부하와 함께 몸을 낮추어 웅크리고 있는 마그너스 소장의 모습을 보았다. 그들은 모두 후퇴하여 관목이며 나무 그늘에 숨어 있었다. 우리들 쪽으로 다가오는 이도 있었다. 어느 쪽으로 눈길을 돌려도 거기에는 피에 굶주린 눈초리의 무장한 간수들이 숨어 있었다. 마그너스 소장이 혼자 빈터로 나아갔다.

"에얼론 도우 !" 소장은 조용한 어조로 불렀다. "바보 같은 짓 하지 말라. 오두막은 완전히 포위 당했다. 너는 틀림없이 잡히고 만다. 우리는 너를 죽이려는 게 아니야."

탕 ! 마치 꿈을 꾸는 듯한 기분으로 나는 소장의 드러난 오른팔에 붉은 피 줄무늬가 하나 마술처럼 나타나는 것을 보았다. 마른 땅에 붉은 피가 뚝뚝 떨어졌다. 도우의 권총이 다시 위력을 발휘한 것이다. 한 간수가 나무숲에서 달려나와 기절한 소장을 끌고 갔다.

죽을 힘을 다해 나는 젤레미의 손을 뿌리쳤다. 그리고 숨이 막힐 지경으로 가슴이 크게 고동치는 것을 느끼며 나는 불현듯 빈터로 뛰어나갔다. 시간이 걸음을 멈춘 그 순간 주위의 모든 사물이 죽은 듯이 조용해지는 것을 나는 느꼈다. 소장도 간수들도 개도, 그리고 도우 자신마저 무모하게 불 속으로 뛰어든 나를 보고 어처구니가 없어 멍청히 넋을 잃고 있었다. 그러나 나는 흥분과 미친 사람 같은 자신의 행동에 대한 공포로 거의 반 광란 상태에 빠져 버렸다. 스스로를 억누를 수가 없었다. 나는 마음속으로 젤레미가 나를 뒤쫓아 튀어나오지 않기를 빌었다. 그 때 뒤에서 기어온 세 간수에게 붙잡혀 몸부림치고 있는 젤레미의 모습이 언뜻 눈에 비쳤다. 나는 고개를 들었다. 그리고 소리 높이 뚜렷하게 외치고 있는 나의 목소리를 들었다.

"에얼론 도우, 나를 안으로 들여보내 줘요. 내가 누군지 알겠지요? 페이션스 샘이에요. 안으로 들여보내 주세요. 할 말이 있어요."

그리고 나서 나는 마치 공중을 헤엄치고 있는 듯한 기분으로, 그러나 굽히지 않고 오두막을 향해 나아갔다. 머릿속이 마비되어 있었다. 아무런 감각도 없었다. 만일 이때 도우가 공포에 사로잡혀 나를 쏘았다 해도 나는 누구에게 맞았는지 알지 못했으리라. 째지는 듯한 목소리가 나의 귀청에 울려 왔다.

"다른 놈들은 다가오지 말라! 나는 저 여자를 겨누고 있다. 다른 놈이 조금이라도 움직이면 저 여자를 죽이겠다! 꼼짝 말고 있어!"

그럭저럭 나는 출입문에 이르렀다. 나의 앞에서 문이 열렸다. 나는 어두컴컴하고 축축한 냄새가 나는 오두막 안으로 쓰러지듯이 들어갔다. 다시금 문이 닫혔다. 나는 공포 때문에 눈이 멀고 마치 학질에 걸린 노파처럼 떨며 그 문에 기대어 섰다. 가엾은 도우는 눈뜨고 볼 수 없으리만큼 무참한 모습이었다. 흙먼지를 뒤집어쓴 채 침을 흘리고 있었으며 수염이 더부룩하여 마치 《노틀담의 꼽추》처럼 보기 흉하고 한심스러운 모습으로 우뚝 서 있었다. 다만 눈만은 침착했고 피할 길 없는 죽음과 마주선 용사처럼 꿋꿋한 결의를 나타내고 있었다. 그리고 그의 왼손에는 아직 연기가 나는 권총이 쥐어져 있었다.

"빨리 말해라!" 도우가 낮고 엄격한 목소리로 말했다. "나를 속이거나 하면 죽이겠다. 어서 말해라."

그는 재빠르게 창 밖을 한 번 보았다.

"에얼론 도우." 나는 속삭이듯 말했다. "이런 짓을 해봐야 아무런 소용도 없어요. 내가 당신이 억울한 죄를 쓰고 있다고 믿는 것을 알고 있지요? 그리고 레인 씨──그 감방에서 당신을 시험해 본 그 친절한 머리 좋은 할아버지 말이에요──그 레인 씨도 나의 아버지 샘 경감도 모두 당신이 무죄라는 것을 믿고 있어요."

"에얼론 도우는 살아 있는 한 붙잡히지 않아." 그는 중얼거리듯 말했다.

"이봐요, 에얼론 도우, 그런 짓을 하면 스스로 죽음을 끌어들이는 거나 다를 게 없어요!" 나는 외쳤다. "자수하세요, 그것이 오직 하나의 살아날 길이에요."

나는 계속 말했다. 무슨 말을 하고 있는지 스스로도 알지 못했다. 그를 구하기 위해 우리가 애쓰고 있다는 것, 틀림없이 그를 구해 줄 수 있다고 말한 것 같았다⋯⋯. 마치 먼 곳에서 들려 오는 듯 희미하게 도우가 띄엄띄엄 말하는 것을 나는 들었다.

"나는 죄가 없어요, 아가씨. 나는 절대로 그 녀석을 죽이지 않았소. 살려 줘요, 부탁입니다!"

그는 갑자기 무릎을 꿇고 나의 손에 입을 맞추었다. 나는 무릎이 덜덜 떨렸다. 연기를 뿜고 있는 권총이 바닥에 떨어졌다. 나는 노인을 부축해 일으켜 그 더러운 어깨에 손을 얹고선 문을 열고 오두막 밖으로 나갔다. 틀림없이 그는 순순히 자수했을 것이다. 무슨 말인가 하면 밖으로 나간 순간 나는 기절하고 말았던 것이다. 정신이 들었을 때에는 젤레미가 내 얼굴을 들여다보고 있었고, 누군가가 내 머리에 물을 끼얹고 있었다.

그 다음은 쓰디쓴 사건의 연속이었다. 나는 그날 오후의 일을 되새겨볼 때마다 지금도 몸부림치지 않을 수 없다. 아버지와 레인 씨도 어디선지 모습을 나타내어 나와 함께 존 흄의 사무실로 가서 가엾은 도우의 이야기를 들었다. 도우는 의자에 웅크리고 앉아 거의 매순간

마다 그 비참한 얼굴을 돌려 도움을 청하듯 나의 얼굴을 바라보았고, 또한 레인 씨와 아버지의 얼굴을 바라보았다. 나는 마음이 아파 멍하니 앉아 있었다. 레인 씨의 얼굴은 마치 비극의 가면 같았다. 홈의 사무실에 모이기 한 시간 전에 내가 오두막에서 도우에게 한 약속을 레인 씨에게 이야기했을 때 레인 씨가 어떤 얼굴을 했는지, 어떤 말을 했는지 나는 결코 잊을 수가 없다.

"페이센스 양!" 레인 씨는 진정으로 괴로운 듯이 말했다. "그런 약속은 하지 말았어야 했습니다. 나도 아직 확신이 서지 않았습니다. 사실 나도 잘 모릅니다. 나는 지금 놀랄 만한 사실을 알아내고 있습니다만, 아직 완전하지는 않습니다. 나로서는 도우를 구해 낼 수 없을지도 모르오."

그제야 비로소 나는 내가 한 짓이 얼마나 잘못된 것인지 깨달았다. 다시금 나는 그 사나이에게 희망을 품게 했던 것이다. 그리고 또다시……

도우는 질문에 대답했다.

"아닙니다. 나는 포어세트 박사를 죽이지 않았습니다. 나는 그 집 안에 들어 가지도 않았습니다."

존 홈은 책상 서랍에서 도우가 오두막 안에서 가지고 있었던 권총을 꺼냈다.

"이건 포어세트 박사의 권총이오." 홈은 엄하게 말했다. "거짓말하지 마오. 포어세트 박사의 조수는 어제 오후 이것이 박사의 진찰실 책상 맨 윗서랍에 들어 있는 걸 보았다고 하오. 도우, 당신은 이걸 그 서랍에서 꺼내갔겠지. 당신은 틀림없이 거기에 갔었소."

도우는 고개를 수그렸다.

"네, 그렇습니다" 하고 도우는 비명에 가까운 목소리로 말했다. "하지만 나는 포어세트를 죽이지 않았습니다. 나는 그와 만날 약속이 되어 있었지요, 11시 반이었습니다. 11시 반에 내가 안으로 들어갔더니 포어세트는 피투성이가 되어 바닥에 쓰러져 있었습니다. 책상위에 권총이 놓여 있기에 겁을 먹은 나는 그 권총을 들고 뛰어나왔습니다. 네, 틀림없이 나는 그 상자토막을 보냈습니다."

"어떤 방법으로 보냈소?"

그러나 도우는 교활한 표정을 지으며 그 말에는 대답하지 않았다.

"이 JA라는 것은 무슨 뜻이지요?"

도우는 입을 다문 채 열지 않았다.

"당신은 시체를 보았다고 했지요?" 레인 씨가 긴장하며 물었다.

"네, 보았습니다. 하지만 나는 그놈이 죽어 있는 것을 보자마자……."

"틀림없었겠지요, 도우? 그는 틀림없이 죽어 있었단 말이지요?"

"네, 나리, 숨이 완전히 끊어져 있었습니다."

그러자 지방검사는 포어세트 박사의 책상 위에 있던 갈겨 쓴 편지를 죄수에게 보였다. 이 점에 대하여 도르리 레인 씨를 제외하고는 모두 깜짝 놀라고 말았다. 아니라고 하는 도우의 부정이 너무나 강렬했고 또한 틀림없이 진심으로 외치고 있었기 때문이었다. 자기는 그런 편지를 받지 않았다고 도우는 외쳤다. 포어세트라고 서명된 그 잉크로 씌어진 편지를 도우는 읽은 적이 없다는 것이었다. 그리고 '에얼론 도우'라는 서명이 있는 연필로 쓴 활자체 글자의 편지를 자기는 쓰지 않았다고 말했던 것이다.

노신사는 재빠르게 물었다.

"도우, 당신은 지난 며칠 동안 포어세트 박사에게서 무슨 편지를 받았겠지요?"

"네, 레인 씨, 받았습니다. 하지만 이 편지는 아닙니다. 화요일이었습니다. 나는 포어세트에게서 편지를 받았었지요, 그 편지에는 목요일에 탈옥하라고 씌어져 있었습니다. 정말입니다, 레인 씨. 목요일이라고 씌어 있었습니다."

"지금 그 편지를 가지고 있소?" 레인 씨가 느릿한 어조로 물었다. 도우는 그 편지를 형무소의 변소에 버렸다고 했다. 어쨌든 도우는 그렇게 주장했다.

"알 수 없군. 어째서 포어세트가 이 사나이를 그런 식으로 배신했는지? 아니, 그렇지 않으면……?" 홈이 중얼거렸다. 노신사는 무슨 말을 하려다가 고개를 저으며 다시 입을 다물어 버렸다. 나에게는 조금씩, 아주 조금씩 광명이 보이기 시작했다.

그 다음 일은 생각만 해도 소름이 끼친다. 존 홈은 또다시 안일한 방법을 취하였다. 다시금 그는 공판의 논고를 차석 지방검사 스위트에게 맡겼던 것이다. 도우는 놀랄 만한 속도로 살인범으로 고발당했고, 숨 돌릴 사이도 없이 공판 날이 다가왔다. 자기들 손으로 죽이려 하는 리즈 시민으로부터 도우를 지키는 일에만도 크나큰 노력이 필요했다. 같은 인물이 또다시 살인했다고 하여 시민들은 몹시 화를 냈다. 그래서 리즈 구치소에서 재판소로 그를 데리고 갈 때에도 엄중히 호위하여 극비로 왕복해야만 했다.

마크 캘리어는 수수께끼였다. 그는 레인 씨로부터 변호료를 받으려 하지 않았다. 시치미를 뗀 그의 살찐 얼굴은 무엇을 생각하고 있는지 짐작할 수가 없었다. 그리고 승산 없는 재판에서 또다시 용감하게 싸웠다.

도르리 레인 씨가 절망과 무력감에 짓눌린 채 지켜보는 가운데 에얼론 도우는 재판을 받았고, 배심원들은 45분 동안 협의한 끝에 계획적인 살인으로 인정했으며, 불과 한 달 전에 그에게 종신형을 선고한 같은 재판장에 의해 전기 사형 판결이 내려졌다.

"에얼론 도우는……법이 규정하는 바에 의하여 사형에 처하기로 한다. 집행 기일은 앞으로…… ."

두 명의 대리 치안관에 의해 수갑이 채워지고 무장한 감시인들에 에워싸인 채 에얼론 도우는 알곤킨 형무소로 들어갔다. 그리고 사형수 독방의 침묵이 한겨울 무덤의 얼어붙은 흙처럼 그의 머리에 들썩워졌다.

암흑의 시기

  이리하여 우리는 희망의 바람이 불기를 빌며 무풍지대 속에 갇힌 채 꼼짝도 하지 못했다. 아버지와 엘러이휴 클레이 씨는 화해하고 있었다. 그리고 아버지도 나도 다툴 기운조차 없었으므로 클레이 씨가 하라는 대로 그 댁에 계속 신세를 지고 있었다. 그러나 우리는 거기서 잠만 잘 뿐이었다. 아버지는 마치 몽유병자처럼 거리를 쏘다녔고, 나는 언덕 위의 뮤어 신부 댁에 틀어박혀 있었다. 어떤 양심의 가책을 느껴서 조금이라도 그 사형수 가까이에 있어 주어야 할 것 같은 기분이 들었기 때문이다.

  될 수 있는 한의 성의는 이루어지고 있었다. 도르리 레인 씨는 도우가 판결을 기다리며 리즈 구치소에 들어가 있을 때 한번 도우를 만났다. 그 때 두 사람 사이에 어떤 말이 오갔는지 나는 지금도 모른다. 그러나 그것은 중요한 만남이었음에 틀림없었다. 왜냐하면 그 뒤 며칠 동안 노신사의 얼굴에서 공포의 빛이 사라지지 않았기 때문이다. 어떤 말을 주고받았는지 나의 레인 씨에게 물어 보았다. 그는 한참 동안 입을 다물고 있다가 이윽고 대답했다.

"HEJAZ라는 것이 무슨 뜻인지 그는 나에게 말하려 하지 않소."
레인 씨의 입에서 나온 말은 이것뿐이었다. 또 한 번은 레인 씨가 갑자기 모습을 감추었었다. 우리는 꼬박 네 시간 동안이나 미친 듯이 그를 찾아 헤매었다. 그는 태연한 얼굴로 돌아와 마치 지금까지 내내 그 자리에 앉아 있었던 것처럼 아무 말도 하지 않고 뮤어 신부 댁 베란다에 다시 앉았다. 그리고 흔들의자를 흔들며 피곤한 듯한 엄격한 표정을 지은 채 무언가 골똘히 생각하고 있었다.

어느 날 몇 시간이나 돌처럼 말없이 앉아 있던 그가 벌떡 일어나 도로미오와 자동차를 부르더니 흙먼지를 일으키며 리즈 거리로 가는 언덕길을 내려갔다. 이번에는 잠시 뒤에 돌아왔다. 그리고 몇 시간이 지나자 우편 배달부가 전보를 가지고 자전거로 언덕을 올라왔다. 레인 씨는 눈을 번뜩이며 전보를 읽고 나서 나에게 던져 주었다.

찾으시는 연방 형사는 지금 공무로 중서부에 출장 중임. 극비임.

발신인은 합중국 사법부에 있는 어떤 높은 관리의 이름으로 되어 있었다. 레인 씨는 한 줄기 희망을 걸고 카마이클에게 연락을 보냈던 것이다. 그러나 전보문을 보면 알 수 있듯이 그 희망도 허사로 돌아가고 말았다. 물론 노신사야말로 진정한 수난자였다. 이 사람이 바로 몇 주일 전에 늙은 얼굴을 흥분과 기쁨으로 발갛게 물들이며 우리와 함께 리즈로 온 그 레인 씨라고는 거의 믿을 수 없을 정도였다. 그의 내부의 어떤 것이 위축되어 지금은 생명의 약동도 사라지고 말았다. 그는 또다시 병자로 돌아가 있었다. 그리고 이따금 생각난 듯이 움직이곤 하는 것 이외에는 뮤어 신부와 마주앉은 채 한 마디 말도 없이 몇 시간이고 꼼짝하지 않았다. 대체 무엇을 생각하고 있는지 아무도 알 수 없었다.

시간은 느릿느릿 지나가고 있었다. 그러다가 갑자기 시간이 걸음을 빨리했다. 그때까지는 날마다 아무 변화도 없이 나른한 걸음을 걷고 있었던 것이다. 그러나 어느 날 아침 침대에서 일어났을 때 나는 벌써 금요일이 되어 있음을 알고 갑자기 몸과 마음이 얼어붙는 듯이 느꼈다. 다음 주 월요일부터 일주일 안에 마그너스 소장은 법률의 요청에 따라 에얼론 도우의 사형집행일을 결정지어야만 하는 것이다. 그러나 그것은 형식에 지나지 않는다. 알곤킨 형무소에서는 수요일 밤에 사형을 집행하는 것이 습관으로 되어 있었다. 기적이 일어나지 않은 한 에얼론 도우는 오늘부터 1주일 안에 전기의자에서 검게 타 버리는 것이다……. 이렇게 생각하자 나는 안절부절못하기 시작했다. 그리고 갑자기 독방에 갇혀 있는 그 가엾은 죄수를 구하기 위해 사람도 만나 보고 당국에 탄원하기도 하며 온갖 노력을 다해야겠다는 기분이 솟아올랐다. 하지만 어디의 누구를 찾아가야 할 것인가?

그날 오후 나는 여느 때처럼 뮤어 신부 댁으로 갔다. 거기에는 아버지도 와 있어 레인 씨와 신부와 함께 무언가 열심히 의논하고 있었다. 나는 조용히 의자에 앉아 눈을 감았다. 그러나 곧 다시 눈을 떴다. 레인 씨가 말했다.

"경감님, 절망입니다. 이제부터 알바니로 가서 브르노 씨를 만나 봅시다."

우리는 주 의사당 안에 있는 공무용 응접실에서 브르노 지사를 만났다. 육중한 몸집과 엷은 갈색 머리, 그리고 강한 의지를 담은 눈동자──참으로 정다운 브르노 지사였다. 그는 따뜻하게 우리들을 맞이해 주었다. 그리고 비서 한 사람에게 샌드위치를 가져오게 한 다음 아버지와 레인 씨와 함께 큰 소리로 즐겁게 농담을 하였다. 그러나 그의 눈만은 날카롭고 신중했으며 입술로는 웃고 있었으나 눈은 결코 웃지 않았다. 우리가 기운을 회복하고 마음을 가라앉히자 브르노 지사는 말했다.

"그런데 레인 씨, 무슨 용건으로 알바니에 오셨습니까?"

"에얼론 도우 사건 때문입니다." 노신사는 조용히 대답했다.

"짐작은 했습니다. 그 사건에 대해 처음부터 끝까지 말씀해 보십시오." 브르노 지사는 책상을 똑똑 두드리며 말했다. 그래서 노신사는 조금도 애매한 점을 남기지 않도록 냉정하고 정확한 말씨로 사건에 대해 설명했다. 레인 씨는 에어론 도우가 첫 번째 희생자인 포어세트 상원의원을 죽였을 리가 없다는 그 까다로운 추론을 설명했다. 브르노 지사는 눈을 지그시 감고 열심히 듣고 있었다. 비록 감명을 받았다 해도 그의 얼굴은 아무것도 나타내지 않았다.

"따라서 도우의 유죄에는 틀림없는 의문이 있기 때문에 도우의 사형집행을 연기해 주십사고 당신에게 부탁드리고자 이렇게 찾아왔습니다" 하고 레인 씨는 결론을 지어 말했다. 브르노 지사는 눈을 떴다.

"이번에도 훌륭한 분석을 하셨습니다, 레인 씨. 여느 때 같으면 올바른 분석이라고 말씀드렸겠지요. 하지만…… 이 경우는 증거가 없습니다그려."

아버지가 으르렁거리듯이 말했다.

"이거 보십시오, 브르노 씨! 당신 입장이 곤란하다는 건 잘 알고 있소. 그러나 당신의 본성을 발휘해 주십시오. 나는 오래 전부터 당신이 어떤 인물인지 알고 있소! 의무에 충실한 게 당신의 참모습이 아니오! 이 사형집행은 반드시 연기해야만 하오!"

지사는 한숨을 지었다.

"이것은 내가 지사로 취임한 이래 처음 당하는 어려운 문제요, 샘. 그리고 레인 씨, 나는 법률의 도구에 지나지 않습니다. 나는 틀림 없이 정의를 떠받들겠다고 선서했습니다. 하지만 우리의 법률제도에서는 정의가 사실에 입각하지 않으면 안됩니다. 그런데 당신들은 사실을 갖고 계시지 않군요. 모든 것이 이론에 지나지 않습니다. 물론 훌륭하고 당당한 이론임에는 틀림없습니다만 사실은 아닙니다. 그 사형수에게 죄가 없다는 것이 추론만이 아니라 증거로도 확인되지 않는 한, 나로서는 배심원이 결정하고 재판장에 의해 내려진 사형 선고의 집행을 막을 수 없습니다. 증거를 제시하십시오, 증거를!"

어색한 침묵이 흘렀다. 나는 절망감에 사로잡혀 의자에 앉은 채 몸을 비틀었다. 이때 레인 씨가 일어섰다. 지치고 창백한 얼굴을 긴장시키며 키 큰 레인 씨는 엄숙하게 우리들을 내려다보았다.

"브르노 씨, 우리는 에얼론 도우가 억울한 죄를 쓰고 있다는 이론뿐만 아니라 그 이상의 것도 가지고 있습니다. 다시 말해서 이 두 개의 범죄에서 전혀 의심할 여지가 없는 어떤 무서운 추론이 절대적으로 성립됩니다. 그러나 당신도 말씀하셨듯이 추론은 증거에 의한 지지를 받아야만 결정적이라고 할 수 있습니다만, 사실 우리에게는 아무런 증거가 없습니다."

아버지가 눈을 번뜩였다.

"그럼, 당신은 알고 계시는군요." 아버지가 외쳤다.

레인 씨는 초조한 듯이 몸부림쳤다.

"나는 거의 모든 것을 알고 있습니다. 전부라고는 할 수 없으나 거의 모두 알고 있단 말입니다." 그는 브르노 지사의 책상에 기대어서서 꼼짝하지 않고 브르노 씨의 눈을 뚫어지게 들여다보았다. "브르노 씨, 전에도 여러 번 나를 믿어 주셨듯이 이번에도 부디 나를 믿어 주시지 않겠습니까?"

브르노 지사는 눈을 내리떴다.

"아아, 레인 씨……나는 그럴 수가 없습니다."

"알았습니다. 그렇다면 조금 더 말씀드리지요. 나의 추리는 아직 포어세트 상원의원과 포어세트 박사의 살해자로 딱 한 사람을 지적할 정도까지는 아닙니다. 그러나 브르노 씨, 내가 지금 이르러 있는 단계에서는 수학 같은 확실성으로 다음과 같이 단언할 수 있습니다. 즉 범인은 어떤 세 사람 가운데 한 사람이어야만 한다는 겁니다!" 노신사는 자세를 똑바로 하고 말했다. 우리는 멍하니 레인 씨를 바라보았다. 세 사람 가운데 한 사람! 그것은 너무나도 놀랍고 대담한 단정이었다. 나 자신도 이때까지 온갖 가능성을 쥐어짜내어 의심가는 인물을 여러 명 생각하고 있었다. 그러나 세 사람이라니! 어떻게 그와 같이 대담한 소거법이 지금까지 알려진 사실에서 가능한지 나는 이해할 수가 없었다.

"에얼론 도우는 그 세 사람 가운데 포함되어 있지 않단 말씀이지요?" 브르노 지사가 중얼거리듯이 말했다.

"그렇습니다."

레인 씨의 말에는 냉정한 확신이 넘쳐 있었다. 나는 브르노 지사의 슬픈 듯한 눈에 언뜻 광명이 떠오르는 것을 알 수 있었다.

"브르노 씨, 나를 믿고 시간을 주십시오, 시간을 말입니다. 내가 바라는 것은 시간입니다, 시간만 있으면 틀림없이……. 하나만 더 중요한 사실 하나가 빠져 있습니다. 그것을 찾아낼 만한 시간이 반드시 필요합니다."

"아마도 그 하나는 존재하지 않을 겁니다." 지사는 중얼거렸다.

"그런 것에 기대를 걸 수 없습니다. 만일 그것을 찾아 내지 못한다면? 나의 입장을 이해하지 못하시겠습니까?"

"만일 찾아 내지 못했을 경우, 나는 깨끗이 패배를 인정하겠습니다. 하지만 그 하나가 틀림없이 존재하지 않는다는 것을 알 수 있을 때까지는, 도우의 운명을 올바로 심판해야 할 당신에게 저지르지도 않은 범죄 때문에 도우가 사형 당하는 것을 잠자코 보고 있을 도덕적 권리는 없을 겁니다."

브르노 지사가 벌떡 일어섰다.

"알았습니다. 그렇다면 여기까지 양보하지요. 만일 사형집행날까지 그 최후의 하나를 발견하지 못했을 경우에는 집행을 1주일 연기시키겠습니다." 입가에 굳은 결의를 나타내며 지사는 말했다.

"아아, 고맙습니다. 브르노 씨, 정말 고맙습니다. 오랜만에 밝은 햇살을 본 듯한 기분이 듭니다. 샘 경감님, 페이센스 양, 이제 그만 가봅시다." 레인 씨가 말했다.

"잠깐만 기다려 주십시오." 지사는 책상 위의 서류를 만지작거리며 말했다. "실은 말씀 드릴까말까하고 지금까지 생각하고 있었습니다만, 이렇게 당신들과 손을 잡은 이상 잠자코 있을 권리가 없다는 생각이 들어서 말씀드리기로 하겠습니다. 중대한 일일지도 모르니까요."

노신사는 얼굴을 번쩍 들었다.

"무슨 말씀이신지요?"

"에얼론 도우의 사형집행을 미루어 달라고 말한 사람이 사실은 당신들뿐 만이 아닙니다."

"그럼?"

"같은 리즈의 어떤 사람이⋯⋯."

"그렇다면 당신의 말씀은 우리도 알고 있고 이 사건과 관계 있는 어떤 사람이 우리보다 먼저 여기에 와서 도우의 사형을 연기해 달라고 부탁했다는 겁니까, 브르노 씨?" 레인 씨는 불같이 눈동자를 빛내며 무서운 목소리로 말했다.

"연기가 아닙니다." 지사는 중얼거리듯이 말했다. "완전히 사면을 해달라는 겁니다. 그녀는 이틀 전에 왔지요. 그리고 어떻게 그런 것을 알고 있는지는 말하지 않았습니다만, 어쨌든……. ”

　“그녀라고요 ? ” 우리는 깜짝 놀라 입을 모아 외쳤다.

　“그녀란 화니 카이저를 말하는 겁니다. ”

　레인 씨는 지사의 머리 위에 걸려 있는 낡은 유화(油畵)를 멍하니 바라보고 있었다.

　“화니 카이저 ! 과연 그랬었군. 나는 조금도……. ” 레인 씨는 분하다는 듯이 책상을 주먹으로 두드렸다. “과연, 나는 정말 장님이었어. 어쩌면 이다지도 어리석었을까 ! 그래, 그녀는 어째서 사면해 달라는 것인지 그 이유를 말하지 않았단 말씀이지요 ? ” 레인 씨는 융단 위를 뛰다시피 하며 다가와 우리들의 팔을 아프도록 힘껏 쥐었다. “페이션스 양, 경감님, 리즈로 돌아갑시다. 희망이 있습니다 ! ”

참패

우리가 리즈에 도착한 것은 다음날 정오 조금 전이었다. 거리가 여느 때와 달리 술렁이고 있었다. 신문팔이 소년들은 제 1면에 무언가 큰 제목이 나붙은 신문을 높이 펄럭이며 새된 소리를 지르고 있었다. 나의 귀에 어떤 말이 불쑥 들려 왔다. 화니 카이저! 신문팔이 소년 하나가 외치고 있는 것이었다.

"차를 세워 주세요! 무슨 일이 생겼나봐요!" 나는 도로미오에게 소리질렀다. 나는 아버지와 레인 씨가 뒤돌아볼 틈도 주지 않고 자동차에서 뛰어내렸다. 나는 신문팔이 소년에게 돈을 던지고 한 장 낚아챘다.

"큰 일이 생겼어요! 이 기사를 읽어보세요." 나는 자동차로 기어들어가며 외쳤다.

신문은 고소하리만큼 숨김없이 폭로하고 있었다. 리즈 엑저미너 지는 쓰고 있었다.

화니 카이저는 지난 몇 년 동안 이 거리에서 악명 높은 인물이었

는데 존 홈 지방 검사의 지령으로 체포되었다. 죄목은 다음과 같다
……:

그리고 장황하게 그 죄목이 열거되어 있었다. 인신 매매, 마약 취급, 그 밖의 갖가지 불쾌한 악행이 폭로되었다. 신문 보도에 의하면 홈은 첫 번째 살인 사건을 조사하다가 찾아낸 서류를 최대한으로 이용한 모양이었다. 화니 카이저 소유의 몇몇 '업소'가 조사를 받았다. 악행의 잡탕 냄비 뚜껑이 열어 젖혀진 것이다. 추악한 소문이 온 거리에 퍼져 나갔다. 사교계, 실업계, 정계의 유명 인물인 리즈의 많은 시민들이 화니 카이저와 직접적인 관계를 맺고 있음을 숨김없이 폭로하고 있었다. 그녀는 2만 5천 달러의 보석금(保釋金)을 청구당했다. 보석금은 곧 지불됐고, 신병은 구속당하지 않은 채 고발을 기다리고 있었다.

"굉장한 뉴스로군요, 행운입니다, 경감님. 얼마나 행운인지 말로 다할 수 없을 정도요. 이제 비로소 우리의 친구 화니 카이저가 호된 징계를 받게 되었으니……." 레인 씨는 생각에 잠기며 말했다. 그는 화니 카이저의 죄목은 그다지 중요하지 않고 다만 고발당함으로써 그녀의 기세가 꺾인다는 점만을 중요시하고 있었다. "그런 여자는 호된 처벌을 받으면 대개 온전한 사람으로 돌아가지요. 도로미오, 지방검사 사무실로 가자!"

우리가 가보니 존 홈은 책상 앞에 앉아 여유있게 여송연을 피우며 몹시 기분이 좋은 듯 했다. 그녀는 지금 어디 있느냐고 물었더니 보석되어 나가 있다는 것이었다. 그녀의 집이 어디냐고 묻자 그는 미소를 띠며 가르쳐 주었다.

우리는 그녀의 집으로 서둘러 갔다. 거리 모퉁이에 있는 커다란 집으로, 가택 수색을 당한 흔적이 있었다. 온통 비단 벨벳을 바르고 금

빛으로 장식한 화려한 집이었는데, 예술적 가치가 의심스러운 선정적인 나체화가 많이 걸려 있었다. 화니 카이저는 집에 없었다. 보석으로 나온 다음 집에 한 번도 오지 않았다는 것이었다. 우리는 다시 우울한 기분으로 미친 듯이 여기저기 찾아다녔다. 세 시간쯤 찾아다닌 뒤에는 절망감으로 말도 나오지 않아 서로 얼굴만 마주볼 뿐이었다. 그녀는 아무 데도 없었던 것이다. 그녀는 보석금을 몰수당할 것을 각오하고 주를 빠져나갔거나 외국으로 멀리 달아난 것이 아닐까? 엄한 형벌이 기다리고 있는 점을 생각하면 매우 있음직한 일이었다. 우리가 안절부절못하고 있는 동안에 노신사는 존 흄과 경찰에 연락을 했다. 전화벨은 줄곧 울려 댔다. 화니 카이저가 드나들 만한 곳은 하나도 빠짐없이 수색했다. 형사들은 그녀의 동정을 살펴오라는 명령을 받았다. 철도역이란 역은 모두 형사의 감시 아래 놓였다. 뉴욕 시 경찰에도 연락이 취해졌다. 그러나 모두 허사였다. 그녀의 행방은 알 수가 없었다.

우리들이 몹시 지친 채 그의 사무실에서 소식을 기다리고 있을 때 존 흄이 말했다.

"더욱 곤란한 것은, 그녀를 고발하는 기일이 3주일 뒤로 예정되어 있다는 점입니다. 다시 말해서 다음 목요일부터 2주일 동안은 안 된다는 이야기지요."

우리는 신음 소리를 질렀다. 브르노 지사가 사형집행을 1주일 연기해 준다 해도 에얼론 도우가 사형당하고 난 다음날이라야만 그녀의 보석 기간이 끝나는 것이다. 그것도 보석 기간이 끝나 그녀가 모습을 나타낸다는 전제 아래에서의 이야기였다.

그 뒤의 무섭고 끔찍한 며칠 동안에 우리는 부쩍 나이를 먹은 것 같은 기분이 들었다. 1주일이 그냥 지나가 버렸다. 금요일……우리는 화니 카이저를 찾아내는 일을 단념하지 않았다. 레인 씨는 마치 발전기 같은 정력을 발휘했다. 경찰의 협력을 얻어 지방 방송국을 그가 마음대로 쓸 수 있게 되었다. 호출, 발신 등이 전파를 타고 오갔다. 토요일, 일요일, 월요일……. 월요일에는 마그너스 소장이 사형집행 일시를 수요일 오후 11시 5분으로 결정했다는 사실을 뮤어 신부와 신문 기사를 통해 알았다. 화요일, 화니 카이저의 행방은 여전히 알 수가 없었다. 유럽 항로의 모든 기선에 전보를 쳤다. 그러나 누가 보아도 알 수 있는 그녀의 두드러진 특징과 들어맞는 여자는 어느 기선에도 타고 있지 않다는 것이었다. 수요일은 무섭고도 뜻하지 않은 사건이 많이 일어난 하루였다. 우리는 아침 식사에 거의 손을 대지 않았다. 뮤어 신부는 그 지치고 늙은 다리를 재촉하여 형무소 안뜰에 있는 사형수 독방으로 갔다. 이윽고 침착하지 못한 모습으로 돌아와 2층 침실에 틀어박혀 버렸다. 얼마뒤 그가 기도서를 들고 다시 모습을 나타냈을 때에는 기분이 상당히 가라앉은 듯했다.

당연한 일로, 우리는 그날 뮤어 신부 댁에 모두 모였다. 젤레미도 함께 와서 그 젊은 얼굴을 찌푸린 채 마구 담배를 피우며 뮤어 신부 집 앞을 왔다갔다하고 있었다. 한 번 내가 말을 걸기 위해 내려가자 그는 자기 아버지가 끔찍한 일을 맡았다고 말했다. 엘러이휴 클레이 씨는 사형집행에 입회하도록 마그너스 소장으로부터 초대받았다는 것이었다. 그리고 클레이 씨는 초대를 받아들였다고 젤레미는 씁쓰레하게 말했다. 나는 뭐라고 말해야 좋을지 몰랐다. 이리하여 오전이 지나갔다. 레인 씨의 얼굴은 일그러졌고 반점이 떠올라 있었다. 전에 앓던 병세가 다시 나타나 그 얼굴에 고뇌의 주름이 깊이 새겨져 있었다. 그날 오전 11시 조금 전에 레인 씨는 리즈의 지방검사 사무실에서 심부름꾼이 가지고 온 최근의 보고를 받았다. 온갖 노력이 아무런 쓸모도 없었다. 화니 카이저는 어디서도 찾아 낼 수가 없었고 최근의 동정도 전혀 알 수가 없었다. 노신사는 어깨를 움찔했다.

"해야 할 일은 하나밖에 없습니다. 그것은 브르노 씨에게 집행 연기의 약속을 상기키키는 일입니다. 화니 카이저를 찾아 낼 때까지." 그는 나직한 목소리로 선언했다. 이때 현관의 초인종이 울렸다. 우리의 깜짝 놀란 표정을 보고 레인 씨는 대뜸 무슨 일이 일어났음을 알아차렸다. 뮤어 신부가 현관으로 뛰어나갔다. 조금 뒤 신부의 숨막히는 듯한 기쁨의 외침 소리가 들려왔다. 우리는 입을 크게 벌리고 거실 입구를 바라보았다, 그 거실 문에 기대어 서 있는 어떤 사람을. 화니 카이저였다. 마치 죽음의 나라에서 돌아온 듯한 모습이었다.

Z의 비극

여송연을 피우며 동요하는 빛도 없이 그토록 냉정하게 존 흄을 묵살하던 그 어이없는 여걸의 면모는 지금 온데간데 없었다. 지금의 화니 카이저는 전혀 다른 사람이었다. 전에는 타는 듯한 붉은 머리털이 었는데 지금은 붉은 머리에 흰머리가 섞여 있었다. 남자 같은 옷차림은 더럽고 꾸깃꾸깃할 뿐만 아니라 군데군데 찢기어 있었다. 화장기 없는 뺨과 입술이 축 늘어진 젖가슴을 향해 맥없이 수그러져 있었다. 또한 그녀의 눈에는 공포의 빛이 뚜렷이 나타나 있었다. 지금 우리 눈앞에 나타난 화니 카이저는 겁에 질린 하나의 늙은 여자에 지나지 않았다. 우리는 모두 한꺼번에 뛰어나가 끌다시피 하여 그녀를 방안으로 데려왔다. 뮤어 신부는 몹시 기뻐하며 주위를 껑충껑충 뛰어다녔다. 누군가가 의자를 권하자 그녀는 텅빈 듯한 늙은이의 신음소리를 지르며 쓰러지다시피 앉았다. 레인 씨의 얼굴에서 지금까지의 슬픈 표정이 사라져 있었다. 또다시 모르는 체하는 표정을 짓고 있었으나 마음속의 열광을 감출 수 없는지 손가락이 떨리고 관자놀이의 혈관이 물결치고 있었다.

"나는 먼 곳에 가 있었어요. 그런데 당신들이 나를 찾고 있다는……말을 듣고……." 그녀는 까칠하게 마른 입술을 축이며 쉰 목소리로 말했다.

"오오, 그랬군요! 어디 가 있었소?" 아버지가 상기하여 얼굴을 보랏빛으로 물들이며 외쳤다.

"아딜론닥크 산 속의 오두막에 숨어 있었어요." 그녀는 나른한 목소리로 말했다. "나는……나는 달아나고 싶었어요. 아시겠지요? 리즈에서의 그 지긋지긋한 사건들 때문에 나는 뼛속까지 지치고 말았거든요. 그곳에서는 문명세계와 완전히 동떨어진 생활을 할 수 있었어요. 전화도 없고 우편물도 오지 않고 신문도 오지 않아요. 하지만 라디오만은 가지고 갔는데……."

"포어세트 박사의 오두막이군요? 동생이 살해당했을 때 그가 주말 여행을 갔던 그 오두막이군요?" 나는 마음에 떠오르는 생각을 반사적으로 입밖에 내어 외쳤다. 그녀는 무거운 눈꺼풀을 들어올렸다가 다시 내렸다. 그녀의 볼은 아까보다 더욱 늘어져 가엾은 늙은 바다표범처럼 보였다.

"맞아요. 당신 말대로 거기는 포어세트의 오두막이에요. 그의 사랑의 보금자리라고나 할까요." 그녀는 그다지 재미도 없는 듯이 웃었다. "여자친구를 거기로 데려가곤 했지요. 동생 조우엘이 살해당한 그 주말에도 그는 어떤 말괄량이와 그곳에 가 있었어요."

"지금 그런 것은 아무래도 좋습니다, 화니 카이저 씨. 당신은 어째서 리즈로 돌아왔습니까?" 레인 씨가 조용히 물었다. 그녀는 어깨를 움찔했다.

"이상하게 여기시겠지요. 내가 그럴 줄은 나 자신도 몰랐어요. 이제 보니 나도 쓰러져 울 때가 다 있더군요." 그녀는 갑자기 조금 허리를 펴고 대들 듯이 레인 씨에게 소리 질렀다. "나에게도 양심이 있었단 말이에요!"

틀림없이 웃음거리가 될 것이며, 적어도 진심으로 받아들여지지는 않을 거라고 생각하고 있는 듯한 말투였다.

"과연 그 말을 들으니 매우 기쁩니다, 카이저 씨."

그녀는 눈을 깜박거렸다. 레인 씨는 의자를 잡아끌어 그녀와 마주 앉았다. 우리는 말없이 지켜보았다.

"에얼론 도우가 재판을 받기 전 구치소에 있는 동안에 그 작은 상자의 마지막 부분, 즉 Z라는 글자가 씌어져 있는 세 번째 부분을 보냈지요?"

그녀는 마치 커다란 도넛 구멍같이 큰 입을 떡 벌렸다. 그리고 벌겋게 충혈된 눈을 미친 듯이 크게 떴다.

"아니! 어떻게 그것을 아셨지요?"

노신사는 답답하다는 듯이 손을 흔들었다.

"뻔하지 않습니까. 당신은 지사를 찾아가 당신과는 아무런 관계도 없을 것 같은 도우의 사면을 탄원했는데, 어째서 특히 화니 카이저만이 그런 짓을 해야만 했겠소? 그것은 도우가 당신의 약점을 잡고 있기 때문이라고 밖에 생각할 수 없습니다. 그리고 그 약점은 도우가 포어세트 상원의원과 포어세트 박사에 대해 쥐고 있던 약점과 같은 것으로 여겨집니다. 그는 마지막 작은 상자 조각을 틀림없이 당신에게 보냈을 겁니다. Z라는 글자는…….."

"좀더 빨리 알았더라면 좋았을 것." 그녀는 중얼거렸다.

레인 씨는 그녀의 살찐 무릎을 가볍게 두드리며 말했다.

"가르쳐 주시오."

그녀는 입을 다물고 있었다. 레인 씨는 낮은 목소리로 말했다.

"하지만 화니 카이저 씨, 그 일부분은 벌써 나도 알고 있소, 그 배에 대한 것을……."

그녀는 깜짝 놀라 의자의 팔걸이를 굵은 손가락이 파묻히도록 꼭 쥐며 맥없이 등을 기댔다.

"놀랍군요! 당신은 대체 누구시지요?" 그녀는 어쩐지 기분나쁜, 그러나 얼마쯤 가엾은 웃음소리를 냈다. "아무튼 그렇다면 숨겨도 소용없겠군요. 하지만 대체 어떻게……? 설마 도우가 털어놓은 것은 아니겠지요?"

"도우는 아무 말도 하지 않았소."

"마지막까지 희망을 버리지 않는군, 그 욕심쟁이가." 그녀는 중얼거렸다. "그건 그렇다 치고, 결국 인간이란 별수 없어요. 죄를 지으면 언젠가는 틀림없이 드러나니까. 그리고 결국에 가서는 찬송가를 부르는 무리들의 손아귀에 떨어진단 말이에요. 신부님, 실례되는 말을 해서 죄송합니다. 맞아요……도우는 나의 약점을 쥐고 있어요. 그 것이 알려지면 곤란하기 때문에 나는 그를 도우려 했던 거예요. 그러다가 아무래도 도와 줄 수 없다는 걸 알고 덜컥 겁이 나서 정신없이 달아났어요. 아니, 달아나려고 했었지요……."

노신사의 눈에서 기묘한 빛이 흘러나왔다.

"도우가 털어놓을까봐 겁이 나서 그랬습니까?"

그녀는 살찐 팔을 흔들며 부정했다.

"아니오, 그런 것은 아니에요. 그 점은 그다지 무섭지 않았어요. 아무튼 그 하찮은 작은 상자에 어떤 뜻이 있는지 말씀드리는 편이 좋겠군요. 그것이 결국 도우가 지난 몇 년 동안 나와 포어세트 형제에 대해 쥐고 있던 약점이 무엇인지를 설명하는 결과가 될 테니까요."

그것은 놀랍고도 믿기 어려운 이야기였다. 오래 전 일이었다. 벌써 20년, 아니 25년도 더 되었을 것이다. 그녀도 정확하게 기억하지는 못했다. 조우엘 포어세트와 아일라 포어세트 형제는 젊었을 때 미국의 부랑자로, 수단을 가리지 않고 막벌이를 하며 온 세계를 두루 돌아다니고 있었다. 주로 손쉽게 돈을 벌 수 있는 나쁜 일에 손을 대고 있었다. 그 무렵에는 지금과 이름이 달랐으나 그런 것은 아무래도 좋았다. 화니 카이저는 미국 출신의 무능력자와 영국 국적을 빼앗긴 여자 도둑 사이에서 태어난 딸로, 그 무렵 프랑스 영토였던 베트남의 수도이며 주로 나쁜 일이 번성하던 사이공 거리에 있는 삼류 카페의 여주인이었다. 여기로 이 두 형제가 그녀의 말에 의하면 '사냥감을 노리고' 흘러 들어왔다. 그래서 그녀는 그들과 알게 되었다. 그녀는 그 멋진 두 형제에게 반했다. 그들은 용기가 있고 도덕 따위는 거들떠보지도 않는 젊고 철저한 부랑배였다.

그녀의 카페를 단골로 삼는 뱃사람 가운데는 훌륭한 사람도 있었고 쓰레기 같은 사람도 있었는데, 카페의 여주인이라는 직업 탓으로 그녀의 귀에는 비밀에 붙여야 할 만한 일도 자연히 들려 왔다. 항해 중 몇 주일 동안이나 술을 마시지 못한 뱃사람들은 오랜만에 술을 잔뜩 마신 김에 이따금 말하지 않는 편이 좋을 만한 사실도 털어놓는 것이었다. 그녀가 귀중한 비밀을 알아 낸 것은 그때 항구에 들어와 있던 어떤 부정기선(不定期船)의 이등항해사로부터였다. 그는 술에 취하여 그녀에게 추근거렸다. 그녀는 교묘하게 말을 걸어서 그 사나이로부터 배의 비밀을 알아내는 데 성공했다. 그 배는 양은 많지 않으나 매우 값진 다이아몬드 원석(原石)을 싣고 홍콩으로 가는 도중이라고 했다.

"굉장히 벌이가 좋은 이야기였지요." 그녀는 그때를 회상하고 웃으며 쉰 목소리로 말했다. 나는 그런 그녀를 보고 몸서리를 쳤다. 이 시들고 늙은 여자도 옛날에는 한때 아름다웠던 것이다!

"나는 포어세트 형제에게 대뜸 이 비밀을 가르쳐 주고 나누어 가질 몫도 결정지었지요. 물론 그들이 나를 속이지 못하도록 했어요. 나는 그들을 완전히 신용하지는 않았으니까요, 나는 카페를 내버려두고 녀석들과 함께 선객(船客)으로 가장하여 그 배에 올라탔어요."

일은 어이없을만큼 간단했다. 그 배의 승무원은 모두 중국 사람과 인도 사람으로 대부분 연약하고 패기 없는 이들뿐이어서 처음부터 겁을 먹은 것이었다. 포어세트 형제는 무기고를 습격하고 선장을 침대 위에서 죽인 다음, 상급 선원은 상처를 입히거나 죽이고 여느 승무원은 절반쯤 사살한 뒤 짐을 약탈하고 나서 배에 구멍을 뚫어 놓고는 화니 카이저와 제일 큰 보트를 타고 달아났다. 포어세트 형제는 살아남은 승무원이 한 사람도 없다고 믿고 있었다. 어둠을 타고 인기척 없는 해안에 상륙하여 약탈한 물건을 셋으로 나눈 다음 뿔뿔이 헤어졌다가 몇 달 뒤에 몇천 마일이나 떨어진 곳에서 다시 만났다.

"그럼, 에얼론 도우는 어떤 사람이었습니까?" 레인 씨가 다급하게 물었다. 그녀는 주저했다.

"이등항해사였어요, 처음에 내가 비밀을 알아 낸 것이 바로 그 술 주정꾼에게서였지요, 어떻게 목숨이 살아남았는지 모르겠으나, 어쨌든 살아 있었답니다. 배와 함께 가라앉지 않고 상처를 입은 몸으로 바닷가까지 헤엄쳐서 올라왔지요, 그리고 지난 몇 년 동안 포어세트 형제와 나에 대해 증오와 복수심을 불태우고 있었던 것입니다."

"어째서 그 자리에서 곧 가장 가까운 항구의 경찰에 신고하지 않았을까요?" 아버지가 중얼거리듯 말했다.

그녀는 어깨를 움찔했다.

"아마 처음부터 우리에게 공갈할 작정이었겠지요, 아무튼 배는 '해상 난파'로 간주되었다고 합니다. 그리고 해상 보험의 조사도 있었으나 아무 것도 알아 내지 못했답니다. 우리는 암스테르담의 큰 장물아비에게서 다이아몬드를 돈으로 바꾸었지요, 그리고 포어세트 형제와 나는 미국으로 건너와 오늘날까지 죽 함께 일해 왔던 거예요." 그녀의 쉰 목소리는 엄한 투를 띠기 시작했다. "다시 말해서 함께 일하도록 내가 만들었지요. 나는 결코 두 사람에게서 눈을 떼지 않았어요. 우리는 뉴욕에서 얼마 동안 살다가 별 까닭도 없이 북부로 옮겨왔습니다. 포어세트 형제는 순조롭게 지위를 쌓아올렸지요. 특히 아일라 쪽이 그랬습니다. 아일라는 늘 참모 격으로, 동생 조우엘에게 법률 공부를 시키고 자기는 의학 공부를 했지요. 우리는 무척 많이 벌었어요……."

우리는 묵묵히 있었다. 해적 행위, 인도차이나, 구멍 뚫린 배, 다이아몬드 약탈, 승무원 살해, 이러한 피비린내 나는 이야기는 도저히 믿을 수 없을 것 같았다. 너무나도 현실과 동떨어져 있고, 너무나도 터무니없는 일같이 생각되었다. 그러나 그것을 이야기하는 그녀의 귀에 거슬리는 목소리에는 진실의 울림이 담겨 있었다. 나는 도르리 레인 씨의 신중하고 조용한 목소리에 퍼뜩 정신이 들었다.

"그렇다면 이야기가 맞아 들어가오. 단 한 가지 점만 빼놓고는. 이 사건의 배경에 바다가 관계되어 있음을 나는 어떤 사소한 일로 짐작했었지요. 도우가 두 번쯤 뱃사람이 아니면 쓰지 않는 말을 썼거든요. 그래서 그 상자의 모형도 틀림없이 선원들이 쓰는 작은 상자리라고 생각했소. 그리고 그 HEJAZ라는 것도 어쩌면 경마하는 말 이름이거나 아니면 어떤 새로운 도박에 관한 말이거나 또는 동양의 어떤 융단의 일종일지도 모른다고 여러 가지로 생각했습니다. 그러나 마침내 그것이 단순히 어떤 배의 이름에 지나지 않는다는 것을 알게 되었지요. 하지만 낡은 해사(海事) 기록을 조사해 보았으나 그런 이름의 배를 찾아 낼 수가 없었습니다."

"그야 그랬겠지요. 그 배의 이름은 'HEJAZ의 별'이었으니까요." 화니 카이저가 나른하게 말했다.

"저런! 그러니 일생 동안 찾는다 해도 알아 내지 못했겠군요, 'HEJAZ의 별'이라고요? 그랬었군요. 그리고 그 다이아몬드는 선장의 상자 속에 들어 있었겠지요? 그래서 도우가 그 도둑맞은 상자의 모형을 만들어 그것을 세 개로 나누어 하나씩 당신들에게 보냈겠지요. 그 작은 상자를 보내면 당신들이 금새 그 사건을 상기하리라고 생각하고 말입니다!" 레인 씨가 말했다. 그녀는 한숨지으며 고개를 끄덕였다. 나는 지난 몇 주일 동안의 레인 씨의 활동을 돌이켜보았다. 그는 배——바다——작은 상자에 대한 것을 생각하고 있었던 것이다. 레인 씨는 일어나서 화니 카이저를 내려다보았다. 그녀는 레인 씨의 다음 말이 두려운지 조심스럽게 의자에 웅크리고 앉아 있었다. 우리는 취한 듯이 말없이 지켜보고 있었다. 대체 레인 씨는 무슨 말을 하려는 것일까? 나로서는 추측할 수도 없었다. 레인 씨는 콧구멍을 크게 벌렸다.

"카이저 씨, 지난 주일에 당신이 리즈에서 달아난 것은 자기 자신의 안전이 위태로워졌기 때문이 아니라 양심의 가책을 받았기 때문이라고 말씀하셨지요? 좀더 분명히 말해서 그것은 어떤 뜻입니까?"

지칠 대로 지친 늙은 여인은 손톱을 빨갛게 칠한 큰 손을 쳐들어 절망스러운 몸짓을 했다.

"모두들 도우를 전기의자에 앉히려 하고 있지요?" 그녀는 나직하게 물었다.

"도우는 사형을 선고받았습니다"

"바로 그거에요" 하고 그녀는 외쳤다. "모두가 죄 없는 사람을 사형에 처하려 하고 있어요! 에얼론 도우는 포어세트 형제를 살해한 범인이 아닙니다!"

우리는 물리칠 수 없는 힘에 이끌리듯이 모두 몸을 앞으로 내밀었다. 노신사는 흥분으로 목덜미의 혈관을 부풀리며 그녀에게 덮치듯이 몸을 굽혔다. 그는 외쳤다.

"당신은 어떻게 그것을 아십니까?"

화니 카이저는 갑자기 의자에 몸을 웅크리며 두 손으로 얼굴을 가렸다. 그녀는 흐느껴 울며 말했다.

"그것은 말이에요, 아일라 포어세트가 숨을 거두기 직전에 나에게 그렇게 말했기 때문이에요."

최후의 실마리

"그랬었군요." 레인 씨가 매우 조용한 어조로 말했다.

그래서 우리는 전혀 짐작도 할 수 없었으나 어떤 기적이 일어났음에 틀림없다고 생각했다. 레인 씨는 마음을 놓은 듯이 미소지었다. 오랜 고생 끝에 비로소 보답을 받은 사람의 미소였다. 그는 더 이상 아무 말도 하지 않았다.

"포어세트가 나에게 그렇게 말했어요." 화니 카이저는 기운을 조금 되찾으며 말했다. 이제는 흐느껴 울지도 않았다. 그리고 그날 밤의 사건을 생각하니 지금까지 좀처럼 흔들리지 않던 마음의 깊숙한 곳이 흔들리는지 공허한 눈으로 바람벽을 뚫어지게 보고 있었다. "나는 늘 그 두 사람과 연락을 취하고 있었어요. 물론 남모르게 말이에요. 일에 대한 것이었지요. 그 조우엘 포어세트가 살해당한 날 밤 내가 포어세트의 집에 들어가자 조우엘이 죽기 전에 나에게 쓴 편지를 홈이 들이댔었지요? 나는 사태가 드디어 위험해지고 있다는 것을 알았어요. 아일라와 나는 오래 전부터 카마이클을 수상쩍게 생각하고 있었어요. 그 첫 번째 상자 조각이 조우엘에게 전달되었을 때 조우엘과 아일라와 나는 모여서 여러 가지로 의논을 했답니다. 우리는 그때 비로소 도우가 아직 살아 있음을 알았지요. 어쨌든 우리는 경찰의 신세를 지지 않기로 결정을 내렸어요. 조우엘, 다시 말해서 그 상원의 원님께서는" 갑자기 그녀는 흐응 하고 콧방귀를 꿰었다. "몹시 겁을 먹고 도우 녀석에게 돈을 주겠다고 했습니다. 아일라와 나는 그에게 용기를 북돋아 주기 위해 몹시 애를 먹었지요." 그녀는 입을 다물었으나 곧 빠른 어조로 덧붙여 말했다. "그 조우엘이 살해당한 날 밤 나는 도우를 쫓아 버리려고 갔었어요. 도우 녀석은 틀림없이 올 것이고, 조우엘 포어세트는 분명 겁을 먹고 5만 달러를 줄 것이라고 생각했기 때문이었어요."

화니 카이저는 거짓말을 하고 있었다. 그 눈은 번들거리며 남의 얼굴빛을 살피고 있었다. 이 여자는 무슨 짓이라도 할 수 있는 여자이다. 포어세트 상원의원이 살해당한 날 밤 그 집으로 갈 때 뚜렷한 목적을 가슴에 품고 있었음에 틀림없었다. 즉 도우가 위협을 해도 순순히 물러나지 않으면 죽일 작정이었던 것이다. 상원의원 자신도 역시 그럴 계획이었음에 틀림없다.

"아일라 포어세트가 살해당한 날 밤, 운 나쁘게도 나는 또 그 집에 갔었지요." 그녀는 여전히 쉰 목소리로 말을 계속했다. "도우가 작은 상자의 두 번째 부분을 보낸 것, 그리고 그날 오후 도우가 전화를 걸어 그날 밤 만나자고 한 약속 등을 나는 아일라에게서 들어 알고 있었어요. 아일라는 철면피였으나 역시 겁을 먹고 있었으므로 그 전날 은행에서 돈을 찾아다 놓고 도우에게 순순히 줄 것이냐 말 것이냐 망설이고 있었답니다. 그래서……나는 그가 어떻게 하나 보기 위해 갔던 거예요."

나는 다시금 그녀가 거짓말하고 있음을 알았다. 돈은 '지불하기 위해서'였다는 증거를 만들기 위해 찾았던 것이다. 그리고 아일라 포어세트와 화니 카이저는 그날 밤 에얼론 도우를 죽일 작정이었던 것이다. 그녀의 눈이 번쩍번쩍 빛났다.

"내가 안에 들어가 보았더니 아일라는 가슴에 칼을 맞고 진찰실 바닥에 쓰러져 죽어 있었어요."

노신사는 매우 불안한 얼굴을 지으며 말했다.

"하지만 당신은 아까 그가 살아 있어——."

"네, 나는 내가 한 말을 잊고 있는 것은 아니에요." 그녀는 불만스러운 듯 말했다. "죽은 줄 알았을 뿐이었지요. 어쨌든 그다지 기분 좋은 일은 아니었어요. 소름이 끼쳤으니까요." 그녀는 몸부림치며 커다란 몸집을 바다의 물결처럼 흔들었다. "그래서 나는 달아나려고 몸을 반쯤 돌렸습니다. 그때 그의 손가락 하나가 움직이는 것이 눈에 띄었어요. 그래서 나는 다시 돌아서 그의 옆에 무릎을 꿇고 '아일라, 아일라, 당신을 죽이려 한 것은 도우였나요?' 하고 물었지요. 그러자 그는 목구멍 속에서 거의 들리지도 않는 목소리를 쥐어짜 내어 말하더군요. '아니야, 도우가 아니야. 그것은'" 그녀는 말을 그치고 커다란 손을 마주잡았다. "그리고 부르르 몸을 떨더니 숨이 끊어지고 말았어요."

"제기랄!" 아버지는 안타깝다는 듯이 외쳤다. "그런 일은 나도 여러 번 겪었습니다. 누가 죽이려 했는지 말하려다 말고 그대로 죽어 버린단 말이오. 당신은 정말 그 이름을 듣지 못했단 말이지요?"

"정말 거기까지 말하고는 숨이 끊어져 버렸어요. 그래서 나는 정신 없이 그 집에서 도망쳐 나왔지요. 내가 그런 것을 털어놓으면 틀림없이 흄은 나를 범인으로 만들어 버릴 테니까요……. 그래서 나는 달아났던 거예요. 하지만 그 산 속에 있는 동안 나는 도우에게 죄가 없다는 것을 알고 있었으므로 아무래도 그가 그대로 사형 당하는 것을 잠자코 보고 있을 수가 없었어요!" 그녀의 목소리가 외침 소리로 바뀌었다. 뮤어 신부가 후다닥 달려와 그녀의 커다란 손을 그 핏기 없는 작은 손으로 꼭 쥐며 다정하게 말했다.

"당신은 지금까지 죄인이었습니다. 하지만 오늘 당신은 하느님의 은총을 입어 다시 돌아왔습니다. 당신은 죄 없는 사람을 죽음에서 건져 주었으니 하느님께서 당신에게 축복해 주시기를 빕니다." 신부는 도수 높은 안경 너머로 눈을 빛내며 도르리 레인 씨를 보고 외쳤다. "어서 형무소로 갑시다. 잠시도 지체해서는 안됩니다."

"천천히 가십시다, 신부님. 아직 몇 시간 있으니까요" 하고 노신사는 미소지으며 말했다. 레인 씨의 목소리는 침착했고 자신에 넘쳐 있었다. 잠시 뒤 그는 아랫입술을 깨물며 중얼거렸다. "단 한가지 문제가 남아 있습니다. 매우 미묘한 문제입니다……."

레인 씨의 달라진 태도가 나를 놀라게 만들었다. 화니 카이저의 이야기 속에서 레인 씨는 최후의 중요한 단서를 잡았음에 틀림없었다. 그러나 그것이 대체 무엇일까? 나는 화니 카이저의 이야기 속에서 사건 해결에 조금이라도 도움이 될 만한 것은 아무 것도 찾아 내지 못했다. 물론 에얼론 도우가 무죄라는 것이 실증되었다는 점만은 별도로 하고. 그런데 레인 씨는 완전히 사람이 달라진 것처럼 명랑한 모습으로 바뀌어 있었다……. 레인 씨는 부드럽게 말했다.

"카이저 씨, 당신이 지금 말씀하신 것으로써 사건은 해결됩니다. 한 시간 전에는 포어세트 형제를 죽인 범인이 어느 세 사람 가운데 한 사람이라는 것 밖에 몰랐습니다. 하지만 당신이 지금 하신 이야기로 그 가운데 두 사람이 제거되었습니다." 레인 씨는 어깨를 으쓱했다. "그럼, 이만 실례해야겠습니다. 할 일이 많아서요."

마지막 행동

레인 씨는 손가락을 구부려 나를 불렀다.

"페이션스 양, 당신에게 한 가지 부탁할 일이 있습니다."

나는 가쁘게 숨을 쉬며 재빨리 그의 옆으로 갔다.

"미안하지만 브르노 지사에게 전화를 걸어 주십시오. 나는 너무 늙어 버려서……."

레인 씨는 자기의 귀를 꼬집으며 미소지었다. 맞아. 레인 씨는 귀가 전혀 들리지 않지. 독순술만으로 주위 사람들과 의사 소통을 하고 있었지. 나는 알바니 지사 관저에 장거리 전화를 신청하고 가슴을 두근거리며 기다렸다. 노신사는 생각에 잠겨 있었다.

"카이저 씨, 당신은 포어세트 박사 댁에서 시체 옆에 있을 때 시체의 손목을 만지지 않았겠지요?"

"네."

"시체의 손목에 핏자국이 나 있는 것을 보았습니까?"

"네, 보았습니다."

"정말 당신은 한 번도 만지지 않았단 말이지요? 포어세트 박사가 죽기 전에도 죽은 다음에도?"

"만지지 않았다니까요!"

레인 씨는 빙그레 웃으며 고개를 끄덕였다. 이때 교환수가 전화를 연결시켜 주었다.

"브르노 지사님 계십니까?" 나는 크게 숨을 들이마시며 말했다. 그리고 아마도 여섯 명쯤의 비서들이 계속 나의 이름을 전달하는 동안 나는 수화기를 귀에 댄 채 기다리고 있었다. 이윽고 그가 나왔다.

"저는 페이션스 샘입니다. 레인 씨 대신으로 전화를 걸고 있어요. 잠깐만 기다려 주세요, 레인 씨, 지사님에게 뭐라고 말씀드릴까요?"

"이렇게 전해 주시오. 사건이 해결되었으니 곧 리즈로 와 달라고요. 그리고 에얼론 도우에게 전혀 죄가 없다는 의심할 여지가 없는 새로운 증거를 손에 넣었다고."

나는 그 말을 전했다——불멸의 위대한 인물 도르리 레인 씨의 대변자로서! 전선을 타고 지사의 놀란 듯한 헐떡이는 목소리가 들려왔다. 지사의 헐떡이는 목소리를 듣다니, 아무나 겪을 수 있는 일은 아니라고 생각되어 나는 기뻤다.

"곧 가겠습니다! 지금 어디 계십니까?"

"뮤어 신부님 댁입니다. 알곤킨 형무소 바로 옆이에요, 브르노씨."

내가 수화기를 놓자 레인 씨는 의자에 앉았다.

"페이션스 양, 카이저 씨를 쉬게 해 드리시오. 괜찮겠지요, 신부님?" 그는 눈을 감고 평화스러운 미소를 지으며 말했다. "자아 이제부터는 그저 기다릴 뿐입니다."

우리는 여덟 시간쯤 기다렸다. 밤 9시 즉 사형집행 두 시간 전에 오토바이를 탄 네 명의 경호원에게 둘러싸인 한 대의 검은 대형 자동차가 뮤어 신부 댁 앞에 멎었다. 그리고 브르노 지사가 지치고 엄숙하고 근심스러운 표정으로 차에서 내려 빠른 걸음으로 층계를 올라왔다. 우리는 희미한 두 개의 전등이 기분 나쁘게 비치고 있는 현관까지 지사를 마중 나갔다. 뮤어 신부는 앞으로의 계획에 대하여 티끌만큼도 아는 척해서는 안 된다는 레인 씨의 주의를 여러 번 들은 다음 몇 시간 전에 형무소로 떠나갔었다. 말할 나위도 없이 신부는 사형수 독방에 가야 했던 것이다. 그러나 신부가 집에서 나가기 전에 레인 씨와 주고받은 대화로 미루어 보아 에얼론 도우에게만은 희망을 버리지 말라는 말을 하도록 되어 있는 것 같았다.

화니 카이저는 목욕을 하고 쉬고 식사를 한 다음 말없이 베란다에 앉아 있었다. 벌겋게 충혈된 겁먹은 두 눈이 몹시 쓸쓸해 보였다. 우리는 지사와 그녀의 만남을 지켜보았다. 우리의 가슴에 온갖 감회가 오갔다. 지사는 몹시 흥분하고 있었고 의욕적이었다. 화니 카이저는 겁을 먹고 풀이 죽어 있었다. 레인 씨는 그들을 조용히 지켜보고 있었다. 브르노 지사가 뭐라고 말하자 화니 카이저는 다시 설명했다. 이야기가 포어세트 박사가 죽기 직전의 장면에 이르자 지사는 그녀에게 여러 가지로 신중한 질문을 했다. 그러나 그녀는 우리에게 이야기하던 때와 조금도 다름없는 대답을 했다.

화니 카이저가 이야기를 끝마치자 브르노 지사는 이마의 땀을 닦으며 의자에 앉았다.

"레인 씨, 드디어 또 해치웠군요. 기적을 일으키는 오늘날의 멀린 (아더 왕 전설에 나오는 유명한 예언자)이라고나 할까요. 자아, 어서 알곤킨으로 가서 사형집행을 정지시킵시다."

노신사는 침착하게 말했다.

"아니, 지금은 안됩니다, 브르노 씨! 이번 경우는 살인범의 허를 찔러 그 기력을 허물어뜨려야만 합니다. 왜냐하면 아시다시피 우리에게 아무런 증거가 없기 때문입니다."

"그럼, 당신은 이 두 살인 사건의 범인을 알고 있군요?" 지사가 느릿느릿 물었다.

"그렇습니다."

노신사는 우리에게 변명을 하고 현관 한구석으로 브르노 지사를 끌고가 잠시 동안 수군수군 이야기했다. 이윽고 우리들 있는 곳으로 돌아왔을 때 두 사람 모두 엄숙한 표정을 짓고 있었다.

"카이저 씨." 지사는 시원시원한 어조로 말했다. "당신은 나의 경호원과 함께 여기에 남아 있으시오. 샘 경감과 샘 양은 함께 갑시다. 지금 레인 씨와 작전 계획을 의논했습니다. 조금 위험하긴 합니다만 별수 없지요. 그럼 시간이 될 때까지 기다립시다."

우리는 다시금 기다렸다. 11시 30분전에 우리는 조용히 뮤어 신부 댁을 나섰다. 집안에는 화니 카이저가 훌륭한 몸집의 제복을 입은 네 젊은이에게 에워싸여 꼼짝하지 않고 웅크리고 있었다.

우리는 말없이 한 덩어리가 되어 알곤킨 형무소 정문을 향해 걸어갔다. 주위는 완전히 어두웠고 형무소 등불만이 캄캄한 밤하늘을 배경으로 괴물의 눈처럼 반짝이고 있었다. 그 뒤 30분 동안의 일은 지금도 생생하게 나의 기억 속에 남아 있다. 브르노 자사와 레인 씨가 무엇을 생각하고 있는지 나로서는 알 수 없었다. 나는 어떠한 사고가 일어나지 않나 하는 불안에 떨고 있었다. 그러나 정문을 통과하여 형무소 뜰 안에 들어선 순간 모든 것은 신기할만큼 순조롭게 진행되었다. 당직 간수들은 지사의 모습을 보자 전기에 감전된 것처럼 긴장하여 몸을 꼿꼿이 했다. 당연한 일이지만 지사의 권위는 절대적이었던 것이다. 우리는 곧 안으로 안내되었다. 지사는 우리를 안내한 간수들에게 절대로 우리 옆을 떠나지 말라고 엄격한 어조로 명령하고 우리가 온 것을 다른 사람에게 알려서도 안 된다고 말했다. 간수들은 의 아스러운 표정을 지었으나 순순히 명령에 따랐다. 이리하여 우리는 여전히 입을 다문 채 눈부시게 밝은 형무소 뜰의 어두운 한 구석에서 기다리고 있었다. 내 손목시계의 바늘이 1초1초 시각을 재고 있었다. 아버지는 작은 소리로 끊임없이 뭐라고 중얼거리고 있었다. 레인 씨의 긴장한 표정을 보고 나는 겨우 무엇인지 깨달았다. 레인 씨는 사형집행 직전까지 기다렸다가 행동으로 옮길 계획인 것이다. 물론 에얼론 도우가 사형당할 위험성은 브르노 지사의 출현으로 거의 걱정할 염려가 없었다. 그러나 나는 그것만으로 마음을 놓을 수가 없었다. 그리고 운명의 순간이 시시각각으로 다가옴에 따라 나는 차츰 참을 수가 없어 금방이라도 항의의 외침을 지르며 나의 앞에 솟아 있는 그 쥐죽은 듯이 고요한 커다란 건물을 향해 뛰어가고 싶어졌다……

11시 1분전이 되었다. 지사는 갑자기 긴장하더니 아주 날카로운 어조로 간수들에게 뭐라고 말했다. 그리고 모두 함께 죽음의 집을 향해 쏜살같이 달려갔다. 죽음의 집에 뛰어들었을 때는 정각 11시였다. 브르노 지사는 두 명의 감시인을 밀어젖히고 죽음의 방의 문을 확 열었다. 11시 1분이었다. 우리가 뛰어들었을 때 죽음의 방에 앉아 있던 사람들의 얼굴에 격심한 공포의 빛이 떠올랐다. 나는 한순간에 모든 사람, 모든 광경을 포착했다. 전기의자에 가엾은 도우가 눈을 꼭 감고 앉아 있었다. 한 간수가 도우의 다리를 묶고, 또 한 간수는 그의 몸을, 세 번째 간수는 그의 팔을 묶고 있었다. 네 번째 간수는 도우의 눈을 가리려고 하다가 손을 그대로 공중에 떠올리고 있었다. 이 네 간수들은 모두들 일손을 멈추고 입을 떡 벌린 채 꼼짝하지 않고 서 있었다. 전기의자에서 몇 피트 떨어진 곳에 시계를 손에 들고 서 있던 마그너스 소장은 그 위치에서 한 발자국도 움직이지 않았다. 뮤어 신부는 흥분한 나머지 정신이 아득해져서 다른 세 간수 가운데 한 사람에게 몸을 기댔다. 그밖에는……틀림없이 재판소에서 나온 관리인 듯한 세 명의 남자와 열두 명의 입회인——그 가운데 엘러이휴 클레이 씨의 놀란 얼굴도 보였다. 나는 깜짝 놀라며 그 순간 젤레미가 한 말이 생각났다. 그밖에 두 명의 형무소 소속 의사, 사형집행인——사형집행인의 왼손은 벽의 움푹 들어간 곳에 있는 전기 장치를 바쁘게 만지작거리고 있었다. 브르노 지사가 날카롭게 외쳤다.

"소장, 이 사형집행을 중지하시오!"

에얼론 도우는 놀라 눈을 크게 떴다. 놀라움은 그래도 그의 눈에서 사라지지 않았다. 그것이 신호이기라도 하듯 즐비하게 앉아 있던 사람들의 얼어붙었던 얼굴에도 생기가 솟아나기 시작했다. 전기의자를 에워싸고 있던 네 간수들은 당황하며 어떻게 해야 좋겠느냐고 묻는 듯이 소장을 보았다. 소장은 눈을 깜박거리며 방심한 듯한 눈으로 시계의 글자판을 보았다. 뮤어 신부는 기묘하게 짧은 소리를 질렀는데 그 핏기 없던 얼굴에 붉은 기가 솟아올랐다. 다른 사람들도 멍한 얼굴로 서로 마주보았다. 조용한 술렁임이 일었다. 그러나 그 술렁임도 금방 가라앉았다. 마그너스 소장이 한 걸음 앞으로 나서며 말했다.

"하지만,"

도르리 레인 씨가 재빠르게 말했다.

"소장님, 에얼론 도우에게는 죄가 없습니다. 우리는 그가 사형을 선고받은 살인죄에 대해 전혀 죄가 없음을 밝힐 수 있는 새로운 증거를 잡았습니다. 그래서 지사님이 몸소 오신 것입니다……."

그러나 이 경우 법률의 규칙대로 간단하게 되지는 않았다. 여느 경우 일단 지사의 중지 명령이 죽음의 방에 전달되면 사형수는 당장에 독방으로 옮겨지고 입회인과 그 밖의 출석자들도 그대로 물러가 모든 일은 그것으로 끝나는 것이다. 그러나 이번은 매우 특수한 경우였다. 그것은 이미 하나에서 열까지 미리 준비되어 있었다. 그것을 중지시키기 위해서는 지금 이 방에서 해명을 해야만 한다. 그건 그렇다 치고, 지사와 레인 씨는 대체 어떤 속셈으로 이런 연극 같은 수단을 택한 것일까? 직원과 입회인은 너무나 놀란 탓인지 항의하는 말조차 하지 못했다. 그러나 만일 계원 가운데 누군가가 그런 중지 명령의 타당성에 대해 질문하려고 했던들 브르노 지사의 결연한 얼굴을 보고서는 입을 다물지 않을 수 없었으리라. 하지만 그러한 생각도 지금은 끊기고 말았다. 노신사는 죽음의 마수에서 마지막 순간 목숨을 건지게 되어 꼼짝하지 않는 도우와 나란히 전기의자 옆에 서서 이야기하기 시작했다. 그리고 그 첫말을 듣는 순간부터 모두는 물을 끼얹은 듯 조용했다.

간결하고 요령있게. 내가 그때까지 설명한 어느 경우보다도 명석하게 도르리 레인 씨는 포어세트 상원의원이 살인 사건에서 얻은 그 이론을 처음부터 다시 한 번 되풀이했다. 그리고 에얼론 도우는 왼손잡이이므로 그 살인의 범인이 될 수 없으며 진범인은 오른손잡이임을 논증했다.

"범인이 여느 때 같으면 오른손을 썼을 터인데도 일부러 왼손을 쓴 것은 그렇게 함으로써 이 범행을 도우에게 뒤집어씌우려고 생각했기 때문입니다." 노신사는 성량이 풍부한 멋진 목소리로 이야기를 계속했다. "여러분, 이 대목에 주의를 기울여 주시기 바랍니다. 에얼론 도우를 살인범으로 꾸미기 위해서 살인자는 에얼론 도우에 대해 어떤 것을 알아야만 했겠습니까? 이상 말씀드린 사실로서 범인은 다음의 세 가지를 알고 있었음에 틀림없다고 생각합니다.

첫째로 범인은 도우가 알곤킨에 들어온 다음부터 오른손을 쓸 수 없게 되어서 지금은 주로 왼손을 쓰고 있다는 사실을 알고 있었음에 틀림없습니다. 둘째로 도우가 그 살인 사건이 일어나던 날 밤 포어세트 상원의원을 방문할 예정이었다는 것을 알고 있었음에 틀림없습니다. 그러고 그것을 알기 위해서 도우가 그날 석방된다는 것도 알고 있었어야만 한다는 이야기가 되지요. 셋째로 범인은 도우가 포어세트 상원의원을 살해할 가능성의 동기를 가지고 있다는 것을 알고 있었음에 틀림없습니다. 그러면 이 세 가지 점을 순서에 따라서 생각해 봅시다." 노신사는 평온한 어조로 말을 계속했다. "도우가 알곤킨에 있는 동안 오른손을 쓸 수 없게 되었다는 것을 알고 있는 사람은 누구일까요? 마그너스 소장에 의하면 지난 12년 동안 도우에게는 한 통의 편지도 한 사람의 면회인도 없었다고 합니다. 뿐만 아니라 도우쪽에서도 정식 수속을 거쳐서는 한 통의 편지도 보내지 않았다고 합니다. 단 한 번 형무소의 도서관 조수 태브가 다리를 놓아주어 금지된 경로를 통해 도우는 한 통의 편지를 보냈습니다. 포어세트 상원의원에게 보낸 첫 번째 공갈 편지였지요. 그 편지의 내용을 우리는 알고 있습니다만, 자기의 팔에 대해서는 조금도 언급하지 않았습니다. 그리고 도우는 10년 전에 오른손이 마비된 다음부터 형무소 담 밖으로 한 번도 나간 적이 없습니다.

도우에게는 가족도 없으며 친구도 없습니다. 그러나 이 기간에 외부에서 들어와 도우를 만나고 간 사람이 꼭 한 사람 있습니다. 포어세트 상원의원 바로 그 사람입니다. 그는 형무소 목공부에 들른 적이 있는데, 이때 도우가 포어세트 상원의원을 알아보았던 것입니다. 그러나 이것은 증언을 듣고 알았습니다만, 그때 상원의원은 도우를 알아보지 못했습니다. 스무 명 이상이나 되는 죄수가 한방에서 일하고 있으니 상원의원이 알아보지 못한 건 당연한 일이며, 하물며 도우의 왼팔이 마비되어 있다는 것을 알았을 리가 없지요. 그러므로 이것은 문제가 되지 않습니다." 레인 씨는 빙그레 웃었다. "다시 말해서 도우가 오른손을 잃었다는 사실을 알 수 있는 것은 형무소와 관계있는 사람이어야 한다고 단언해도 좋겠지요. 즉 죄수나 모범수나 직원이나, 아니면 늘 알곤킨에 드나드는 직업을 가진 일반 시민 가운데 누구였겠지요."

전등불빛에 환히 비쳐진 죽음의 방에 어두운 침묵이 뒤덮였다. 그 점까지는 나도 생각하고 있었다. 물론 레인 씨만큼 뚜렷하지는 못했으나 대체적인 방향을 알고 있었던 것이다. 그리고 레인 씨가 이제부터 무슨 말을 하려는지 나는 짐작이 갔다. 다른 사람들은 마치 발이 시멘트 바닥에 묻히기라도 한 듯이 저마다 자리에서 한 발자국도 움직이지 않았다.

"또 한 가지 다른 해석 방법도 있습니다." 레인 씨는 계속했다. "즉 도우를 함정에 몰아넣은 사나이, 따라서 도우가 알곤킨에서 복역하는 중에 왼손잡이가 되었다는 사실을 알고 있는 사나이는, 그 정보 및 도우에 대한 다른 모든 정보를 형무소 안의 공범자에게서 얻었다고 생각하는 해석입니다. 이 두 가지 해석 가운데 어느 하나가 옳겠는데, 어느 쪽일까요? 나는 그 가운데서 보다 강력한 이론, 즉 도우에게 죄를 뒤집어씌운 인물은 형무소 안의 사람이라는 이론이 옳다는 것을 증명하겠습니다.

잘 들어보십시오. 포어세트 상원의원이 사살되었을 때 그 책상 위에 다섯 통의 봉인된 편지가 놓여 있었습니다. 그 편지의 봉투 하나가 훌륭한 단서를 제공해 주었던 겁니다. 페이션스 샘 양이 첫 번째 살인 사건을 사진을 보듯 정확하고 자세하게 보고해 주지 않았다면 나는 이것을 알아 내지 못했을 겁니다. 그 봉투 위에는 종이 클립 자국이 나 있었습니다. 그것도 하나가 아니라 두 개였던 것입니다. 봉투 표면에 하나는 오른편, 또 하나는 왼편에 뚜렷이 클립 자국이 있었습니다. 그러나 지방검사가 그 편지를 펴보자 안에는 단 하나의 클립밖에 없었던 것입니다. 대체 어떻게 해서 하나의 종이 클립이 같은 봉투 표면의 양쪽에 두 개의 자국을 남길 수 있겠습니까?"

누군가가 휘파람 부는 소리를 내며 크게 숨을 내쉬었다. 노신사는 허리를 앞으로 구부렸다. 아직도 전기의자에 앉아 꼼짝도 하지 않는 에얼론 도우의 조용한 모습은 노신사의 그늘에 가리워져 보이지 않게 되었다.

"어째서 그렇게 되었는지 이제부터 설명하겠습니다. 포어세트 상원의원의 비서 카마이클은 포어세트가 그 편지를 다급하게 봉투에 넣고 역시 다급하게 봉인하는 것을 보았다고 했습니다. 그러므로 상식적으로 보아 다음과 같이 추정할 수 있습니다. 즉 봉인하기 위해 봉투를 눌렀을 때 안에 들어 있던 하나의 종이 클립 때문에 하나의 클립 자국이 났습니다. 그러나 우리는 두 개의 자국이 각각 다른 자리에 나 있는 것을 보았습니다. 여기에 대한 설명은 하나밖에 없습니다." 레인 씨는 한순간 이야기를 멈추었다. "누군가가 그 봉인한 봉투를 뜯고 안의 편지를 꺼냈다가 그것을 다시 봉투에 넣을 때 그만 처음에 넣었던 것과는 반대로 집어넣은 것입니다. 그래서 봉인하기 위해 다시 봉투를 눌렀을 때 안에 있던 종이 클립의 자국이 다른 자리에 또 하나 생긴 것이지요. 그래서 종이 클립 자국이 먼젓번 것과 반대 방향에 났던 것입니다. 그렇다면 그 봉투를 대체 누가 열었을까요?" 노신사는 시원스러운 어조로 말을 계속했다. "이미 말씀드렸듯이 여기서 가능성이 있는 사람은 단 두 사람뿐입니다. 즉 하나는 상원의원 자신이고 또 하나는 아마도 그 시각에 포어세트 저택에 들어갔다가 다시 나오는 것을 카마이클이 보았던 그 사람입니다. 즉 그 사람이야말로 아까도 말씀드렸듯이 포어세트 상원의원을 살해하고 난로 속에 편지를 불태운 사람이지요.

포어세트 상원의원이 카마이클을 집에서 내보낸 다음 그 방문객이 올 때까지의 사이에 자기 자신이 쓴 편지를 열어 보았을까요? 이론적으로는 그렇게 생각할 수도 있다는 것을 인정합니다. 그러나 우리는 상식적인 가능성을 잊어서는 안됩니다. 여러분에게 묻겠습니다만, 어째서 포어세트가 자기 자신이 쓴 편지를 열어 보아야 했겠습니까? 고치기 위해서였을까요? 그러나 그 편지에는 고친 대목이 하나도 없었습니다. 편지 다섯 통 모두 복사지에 나타난 것과 한 단어도 다르지 않았습니다. 그렇다면 자기가 불러서 타이프를 치게 한 것을 다시 한 번 신중히 읽어보았던 것일까요? 설마! 그러기 위해서라면 복사한 종이가 책상 위에 놓여 있지 않습니까. 그러나 그것도 그렇다 치고, 상원의원이 그 봉투를 열어 보고 싶다고 생각했다면 그것을 가위로 잘라서 열고 나중에 다시 새로운 봉투에 넣었겠지요. 특히 그는 카마이클에게 편지를 다음날 아침에 부치도록 하라고 말했다니 더욱 그렇게 생각됩니다. 그러나 그 봉투는 새것이 아니었습니다. 거기에는 클립자국이 두 개 있었습니다. 새것이었다면 클립자국이 하나밖에 없었겠지요. 그러므로 그 봉투는 어떤 다른 사람이 보았을 뿐만 아니라 처음에 봉인한 바로 그 봉투였습니다. 그럼, 어떻게 해서 봉인한 봉투를 열었을까요? 책상 옆에는 전기 커피포트가 있었습니다. 그것은 살인한 뒤에도 여전히 따뜻했습니다. 그러므로 어떻게 해서 봉투를 열었는가를 드러내는 다른 증거가 없는 한 편지는 증기로 열었다고 할 수 있습니다. 자아, 여기서 어려운 문제에 부딪치게 됩니다! 포어세트가 자기 자신의 편지를 증기에 쐬어 열 필요가 있었을까요?"

모두 일제히 머리를 끄덕이는 것으로 보아서 그들은 분명히 노신사의 논증에 전적으로 공명하고 있음을 알 수 있었다. 노신사는 희미한 미소를 지으며 말을 이었다.

"포어세트 상원의원이 그 봉투를 열지 않았다면 그 방문자가 열었음에 틀림없습니다. 포어세트 상원의원 말고는 그 살인이 이루어진 시각에 들어갔다 나온 방문자밖에 그 봉투를 열었다고 여겨질 만한 사람이 없으니까요.

그 방문자, 즉 살해자가 그 봉투를 보자 앞뒤 생각 없이 그 살인 현장에서 열어 보지 않을 수 없었던 그 편지는 대체 어떤 성질의 것이었을까요? 그 봉투의 겉에는 알곤킨 형무소 직원의 승진 추천장 사본이 들어 있다고 적혀 있었습니다. 이 사실에 주의를 기울여 주십시오. 매우 중요한 점입니다."

우리는 엘러이휴 클레이 씨를 흘긋 보았다. 그는 핏기 없는 얼굴로 떨리는 턱을 만지고 있었다.

"기억하시리라고 생각합니다만, 지금까지 우리에게는 두 가지 다른 해석 방법이 있었습니다. 첫째는 가능성이 강한 편으로서 살해자는 형무소와 관계 있는 인물이라는 해석, 둘째는 가능성이 약한 편으로 살해자 자신은 형무소와 관계가 없으나 형무소 안에 필요한 모든 정보를 제공해 주는 공범자를 가지고 있으리라는 해석입니다. 여기서 우선 후자가 진실이라고 가정해 봅시다. 즉 살해자 자신은 형무소와 아무런 관계가 없으나, 형무소 안에 정보 제공자를 가지고 있는 외부의 사람이라고 가정해 봅시다. 대체 무엇 때문에 그 살해자는 알곤킨 형무소직원의 승진에 관한 편지를 열어 보았을까요? 외부 사람이라면 그런 일에 아무런 관심도 없을 것입니다. 그렇다면 형무소 안의 정보 제공자를 위한 관심 때문이었을까요? 그러나 정보 제공자를 위해 일부러 그런 수고를 할 필요가 있겠습니까? 비록 그 공범자의 지위가 올라갔다 한들 살해자에게는 직접적으로 아무런 영향도 없을 것입니다. 또한 그 공범자가 승진하지 않았다 하더라도 살해자는 아무것도 잃는 것이 없을 겁니다. 그러므로 지금 가정했듯이 외부 사람이라면 그 봉투를 열지 않았음을 확신있게 단언할 수가 있습니다. 그러나 아무튼 살해자가 그 봉투를 열었음에는 틀림이 없습니다! 그러므로 우리는 첫째의, 가능성이 강한 해석을 따라야만 하겠지요. 즉 살해자는 일반적으로 말해서 알곤킨 형무소의 승진에 관한 편지 내용을 살펴보아야 할 만한 관심을 가진 자라야 합니다. 형무소와 직접 관계가 있는 어떤 사람이지요." 레인 씨는 말을 멈추었다. 그 얼굴은 엄격하고 어두웠다. "실은 내가 지금 여기서 살해자가 누구인지를 뚜렷이 말씀드리면 여러분의 머릿속에 틀림없이 내가 지금 지적한 것보다 더욱 흥미있는 이유가 떠오를 것입니다. 그러나 지금으로서는 살해자가 형무소와 관계있는 사람이라는 일반론 이상의 말은 하지 않겠습니다.

첫째, 살인 사건의 여러 사실에서 또 하나의 추론을 내세울 수 있습니다. 언젠가 마그너스 소장님으로부터 들었습니다만, 형무소의 일과는 굉장히 엄격하다고 합니다. 예를 들어 간수들의 근무 시간도 언제나 일정하여서 절대로 변경하는 일이 없답니다. 그런데 아까도 말씀드렸듯이 알곤킨 형무소 관계자임에 틀림없는 그 살인범이 포어세트 상원의원을 죽인 것은 언제였습니까? 밤이었습니다. 그러므로 그가 형무소 안에서 어떤 지위에 있는 사람인지는 몰라도 어쨌든 야간 근무자는 아니라는 것이 분명합니다. 그렇지 않고서는 그 범행 시간에 포어세트 상원의원의 집으로 가기 위해 여기서 빠져나갈 수가 없을 테니까요. 그러므로 살해자는 정규 주간 근무자이거나 또는 시간에 좌우되지 않는 그 누구였음에 틀림없습니다. 이 사실은 매우 중요한 점이므로, 이제부터 내가 다른 사실을 설명하는 동안에도 마음에 새겨 주십시오."

레인 씨의 목소리는 점점 심각해졌다. 그 얼굴은 강철같이 굳게 긴장되어 있었다. 그는 온 방안을 둘러보았다. 몇몇 입회인은 딱딱한 벤치에 앉아 겁을 먹은 채 몸을 오므라뜨리고 있었다. 무게 있고 여유 있는 목소리, 번쩍번쩍 빛나는 눈부신 전등불, 전기의자, 거기에 꼼짝하지 않고 앉아 있는 죄수, 제복을 입은 간수들……. 입회인들이 겁을 먹는 것도 무리가 아니었다. 나 자신도 소름이 끼치고 있었다.

"그럼" 노신사는 엄격한 어조로 다시 말을 이었다. "이번에는 두 번째 살인 사건을 분석해 봅시다. 이 두 개의 범죄가 서로 연관성이 있다는 것은 확실합니다. 하나의 작은 상자의 가운데 부분이 발견되었다는 점, 양쪽 모두 도우가 관계하고 있다는 점, 두 피해자가 형제라는 점 등을 생각해 보십시오. 도우는 첫 번째 살인에는 죄가 없습니다. 따라서 두 번째 살인에도 죄가 없다고 생각할 수 있습니다. 첫 번째 살인에서 범인의 누명을 썼으므로 두 번째 살인에서도 범인의 누명을 쓰게 되었다고 할 수 있습니다. 여기에 대한 확증이 있을까요? 있습니다. 도우는 포어세트 박사로부터 수요일에 알곤킨 형무소를 탈옥하라고 권하는 편지를 받지 않았답니다. 도우는 포어세트 박사로 여겨지는 사람으로부터 목요일에 탈주하라는 지령의 편지를 받았던 것입니다. 이것은 틀림없이 누군가가 포어세트 박사에게서 온 편지를 가로채어——그 편지는 포어세트 박사가 살해당한 현장의 책상 위에 있었습니다——목요일에 탈주하라고 쓴 다른 편지를 도우에게 보냈다는 것을 가리키고 있습니다. 포어세트 박사가 보낸 본디의 진짜 편지를 가로챈 사람, 그 사람이야말로 스스로 저지른 흉악한 범죄를 감추기 위해 처음부터 도우를 이용해 온 인물입니다만, 대체 이 도우를 이용한 사람은 누구일까요?

이렇게 생각하고 보니 아까 말씀드린, 살해자는 형무소와 관계 있는 사람이라는 결론이 더욱 더 틀림없다는 것을 알 수 있습니다. 왜냐하면 그 편지를 가로챘다는 것은 형무소의 비밀 연락 조직과 손이 닿는 어떤 사람이 형무소 안에서 포어세트 박사로부터 온 진짜 편지를 가로채고 그 대신 자기의 가짜 편지를 바꿔치기 했음에 틀림없기 때문입니다. 이제 비로소 이 사건을 해결하는 가장 중요한 점에 이르렀습니다. 대체 살해자는 어째서 도우가 탈옥하는 날짜를 수요일에서 목요일로 바꾸고 싶었을까요? 살해자는 자기가 아일라 포어세트 박사를 살해하고 도우에게 그 누명을 뒤집어씌우기 위해서는 도우가 탈주하여 자유의 몸이 되는 날 포어세트 박사를 죽여야만 했겠지요. 그러므로 살해자가 도우의 탈주 날을 수요일에서 목요일로 바꾼 오직 하나의 이유는 그 자신이 수요일에는 포어세트박사를 죽일 수가 없으나 목요일엔 그렇게 할 수 있었기 때문입니다!" 도르리 레인 씨는 야윈 얼굴을 긴장시키며 집게손가락을 내밀었다. "어째서 살해자는 수요일엔 박사를 죽일 수 없었을까요? 첫 번째 살인 사건에서 살해자는 야간 근무자가 아님을 우리는 알았습니다. 그러니 그가 할 생각만 있었다면 어느 날 밤이건 마음대로 범행을 저지를 수 있었을 겁니다. 그런데 수요일만은 안되었던 것입니다. 오직 하나의 가능한 이유는 형무소에서 매일의 일과 이외의 일이 생겨 살해자는 수요일 밤에는 틈을 낼 수가 없었기 때문입니다. 수요일 밤, 즉 포어세트 박사가 살해당한 전날 밤 어떤 특별한 일이 형무소에서 있었을까요? 나날의 일과에는 없는 일로서 야간 근무자가 아닌 형무소 관계자도 형무소를 떠날 수 없는 특별한 일이란 무엇이었을까요? 여러분, 이것이야말로 이 사건의 핵심입니다. 그리고 그 결론은 자연의 법칙과 마찬가지로 절대적인 것입니다. 그 수요일 밤에는 바로 이 공포의 방에서 스컬티라는 이름의 사나이가 전기 사형에 처해졌습니다. 그러므로 다음과 같은 절대적인 결론을 얻게 됩니다. 즉 포어세트 형제를 살해한 범인은 스컬티의 사형집행에 출석해야만 했던 사람 중의 한사람입니다."

아무도 손가락 하나 까딱하지 않았다. 전기의자 옆에 서서 한 마디 한 마디 범죄의 경과와 범인을 추궁하는 이야기를 풀어 나가는 노신사——그의 눈에는 우리들 모두가 박물관의 납인형처럼 보였을 것이 틀림없다.

"지금까지의 일을 정리해 봅시다." 노신사는 흥분하는 기색도 없이 냉정한 목소리로 말했다. "틀림없는 살해자로 인정할 수 있는 조건, 즉 두 개의 살인 사건에서 찾아볼 수 있는 여러 사실로 미루어 보아 그 범인은 어떤 조건을 갖추고 있어야만 하는가를 열거해 봅시다.

첫째, 살해자는 오른손잡이입니다.

둘째, 살해자는 알곤킨 형무소와 관계가 있습니다.

셋째, 살해자는 정규적인 야간 근무자가 아닙니다.

넷째, 살해자는 스컬티의 전기 사형에 출석했습니다."

다시금 침묵이 흘렀다. 무겁고, 손으로 만지면 닿을 수 있을 것 같은 침묵이었다. 노신사는 빙그레 웃었다.

"여러분, 몹시 심각해지셨군요," 레인 씨는 말을 계속했다. "스컬티의 전기 사형에 출석했고, 그리고 형무소와 관계가 있는 분이 틀림없이 지금 이 방에 계십니다. 왜냐하면 나는 마그너스 소장님으로부터 전기 사형에 출석하는 알곤킨 형무소의 근무자는 절대로 변경되는 일이 없다는 말을 들었기 때문입니다.

간수 한 사람이 겁에 질린 어린아이처럼 짧고 공허한 외침 소리를 질렀다. 모든 사람이 일제히 그쪽을 보았으나 다시 도르리 레인 씨 쪽으로 몸을 돌렸다.

"그럼, 한 사람씩 지워 나가봅시다." 레인 씨는 천천히 말했다. "스컬티 사형에 출석한 사람은 누구누구였을까요? 잊지 말아야 하실 것은 이 사건의 범인은 지금 말씀드린 네 가지 조건을 모두 갖추고 있어야만 한다는 것입니다. '성인으로서 명예 있는 시민이며 법률에 의해 요청 받은 열 두 명의 입회인'인 여러분은 조금도 걱정하실 필요가 없습니다." 레인 씨는 벤치에 앉아 있는 사람들에게 말했다. "여러분은 모두 아까 말씀드린 뜻에서는 형무소와 관계가 없습니다. 여러분은 시민으로서의 입회인이며 따라서 둘째 조건을 갖추지 못했으므로 살해자일 가능성이 전혀 없습니다."

두 개의 길다란 벤치에 나란히 앉아 있던 열 두 명의 입회인들은 마치 한 사람처럼 동시에 한숨을 쉬었다. 그들 가운데 몇몇은 주춤주춤 손수건을 꺼내어 땀이 배어 나온 이마를 툭툭 두드렸다.

"세 명의 재판소 직원은 법률이 결정하는 바에 의하여 사형 판결이 틀림없이 수행되는 것을 확인하기 위해 오신 분이므로 역시 같은 이유로 제거됩니다."

그 세 사람도 마음을 놓은 듯 발의 위치를 바꾸었다.

"다음은 일곱 명의 간수들입니다." 도르리 레인 씨는 꿈꾸듯이 말을 계속했다. "소장님이 하신 말씀을 잘못 듣지 않았다면, 여기 계시는 이 간수들은 스컬티의 전기 사형에 출석했던 같은 분들입니다." 레인 씨는 말을 끊었다. "당신들도 제외합니다! 당신들은 모두 정규적인 야간 근무자입니다. 왜냐하면 사형은 언제나 밤에 집행되고 당신들은 사형집행에 언제나 출석하니까요. 이것은 셋째 조건에 어긋나므로 당신들은 모두 살해자가 아닙니다."

푸른 제복을 입은 일곱 명의 간수 가운데 한 사람이 작은 목소리로 뭐라고 중얼거렸다. 긴장된 분위기는 참을 수 없는 것으로 되어 가고 있었다. 감정의 정전기가 온 방 안에 불꽃을 튀기고 있었다. 나는 곁눈질로 아버지를 보았다. 아버지의 목덜미는 충혈하여 간질병환자처럼 새빨갛게 되어 있었다. 브르노 지사는 조각처럼 꼼짝하지 않고 서 있었다. 뮤어 신부의 눈은 유리알처럼 공허했다. 마그너스 소장은 숨도 쉴 수 없는 듯했다.

"사형집행인도 제외합니다!" 조용하고 엄격한 목소리가 말을 이어 나갔다. "스컬티의 사형 때 다행히 나도 입회했습니다만, 그때 나는 사형집행인이 왼손으로 두 번 스위치를 넣는 것을 보았습니다. 첫째 조건에 의하면 살해자는 오른손잡이라야만 합니다."

나는 눈을 감았다. 심장의 고동 소리가 고막에 울려 왔다. 레인 씨의 목소리는 그치고 있었다. 그리고 다시 시작되었을 때 그 목소리는 힘차고 날카로우며, 공포로 가득 찬 그 방안의 구석구석까지 울려 퍼졌다.

"전기 사형을 받은 사나이가 정말 죽었는지 확인하기 위해 법률의 요청에 의해 입회한 두 명의 의사, 당신들 두 분은 제외할 수가 없습니다." 레인 씨는 얼굴에 차가운 미소를 떠올리며 검은 왕진 가방을 들고 얼어붙은 듯이 긴장하고 있는 두 명의 의사에게 말했다. "그 때문에 이 사건을 해결하는 것이 늦어졌던 것입니다. 하지만 오늘 화니 카이저가 당신들 두 분을 완전히 제외할 수 있는 단서를 가져다주었습니다. 그 설명을 하겠습니다.

도우를 포어세트 박사 살해범으로 꾸미려던 그 진범인은, 자기가 범행 현장을 떠난 바로 뒤에 도우가 그 진찰실에 틀림없이 나타난다는 것을 알고 있었습니다. 그래서 살해자로서는 그 자리를 떠날 때 피해자가 완전히 죽어 도우에게 ──또는 그 밖의 뜻하지 않은 방문자에게 진범인의 이름을 댈 수 없다는 것을 확인할 필요가 있었습니다. 포어세트 상원의원 살해의 경우에도 이것이 해당됩니다. 살해자는 두 번 찔렀습니다. 첫 번째 일격은 치명적이 아니었으므로 다시 한 번 찔렀습니다. 결정타를 내린 것이지요. 그런데 포어세트 박사의 손목에는 피묻은 손가락 자국이 세 개나 있었습니다. 이것은 틀림없이 살해자가 포어세트 박사를 쓰러뜨린 다음 맥박을 짚어 본 흔적입니다. 어째서 그런 짓을 했을까요? 말할 나위도 없이 피해자가 죽었는지 확인하기 위해서였지요. 그러나 여기서 뚜렷한 사실에 주목해 주십시오!" 레인 씨의 목소리가 우레와 같이 커졌다. "살해자가 맥박을 짚어 볼만큼 신중을 기했는데도 불구하고 피해자는 살해자가 떠나간 뒤에도 그대로 살아 있었던 것입니다. 다시 말해서 화니 카이저가 몇 분 뒤 현장에 왔을 때 그녀는 포어세트 박사가 움직이는 것을 보았고, 도우가 살해자가 아니라고 말하는 것을 들었던 것입니다. 물론 포어세트 박사는 진짜 살해자의 이름을 알려 줄만큼 숨을 이어나가지 못하고 죽어 버렸습니다만……. 그렇다면 어째서 이러한 사실이 스컬티의 전기 사형에 입회하고 오늘밤에도 역시 출석한 두 명의 형무소 소속 의사를 제외시키는 이유가 될까요? 그것은 이렇습니다. 지금 가령 두 명의 의사 가운데 한 사람이 살해자라고 가정합시다. 범행은 의사의 진찰실에서 이루어졌습니다. 시체에서 겨우 2, 3피트밖에 안 되는 책상 위에 포어세트 박사의 왕진 가방이 놓여 있었습니다. 의사의 왕진 가방에는 반드시 청진기가 들어 있습니다. 그야 의사라 할지라도 죽어 가는 사람의 맥박을 짚어 보는 것 만으론 죽기 직전의 희미한 맥박을 확인하지 못하는 수가 얼마든지 있겠지요. 그러나 그 의사가 의사의 진찰실에 있고 필요한 도구가 모두 가까이에 있을 경우 그 피해자의 죽음을 확인해야만 할 때 절대로 실수는 하지 않을 것입니다! 청진기가 있습니다. 그리고 아마 반사경을 쓸 수도 있었겠지요. 그밖에 의사가 흔히 사망을 확인하는 어떤 방법을 썼을 겁니다……. 따라서 피해자의 죽음을 확인하는 수단을 가까이 갖추고 있는 의사가 범인이었다면 그 피해자를 살려둔 채 떠나지는 않았을 겁니다. 그는 피해자의 거의 꺼져 가는 생명의 불씨를 찾아내고 또 한 번 일격을 가하여 완전히 끄고야 말았을 겁니다. 그러나 살해자는 그렇게 하지 않았습니다. 그러므로 살해자는 의사가 아니었다는 결론이 나와 두 명의 형무소 소속 의사는 제외해야만 합니다."

나는 지나치게 긴장한 나머지 거의 소리를 지를 뻔했다. 아버지의 커다란 손은 주먹을 꼭 쥐어 근육이 부풀어올라 있었다. 즐비하게 앉아 있는 사람들의 얼굴은 마치 피가 통하지 않는 가면 같았다.

"다음은 뮤어 신부님입니다." 도르리 레인 씨는 낮은 목소리로 계속했다. "포어세트 형제를 죽인 사람은 두 번 모두 동일 인물이었습니다. 그런데 포어세트 박사는 11시 조금 지나서 살해당했습니다. 그 날 밤 뮤어 신부님은 10시부터 내내 나와 함께 자택의 베란다에 앉아 계셨습니다. 그러므로 물리적으로 말해서 뮤어 신부님은 포어세트 박사를 죽일 수가 없었다는 이야기가 됩니다. 따라서 뮤어 신부님은 포어세트 상원의원을 살해하지 않았다고 단언할 수 있습니다.”

나는 눈앞이 새빨갛게 되었다가 희미해지는 것을 느끼며 레인 씨의 탄력있는 힘찬 목소리를 들었다.

“이 방안에 있는 스물 일곱 명 가운데 한 사람이 포어세트 형제 살해범입니다. 우리는 이 스물 여섯 명을 제외해 나갔습니다. 남은 것은 오직 한 사람입니다. 그것은……여러분, 그놈을 붙잡으시오! 놓치지 마십시오! 샘 씨, 놈이 그 권총을 쏘지 못하도록 하십시오!”

순식간에 그 방안은 소음과 외침 소리와 격투의 도가니로 바뀌었다. 그 소용돌이의 한가운데에 있는 사나이, 지금 아버지의 무쇠 같은 손에 붙잡혀 얼굴을 보랏빛으로 일그러뜨리고 있는 사나이, 그것은 마그너스 소장이었다.

끝으로 한마디

지금까지 써 온 페이지를 뒤돌아보며 나는 포어세트 박사를 살해한 사람이 마그너스 소장 이외의 어떤 다른 사람이라는 인상을 독자에게 주지 않았는지 염려스럽다. 단언할 수는 없으나 그런대로 그렇지는 않았던 것 같다. 여러 대목에서 이 놀랄 만한 진실이 말끄러미 얼굴을 내밀었던 것처럼 나에게는 여겨진다. 그밖에 우리 모두가 몰랐던 여러 가지 사실이 밝혀졌다. 그러한 사실은 이 사건의 해결을 위해 그다지 필요 없는 일이긴 하지만, 이 이야기를 완전히 매듭짓기 위해서는 밝혀두어야만 하겠다. 예를 들어 마그너스 소장이 그러한 범죄를 저지르게 된 동기에 대해서이다. 소장이라는 사람이 그러한 피비린내 나는 범죄를 저지를 리가 없다고 말하는 사람이 있을는지도 모르겠다. 그러나 마그너스 소장뿐만 아니라 그 직책상의 경험이나 경력으로 보아 도저히 있을 법하지도 않은 범죄를 저질러 지금 투옥되어 있는 소장이 또 있다는 기록이 있다고 한다. 불행한 마그너스의 경우는 그의 고백 수기에도 씌어 있듯이 돈이 필요해서 저지른 범행이었다. 오랜 동안 충실히 근무하여 모았던 얼마 안 되는 재산을 주

식시장의 하락으로 깡그리 없애 버리고 말았다. 그리하여 한창 일할 나이를 조금 지났을 무렵 완전한 무일푼이 되었다. 이때 포어세트 상원의원이 와서 도우에게 야릇한 관심을 나타내며 도우가 자기에게 공갈을 친다고 말했던 것이다. 그리고 도우가 석방되던 그 운명의 날에는 포어세트 상원의원이 마그너스에게 전화를 걸어 도우에게 돈을 주기로 했고, 5만 달러를 은행에서 찾아다 놓았다고 말했다. 가엾은 마그너스! 옴짝달싹도 할 수 없는 경제 상태에 빠져 있던 마그너스로서는 참으로 물리치기 어려운 유혹이었다. 그는 그날 밤 상원의원집으로 갔다. 떠날 때는 상원의원을 살해할 생각이 없었다. 다만 공갈을 쳐서 그 5만 달러를 빼앗아야겠다는 막연한 생각을 했을 뿐이었다. 그때까지 그런 공갈을 쳐서 금품을 앗은 일이 있었던 것이다! 그때 마그너스는 도우가 포어세트 형제의 어떤 약점을 쥐고 있는지 아직 몰랐다. 마그너스는 포어세트 상원의원과 마주앉았을 때 아마도 그 현금이 눈에 띄었을 것이다. 그 자리에서 마그너스는 갑자기 결심을 했고 주사위는 던져졌다. 상원의원을 죽이고 그 돈을 훔친 다음 죄를 도우에게 뒤집어씌우자! 마그너스는 책상에서 종이 자르는 칼을 집어들고 그 믿기 어려운 범죄를 저질렀던 것이다. 그리고 주위를 둘러보자 편지지 맨 위에 놓인 상원의원이 형 포어세트 박사에게 보내는 편지가 눈에 띄었다. 어떤 생각이 마그너스의 머릿속에 떠올랐다. 제 2의 포어세트가 이 일에 관계하고 있다! 왜냐하면 그 편지에는 'HEJAZ의 별'이라는 배의 이름이 씌어 있었으니까. 이러한 단서가 있으면 나중에 천천히 과거의 기록을 더듬어서 도우와 포어세트들이 얽힌 배후에 숨어 있는 진상을 알아내는 것은 매우 간단한 일이다. 마그너스는 그 편지가 당국의 손에 넘어가지 않도록 불태워 버렸다. 만일 진상이 일반에게 알려지면 앞으로 포어세트 박사를 협박할 수 없게 된다. 그리고 마그너스와 도우만이 그 진상을 알고 있는데 그 도우가 상원의원 살해자라는 죄명을 쓰고 사형을 받게 되면 그 다음부터 소장은 얼마든지 마음대로 포어세트 박사를 협박할 수 있는 것이다. 그는 매우 교묘한 계획이라는 생각이 들었다. 그런데 에얼론 도우는 포어세트 상원의원의 살해범으로서 사형을 선고받지는 않았다. 도우는 종신형을 선고받았을 뿐이었다. 그러나 이것은 어느 면에서는 오히려 마그너스를 기쁘게 했다. 그는 다시 한번 도우를 이용할 수 있는 것이다. 그래서 그는 기회를 기다렸다. 얼마 전부터 마그너스는 태브가 몰래 하고 있는 교묘한 비밀 연락 조직이 있음을 알았다. 마그너스는 여기에 대하여는 비밀의 통신 연락을 감시하고 있다가 어느 날 포어세트 박사가 도우에게 보낸 편지를 뮤어 신부의 기도서에서 꺼냈다. 그리고 태브 몰래 그것을 읽었다. 여기서 그는 도우의 탈주 계획을 알았고 다시금 절호의 기회가 왔음을 깨달았다. 그러나 탈주는 수요일로 예정되어 있었다. 수요일 밤에는 마그너스는 책임자로서 스컬티의 사형집행에 출석해야만 했다. 마그너스는 목요일에 탈주하라는 가짜 편지를 도우에게 보냈다——목요일에는 틈을 낼 수 있기 때문이었다. 그리고 자기가 가로챈 포어세트 박사의 편지 뒷면에 도우의 필적을 흉내내어 도우가 보낸 편지처럼 꾸며 수요일에는 탈주할 수 없으므로 목요일로 변경하겠다는 내용을 써서 역시 비밀 조직을 통해 포어세트 박사에게 보냈던 것이다. 이런 종류의 범죄에 흔히 있는 일이지만 마그너스는 지나치게 술책을 씀으로써 더욱 더 위험한 지경에 빠져 들어갔다. 그가 보냈을 때에는 안전한 것처럼 보였으나 결국 스스로 자신의 손을 묶어 버린 것이었다.

이 밖에 이야기해야 할 것은 거의 없다. 우리는 모두 그 다음날 뮤어 신부 댁 베란다에 앉아 있었다. 엘러이휴 클레이 씨는, 어째서 마그너스 소장이 포어세트 상원의원의 책상 위에 있던 '알곤킨 형무소

직원의 승진'이라고 씌어져 있는 자기에게 보낸 편지를 뜯어보았는지 모르겠다고 말했다. 노신사는 한숨을 쉬었다.

"흥미있는 문제입니다. 어젯밤의 나의 분석에서 범인이 마그너스 소장이라는 것을 알면 더욱 더 흥미있는 이유가 떠오를지도 모른다고 말씀드린 것을 기억하고 계시겠지요. 마그너스가 어째서 그런 짓을 했는지 나는 알 것 같습니다. 나의 분석에 의하면 그 편지를 열어 본 사람은 형무소 관계자는 누구나 해당되지만 마그너스 소장만은 해당되지 않습니다. 왜냐하면 그 편지는 그에게 보낸 것이기도 하거니와 직원의 승진 문제는 그 자신의 지위에 아무런 영향도 끼치지 않기 때문입니다. 아무튼 범인은 마그너스임에 틀림이 없다는 결론에 이르렀을 때 나는 어째서 마그너스가 그 봉투를 뜯어 보았을까하고 생각해 보았습니다. 그것은 마그너스가 그 겉봉에 씌어 있는 말과 실제의 내용이 다를는지도 모른다고 생각했기 때문입니다! 상원의원은 형무소에서 마그너스 소장과 만났을 때 도우가 자기의 약점을 쥐고 있다는 것을 넌지시 말했습니다. 그래서 마그너스는 어쩌면 이 편지 속에 그때의 일을 적었을지도 모르며 이것이 당국의 손에 들어가면 자기도 휩쓸려 들어갈는지 모른다고 생각했기 때문이었겠지요. 물론 마그너스의 그러한 추측은 틀렸습니다. 그러나 그때의 마그너스는 심한 흥분 상태에 있었던 까닭에 냉정하게 판단할 수가 없었지요. 이러한 자질구레한 점은 내 추리 전체의 정확성에는 별로 영향을 미치지 않았습니다."

"대체 그 작은 상자의 두 번째 조각을 아일라 포어세트에게, 세 번째 조각을 화니 카이저에게 보낸 것은 누구였을까요? 도우는 보낼 수 없었을 것이므로 나는 아무래도 납득이 가지 않습니다." 아버지가 말했다.

"나도 그 점을 모르겠어요." 나는 분한 듯 말했다.

"나는 그 배후 인물을 알 것 같습니다." 도르리 레인 씨는 빙그레 웃었다. "우리의 친애하는 친구 마크 캘리어 변호사입니다. 물론 틀림없이 그라고 단정할 수는 없습니다만. 아마 도우는 재판을 받기 전 구치소에 있을 때 마크 캘리어에게 그 두 번째 조각을 보내 달라고 부탁했겠지요. 도우는 미리 그것들을 편지와 함께 포장하여 우편국의 보관소나 다른 어떤 곳에 맡겨 두었을 겁니다. 캘리어라는 사람은 그다지 공정한 인물로 생각할 수 없습니다. 이러한 공갈 사건의 근본을 더듬어 보면 자기도 어느 만큼 돈을 받을 수 있으리라고 생각했는지도 모르지요. 하지만 이것은 단순한 추측에 지나지 않으니 다른 사람에게는 말하지 마십시오."

뮤어 신부가 주저하며 물었다.

"무죄를 밝혀 주기 전에 가엾은 에엘론 도우를 죽음의 문턱까지 아슬아슬하게 몰아넣은 것은 너무 위험한 일이 아니었을까요."

노신사의 얼굴에서 미소가 사라졌다.

"하는 수 없었습니다, 신부님. 나에게는 법정에서 마그너스를 꼼짝 못하게 할 만한 구체적인 증거가 하나도 없었습니다. 그러므로 그러한 심한 흥분 상태에서 그를 느닷없이 치는 방법밖에 없었습니다. 나는 내 분석을 펼칠 알맞은 시기를 엿보았고 그 장소의 배경과 분위기에 이르기까지 빠짐없이 계산에 넣었던 것입니다. 결과는 어떻습니까. 마그너스는 나의 이론에서 도저히 빠져나갈 수 없음을 알았을 때 흥분한 나머지 자제심을 잃고 내가 바라던 대로 무작정 달아나려고 하지 않았습니까? 어리석게도 달아나려고 했단 말입니다! 가엾은 녀석입니다!" 레인 씨는 한순간 입을 다물었다. "만일 우리가 일반적인 방법을 취했다면 마그너스는 자제심을 가질 만한 여유가 생겨 자기의 범행이라는 것을 교묘하게 부정했을 겁니다. 그리고 우리에게는 구체적인 증거가 없으니 그를 이 두 살인 사건의 범인으로서 고발하는 것이 불가능하지는 않았다 하더라도 매우 곤란했을 겁니다."

그밖에 여러 가지 일이 일어났다. 존 홈은 틸덴 군의 주 상원의원으로 선출되었다. 엘러이휴 클레이 씨는 대리석 사업에서 수입은 조금 줄었으나 경영은 전보다 건실하게 되었다. 화니 카이저는 연방 형무소에서 장기 복역 중이다…….

지금 생각났지만 나는 아직 이 사건의 근원이 되었던 인물, 그리고 절망에 사로잡힌 마그너스의 술책의 희생이 되었던 에얼론 도우에 대해서는 이야기하지 않았다. 나는 오히려 일부러 가엾은 도우에 대해 말하는 것을 뒤로 미루고 있었는지도 모른다. 그렇다, 그것은 그가 가치없이 생애를 보낸 데 대한 인과응보였을 것이다. 또한 그것은 그가 이 살인 사건들에 대해 유죄이든 무죄이든 관계없이 사회의 쓸모없는 구성원이라는 뜻에서 운명의 신이 내린 선고였을 것이다.

도우는 죽어 있었던 것이었다. 사인은 심장마비였다고 의사들이 말해 주었다. 그 후 몇 주 동안 나는 그 일 때문에 고통스러웠다. 우리가 그를 흥분 상태에 몰아넣어 마침내 죽게 만든 게 아니었을까? 아마도 나는 그걸 영원히 알 수 없을 것이다. 비록, 교도소의 건강기록부에는 12년 전에 알곤퀸 교도소에 처음 입소했을 때부터 그는 이미 심장이 쇠약해져 있었다고 나타나 있긴 했지만 말이다.

마지막으로 덧붙이고 싶은 얘기가 있다.

사건이 해결된 그 다음 날 레인 씨의 보충 설명이 있기 얼마 전에 젤레미는 내 팔을 낚아채 언덕 아래로 나를 데리고 갔다. 그가 멋지게 일을 꾸몄다는 것은 나도 인정할 만했다. 왜냐하면 나는 지난 밤의 일로 마음이 흐트러져 있었고 아마도 다른 어느 때보다도 자제력이 약해져 있었기 때문이다.

어쨌든 젤레미는 머뭇거리며 내 손을 잡았고, 요컨대 클레이 부인이 되어 주길 바란다고 감미로운 목소리로 청혼했던 것이다.

이 얼마나 멋진 청년인가! 나는 그의 굽이치는 머리칼과 헛간의 문짝처럼 넓은 어깨를 바라보면서, 자신을 아내로 맞이하고 싶을 정도로 생각해 주는 누군가를 알고 있다는 것은 굉장히 감미롭고 기분 좋은 일이라고 생각했다. 그리고 그 늠름하고 건강한 육체를 가진 청년은 채식주의자들의 주장을 훌륭하게 대변하고 있다고 할 만했다. 어쨌든 그건 좋은 일이었다. 버나드 쑈와 같은 뛰어난 인물도 그렇게 믿으니까. 비록 나 자신은 때때로 바베큐를 즐기지만 말이다……. 그러나 그가 부친의 채석장에서 폭약을 다루는 일을 하고 있다는 사실은 전혀 좋은 일이 아니었다. 자신의 남편이 일을 마치고 저녁에 귀가할 때 몸이 성해 있을지, 그림 끼워 맞추기 놀이의 그림 조각처럼 산산조각이 나 있을지 한평생 걱정하며 살아가야 한다는 것은 생각만 해도 끔찍한 노릇인 것이다…….

나는 변명할 구실을 찾고 있었다. 그렇긴 하지만, 내가 젤레미를 좋아하지 않는다는 것은 아니다. 마치 한 쌍의 주인공이 저녁놀을 배경으로 가슴을 맞대고 읊조리는 소설 속의 대사처럼 그때 나도 '오오, 사랑하는 젤레미! ……그래요, 우리 결혼해요!'라고 말할 수 있었다면 좋았을 것이다.

하지만 나는 그의 손을 잡고 발뒤꿈치를 들어올려 그의 턱에 입을 맞추며 말했다.

"오오, 사랑하는 젤레미! ……하지만 그럴 수가 없어요."

그때 내가 아주 감미롭게 말했음을 여러분들은 알아 주기 바란다. 나는 젤레미와 같은 훌륭한 청년에게 상처를 입히고 싶지 않았다. 하지만 나, 페이센스 쌤에게 결혼이란 어울리지 않는 일이다. 나는 어디까지나 열심히 일하는 젊은 여성임을 자부한다. 그러므로, 몇 년 후의 나는 빳빳하게 풀먹인 깃을 단 옷차림에 깔끔한 구두를 신고서 나에게 길을 열어 준 그 멋진 노신사인 레인 씨의 오른편에 서 있을 것이다. 즉, 나는 그의 단짝이 되어 그와 함께 이 세상의 모든 범죄 사건을 해결할 것이다……. 너무 터무니없는 생각일까?

그리고 마지막으로 한 가지 더 밝히고 싶은 게 있다. 만약 아버지만 아니었다면 (특별히 뛰어난 영감의 소유자는 아니지만 나에게는 소중한 아버지이다) 나는 이름을 아주 우아하게 바꾸었을지도 모른다. 예컨대, 도르리아 레인 같은 이름으로 말이다. 말하자면, 나는 두뇌의 힘에 대해 그 정도로 매력을 느끼고 있다.

도르리 레인 세 번째 모험

《Z의 비극》은 엘러리 퀸(Ellery Quoon)이 버너비 로스(Barnaby Ross)라는 또 하나의 필명으로 발표한 XYZ시리즈 (일명 도르리 레인 4부작)의 세 번째 작품이다.

앞서 《X의 비극》과 《Y의 비극》이 1932년에 발표되었고 그 다음 해인 1933년에 본 작품 《Z의 비극》이 발표되었는데도 내용에서 다루고 있는 사건은 《X의 비극》이래 십여 년의 세월이 흐른 시점을 취하고 있다. 그러므로 도르리 레인은 어느덧 70세를 맞이했고, 지난날의 지방검사였던 브르노는 뉴욕 주의 주지사로 변신했고, 샘 경감은 경찰에서 은퇴한 사설 탐정으로 등장한다. 게다가 샘의 아름답고 영리한 외동딸 페이센스가 유럽에서 돌아와 그의 조수로 활약한다.

《Z의 비극》은 앞서의 《X의 비극》이나 《Y의 비극》과는 몇 가지 점에서 확연히 구별된다. 첫째, 앞서의 두 작품이 3인칭으로 씌어져 있는데 비해 이 작품은 처음 등장하는 페이센스의 수기 형식을 취하고 있다. 둘째, 앞서의 두 작품과는 비교할 수 없을 정도로 이 작품은 오늘날의 추리소설에 가까운 현대성을 지니고 있다. 요컨대, 무고한 용의자를 사형 집행 전까지 구해야만 한다는 긴박감과 재기발랄한 젊은 여탐정의 등장 등이 그것이다. 그런데 바로 이러한 현대성이 추리 소설 황금기의 척도로 잴 때는 오히려 불리하게 작용하는 탓에 앞서의 두 작품보다 일반적인 평가가 낮을지도 모르겠으나,《Z의 비극》이 결코 그 두 작품에 못지 않은 걸작이며 나름대로 개성을 지닌 수작임을 자신있게 말할 수 있다.

지방 실업가의 공동 경영자이자 교활하고 음험한 의사와 그의 동생인 악덕 정치가, 더욱이 그들의 배후에서 날뛰는 여장부, 게다가 정치적 야심을 지닌 지방검사와 그의 후원자인 정계의 실력자 등 능수능란한 인물들이 고루 모여 있는 곳에서 선거를 앞두고 돌연 살인사건이 일어난다. 하지만 피살자와 그 주변의 정치적인 관계를 제외하고는 수사가 잘 진전되지 않는 터에 교도소에서 석방된 인물이 모습을 드러내게 됨으로써 사태는 더욱 복잡해진다. 수수께끼의 해명이야 어찌 되었든 간에 지방 정계와 재계의 부패와 타락을 파헤치고 사형수의 무고함을 굳게 믿으며 끝까지 구출하려고 애쓰는 주제가 이 작품의 성과에 더욱 빛을 더해 주고 있다. 특히 이 작품에서 작가 엘러리 퀸은 사형집행의 막다른 분위기를 유감없이 펼쳐 보임으로써 독자들에게 전율과 흥분을 선사하고 있다. 또한 그는 악덕으로 가득찬 사회와 사형이라는 최악의 고통으로까지 끌려간 인간을 묘사하는 데 있어서도 충분한 효과를 고려한 듯하다. 즉, 이 하나의 장에서 옆길로 빠져들면서까지 전기 처형을 소개하고 있는 것은 마지막 진상 해결의 효과를 드높이기 위한 예비 지식인 것이다. 그리고 그와 동시에 사형이 단순히 처형자뿐만 아니라 많은 관계자에게까지 얼마나 많은 충격을 안겨 주는가를 이야기하며 사형 폐지론을 능가하는 필력(筆力)을 휘두르고 있다. 그것은 특히 죄 없는 자의 처형이 되고 보면 참으로 돌이킬 수 없는 가슴 아픈 일이다. 이 문제로 말미암아 옆길로 흐른 듯한 느낌은 있지만 이러한 데로 눈을 돌린 퀸의 예민한 감각이 주목할 만하다.

그는 악덕으로 가득 찬 사회와 사형이라는 최악의 고통으로까지 끌려간 인간을 묘사함에 이르러 충분한 효과를 계산하고 있었다. 즉 페이센스라는 발랄하고 이지적인 여성을 내세워 그녀의 눈을 통하여 현대의 악을 응시케 하고 있는 것이다. 그녀의 관찰은 주관적일는지도 모르지만 그러니만큼 인상이 선명하게 재현되고 감정의 고양(高揚)이 실로 독자에게 잘 전달되고 있다.

추리 소설적인 면에서 보면, 이 작품은《Y의 비극》에 한 걸음 뒤지는 듯한 느낌이 있다고도 할 수 있다. 무죄를 호소하면서도 남몰래 비밀을 감추고 있는 죄수를 구해 내려는 레인과 페이센스, 이 두 사람의 노력이 법정에서 꺾이어 사건의 해명은 좌절되고 만다. 그리고 독자도 역시 깊은 안개 속에 빠져 뭐가 뭔지 모른다는 듯이 여겨지지만, 두 번째의 살인이 일어나고 나서부터는 그때까지 주위에 가득 차 있던 안개가 서서히 걷히고 아마존의 여장부 같은 여성의 출현으로 이 이야기의 뒤에 숨겨져 있던 비밀이 폭로됨으로써 사건의 양상이 완전히 달라진다. 그리하여 사형집행 장소에서 레인이 범인 추정의 논거를 설명하며 그곳에 모여 있는 사람들 중에서 범인이 아닌 자를 하나씩 제외해 가는 서스펜스가 아주 퀸답다.

제목에 나오는 'Z'의 유래를 풀어 보면 별다른 깊은 뜻이 없으므로 반드시 Z가 아니라도 좋은 듯하며, 지은이가 'X' 'Y'에 필적하는 구상을 마음에 두고 붓을 들었기 때문에 실로 뜻밖의 범인으로 끝을 몰고 가고 있다. 갖가지 갈등과 동기가 예상될 뿐 진상이 이것인지 저것인지 독자가 도무지 갈피를 잡지 못하고 있는 동안에 뜻밖의 상쾌한 결말로 이르고 있는 것이다.

그 전해에 처음으로 쓰기 시작한 것으로 보이는 로스 명의의《X의 비극》과 《Y의 비극》 및 퀸 명의로 발표한 《그리스 관(棺)의 비밀》과 《이집트 십자가의 비밀》 등 네 작품은 어느 것이나 모두 지은이의 초기의 정수(精粹)로 불릴 만한 작품들이다. 그러나 이 《Z의 비극》을 경계로 하여 다음 작품인 《미국 총의 비밀》과 《샴 쌍둥이의 비밀》부터는 퀸도 필치가 쇠약해졌다고 생각 할 수밖에 없을 만큼 빛이 덜하다. 그리하여 그리운 탐정의 한 사람인 도르리 레인이 다음해에 씌어진 《최후의 비극》과 함께 그 모습을 감추고 말아서, 'X' 'Y'와 'Z'사이의 10년 동안 수없이 이상하고도 성가신 사건을 해결하고 있으므로 그 동안의 가장 흥미로운 이야기를 모두 소개하겠다고 레인이 장담한 것도 허사가 되어 버렸다.

4반세기(四半世紀) 이상에 걸쳐 활동을 계속한 퀸은 명실공히 세계 추리소설계의 중진이다. 1954년에 발표한 《유리마을》 이후로 1956년의 《퀸 경감 자신의 사건》, 1958년의 《최후의 일격》이 간행되었다. 이것이 30번째 작품에 해당되는데 30년에 이르는 그들의 작가 생활과 초기의 왕성했던 필력을 생각한다면 신작(新作) 발표의 비율이 아주 줄어들었음을 알 수 있다. 그 반면 추리소설에 관한 여러 글들이며 다른 작가의 단편집을 펴내기도 하고 소녀소설 및 라디오 드라마 대본 등의 저작은 헤아릴 수 없이 많다. 1933년에 퀸이 편집한 잡지 〈미스터리 리그〉는 겨우 몇 호만으로 폐간이 되었으나 〈엘러리 퀸즈 미스터리 매거진〉은 1941년에 발족한 이래 수십 년의 지령(誌齡)을 유지하고 있을 뿐만 아니라 여러 나라 판으로도 탄생되어 독자가 아주 많으리라고 여겨진다. 이 잡지는 단편을 수록하고, 또한 과거에 발표되었으나 그대로 매몰되어 버린 걸작을 다시 게재하여 그에 적절한 소개와 해설을 덧붙인 데에 매력이 있다. 더욱이 퀸은 동서고금 단편 추리소설 수집가이며 그 서지(書誌) 연구 방면에서는 아무도 그를 능가할 사람이 없으므로, 그들로서나 독자로서나 잡지 간행은 실로 적절한 사업인 듯하다. 독자에게 도전하는 수수께 끼 추리소설이란 어떤 의미에서는 유치한 느낌을 안겨 줄기도 모른 다. 그런데 대표적 추리작가인 퀸이 이런 학구적이고 중후하며 재미 있는 잡지를 펴낸 것은 좀 뜻밖의 일인 것 같기도 하지만, 퀸이 사실 은 두 사람의 합작 필명인 것을 생각할 때 어쩌면 당연한 일일는지도 모른다.

그들 두 사람의 합작이 대체 어떤 과정을 거쳐서 이루어지는지는 알 수 없지만, 자질(資質)이 서로 다른 두 사람이고 보면 함께 구상 을 한다 하더라도 집필할 때에는 혼자서 해야 하므로 자연히 한 쪽의 버릇이 나타난 것이 초기 퀸소설의 작풍이며, 다른 한 사람은 수집 및 편찬에 한층 더 흥미를 품고 있는 것이 아닐까.

그러나 그의 후기 작품이라 할 수 있는 《재앙의 거리(1942)》《폭 스 살인 사건(1945)》을 거쳐서 《산 자와 죽은 자(1949년)》《구미묘 (九尾猫, 1949)》《제왕(帝王)의 죽음(1952)》《주홍글씨(1953)》에 이르고 보면, 반드시 입을 모아 찬사를 바칠 수만은 없다. 왜냐하면 앞의 두 작품이 중후한 작풍으로 전환하여 배경을 완전히 바꾸고 침 착한 대가(大家)의 풍모를 나타낸 데 깊은 희열을 느끼며 레인 4부 작 《X의 비극》《Y의 비극》《Z의 비극》《최후의 비극》의 저자 버너비 로스를 그립게 회상하도록 만드는 데 비해, 그 밖의 작품은 퀸의 장 점과 결점을 모두 갖추고 있기 때문이다.

본격 추리소설을 즐겨 읽는 독자들은 연달아 새로운 기술(奇術)을 공개해 주는 퀸에게 힘찬 갈채를 보내고 있지만, 나에게는 그들이 마 치 견고한 우리 속에 갇혀 만족하고 있는 듯이 여겨지는 것은 무슨 까닭일까. 하지만 두 사람의 합작으로 30여 년 동안이나 작가 활동을 계속해 온 그 내막을 알 수가 없으니만큼 장님이 코끼리 다리를 더듬 는 듯한 감상을 이야기할 수밖에 없을 뿐이다.

엘러리 퀸이라는 이름의 새로운 작가로서 명성을 떨치는 한편, 로스라는 이름으로 퀸에 대항하는 듯한 위세를 떨치며 잇달아 발표한 레인 탐정 이야기에는 무서운 투혼(鬪魂)이 담겨 있는 듯하여 한층 깊은 애착을 느끼게 된다.